KB064177

캐릭터
만들기의
모든 것

1

THE POSITIVE TRAIT THESAURUS: A Writer's Guide to Character Attributes

by Angela Ackerman, Becca Puglisi

© 2013 by Angela Ackerman & Becca Puglisi for THE POSITIVE TRAIT THESAURUS: A Writer's
Guide to Character Attributes
Published by special arrangement with 2 Seas Literary Agency and EntersKorea Co., Ltd.
Korean language edition © 2018 by Erumbook

캐릭터 만들기의 모든 것

THE POSITIVE TRAIT THESAURUS
A Writer's Guide to Character Attributes

앤절라 애커먼 · 베카 퍼글리시 지음 | 임희정 옮김

1

─── 99가지 긍정적 성격 ───

이룸북

일러두기

· 저자의 주는 * 로, 옮긴이의 주는 ● 로 표시했습니다.

· 책은 《 》, 희곡이나 영화, 드라마, 애니메이션은 〈 〉로 묶었습니다.

· 맞춤법과 외래어 표기는 현행 규정과 표준국어대사전을 따랐지만,
  일부 영화 제목은 개봉 당시의 표기를 따랐습니다.

내가 누구인지, 누구여야 하는지,
그리고 무엇보다 누구의 딸이고 형제자매인지를 알려준
부모님께 바칩니다.
베카 퍼글리시

나의 가장 위대한 성과인
대리언과 재러드에게 바칩니다(쑥스럽지만 진심으로!).
앤절라 애커먼

작가를 돕는 작가들 홈페이지에 방문한 분들 모두 고맙습니다.
여러분의 무한한 성원에 감사드립니다.
앤절라 & 베카

인물 창조에 대해 특별과외를 받다

지니 캠벨

결혼가족상담치료사이자
인물심리치료사 ●의 운영자

성격에 관한 책을 꽤 읽었지만, 앤절라 애커먼과 베카 퍼글리시가 쓴 이 책만큼 간결하고 명석하면서도 전부를 아우르는 책은 보지 못했다. 특히 '작가가 작가에게'(14-49쪽)는 노다지가 쏟아지는 광산이다. 압축적이고 작가의 입장에 맞춰 쓰였다는 점에서, 나는 이 책을 심리학 책과 다수의 글쓰기 책을 요약 정리한 '핵심 요약판'이라고 부른다.

인간의 성격은 매우 복잡하므로 실제로 그런 행동을 하는 이유를 파악한다면, 나를 포함한 심리치료사들은 자신의 일을 확실히 할 수 있을 것이다. 허구의 인물은 더 말할 것도 없다. 행동의 동기와 욕구, 긍정적 성격과 부정적 성격 양면의 발전 과정은 분명 인간을 이해하는 데 필수적이다. 그리고 글

● 인물심리치료사The Character Therapist®는 결혼가족상담치료사LMFT인 운영자가 허구의 인물에 대해 어떤 행동의 동기와 갈등 등을 진단해주는 사이트다.

을 쓰는, 즉 글을 잘 쓰게 되는 첫 단계는 인간의 성격에 대한 깊은 이해다.

심리치료사인 내게 긍정적 성격이 어떻게 형성되는지를 다룬 (결과적으로 부정적 성격에도 똑같이 적용되는) 부분은 참으로 흥미로우면서도 생각할 거리를 많이 던져주었다. 저자들이 얼마나 연구를 많이 했는지가 보였고, 대학 시절에 공부한 성격심리학 책에서 본 내용이 많았다. 그러니 작가들이여, 메모하면서 보라! 이 책은 사람의 행동을 결정하는 것이 유전인지 환경인지, 즉 천성 대 교육의 논쟁 수준에 머물지 않는다. 여기에 실린 정보를 소화해 흡수한다면, 작품을 구상할 때마다 활용할 수 있을 것이다.

또한 처음부터 끝까지 순서대로 읽을 필요가 없다. 당신이 생각하는 인물을 떠올리면서 읽기를 권한다. 자기 이야기를 써달라고 잠도 못 자게 애걸하는 인물이 있지 않은가. 이 책은 작가가 인물을 구체화하는 단계에 들어설 때 진정한 도움을 준다.

각 성격마다 정의, 유사한 성향, 성격 형성의 배경, 연관된 행동/생각/감정, 인물을 더욱 돋보이게 할 그 성격의 긍정적 측면이 설명되어 있다. 더불어 부정적 측면과 이런 성격의 인물에게 필요한 최적의 시나리오, 그리고 갈등을 유발하는 다른 인물들의 성격도 실었다. 이 부분은 갈등을 고조시키는 것뿐만 아니라, 외부적 플롯 포인트*를 가져와 인물의 내재적 변화를 끌어내는 데도 도움을 준다.

플롯으로 이야기를 끌어가는 작가들은 이 책에서 얻을 정보가 정말 많을 것이다. 인물 중심의 이야기를 쓰는 작가들 또한 마찬가지다. 아무튼 나는 허구의 인물들을 분석해 이익을 얻고, 이 책은 내가 하는 일의 성공 가능성을 높이는 강화 요소였다. 독자의 공감을 가로막는 장애물 파악부터 주인공의 적절한 성격 발현까지, 인물 창조에 대해 특별과외를 받은 느낌이었다.

* 작법에서 예상치 못한 결론에 이르기 위해 반드시 거치는 지점들을 말한다.

차례

긍정적
성격 **99**

찾아보기

궁극의 미끼:
응원하고 싶은 인물을 보여주기

오늘날 독자들은 산더미처럼 쌓인 책 무더기에서 책을 고른다. 이런 현상은 작가에게 역동적이고 환상적인 인물들이 활약하는 난생처음 보는 독특한 이야기를 선보여야 한다는 엄청난 압박감으로 다가온다. 미국의 출판전문통계사인 보커에 따르면, 2010년 한 해에만 300만 권이 넘는 책이 출간되었고 그중 270만 권이 자비로 출판되었다고 하니 출판산업의 괄목할 만한 성장세를 확인할 수 있다.

이와 같은 책의 홍수 속에서 어떤 책은 주목받지만, 어떤 책은 소리 소문도 없이 사라진다. 눈길을 사로잡는 표지, 노련한 편집, 시의적절한 마케팅이 판매에 기여할 수 있다. 그럼에도 돛에 바람을 실어 순항하게 할 위대한 이야기가 없는 책은 휩쓸려가는 운명을 피할 수 없다. 그렇다면 작품이 주목받을 수 있도록 돛을 지탱하는 돛대 역할을 하는 것에는 무엇이 있을까? 그것은 바로 독자가 마음을 주지 않고서는 배길

수 없도록 매 장면을 매우 개별적이고 강력하게 만드는 입체적인 인물이다.

독자를 정서적 여정에 동행시킬 사실적이면서도 처음 만나는 인물 만들기는 모든 작가의 목표지만, 달성하기가 쉽지 않다. 작가가 인물의 성격으로 파고들어 그의 욕망과 동기, 욕구, 두려움을 알아내어 결점과 긍정적 성격, 두 가지 모두를 장착해야 탄탄한 인물이 나온다. 결점은 이야기 속 인물을 인간적으로 만들 뿐 아니라 극복할 무언가를 주어 자기성장을 이루게 한다. 긍정적 성격 역시 중요한데, 사람들은 본능적으로 결점에 관심을 가지지만, 긍정적 성격은 우리가 가장 높게 평가하는 인간의 강점이기 때문이다. 독자는 이런 인물들에게 존경과 응원을 보낸다.

따라서 작가는 재빨리 그리고 강하게 독자를 매료시킬 방법을 익혀야 한다. 독자를 사로잡으려면 기발하거나 호기심을 자극하는 첫 줄로 시작해서 절대 느슨해지면 안 된다. 도입 문단에

서 독자를 붙잡을 방법은 다양하다. 이를테면 주인공에게 닥친 고난을 보여주거나, 엄청난 위험이 수반된 핵심적인 순간으로 장면을 시작하거나, 독자가 다음에 무슨 일이 벌어질지 궁금해하는 미스터리한 이야기로 공감을 이끌어낼 수 있다.

이런 미끼에 독자가 관심을 보이더라도 밑바닥은 금세 드러난다. 독자가 인물의 역경이나 고통에 마음이 동할 수 있지만, 인물과의 유대감이 형성되려면 진정한 공감이 이뤄져야 한다. 가능한 한 이런 유대감을 일찌감치 만들어 독자에게 주인공이 훌륭하거나 칭찬하거나 마음을 줄 만한 인물임을 각인시키는 것이 중요하다.

공감은 인물에게 독자의 관심을 계속 잡아둘 동아줄이다. 어떻게 하면 이 줄을 일찌감치 확보해 독자를 잃지 않을 수 있을까? 간단하다. 주인공의 긍정적 성격을 보여주어 미끼에 호소력을 입히는 것이다.

예를 들어 먹을거리를 찾아 쓰레기통을 뒤지는 인물의 모습으로 시작하는 일반적이지 않은 도입 장면에서, 그가 범죄자임을 알게 되면서부터 독자는 그가 어떻게 불행을 자초했는지 궁금해한다. 독자는 공감하지 못하면 인물의 상황에 관심을 갖지 않는다.

여기서 그가 아동인신매매 조직에서 구출한 고아 셋을 먹여 살리려 분투 중인 상황이라면 어떨까? 곧바로 긍정적 성격(친절함이나 책임감, 약자를 보호함)을 힌트로 보여주면, 이 인물이 엄청나게 흥미로워지면서 독자는 그에게 호감을 느낀다. 또한 새로운 정보가 질문을 던지면서 인물에 대한 호기심이 유발된다. 범죄자인데 왜 아이들을 구했을까? 왜 아이들을 돌보고 있을까? 무엇 때문에 범죄자와 어울리지 않게 아이들을 도울 생각을 했을까?

인물의 행동 이면에 숨겨진 '왜'를 드러내는 것이 훌륭한 미끼를 만드는 두 번째 방법이다. "보여주어라, 말해주지 말고"라는 말은 만고불변의 진리다. 인물의 성격은 의미 있는 행동과 행위를 통해 효과적으로 발현된다. '왜'는 인물이 어떤 도덕성과 가치를 중시하는기 이유를 드러내 그의 정체성을 밝혀준다. 긍정적 성격이 드러나면 비호감형 주인공이라도 칭찬을 받고, 독자에게 봐줄 만한 인물임을 말해줄 수 있다. 인물의 행동과 성격을 통해 훌륭한 인물이라는 단서를 흘리면 독자의 감정은 고조된다.

성격의 특성에 대한 이론은 무수히 많고 관점도 제각각이지만, 성격이란 개인이 자신의 도덕성에 따라 기본적 욕망과 욕구를 충족하는 데 도움을 주는 자질의 총합이라는 주장에는 대부분 동의한다. 한 사람의 성장 과정과 유전인자 그리고 과거의 경험이 긍정적·중립적·부정적 성격 가운데 무엇을 어느 정도로 발현시킬지를 결정한다. 인물 성격에서 장점은 욕구와 욕망을 충족시켜주고 자기성장을 돕는 반면, 결점은 때때로 발전을 가로막는다. 어떤 상황에서는 장점과 결점이 구분되지 않는데, 결점들이 상처받고 싶지 않은 당연한 욕망에서 기인했다면 더더욱 그렇다. 이야기에서 주인공의 장점과 결점은 인물의 변화에 중요한 역할을 하므로, 작가는 무엇이 결점이고 아닌지를 알아야 한다.

결점은 관계를 망가뜨리거나 축소하고, 타인의 안위를 고려하지 않는 성격들을 일컫는다. 타인이 아니라 자신의 입장에 집중하는 것이다. 이런 정의에 따르면 '질투심'은 분명 결점에 속한다. 질투가 심한 인물은 자신의 결핍과 불안정한 상태에 집중한다. 그리고 이 인물의 분노와 신랄한 태도는 사람들을 불편하게 만들어 대인관계를 망가뜨린다(인물의 결점에 관한 더 자세한 정보는 《캐릭터 만들기의 모든 것 2—106가지 부정적 성격》을 읽어보라).

긍정적 성격은 인물이 개인적 성장을 이루거나 건전한 수단을 통해 목표를 달성하도록 돕는 성격들이다. 이는 또한 대인관계를 강화하고 여러 가지로 타인을 이롭게 한다. 예를 들어 '정직함'은 인격 바퀴*에서 긍정적 성격에 속할 가능성이 크다. 정직한 인물은 성공을 위해 건전한 수단을 이용하고, 천성적으로 사람들을 도와주므로 대인관계가 좋아질 수밖에 없다.

중립적 성격은 범주를 나누기가 훨

● personality wheel: 자신의 내면에 어떤 인격이 있는지 확인하는 방법과 여러 인격의 특징을 시각적으로 표현해 그것들의 상호작용과 대립관계를 파악하도록 돕는 도구다.

씬 더 어렵다. 내성적, 외향적 따위의 속성은 주인공이 자신의 목표를 달성하는 데 그다지 도움이 되지 않을 수 있다. 하지만 이는 자신만의 세계를 더 넓혀가고 부추기거나 자아발견을 가능하게 한다. 결점에 의해서는 인물이 약해질 수 있지만, 중립적 속성은 부정적 영향력이 크지 않다. 그래서 우리는 이를 긍정적 성격에 넣기로 했다.

욕구와 도덕성:
인물의 장점에 영향을 미치는 요인

성격은 인물이 좋아하는 것과 싫어하는 것, 이상, 생각, 신념을 내보이는 행위와 태도의 총합이기에 매우 복잡다단하다. 그런데 개인을 이런 선호와 행동으로 몰아가는 것은 무엇일까? 어떤 인물은 호기심, 결단력, 융통성이 많은데 다른 인물은 신중함과 조심성, 이해심이 깊은 이유는 무엇일까?

첫 번째 요인은 도덕성, 즉 옳고 그름의 판단을 통제하는 신념이다. 도덕성은 우리의 가장 깊숙한 곳에서 보고 경험하며 생각하는 것들의 의미를 판단한다. 이렇게 몸에 밴 사고방식은 인물이 자신의 도덕성에 부합하도록 선택을 총괄하고, 때때로 그것을 위해 자기희생을 요구한다. 도덕성은 인물이 타인을 대하는 태도, 추구하는 목표와 욕구, 그리고 일상의 삶 전반에 영향을 미친다. 이를테면 영향력이 가장 큰 성격은 특정한 도덕적 신념과 연계되기도 한다.

외부세계(인물에게 영향을 미치는 사람들과 환경) 또한 도덕성에 영향을 준다. 사회규범, 문화적 가치, 롤모델 모두가 인물의 신념체계를 발전시킨다. 작가는 인물의 도덕성을 이야기에 포함시키고, 이 신념체계를 흔들어 내적 동요와 갈등을 유발할 수 있다.

성격을 발전시키는 두 번째 요인은 인간의 욕구와 관련된다. 심리학자 에이브러햄 매슬로에 따르면, 인간은 다섯 단계의 기본 욕구에 의해 움직인다.

생리적 욕구 생물학적, 생리적 필요를 충족하려는 욕구

안전과 안정 욕구 자신과 사랑하는 이들을 안전하게 지키려는 욕구

사랑과 소속감 욕구 타인과 의미 있는 관계를 맺으려는 욕구

존경과 인정 욕구 자존감을 높이려는 욕구

자아실현 욕구 잠재성을 완전히 실현하고 성과를 이루려는 욕구

인물이 자신의 가장 중요한 욕구를 충족하려 할 때 성격이 드러난다. 안전하고 안락하며 사랑받고 있음에도 여전히 타인의 인정과 존중을 갈구한다

면, 결단력과 인내심 또는 효율성 같은 속성들이 커질 수 있다. 인물의 욕구를 알면 목표 달성에 가장 도움이 될 성격을 결정할 수 있다.

욕구가 충족되지 않으면 불안과 불만이 고조되면서 행동양식이 바뀔 수 있다. 예를 들어 며칠 동안 아무것도 먹지 못한 인물이 있다면, 그의 생리적 욕구는 충족되지 않은 상태. 평상시 상냥하고 법을 준수하던 사람이라도 배를 채우기 위해 도둑질을 하거나, 아니면 힘든 상황이 자존심 세고 자신만만한 인물로 하여금 음식을 구걸하게 몰아갈 수도 있다. 벼랑 끝에 서면 평상시의 성격상 하지 않을 행동들이 인물을 압도하는 것이다.

마찬가지로 검소하고 신중한 인물이라도 혹사당하고 앞날이 깜깜하면, 자아실현 욕구가 충족되지 않는다. 책임감 강하고 신뢰를 주며 일관된 태도의 인물이라도 어느 날 사무실을 박차고 뛰쳐나갈 수 있다. 그후 창업 과정에 등록하고 그로 인해 빚을 지는데, 이는 성장 욕구를 충족하기 위함이다.

핵심 욕구는 파급력이 매우 크다. 그러므로 작가는 이 욕구를 활용해 인물에게 동기를 부여할 방법을 진지하게 고민해야 한다. 이는 적절한 상황에서 다른 인물의 도덕적 잣대에 영향을 주거나 아예 바꿔버릴 정도로 강력하다. 이 욕구가 너무 오랫동안 충족되지 않으면 불안감이 인물의 도덕성을 흔들 수 있다. 인물이 어떤 상황에서도 할 일 또는 하지 않을 일은 '욕구의 강도'와 '욕구를 충족하는 역량'에 달려 있다. 안전하고 사랑받으며 생리적 욕구가 충족되고, 정신적으로든 도덕적으로든 건전한 인물을 가정해보자. 행복과 충만감이 가득한 이 인물에게 전쟁 같은 위험요인이 끼어들어 그의 세계가 흔들리면 어떤 일이 벌어질까? 그는 어느 정도까지 자신과 사랑하는 사람들을 위험에서 지켜낼 수 있을까? 그가 안전 욕구를 충족하기 위해 자신의 도덕적 신념에 어긋나는 일을 하게 될까?

인물에게 가장 중요한 일을 결정할 때 욕구를 활용하면 또다른 이점이 있다. "욕구를 충족하기 위한 여정은 보편적이다." 사람들은 누군가의 가장 큰 욕구의 충족이 가치 있고 이해할 만한 열망이라는 점에 수긍한다. 이 인물의 내적 동기(목표 추구를 위한 선택의 배후에 숨은 '이유')에 친밀감을 느끼고 유대감이 형성되면서 독자는 성공한 주인공의 모습을 보고 싶어한다.

모든 성격이 도덕성이나 욕구에 뿌리를 두지는 않는다. 어떤 성격은 경험을 통해 체득한 개인적 선호도에서 기인하며, 모든 인물은 다양한 긍정적 성격의 조합이어야 한다. 주인공의 인격에서 다양한 장점이 드러날 수 있도록 다음 범주에 속하는 성격을 몇 개씩 넣어 빚어보자.

도덕성 관련 속성은 옳고 그름에 대한 한 사람의 신념과 직접 관련되어 있는 성격을 가리킨다. 친절함, 관대함, 명예를 중시함, 건전함, 정의로움 따위가 포함될 수 있다. 신념과 관련된 성격은 종종 인물의 도덕성과 이에 동조하는 다른 성격에 영향을 준다. 예를 들어 어떤 인물의 도덕성 관련 성격이 건전함이라면, 교태를 부리는 성격은 나타나지 않을 가능성이 크다. 교태를 부리면 정숙하고 단정하고 싶은 인물의 욕구가 약화되기 때문이다. 반면 예의와 신뢰성, 절제력, 조심성 같은 성격은 건전한 성격과 공존 가능하다.

성취 관련 속성은 도덕성과 관련되지만 주요 기능은 성취를 북돋는 것이다. 어떤 인물이 일생의 목표를 좌우하는 도덕적 책임감을 가지고 있다면 꼼꼼함과 신뢰성, 지략, 조직성 같은 성취 관련 성격이 도움을 줄 수 있다.

대인관계 관련 속성은 인물이 주변 사람들과 교류하는 경험을 통해 발현된다. 인내심, 정중함, 교태를 부림, 사회적 인식이 높은 성격은 타인 그리고 세계와 어떤 관계를 맺을지 결정한다. 이런 성격들은 종종 인물 각각의 호불호에 의해 좌우되는데 인물이 충돌하고 갈등하는 것을 피하고 싶다면, 우호적인 성격을 택할 수 있다. 인물이 유머를 좋아하면, 심각한 상황에서도 농담을 하거나 적들을 따돌리기 위해 대담한 모습을 보일 수도 있다. 인물은 사회적 존재이므로 이 범주에 속하는 성격의 수가 가장 많다.

정체성 관련 속성은 개인의 정체성을 더 크게 드러내주고 개성적인 표현으로 나타나기도 한다. 창조성과 별남은 인물의 독자성을 표현하는 바람직한 성격이다. 정체성 관련 성격 또한 인물

의 기본 바탕이므로, 이것이 인물을 규
정하고 결국 삶의 많은 부문에 영향을
미친다. 이런 이유로 영적, 애국적, 내성
적 성격은 정체성의 범주에 속한다.

긍정적 성격은 독자에게 인물이 진
짜 어떤 사람인지 그리고 마음을 써줄
만한 가치가 있는지를 납득시켜준다.
그런데 수백 가지 속성 중에서 작가는
어떻게 주인공을 호감가고 특별한 인물
로 만들어줄 성격을 고를 수 있을까?
답은 개인의 성격을 형성하는 요인을
파악하는 데 있다.

긍정적 성격은
어떻게 형성되는가

한 사람의 정체성 형성에는 너무 많은 요인이 영향을 미친다. 현재의 환경부터 거슬러 올라가서는 어린 시절과 성장기까지 무궁무진하다. 입체적이고 믿음직한 인물을 창조하려면, 가능한 모든 요인을 추적해 그것들이 어떻게 결합되어 성격을 형성했는지 알아내야 한다. 그래야 작가는 독자에게 실제로 존재하는 사람처럼 느껴지는 인물을 만들 수 있다.

유전적 요인

인물이 책임감을 가지고 스스로 하는 선택만큼이나 중요한 것이 통제할 수 없는 일들이다. 이는 좋든 싫든 내재적 성격과 함께 태어난다. 예를 들어 내성적인지 외향적인지는 타고나는 성향인 것 같다. 이 둘 중 하나를 선택한 적은 없지만, 누군가는 열정적이고 누군가는 침착하다. 높은 지적 능력 또는 악기 연주나 운동에서 보이는 재능 같은 장점도 유전인 경우가 많다. 시간이 쌓이면 얻을 수 있는 것과 달리 타고나는 성격이 있다.

윤리와 가치관

윤리는 옳고 그름, 도덕적 규범과 의무를 중심으로 삼는 신념이다. 옳은 것을 지키고 싶어하는 인물은 자신의 윤리를 반영하는 성격을 받아들인다. "프로젝트를 진행하겠다고 동의한 이상 마무리짓겠다"고 말하는 주인공이라면 약속 지키기를 우선 가치로 여길 테고, 그 결과 책임감과 정직 또는 절제력 같은 성격이 발현될 것이다.

가치관은 사람들과 생각 그리고 대상의 가치에 대한 이상을 일컫는다. 도덕성과 밀접히 관련된 가치관은 그 사람의 성격을 결정하기도 한다. 예를 들어 이런 가치관을 신봉하는 인물을 가정해보자. "나는 사랑 없는 정의보다 정의 없는 사랑을 택하겠다." 이런 신념을 가진 인물은 자비와 두 번째로 주어진 기회를 고마워하고, 비판하기보다는 동정심이 많을 가능성이 높다. 그는 사람에게 높은 가치를 두고 사안을 흑백논리로 가르기보다는 회색의 다채로운 음영의 관점에서 바라본다. 따라서 이 인물의 핵심 성격은 이런 신념과 동조를 이루는 친절함, 공감하고 조력적인 성향 등이 될 것이다.

양육 과정과 양육자

자신을 길러준 사람이 최초의 롤모델이기 마련이다. 인물은 어린 시절 자신을 기른 사람이 신봉한 가치관과 자질에 주목한다. 예를 들어 양육자가 체계와 질서를 깊이 존중했다면, 인물도 그런 성격을 수용할 가능성이 크다. 근본적으로 이런 성격이 드러나는 모습을 보면서 형성되거나 아니면, 양육자를 사랑하고 존경했기에 인물이 의식적으로 이를 따랐을 수도 있다.

둘의 관계에 문제가 있을 때조차 양육자의 성격은 감정이 예민한 아이에게 영향을 미칠 수밖에 없다. 앞의 사례에서 체계적인 성격의 부모가 또한 비판적이고 엄했다면, 인물은 체계적이고 질서 정연함 같은 긍정적 성격을 거부하고 자유로운 영혼 같은 정반대의 성격을 수용할 수도 있다.

부정적인 경험

부정적인 경험은 때때로 결점뿐만 아니라 긍정적 성격도 발현시킨다. 예를 들어 학대당했던 아이가 자라서 자기 자식에게는 똑같은 고통을 주지 않으려고 믿을 수 없을 정도로 훌륭한 부모가 될 수도 있다. 또 어떤 인물은 결점이 형성되지 못하도록 다른 성격을 포용하기도 하는데, 이를테면 한때 가혹한 평가와 비난을 받던 아이가 자신을 힐난하던 사람들처럼 되지 않으려 인내심을 택하는 것이다. 부정적인 경험은 믿기 힘들 정도로 성격 형성에 중요한 역할을 맡는다. 따라서 작가는 인물의 과거를 속속들이 알아보고 성격을 파악해야 한다.

물리적 환경

인물은 자신이 처했던 과거와 현재의 환경 모두에 영향을 받는다. 거친 환경에서 자란 아이는 온실 속에서 보호받으며 자란 아이와 성격이 다르다. 어린 시절에 형성된 성격은 어른이 되어서도 대부분 유지되지만, 환경의 변화가 성격의 변화를 가져올 수도 있다. 특히 급격한 변화를 겪었다면 더욱 그렇다. 연수입이 자신의 한 달 용돈도 안 되는 노동자와 결혼하려는 부잣집 딸의 경우를 가정해보자. 새로운 환경에서 살아남고 결혼생활을 꾸리려면 새로운 성격을 장착해야 한다. 이를테면 효율성과 알뜰함, 자기절제가 필요하다.

친구와 동료

인생의 어느 순간에 친구와 동료가 가장 큰 영향을 미칠 수 있다. 어떤 인물은 사람들과 어울리고 인정받기 위해 동료들이 공유하는 성격을 수용하기도 한다. 또다른 인물은 친구들의 성격을 진심으로 존경하고 이를 자신의 발전을 위해 받아들인다. 그렇지만 모든 인물이 주변 사람들에게 휘둘리지는 않는다는 점을 잊지 말아야 한다.

조합하기

긍정적 성격은 온갖 원천에서 나오므로 인물의 프로필을 만들 때는 주인공의 내면과 외면을 모두, 즉 인물의 욕구, 두려움, 결핍, 좋아하는 것과 싫어하는 것 등을 다 알아야 한다. 배경이 되는 이야기를 전개하면 과거의 경험이 어떻게 인물의 현재를 형성하는지 파악할 수 있다. 그리고 작가가 인물의 도덕적 신념을 이해하고 핵심 욕구와 목표 그리고 결핍을 알면, 그의 사고방식 속으로 들어갈 수 있다. 과거를 조사해보면 '감정의 상처'가 드러나는데, 이것은 다음에 나오는 인물의 변화에서 심층적으로 다루겠다.

'인물 프로필 질문지' 같은 도구를 활용하는 작가를 위해 부록A를 실었다. 입체적 인물 만들기는 도덕성, 성취, 대인관계, 정체성과 관련된 성격에서 적절한 속성을 끄집어낸다는 뜻이므로, 부록C의 '범주 목록'이 성격 유형을 고려할 때 좋은 출발점 역할을 할 것이다. 부록B '인물의 장점 결정 도구'는 인물의 긍정적 성격을 조합할 때 유용하고, 이를 이용해 네 가지 범주 각각에 속하는 성격 모두를 구비했는지 점검할 수 있다.

긍정적 성격과 인물의 변화: 치명적인 결점 극복하기

인물의 변화는 말하자면, 인물의 발전이다. 그중에서도 주인공의 변화가 가장 중요한데, 어쨌든 주인공은 여정의 출발선에서 불완전하거나 상처를 입거나 패배한 사람이기 때문이다. 그가 만족하는 듯 보여도 내적으로 결핍된 무언가가 있고, 변화를 통해 그 결핍을 채워야 발전을 이룰 수 있다.

인물 대부분은 현실의 사람들처럼 성장하기 위해, 곧 최고의 자신이 되기 위해 고군분투한다. 하지만 결점들이 이들의 앞을 막아선다. 결점이란 이런 완전한 이상에 도달하지 못하도록 온갖 방식으로 인물을 방해하는 부정적 성격을 일컫는다. 결점은 인물의 약점이자 어두운 면이다. 어떤 것은 사소하고 별것 아니지만, 어떤 것은 발전을 몇 번이고 가로막아 거대한 맹점을 만든다. 어느 쪽이든 이런 성격들은 인물에게서 자기성장과 진정한 행복을 앗아가는 역할을 한다.

인물 대부분은 이야기의 시작에서 '고착'된 치명적 결점 또는 부정적 성격을 적어도 하나씩은 드러낸다. 더 복잡한 문제는 인물이 결점을 장점으로 오해하고, 자신이 열망하는 일의 성취를 이루지 못하는 이유를 모를 때가 있다는 것이다. 자신을 방해하는 외부의 힘도 이겨내야 하지만, 성취감과 완전함 두 가지 모두를 느끼려면 내부의 치명적 결점도 극복해내야 한다. 이것이 적용되지 않는 유일한 예외가 비극이다. 비극에서는 인물이 가장 큰 두려움을 넘지 못하며, 변화도 성취도 이루지 못한 채로 끝난다. 이런 경우의 치명적 결점을 우리는 비극적 결함이라고 부른다.

그렇다면 결점은 어디서 기인하며, 왜 이렇듯 강하게 인물의 행동을 통제할까? 그 답은 주인공의 과거와 '감정의 상처'에 있다.

감정을 다쳐 마음에 큰 흉터가 남은 인물은 그 고통을 다시 겪지 않기 위해서라면 무엇이든 한다. 예를 들어 결혼식장에서 버림받은 여자, 형제를 믿고 투자했건만 빈털터리가 된 남자가 그런 경우다. 여자는 과거의 상처 때문에 다시는 사랑하지 않겠다고 다짐하고, 남자는 인색하고 원망이 가득한 사람으로 변한다. 때때로 성장기에 상처를 입고, 그렇게 형성된 태도와 행동양식은 어른이 되어서도 변하지 않는다. 부모에게 버림받은 10대는 어른 전부를 믿지 못하고, 성인이 되어서도 타인을 불신할 수 있다. 주변 환경이 변해도 과거의 상처는 어떻게든 행복과 성취감을 망가뜨리고 세상과 사람들에 대한 관점을 흐린다.*

상처의 핵심에는 또다른 것이 있다. 인물은 감정의 상처로 괴로운 나머지 자신에 대한 '거짓'을 진짜라고 믿는다. 예를 들어 여자는 자신이 사랑받을 자격이 없어서 결혼식장에서 버림받았다고 믿고, 재산을 몽땅 날린 남자는 자신의 판단력을 탓할 수도 있다. 부모에게 버림받은 10대는 자신의 결점 때문에 부모가 떠났다고 생각할 수도 있다. 인물은 이런 거짓들을 두려워하며 차마 마주하지 못한다. 하지만 온전해지고 진정한 행복을 맛보려면 이에 맞서야 한다.

외적 동기와 외적 갈등

인물의 변화는 기본적으로 네 부문으로 이뤄진다. '외적 동기'는 주인공이 달성하고 싶은 목표고, '외적 갈등'은 목표를 달성하지 못하게 가로막는 것이다. 〈본 아이덴티티〉(2002)에서 주인공 제이슨 본(맷 데이먼 분)은 암살요원들에게 잡히기 전에(외적 갈등) 자신이 누구인지 알아내려 고군분투한다(외적 동기).

장점은 자신의 목표를 달성하는 데 중요한 도우미인데도, 인물은 거짓말에 의해 이런 특징들을 약점이라고 믿어 그것들을 부정적으로 바라본다. 그리고 이런 인식은 다른 인물들에 의해 빈번하게 강화된다.

제이슨 본의 경우 암살프로젝트 트레드스톤에 관련된 모두가 그를 살인자로, 그리고 진압해야 하는 위협으로 여긴다. 제이슨 본이 스스로를 보호하고자 살인을 저지를 때마다 이런 낙인

---

* 마이클 호지Michael Hauge, 《팔리는 시나리오 쓰기Writing Screenplays That Sell》의 저자

은 강화되고, 이에 따라 제이슨은 자신이 어떤 사람인지를 이야기하는 사람들의 말에 대한 두려움이 커진다. 기억상실증에 걸린 그는 자신이 살인자라는 것을 믿을 수 없지만, 전투에 대한 내재된 지식과 생존기술 그리고 무기 등 증거가 산더미처럼 쌓인다. 그는 현재 상태에서 도망치고 싶지만, 살아남으려면 자신을 위험하게 만드는 기술(경계심, 지략, 끈기, 적응력)을 인정하고 그것을 이용해 자신의 입을 막으려는 자들을 따돌리고 물리쳐야 한다.

내적 동기와 내적 갈등

역동적이고 복합적인 이야기의 흐름에는 외적 여정과 똑 닮은 내적 여정이 있다. 모든 외적 동기에는 '내적 동기'(인물이 자신의 목표를 달성하고 싶어하는 이유)가 있어야 한다. 내적 동기는 때때로 더 위대한 자기가치를 향한 욕구와 연결된다.

내적 동기에는 '내적 갈등'이 따르는데, 즉 개인적 성장과 진정한 행복을 가로막는 결점 그리고/또는 거짓이 있어야 한다. 주인공은 이 거짓과 싸우면서 의혹을 품고 실패를 경험한다. 중대한 걸림돌은 인물을 약화시키지만, 결단력이 빛을 발하려면 이는 반드시 필요한 요소다. 인물은 자신의 치명적 결점에서 벗어나기 전까지 상처를 입어야 하고, 거짓을 묵살할 수 있기 전까지는 이를 진짜라고 믿어야 한다. 싸움이 커지고 고통이 깊어질수록 주인공의 여정은 독자에게 더욱 의미 있게 다가간다.

제이슨 본의 경우 자신의 정체를 알아내려는 목표는 자신이 무자비한 살인자가 아님을 밝히려는 내적 동기에 의해 추동된다. 그의 내적 갈등(거짓)은 정체성과 상관없이 엄청난 일을 저질렀고 구원받을 자격이 없다는 믿음이다. 그리고 그의 치명적 결점은 폐쇄적인 사고로, 다른 사람들이 자신에 대해 하는 말이 상당 부분 사실이고 더욱 중요한 것은 이런 삶을 자발적으로 선택했음을 인정하지 않는 태도를 보인다는 점이다.

가장 강력한 변화는 플롯의 험난한 여정과 나란히 가는 오르막과 내리막으로 가득 차 있다. 주인공에게는 자신을 가로막는 외적 갈등이 무수히 많아야 하고, 자아와 자존감에 충격을 받아 개인적 발전이 저지되어야 한다(내적 갈등). 그는 자신이 입은 감정의 상처를 마주하거나 결점을 벗어던질 수 없을 것 같아도, 그렇게 해야만 한다. 그러다 어느 순간 주인공은 자신에게 상처를 주던 것과 비슷한 상황을 대면해야 한다. 다만 이번에는 결과가 다르다. 새로 발견한 장점과 자신에 대한 믿음 덕분에 인물은 두려움에 발목 잡히지 않고 승리를 거두어야 하는데, 이런 장점의 핵심은 인물의 긍정적 성격에서 기인한다.

긍정적 성격이 승리를 돕는다

결단만으로 목표에 닿을 수는 없다. 제이슨 본에게 용감함, 결단력, 도덕적 정의감이 없었다면 성공하지 못했을 것이다. 따라서 주인공은 불가능해 보이는 변화와 성장을 가능케 하는 결점이 필요한 한편, 어둠 속에서도 자신의 길을 찾아갈 수 있게 해주는 성격들도 장착해야 한다.

인물의 결점이 여정 동안 모두 극복될 수는 없다. 하지만 인물이 강해지고 균형을 찾으면서 이야기가 끝나면, 치명적 결점은 격파되거나 더이상 삶을 장악할 수 없을 만큼 약화된다. 완벽하고 성공적인 변화를 보여주려면 인물이 출발점과 정반대의 지점에 도달해야 한다. 이를테면 주변의 부패에 질린 주인공은 인간의 선한 면을 볼 줄 알게 만든다. 세상을 불신하고 사람들을 억압하던 인물이라면 다른 사람들이 결

정을 내릴 수 있게 허락하고 그들을 도와주도록 변해야 한다.

인물의 변화를 이야기 구조에 들어맞게 하는 방법을 알고 싶다면, 마이클 호지의 《팔리는 시나리오 쓰기》 그리고 호지와 크리스토퍼 보글러가 함께 강연한 〈영웅의 두 여정The Hero's 2 Journeys〉(CD/DVD)을 보기를 강력 추천한다.

인물 창조의 시작:
적절한 장점을 고르는 방법

결점이 도전과 마찰을 촉발하는 반면, 긍정적 성격은 호감도를 끌어올려 인물을 풍성하게 만든다. 하지만 긍정적 성격과 부정적 성격을 균형 있게 장착시키려면 기술이 필요하다. 결점이 너무 많으면 인물에 대한 호감도가 떨어지고, 긍정적 성격이 너무 많아 인물이 가뿐히 성공을 거두면 비현실적으로 느껴져 주인공과 이야기에 공감하지 못하는 위험이 생긴다. 여기에 당신의 인물에게 어울리는 긍정적 성격을 조합하는 몇 가지 방법을 소개한다.

큰 그림 안에 정반대의 성격을 조합하라

개요를 짜지 않더라도 모든 작가는 초고를 쓰기 전에 꽤 많은 계획을 세워두어야 한다. 작가가 시간을 들여 주인공의 목표와 두려움을 이해하면 인물 창조 과정은 간소화된다. 플롯으로 시작하든 인물로 시작하든 간에 주요한 질문 몇 가지가 당신의 출발을 도와줄 것이다.

당신이 **플롯을 중심으로 쓰는 작가**라면, 스스로에게 물어보라. 이야기에서 어떤 일이 벌어졌으면 하는가? 당신의 머릿속에 떠오르는 구절이나 장면 몇 개를 적어놓고서 이야기의 결말(주인공이 승리하거나 성취하는지 또는 그렇지 않은지)을 정한다. 이 기본 얼개가 마음에 든다면 또 물어보라. 이런 상황에 놓였을 때, 어떤 유형의 주인공이 최악일까? 당신이 계획한 끔찍한 일이 무엇인지 알면, 이 문제를 해결하는 데 어울리지 않는 인물을 만들어낼 수 있다. 그 인물을 해치고 방해하며 저지해서 성공하지 못하게 만드는 결점을 생각해본다. 그러고 나서 이 책을 참고해서 결국 인물의 결점을 상쇄하거나 압도할 긍정적 성격을 고르자. 그렇게 탄생한 인물은 당신의 이야기에 딱 들어맞을 것이다. 결점 때문에 승리하기 어렵지만, 결국 긍정적 성격 덕분에 목표를 달성하는 인물 말이다.

당신이 **인물을 중심으로 쓰는 작가**라면, 스스로에게 물어보라. 이 인물은 누구며, 그의 이야기를 쓸 만큼 마음 쓰이는 이유는 무엇인가? 이 책을 활용해 별난 점, 태도, 도덕적 신념을 적고 어떤 인물인지 파악해 그의 배경을 파고들어보라. 누구 때문에 그리고 왜 다쳤는가? 누가 그에게 사랑을 보여주거나 소속감이 들게 했을까? 그는 어떤 난관을 겪으며 강해지거나 약해졌을까? 그가 어떤 인물인지 알았다면 또 물어보라. 이 인물에 대해 아는 내용을 토대로 그에게 일어날 수 있는 최악의 일은 무엇인가?

이 '최악의 일'을 플롯에 집어넣어야 한다. 주인공을 저지하고 그가 가는 길에 역경을 투척하라. 그가 무엇을 이겨내야 하는지 알았다면, 성공으로 가는 길을 막아서는 결점들을 주어라. 이 결점들이 어떤 면에서 그를 약하게 만들어야 하고, 다른 인물과의 관계를 망가뜨리며, 자신에 대한 깊은 두려움을 가려버려야 한다.

그 인물이 가진 감정의 상처를 규정하려면, 그의 과거를 고려하지 말고 온전히 고통스럽게 했던 상처에만 집중해야 한다. 그를 막아서는 결점들을 골랐다면, 원래 머릿속으로 그린 장점들이

그가 역경을 이겨낼 수 있도록 도와주는지 재점검한다. 이 장점들은 또한 인물이 더 나은 시각을 갖게 하고, 자신을 더 깊이 통찰할 수 있게 만들어 내면에 똬리를 튼 악마를 마주하고 온전해지도록 도와야 한다.

〈타이타닉〉(1997)에서 정반대의 결점과 장점이 합쳐지면서 엄청난 파급력을 가져오는 사례를 볼 수 있다. 주인공 로즈 드윗 부케이터(케이트 윈슬릿 분)는 1912년을 사는 상류층 여성답게 세련되고 책임감이 강하다. 하지만 그녀는 반항적이기도 한데, 이 결점은 그녀가 가진 장점과 충돌한다. 이런 반항적인 면이 그녀의 예상 밖의 선택을 이끌어내면서 이야기가 더욱 복잡해지고 대인관계에 갈등이 발생한다.

네 가지 범주를 활용하라

인물의 **도덕적 신념**에서 기인하고, **목표 달성**에 도움을 주며, 다른 사람들과 바람직한 **대인관계**를 가능케 하고, 자신의 **정체성**을 분명히 드러낼 긍정적 성격을 선택해 입체적인 인물을 만들

어보자. 인물이 가진 성격들은 상보적으로 욕구를 충족하거나 자신의 핵심 신념과 맞아떨어져야 한다. 이것이 성격 유형을 강화하며 그 인물이 어떤 사람인지를 더욱 명확히 규정한다. 장점들을 범주로 분류한 목록을 부록C에 실어두었으니 참고하기 바란다.

인물의 눈을 가려
자신의 장점을 모르게 하라

이야기가 만족스러우려면, 주인공이 성장하고 역경을 물리치는 과정을 볼 수 있어야 한다. 인물의 성장을 보여주는 한 가지 방법은 어떤 면에서 자신이 쓸모없거나 약한 존재라고 느끼게 하는 성격을 부여하는 것이다. 인물이 현재의 자신을 있게 한 결점을 인지하고, 그것을 자신의 가장 큰 장점으로 전환하는 모습을 보면 독자는 엄청난 만족감을 느낀다. 성격을 고를 때에는 창조력을 발휘하자. 이따금 분명하지 않은 선택이 인물에게 역경을 극복할 최고의 기회를 제공할 수 있다.

스티븐 킹의 《스탠드》에서 톰 컬런은 자신의 낮은 지능에 좌절한다. 더 똑똑해지고 기억력이 좋아져 전쟁을 준비하는 새 공동체 프리존의 동료들을 도와주고 싶어한다. 그런데 적의 동태를 염탐해오라고 보내졌을 때, 톰은 모자라고 잔꾀를 부리지 않는 성격 덕분에 영민한 사람들이 실패했던 일을 해낸다.

예기치 못한 성격을 골라라

독자는 보통 주인공의 목표, 과거의 상처를 둘러싼 고통, 아니면 더 나은 사람이 되고자 하는 욕구에 공감한다. 하지만 뜻밖의 성격을 가진 인물은 독자의 관심을 절정으로 끌어올린다. 어쩌면 그 인물은 개인적으로 별난 점이나 기호 또는 색다른 성격들의 조합을 가지고 있을 것이다. 진정으로 마음에 드는 예상치 못한 성격을 하나 골라 인물에게 부여하자(기술이나 재능으로 발현될 수 있다면 더욱 좋다). 이는 주인공과 조연 그리고 악역에게도 똑같이 적용할 기술이다.

〈초콜릿 천국〉(1971)에서 윌리 웡카(진 와일더 분)는 별나고 화려한 성격이 조합된 인물이다. 한편 윌리는 이상주의자이기도 하다. 그가 아이들을 공장에 초대한 것은 자신의 뒤를 이을 책임감 있고 착한 사람을 찾기 위해서였다. 이상주의는 예측할 수 없는 성격이라 이야기의 결말에 독특한 반전을 가져온다.

입체적 인물을 위해
다면적 속성을 부여하라

인물에게 핵심 성격 하나를 부여하는 것은 쉬운 일이지만, 그렇게 하면 입체성이라고는 찾아볼 수 없는 평면적인 주인공이 되어버린다. 하나의 성격을 유지하는 문학작품 속 인물이 드문 것은 그 때문이다. 주인공은 가장 많은 발전을 보여야 한다. 반드시 지킬 필요는 없지만, 인물이 다채로운 성격을 가질 수 있도록 네 범주에서 적어도 하나씩은 장착시킬 것을 권한다. 작가로서의 직관을 활용해 균형을 찾아내고, 필요하면 동료들의 비평도 들어보자.

너무 다양한 성격을 가진 인물은 동기와 감정을 꼭 짚어내기 힘든 골칫덩이가 되지만, 또 너무 단조로우면 기억에 남지 않을 위험에 빠진다. 모든 인물을 철저히 발전시켜야 각각이 더 기억에 남을 수 있다. 예를 들어 J. R. R. 톨킨의 《반지의 제왕》 시리즈에서 샘와이즈 갬지는 충직하고 세상물정에 밝으며 배려가 넘치는 호빗이다. 〈다이 하드〉(1988)에서 경찰 존 매클레인(브루스 윌리스 분)은 기지 넘치고 용감하며 정의롭고 끈기 있다. 두 인물 모두 구체적이고 완벽해서 영화 속에서 확고한 존재감을 드러낸다.

다면적 속성을 부여하는 데는 핵심 성격 하나를 정하고, 나머지를 주변 성격으로 만드는 방법이 유용하다. 우선순위를 정하면 가장 강조할 성격이 무엇이고 어떤 성격으로 이를 떠받칠지가 분명해지면서 인물의 입체감이 살아난다. 예를 들어 J. K. 롤링의 《해리 포터》 시리즈에서 헤르미온느 그레인저는 세심하고 의욕 넘치며 책임감도 강하지만, 독자는 제일 먼저 그녀의 총명함을 떠올린다. 이 핵심 성격이 헤르미온느의 모든 행동과 태도 그리고 판단에 직접적으로 영향을 미치기 때문이다.

최강의 인물:
긍정적 성격과 악당

악당과 긍정적 성격을 동일 선상에 놓고 생각하지 않는 것이 당연할 수 있지만, 우리의 적수가 그럴 듯한 장점을 가지는 것은 엄청나게 중요하다. 왜일까? 악당이 강할수록 주인공의 승리가 더욱 요원해 보이기 때문이다. 독자는 강철보다 강한 적수에 맞서다가 엄청난 위험에 빠지는 주인공에게 공감하고, 그가 어떻게 성공할지 궁금해한다. 이처럼 독자의 공감을 끌어내는 것이 인물 창조의 핵심이다. 멋진 인물을 탄생시키고 싶다면, 여기에 소개하는 기술에 따라 적수의 긍정적 성격을 발전시켜 최강의 인물로 만들어라.

신원조회를 하라

작가들은 주인공에 집중하느라 악당을 레이더망 밖으로 밀어내기 십상이다. 하지만 악당을 위협적인 존재로 만들고 싶다면 다른 주요 인물만큼이나 완벽히 발전시켜야 한다. 주인공의 긍정적 성격을 형성하는 요인에 악당 또한 영향을 받는다. 그러므로 조사를 해야 한다. 부록A의 인물 프로필 질문지를 활용해 프로필을 작성해본다. 악당에게 살을 붙이면 주인공과 독자 모두에게 실질적 위협으로 다가갈 것이다.

악당의 인물 변화를 알아보라

악당의 인물 변화는 주인공과 동일한 요소를 포함해야 한다. 외적 요인(주인공)에 의해 좌절되는 목표가 있어야 하는데, 악당의 목표는 자기 자신에 대해 믿고 있는 거짓의 결과에서 기인한 더 거대한 자존감을 향한 내적 욕구로 구동되어야 한다. 마찬가지로 적수가 제대로 발전하려면, 그의 동기 역시 과거에 입은 감정의 상처로 거슬러 올라가야 한다.

〈유주얼 서스펙트〉(1995)의 악당 카이저 소제(케빈 스페이시 분)를 살펴보자. 잡범이었던 소제는 아내와 가족의 죽음으로 상처를 입는다. 가족을 죽인 헝가리 갱단 조직원들을 모조리 죽인 후 소제는 은둔하며 비밀과 두려움 그리고 전설에 기초한 범죄왕국을 건설한다. 그의 목표는 자신의 정체를 끝까지 감추는 것이며, 이는 가장 가까운 사람들에게도 마찬가지다(외적 동기). 그런데 이 목표가 때때로 경찰과 간간이 나타나는 목격자 때문에 위협받는다(외적 갈등). 내적 동기가 드러나지 않더라도 그가 정체를 감춤으로써, 자기 자신이나 가까운 사람들에게 다시 해가 미치지 못하게 하려는 것이라 주장할 수도 있다. 그의 내적 갈등 또한 입 밖으로 나오지 않지만, 그가 아내와 아이들의 죽음에 대한 비난을 감수하고 자신이 가족에게 이런 비통한 결과를 가져온 것에 대해 구제받을 수 없다고 믿는다고(거짓) 이해될 수도 있다.

이런 인물은 상처와 동기, 결함, 야망을 가지고 있기에 현실적이다. 독자는 그를 이해하는데, 주인공이 진짜 문제를 가지고 누군가와 부딪친다고 보기 때문이다. 당신이 악당의 인물 변화를 탐구할수록 그는 독자에게 더 흥미롭고 경악할 만한 인물이 될 뿐만 아니라, 주인공이 처한 상황은 정말 가공할 만하고 정신이 나간 적에 의해 더욱 나빠진다.

강력한 악당을 만들어라

악당에 대한 작가의 인식은 종종 핵심적인 결점에만 국한되어 그것으로 악당을 몰아간다. 하지만 주인공이 자신이 원하는 바를 얻으려면 장점이 필요하듯, 악당도 마찬가지다. 목표가 금전적 이익이든(《다이 하드》에서 한스 그루버), 권력이든(《뻐꾸기 둥지 위로 날아간 새》에서 수간호사 랫치드), 자아실현이든(《양들의 침묵》[1991]에서 버펄로 빌) 간에 장점이 있어야 악당 역시 원하는 바의 성취를 시도할 수 있다. 긍정적 성격 덕에 독자는 악당이 원하는 바를 진짜로 갖게 될지도 모른다고 확신하고, 이것이 주인공의 두려움도 증폭시킨다.

또한 주인공이 발전하는 폭이 상대의 강한 정도에 직접적으로 연계되어 있음을 명심해야 한다. 주인공이 너무 약한 악당을 물리치면 많은 것을 달성할 수 없고 독자는 흥미를 느끼지 못한다. 하지만 자신의 목표를 달성하기 위해 노력하는 총명하고 끈기 있으며 복수심 강한 적수와 맞붙는다면? 이런 악당을 물리친다면 주인공은 진정한 영웅으로 올라설 것이다.

강력하고 실질적이며 위협적인 악당들을 만들겠다면, 그들에게 자신이 원하는 바를 가질 수 있게 만들어주는 장점들을 부여하라. 카이저 소제의 경우 끈기와 총명함, 조직력, 분별력, 결단력이 무자비하고 종잡을 수 없는 범죄의 배후에 있는 주모자가 되는 데 필요한 장점이다. 이 장점들은 카이저 소제를 이론상의 악당에서 영화 역사상 가장 흥미롭고 기억할 만한 악당 가운데 한 명으로 변화시킨다. 당신의 악당도 적절한 속성을 골라 섞으면 이렇게 만들 수 있다.

입체적인 악당을 만들어라

악당에게 네 범주(도덕성, 성취, 대인관계, 정체성)에서 기인한 장점들 전부를 장착하지는 못하더라도, 그 가능성을 고려해야 한다. 적수가 주인공과 다른 종류의 장점을 가지는 것이 중요한데, 여기서 몇 가지 핵심적인 차이가 있다.

악당은 도덕성이 부족하다고들 말하지만, 늘 그런 것은 아니다. 소설과 역사 속에 등장한 수많은 악당이 도덕성을 중요시했다. 다만 대중이 용인하는 옳고 그름과 다를 뿐이다. 〈월스트리트〉(1987)에서 증권가의 거물 고든 게코(마이클 더글러스 분)는 '탐욕은 선이다'라는 경구대로 살아가고, 이를 가치 있는 일이라고 본다. 실제 참상을 바탕으로 만들어진 〈쉰들러 리스트〉(1993)에서 유대인 강제수용소의 소장 아몬 괴트(레이프 파인스 분)는 유색인종은 인간으로 대접할 가치가 없다고 믿는다. 괴트의 머릿속에서는 자신의 행동이 대의를 위한 정당한 일로 용인된다. 당신이 악당을 위해 도덕적 성격을 선택할 때, 그의 도덕성이 과거의 상처와 부정적 경험에 의해 어떻게 뒤틀리는지를 생각해야 한다. 원칙을 따르는 악당은 정말로 소름 끼치는 인물일 것이다. 그의 도덕적 선택이 주인공과 독자에게 극악무도할 때는 더욱 그렇다.

도덕적 성격은 보통 주인공의 다른 긍정적 성격들의 예측 변수가 되는 반면, 악당의 경우에 늘 그렇지는 않다. 악당의 상처가 매우 깊기 때문에 거대한 욕구를 유발하고 자신의 핵심 성격이 다른 세 범주 중 하나에서 나올 가능성이 크다. 〈양들의 침묵〉에서 악당인 버펄로 빌(테드 레빈 분)은 자신의 육체를 벗어나고 싶은 마음이 너무 간절한 나머지 희생자들의 피부를 이용해 새롭게 만들어내려고 한다. 뒤틀린 방식으로 쓰였음에도(악당 대다수에게 적용되는 대로) 그의 핵심 장점은 정체성과 관련된 성격이라고 주장할 수 있다. 여기서 그의 또다른 장점인 창의성이 형성된다. 또한 악당들은 일반적으로 성취와 관련된 장점을 수용하는데, 이들이 목표지향적이기 때문이다.

조합하기

대다수의 악당에 대해 명심할 점은 그들이 보통 사람들과 별반 다르지 않다는 사실이다. 선과 악이 공존하고, 장점과 결점이 양립한다. 그리고 불쾌감을 주는 악당에게도 보통 사람들만큼 절실한, 어떤 경우에는 더 많은 상처와 욕구가 있다. 당신의 악당에게는 무엇이 그렇게 행동하게 만드는지를 파악해야 한다. 악당이 주인공에게 심각한 위협이 될 만큼 강해지면 독자는 마음 놓고 주인공의 편을 들 수 있다.

인물의 긍정적 성격에 대해 알아야 할 것들

작가로서 인물의 성격을 사실적으로 구성할 계획이라면, 무엇이 그런 성격을 유발하는지뿐만 아니라 어떤 모습으로 발현되는지도 알아야 한다. 여기에 인물의 성격을 독자들에게 분명하게 전달하기 위해 익혀야 할 몇 가지 분야를 소개한다.

행동과 태도

주인공의 긍정적 성격을 정하고 나면, 그가 어떻게 변화무쌍한 상황에 대처할지 짐작하기가 훨씬 쉬워진다. 뜻밖의 상황이라면 더욱 그러한데, 즉각적으로 대응해야 하기 때문이다. 예를 들어 복권 1등에 당첨되었다는 소식을 막 들은 세 주인공은 각자의 성격대로 반응한다. 열정적인 주인공은 소리를 지르며 깡충깡충 뛰어다니고 사람들을 축하 파티에 초대할 것이다. 조심성이 많은 주인공은 믿기지 않는 소식 앞에 흥분하기보다 머뭇거리며 사실을 확인하려 들 수 있다. 감상적인 주인공은 눈물을 흘리며 당첨금 수여자들에게 연신 고맙다고 말할 것이다.

인물이 흥미로우려면, 현실과 같이 동일한 상황에서 제각기 다른 반응을 보여야 한다. 태도가 비슷한 사람들조차 자신이 지닌 성격 조합에 따라 대응방식이 달라진다. 복권 당첨자 세 사람 모두 흥분을 잘하는 성격을 공유한다고 가정해보자. 매우 관대하기도 한 첫 번째 당첨자는 당첨금을 받기도 전에 돈을 기부하겠다고 약속할 수도 있다. 흥분을 잘하지만 상스러운 성격의 두 번째 주인공은 신이 나서 욕을 내뱉고 사람들에게 맥주를 뿌릴 수도 있다. 세 번째 행운의 주인공은 흥분을 잘하는 위선적인 성격으로 그럴 마음이 추호도 없으면서도 자신의 모든 빚을 갚겠다는 계획을 공표할 수도 있다.

주어진 상황에서 각 인물이 어떻게 반응할지 그 선택지는 무궁무진하다. 그래서 당신의 인물이 어떻게 대응할지 아이디어를 얻을 수 있도록 성격마다 개연성 있는 연관된 행동과 태도를 제시했다.

생각

인물이 늘 솔직하지는 않다는 점을

명심하라. 자신에게도 다른 사람들에게도 마찬가지다. 예를 들어 당신의 주인공이 그렇게 하는 것이 올바르다고 믿어서거나, 아니면 그렇게 행동하는 것을 중시하는 사람들에게 둘러싸여 있어서 어떤 행동을 보일 수 있다. 하지만 사실 그는 반항적인 천성을 숨기고 있을지 모른다. 겉으로는 순응하지만 속으로는 무엇을 하라고 말한 누군가에게 울분을 품을 수도 있는 것이다. 생각은 행동만큼 확실하지 않지만, 사람의 진짜 성격을 빈번히 드러낸다는 점에서 흥미롭다. 인물의 진짜 성격을 보여주려면 무슨 생각을 하는지, 또 그 생각이 행동과 어떻게 엇갈리는지를 알아야 한다.

감정의 범위

인물의 성격을 보여줄 때, 감정의 범위는 인물이 어떻게 행동하는지를 감안해 정해야 한다. 그는 감정을 쉬이 드러내는가 아니면 잘 드러내지 않는가? 주변에 다른 무리가 있으면 행동이 바뀌는가? 감추는 감정들이 있는가? 사람들은 대부분 자신의 감정을 모조리 드러내지 않는다. 절실하게 동의를 구하는 열정적인 성격의 인물이라면 다른 동료들처럼 보이려고 자신의 감정을 축소할 수도 있다. 행복한 인물은 쾌활하다는 명성에 부합하기로 했기에 부정적 감정을 드러내는 것이 불편할 수도 있다. 인물의 감정 범위를 알면 그의 감정들을 진실하게 전달할 수 있다.

부정적 측면

인물의 성격에는 긍정적 측면이 압도적으로 많지만, 부정적 측면 또한 만만찮음을 명심해야 한다. 충직한 인물은 친구들에게 헌신적인 한편, 동기나 행동이 의문투성이인 사람을 지지할 수도 있다. 충성심이 지나치면 그 사람을 위해 거짓말을 하거나 스스로 납득되지 않는 일에 동의할 수도 있다. 대부분의 성격이 완벽하게 긍정적이지만은 않다. 시시때때로 부정적 측면이 끼어든다. 그러니 긍정적 측면과 부정적 측면 두 가지를 모두 활용하자. 그러면 인물의 성격이 심화되면서 독자는 그를 진짜처럼 느낄 것이다.

인물의 성격을
보여주는 방법

인물의 핵심 성격과 그에 딸린 주변 성격을 모두 알아냈다면, 이를 독자에게 효과적으로 전달할 수 있어야 한다. 글쓰기의 많은 분야가 그렇듯 성격도 독자에게 단순히 말해주기보다 '보여주는' 것이 중요하다. 보여주기는 말해주기보다 품이 많이 들지만, 독자와 인물의 유대감을 강화하므로 그만큼 얻는 것이 많다.

말해주기는 독자가 뒤로 물러앉아서 인물에 관해 듣기만 하므로 거리감이 생긴다. 이는 회사에 갓 입사한 멋진 신입사원에 대해 누군가 말해주는 것과 직접 보는 것의 차이와 같다. 그에 대해 듣고 관심이 생길 수 있지만, 눈으로 직접 보기 전까지는 친밀감이 들지 않을 것이다. 이것이 당신의 인물이 누구인지를 보여주는 게 중요한 이유다. 이를 어떻게 해낼 수 있을까?

행동과 특이한 버릇

성격은 행동을 지시한다. 인물이 자신과 타인에게 솔직하다면, 그의 행동에는 긍정적인 성격이 반영될 것이다.

루시 모드 몽고메리의 《빨간 머리 앤》에서 삶의 밝은 면을 바라보는 앤 셜리의 행동은 독자에게 그녀가 낙천주의자임을 알려준다. 〈포레스트 검프〉(1994)에서 포레스트 검프(톰 행크스 분)가 정신적으로 불안정하고 자꾸만 사라져버리는 제니를 한결같이 진실하게 대할 때, 관객은 그가 충직한 사람이라 여기고 그래서 그를 좋아하는 것이다. 인물이 일관되게 행동하면 독자는 그의 성격과 그가 어떤 부류인지를 쉽게 파악할 수 있다.

버릇, 말하자면 사소하고 특이한 행동양식이나 습관 또한 성격을 보여준다. 〈캐리비안의 해적〉 시리즈에서 잭 스패로 선장은 일면 독특한 개성 때문에 잊을 수 없는 인물이다. 까만 아이라이너, 괴상한 높낮이의 목소리, 술에 취한 듯 흐느적거리는 걸음걸이, 퍼덕거리는 손짓을 통해 관객은 그가 경박한 인물임을 바로 알아차린다.

〈엘프〉(2003)에서 버디(윌 페럴 분)는 자신의 괴상한 습관에 대해 아무 거리낌이 없다. 스파게티에 메이플시럽을

뿌려 먹는 것부터 사람들이 있는 곳에서 노래 부르는 것까지. 특이한 버릇은 누구에게나 개인적이라는 점에서 인물의 긍정적 측면을 드러내는 데 효과적이다. 적소에 기용된 이런 사소한 결점이 독자에게 인물에 대해 많은 것을 말해준다.

대인관계

인물의 성격은 타인과의 관계를 통해 생생해진다. 모든 사람은 나름의 편견과 좋아하는 것 그리고 싫어하는 것을 가지고 있으며, 이는 알게 모르게 대인관계에 적용된다. 사람들 간의 차이는 갈등을 일으켜 긴장감을 고조하고 분란을 만든다. 당신의 주인공을 반대의 성격이나 결점을 지닌 인물과 짝지우면, 인물들의 성격이 대비되면서 한층 또렷해질 것이다.

또다른 기술은 조연이 독자에게 주인공이 어떤 부류인지를 폭로하는 것이다. 누군가의 실체를 알고 싶다면 당사자에게 묻지 말고 가장 가까운 사람에게 물어보라는 말이 있다. 주인공은 친구들과 있을 때 가장 편안해하며, 경계심을 풀고 자연스럽게 행동한다. 다른 사람들이 당신의 인물에 대해 하는 말과 인식을 통해 그의 진짜 성격을 보여주어라. 이는 주인공의 허세를 뒤로 하고 그가 진짜 어떤 사람인지를 알릴 훌륭한 방법이다.

생각

앞서 말한 대로 인물은 늘 자신의 성격을 있는 그대로 털어놓지 않는다. 결점을 감추기 위해 자신에게 없는 장점이 있는 것처럼 가장할 수 있다. 그는 자신과 아주 다르지만 존경하는 인물을 흉내 내려 애쓸 수도 있다. 하지만 인물의 생각에서는 속마음이 드러날 수밖에 없다. 숨기거나 가장할 필요가 없기 때문이다. 독자에게 인물의 시점에서 그의 머릿속을 슬쩍슬쩍 보여주어라. 인물이 진짜로 무슨 생각을 하는지 밝혀서 생각과 행동의 괴리를 알려주는 것이다.

위기와 선택

위기가 닥치면 이해관계가 극명해지고 감정이 격해지면서 논리적으로 생각하기 어려워진다. 이때 주인공은 감성을 숨길 사이도 없이 본능적으로 행동하면서 진짜 성격을 드러낸다. 좀비에 의한 대재앙을 그린 〈월드워Z〉(2013)에서 제리 레인(브래드 피트 분)은 자신을 도와주던 여군이 좀비에게 물리자 그녀의 손을 주저 없이 잘라버린다. 제리의 재빠른 대처는 그가 기꺼이 위험을 무릅쓰고 두려움을 떨쳐내는 결단력 있는 사람임을 보여준다.

한편 선택에는 시간이라는 변수가 따라붙는다. 인물은 선택지를 충분히 따져보고서 신중할 것과 신중하지 않을 것을 선택할 수 있다. 〈에이리언〉(1979)에서 엘런 리플리(시고니 위버 분)에게 에이리언 유충에 감염된 동료를 우주선에 탑승시킬지 말지를 결정하는 권한이 주어진다. 동료의 생명을 구할지 아니면 우주선 전체의 감염을 막을지를 선택해야 하는데, 리플리는 침착하게 결정을 내린다. 이를 통해 리플리가 신중하고 분별력 있으며, 다른 사람에게 쉽게 흔들리지 않는 사람임을 알 수 있다. 독자는 인물의 선택뿐만 아니라 결론에 도달하는 과정을 통해 그에 대해 많은 것을 알 수 있다.

인물의 발전

이야기가 펼쳐지는 동안 주인공은 자신의 치명적 결점을 넘어서거나 잠재우는 법을 배워야 한다. 이때 가장 큰 단점은 변해도 뇌시민 주요 성격은 변하면 안 된다. 장점의 일관성을 독자에게 각인시키려면, 작가는 주인공에게 긍정적 성격을 발현할 기회를 많이 주어 이를 돋보이게 만들어야 한다.

독자가 흥미를 느끼지 못할 때:
인물 창조 과정에서 빠지기 쉬운 함정

독자는 인간적인 인물에게 유대감을 느끼고 감탄이나 존경심 또는 호기심을 품는다. 이런 인물을 만드는 열쇠는 독자의 호기심을 동하게 할 긍정적 성격을 부여하는 것이다. 하지만 흥미로우면서도 사실적인 인물을 만들고자 최선을 다했음에도 독자가 혹하지 않는다면, 어떻게 해야 할까? 다음은 독자와 관객이 당신의 주인공에게 공감하지 못하는 이유다.

비현실적인 인물

인물이 비현실적으로 느껴진다면 작가가 그 인물에 대해 충분히 알지 못하기 때문일 수 있다. 당신이 인물에 대한 수많은 질문에 답할 수 있다고 해서 인물과 친밀하다고 말할 수는 없다. 현실에서도 마찬가지다. 만약 브래드 피트의 열성팬이라면 온라인에서 그에 관한 무수한 자료를 찾을 수 있다. 하지만 그렇다고 브래드 피트를 안다고 말할 수는 없다. 말도 안 되는 상황에서 그가 할 행동을 예측할 수도 없고, 그의 과거에서 현재의 행동으로 변화

를 일으킨 촉매제를 규명할 수도 없으며, 심지어 그가 마음속으로 중요시하는 것을 간파할 수도 없다. 한정된 정보로 브래드 피트에 대한 글을 쓸 수는 있지만, 그는 비현실적으로 생각될 공산이 크다. 즉, 전혀 브래드 피트 같지 않을 것이다. 공감을 얻으려면 작가는 독자에게 인물의 일관성을 이해시킬 수 있을 정도로 그를 깊이 알아야 한다.

인물이 가짜처럼 보이는 또다른 이유는 그의 목소리가 적절치 않아서다. 발화는 인물만큼이나 독특해야 한다. 어조, 특징, 높낮이, 성량, 속도, 단어 선택과 그 밖의 수많은 요소에 의해 목소리는 쉽게 구분된다. 핵심 성격은 발화에도 영향을 미치는데, 이를테면 참을성이 없는 인물은 느긋하거나 생각이 깊은 인물과 말하는 방식이 다르다. 당신의 주인공이 어떻게 말하는지를 생각할 때, 이를 염두에 두어야 한다. 또다른 유용한 기술은 독특한 발화를 구사하는 영화 속 인물들을 살펴보는 것이다. 〈슬링 블레이드〉(1996)에

서 카를 칠더스(빌리 밥 손턴 분), 〈프린세스 브라이드〉(1987)에서 악당 비지니(월리스 숀 분), 〈양들의 침묵〉에서 연쇄살인마 버펄로 빌, 〈포레스트 검프〉에서 포레스트 검프는 모두 독특한 목소리를 가지고 있다. 무엇이 이 인물들을 유일무이하게 만드는지에 주목하고, 그것을 당신의 주인공에게 적용할 방법을 생각해보라.

인물이 비현실적으로 다가오는 세 번째 이유는 인물의 감정과 관련 있다. 독자가 인물에게 공감하고 인물과 동일한 느낌을 가질 때 유대감이 생겨나는데, 독자는 인물에게 벌어지는 일에 공감하고 신경 쓰지만 인물의 감정이 진짜처럼 전해질 때만 그렇다. 진짜처럼 느껴지지 않으면 독자는 빠져들지 못한다. 독자가 뒤로 빠지면 거리감이 생겨나고 뻔한 멜로드라마, 너무 허술한 느낌, 분명하게 전달되지 않는 감정, 일관성 없는 응답은 공감이 가지 않는 인물로 귀결될 수밖에 없다. 인물의 감정을 명확하고 간결하게 표현하면, 이것이 반대의 효과를 거두어 독자는 인물과 감정적 경험을 공유하게 된다. 감정을 효과적으로 표현하는 방법은 《인간의 75가지 감정 표현법》을 참고하기 바란다.

인물의 일관성 없는 변화

인물의 변화는 전체 이야기에 중요한 영향을 미친다. 변화에 중대한 문제가 있으면, 독자에게 무언가가 잘못되었다는 인상을 줄 모순이나 틈새가 생겨난다. 가장 큰 문제는 인물에게 아무런 설점이 없는 것이다. 작가는 자신의 주인공에 대한 애착이 강해서 약한 인물로 만들고 싶어하지 않는다. 하지만 결점이 없으면 주인공은 개선되거나 실패할 도리가 없고, 독자는 응원할 거리가 없어진다. 우유부단하지 않은 햄릿, 온전한 정신을 가진 프랑켄슈타인을 상상해보라. 이런 인물들은 내적으로 갈등할 일도 극복할 일도 없을 것이다. 그렇다면 누가 이런 인물의 이야기를 읽고 싶겠는가? 결점이 없는 사람은 현실에도, 책 속에도 없다. 독자가 이들을 지지하지 않기 때문이다. 독자의 공감을 얻을 주인공을 가지고 싶다면, 인물에게 장점과 균형을 이루는 결점이 있는지 점검해야 한다.

평면적인 인물

인물이 평면적으로 다가오는 원인은 무수히 많다. 가장 큰 문제는 독창적이지 않은 상투적인 인물이다. 작가들은 이런 전형典型에 기대기 쉬운데, 이는 이미 그 효과가 입증되었기 때문이다. 마음은 순수한 매춘부, 괴짜 은둔자, 현명하지만 살짝 제정신이 아닌 멘토. 이모든 전형적인 설정은 과거에는 받아들여졌지만 너무 많이 반복되어 이제는 매력을 잃었다. 이미 있는 것을 반복하지 않으려면 당신의 인물을 독특하게 만들 궁리를 해야 한다. 클리셰를 뒤집고 관심을 끌 만한 신선한 인물을 만들어라.

학구적인 책벌레나 몸이 탄탄한 운동선수처럼 하나의 핵심 장점을 가진 일차원적인 인물은 독자를 실망시킬 수 있다. 이런 함정을 피하려면 네 범주에 골고루 속하는 다채로운 성격을 지닌 인물을 구축해야 한다. 서로 잘 어울리는 장점을 고르고 조합하면, 당신의 주인공은 입체적이고 흥미로워지며 깊이까지 더해질 것이다.

수동적인 주인공은 절대로 안 된다. 이들은 스스로 변화하지 못하고 상황에 대응만 한다. 이들은 스스로 결정하는 대신 주변에서 일어나는 일에 반응한다. 한발을 뒤로 빼고 다른 사람들과 사건에 자신의 운명을 내맡기는 주인공을 독자는 존중하지 않는다. 주인공은 스스로 선택해야 한다. 설령 그의 결정이 잘못된 것일지라도 말이다. 독자도 어느 정도의 잘못쯤은 양해한다. 그러니 주인공이 일이 벌어지기만을 기다리게 하지 말고, 책임감을 갖고 선택하게 만들어라.

충분하지 못한 위험

독자는 수시로 이야기에서 빠져나가거나 인물에 대한 애정이 식는데, 무엇이 위험인지 알지 못하기 때문이다. 교도소에 갇힌 남자 이야기든((쇼생크 탈출)(1994)), 고독하고 고립된 삶을 살아가는 이야기든((사관과 신사)(1982)), 세상의 종말을 다룬 이야기든((딥 임팩트)(1998)) 간에 모든 이야기에는 막강한 위기가 있어야 한다. 당신의 이야기에서 위기를 파악하려면 스스로에게 질문해야 한다. 주인공이 자신의 목표를 달성하지 못하면 어떤 일이 벌어지는가?

위기가 무엇인지 아는데도 독자가 이야기에 빠져들지 못한다면, 그 위기가 충분히 위험하지 않아서다. 독자가 온전히 몰입하려면, 주인공이 실패할 경우 끔찍한 일이 벌어진다는 확신이 들어야 한다. 그래야 주인공을 응원하면서 책장을 넘긴다. 당신이 정한 위기로는 어림도 없지 않을까 걱정된다면, 더욱 위태롭게 만들 방법이 있다.

첫째, 인류의 보편적 위험에 주목하라. 생존, 사랑, 배고픔, 섹스, 안전, 사랑하는 사람들 보호하기. 이는 모두 기본적이므로 누구나 이해할 수 있는 위기다. 《Save the Cat!: 흥행하는 영화 시나리오의 8가지 법칙》을 쓴 유명 작가 블레이크 스나이더는 이것들을 '원초적 위기'라고 명명했다. 모든 사람이 그것을 본능적 차원에서 받아들이기 때문이다. E. B. 화이트가 쓴 어린이 책의 고전 《샬롯의 거미줄》을 살펴보자. 여기서 누가 위험에 처하는가? 윌버가 위험하다. 그것이 어떻게 눈을 뗄 수 없게 만드는가? 누가 돼지에게 신경이나 쓸까? 글쎄, 농장에서 기르는 동물에 관심이 없을 수도 있지만, 꽤 많은 사람이 이 돼지의 죽음을 걱정한다. 당신의 이야기에 원초적이고 보편적인 위기를 만들 수 있다면, 독자가 몰입할 가능성이 높아질 것이다.

인기 있는 영화와 책에서는 위기를 짚어내기 쉽지만, 막상 자신의 이야기에서는 골라내기 어렵다. 이를 실행하려면 가상 시나리오를 작성해서 불을 어떻게 지필지 궁리해야 한다. 결혼생활을 지켜내려는 여성에 대한 이야기를 쓴다고 가정해보자. 그녀의 이름을 페이라고 부르자. 결혼생활이나 가족

을 지키는 것은 당연한 일이므로, 원초적 위기가 될 자격이 충분하다. 하지만 이것만으로는 관심을 끌지 못한다. 어떻게 하면 더욱 위태로워질까?

다음 단계는 인물이 원하는 바를 얻지 못하면 끔찍한 일이 벌어짐을 확인시키는 씬이다. 페이의 경우 그녀의 결혼생활이 위기에 처했고, 우리는 이론상 결혼생활의 붕괴가 좋지 않은 일이라는 것을 안다. 하지만 독자가 말로만 염려를 느껴서는 안 된다. 손톱을 물어뜯으며 분개해야 한다. 작가는 끔찍한 상황을 명확하게 만들어야 한다. 페이의 결혼생활이 이혼으로 끝나면, 뇌전증을 앓는 딸이 남편의 의료보험 혜택을 받을 수 없을지 모른다. 페이에게 의료보험은 절실할 수밖에 없다.

충분한 위기임에도 독자가 여전히 위태로움을 느끼지 못할 수 있다. 그렇다면 독자가 위험이 임박했다고 느끼게 만들어야 한다. 이를 달성하려면 마감시한이나 카운트다운을 덧붙여라. 이렇게 하면 독자는 시간이 얼마 없음을 알게 되며 째깍거리는 시곗바늘 소리는 긴장감을 증폭시키고, 눈을 떼지 못하게 만든다. 페이의 경우 결혼생활이 위기에 몰린 이유는 남편이 그녀가 바람을 피운다고 믿어서다. 남편은 함께

상담을 받아보자는 데 동의하지만, 두 달이 지나도 문제를 해결하지 못하면 남편과는 끝이다. 두 달 안에 결혼생활을 되돌릴 수 있을까? 어림없다! 이제 충분한 긴장감이 생겼다.

마지막으로, 당신의 인물에게 장애물을 쉴 새 없이 투척해야 한다. 급박한 위험이 없다면 원초적 위기라도 독자의 마음을 사로잡을 수 없다. 두 달 동안 페이의 상황을 더욱 악화시킬 무수한 일이 벌어져야 한다. 그녀가 고른 심리치료사가 엉터리거나, 딸의 건강이 더 악화될 수도 있다. 남편이 페이의 애인이라고 믿는 남자가 그녀를 쫓아다니면서 이혼하려는 남편의 마음에 불을 댕길 수도 있다. 아니면 페이가 자신이 임신했음을 알 수도 있다. 장애물은 주인공에게 성공에 대한 불확실성을 만들어낸다. 이야기가 전개될수록 인물이 위험과 강도가 커지는 장애물에 직면하는지 점검하라. 이것이 갈등을 증폭시키고 독자에게 주인공을 염려할 명분을 더 많이 줄 것이다.

존재감 없는 악당

악당은 수시로 주인공의 상황을 견딜 수 없게 만든다. 이렇듯 나쁜 놈의 비열한 본성 때문에 독자는 주인공을 걱정하기 시작한다. 그런데 주인공과 맞서는 악당이 위협적이지 않다면, 주인공의 위기가 전혀 절박해 보이지 않을 것이다. 이렇게 되지 않도록 할 일을 해야 한다. 악당이 원하는 바와 왜 절실히 그것을 달성하려는지 파악할 수 있도록 악당의 인물 변화를 분명하게 드러내준다. 악당의 내적 기질에서 어떤 핵심 조각이 사라지거나 손상되었는지를 알 수 있도록 내적 동기를 파악해야 한다. 주인공이 목표를 성취하기 위해 움직이듯, 악당도 자신이 원하는 바를 얻으려 결단한다. 적수가 성공을 위해 무엇이든 한다면 당신의 주인공은 엄청난 문제에 휘밀릴 테고, 독자의 흥미를 높이는 데 큰 역할을 할 것이다.

마지막 노트

반대한 성격을 아우르려다 보니 항목이 이렇게나 많아졌다. 그러니 부록 C 범주 목록을 활용해 원하는 성격을 찾아보기를 권한다. 많은 성격이 하나의 범주로 묶일 수 있는데, 예를 들어 '발랄함, 기뻐함, 쾌활함, 즐거움'은 서로 바꾸어 써도 무방해 이 성격들은 모두 상위 항목인 '행복해하는 성격'에 포함시켰다. 이처럼 비슷한 성격은 반복을 피하기 위해 함께 두었다. 당신이 원하는 성격을 찾을 수 없다면, '유사한 성향'을 참고하라. 그 정보가 유용할 수 있다. 또한 내면에 깊이 뿌리내린 장점은 글로 쓰기 복잡하고 어려운 관계로, 신체적으로 타고난 특성(우아함, 매력적 등)보다 이런 성격에 집중하기로 했다.

이 책은 인물을 구상하고 이야기를 만들어내는 데 '참고자료'로 활용할 수 있다. 항목마다 연관된 행동과 감정, 성격 형성의 배경에 대한 특정한 정보가 포함되어 있지만 인물은 저마다 독특하다. 인물은 자신이 가진 성격의 조합, 상황의 혹독한 정도, 당시의 감정, 같이 있는 사람들, 그리고 다른 여러 요인에 따라 다르게 반응할 것이다. 따라서 이 책의 항목들은 어떤 상황에서 인물의 반응을 선택하기 위한 완벽한 목록이 아니라, 출발점으로 활용해야 한다.

또한 이 책을 독자적인 참고자료로 활용해도 되지만, 균형 잡히고 완전한 성격을 만드는 데 도움을 얻을 수 있도록 《캐릭터 만들기의 모든 것 2—106가지 부정적 성격》을 함께 활용할 것을 권한다.

인물과 성격 연구에 대한 이론과 견해는 차고 넘친다. 긍정적 성격을 포함한 인물 창조를 위해서 우리는 그중에서 한 이론의 관점을 받아들였다. 즉, 행동의 핵심 이유는 아주 다양하고 종종 개인의 과거 경험과 직접 관련이 있다는 견해. 우리가 이 책에 쓴 성격 형성의 배경은 단지 개연성일 뿐이다. 작가로 하여금 인물의 현재 행동에 과거가 어떤 영향을 미치고 있는지 더 많이 생각해보기를 권하려는 의도다.

이 책을 쓰면서 배운 한 가지가 있다면, 만들 수 있는 독창적인 인물의 수는 한계가 없다는 것이다. 당신이 창조한 인물의 과거를 파헤치고 유전적 구성을 감안하며, 다른 요소들을 연결하다 보면 사실적이면서도 아주 흥미로운, 한 번도 본 적 없는 많은 인물을 만들어낼 수 있다. 이 책이 처음부터 끝까지 독자가 당신의 여정을 함께하고 싶을 수밖에 없도록 아주 매력적인 인물들을 구축하는 데 도움을 주리라 희망하고 진심으로 믿는다. 당신에게 행운이 가득하기를 바란다!

긍정적 성격

99

01 잘 적응하는 성격

Adaptable

정의	범주	유사한 성향
어떤 상황에서도 유연하고 융통성 있게 대처함	성취, 대인관계	유연함, 탄력적, 융통성이 있음

성격 형성의 배경

——— 내면의 힘이 강하다

——— 위험하거나 예측 불가능한 환경에서 자랐다

——— 만성질환에 걸린 누군가를 간호한 적이 있다

——— 도전하기를 좋아한다

——— 어린 시절에 이곳저곳으로 자주 옮겨 다녔다

——— 천성적으로 침착하고 잘 휘둘리지 않는다

——— 감정의 응어리가 전혀 또는 거의 없다

——— 긍정적이다

——— 자존감이 높다

연관된 행동

——— 두뇌회전이 빠르다

——— 두 가지 이상의 직업을 가진다

——— 책임지는 것을 편하게 생각한다

——— 여행과 새로운 문화를 접하는 것을 좋아한다

——— 상당히 조직적이다

——— 팀원으로서 활약한다

—— 사교적이다

—— 자신감이 있다

—— 자기 자신과의 싸움을 즐긴다

—— 생각(마음)이 열려 있다

—— 결단력이 있다

—— 사람을 다루고 조종하는 능력이 있어 설득에 능하다

—— 미리 계획을 세운다; 대안을 마련해둔다

—— 무엇이라도 준비해둔다

—— 도전을 피하지 않는다

—— 박학다식하다

—— 공부나 훈련에 정진해 준비에 만전을 기한다

—— 명령을 효율적으로 따른다

—— 틀에 박힌 일상보다 다양한 경험을 선호한다

—— 즉흥적이고 상황에 따라 행동한다

—— 임기응변식 대처를 꺼리지 않는다

—— 실망하거나 실패해도 빨리 회복한다

—— 멀티태스킹에 능하다

—— 자기 생각을 소리 내어 표현한다

—— 다른 사람들의 이야기를 잘 들어준다

—— 공감능력이 뛰어나다

—— 사려 깊고 배려한다

—— 관심사가 넓고 취미가 다양하다

—— 자신의 감정을 안정적으로 조절할 줄 안다

—— 기회를 놓치지 않는다

—— 실수를 통해 배운다

연관된 생각

——————— 외식을 하고 싶지만 마거릿이 집에서 먹고 싶다면 그렇게 해야지.

——————— 릭의 업무는 내가 넘겨받을게. 팀원들은 기다리고 릭은 아파서 며칠 못
나올 수도 있으니까.

——————— 나서는 사람이 아무도 없으니 내가 해야겠다.

——————— 마시가 우리의 휴가 계획을 세운다니 기뻐. 어디로 가든 근사한 휴가가
될 거야.

연관된 감정

——————— 자신감, 호기심, 열정, 행복, 평온함, 자부심

긍정적 측면

——————— 적응을 잘하는 인물은 신뢰할 수 있고 책임감이 강하며 어떤 상황에서
도 잘해낸다. 또한 모험과 새로운 경험을 즐기고 변화를 편하게 받아들
이며, 스트레스가 심한 상황에서도 불안을 억누를 줄 안다. 목표 달성을
위해 사람들에게 협조하고 협력을 이끌어내며, 두뇌회전이 빨라 사람들
이 우왕좌왕할 때조차 정신을 차리고 있다.

부정적 측면

——————— 이런 성격의 인물은 충분히 자극받지 않으면 불안해한다. 또한 다른 사
람들만큼 가족과 우정에 큰 가치를 두지 않으므로, 안정적인 일상생활
을 원하는 사람과 짝을 이룰 경우 관계를 유지하기 힘들 수 있다.

문학작품 속 사례

——————— 로버트 러들럼의 《본 아이덴티티》에서 제이슨 본은 기억상실증에 걸린
정예 비밀요원이다. 그는 자신이 속한 조직에서 위험인물로 간주되어 암
살자들에게 쫓기지만 살아남는 데 능숙하다. 긴박한 상황에서 지략과

끈기를 발휘해 싸우고 돈과 자료를 얻어 새로운 환경에 적응한다. 그는 그때그때 잘 대처하면서 무사히 살아남는다.

영화 속 사례

——— 〈세인트〉(1997)에서 변장의 명수인 도둑 사이먼 템플러(발 킬머 분), 〈라스트 모히칸〉(1992)에서 호크아이(대니얼 데이루이스 분)

갈등을 유발하는 다른 인물들의 성격

——— 강박적, 융통성이 없음, 참을성이 없음, 내성적, 비판적, 꼼꼼함, 사색적

잘 적응하는 인물을 위한 최적의 시나리오

— —— 사전에 내비책을 강구하기 힘든 애매모호한 상황(환경, 일련의 지시사항 등)에 처한다

——— 부상이나 고통, 어쩌면 더 나쁜 결과를 가져올 게 뻔한 일을 강요당한다

——— 자신의 도덕적 신념과 명령을 수행해야 하는 욕구 사이에서 갈등한다

——— 언제나 아무런 변화 없이 똑같은 대처를 하라고 요구받는다

02 모험심이 강한 성격
Adventurous

정의	범주	유사한 성향
새로운 일을 흔쾌히 시도하고 위험을 감수함	성취, 정체성, 대인관계	과감함, 위험을 무릅씀, 대담함

성격 형성의 배경

——— 모험심이 강한 부모 밑에서 자랐다

——— 어린 시절에 새로운 일과 경험을 많이 했다

——— 아드레날린이 샘솟는 성향이다

——— 자극이 끊임없이 필요하다; 쉽게 지루해한다

——— 외향적이다

연관된 행동

——— 익스트림 스포츠에 도전한다(암벽등반, 스카이다이빙, 번지점프 등)

——— 활발히 활동하다가 부상을 입기도 한다(골절 등)

——— 재미있다면 위험을 감수한다

——— 사교적 상황에서 대화를 먼저 시작한다

——— 새로운 스릴, 모험, 체험을 조사하고 시도한다

——— 새로운 음식을 맛본다

——— 긍정적이다

——— 인맥을 넓히고 관리한다

——— 장비 욕심이 있다; 적절한 장비를 갖추고자 한다

——— 다른 나라와 그곳에서 체험하는 활동에 대해 찾아본다

———— 모험 위주의 활동을 하는 클럽이나 단체에 가입한다

———— 살기 위해 일하지, 일하기 위해 살지 않는다

———— 새로운 사람과의 만남을 즐긴다

— — — — 한 장소에 오래 매여 있지 않는다

———— 사람들에게 어디로 여행을 다녀왔고 거기서 무엇을 했는지 물어본다

———— 돈을 물건 구입보다는 체험하는 데 쓰는 것을 선호한다

———— 끊임없이 자유 시간을 채우려 한다

———— 다른 문화와 대안적 생활양식에 관심을 가진다

———— 자존감이 높다

———— 자신감이 있다

———— 생각(마음)이 열려 있다

———— 우호적이다

———— 아드레날린이 분출되는 상황을 즐긴다

———— 에너지가 충만한 상태다

———— 활기 넘친다

———— 건강하고 몸이 탄탄하다

———— 영양성분의 종류와 효능에 대한 지식수준이 높다

———— 다양한 언어에 능통하다

———— 자신의 경험을 다른 사람들과 나누고 싶어한다; 새로운 것을 소개한다

———— 더 능숙해지려고 강습을 받는다(스쿠버다이빙, 암벽다이빙 등)

———— 장비 마련과 여행, 활동하는 데 지출이 많아 저축하기 힘들다

연관된 생각

———— 이대로 몇 주 더 등반하면 데블스 피크를 정복할 수 있겠군!

———— 호주에서 하는 다이빙이 최고라고들 하던데. 다음에는 거기로 가야지.

———— 도니는 걱정이 너무 많아. 이름난 스카이다이빙 회사인데 말이야.

———— 북극곰이 바다에서 수영을 하네! 내가 하고 싶은 게 바로 저건데.

연관된 감정

자신감, 투지, 흥분, 행복, 충만감

긍정적 측면

모험심이 강한 인물은 에너지와 유머 코드가 맞는 사람들을 매료시킨다. 또 흔쾌히 새로운 것을 시도하며 인생에서 주어지는 모든 것을 경험하고 싶어한다. 다른 사람들은 어느 정도의 만족에 안주하지만, 이들은 위험이나 비용에 개의치 않고 완전한 행복과 충만감을 위해 분투한다.

부정적 측면

이런 성격의 인물은 감정을 최고조로 끌어올리는 활동에 빠져든다. 종종 결과를 염두에 두지 않았다가 위험에 빠지고 신체적 상해를 입거나 모험 욕구로 판단력이 흐려져 극한으로 내몰릴 수 있다. 또다른 모험을 즐기는 그룹에 속할 때는 더 많이 그리고 더 멀리 가야 한다는 압박에 무모한 선택을 하기도 한다.

영화 속 사례

〈인디아나 존스〉 시리즈에서 고고학자 인디아나 존스는 고대 세계의 비밀을 풀 수 있다면 천리 길도 마다하지 않는 불굴의 모험가다. 그는 온갖 위험한 문화와 환경에 쉽게 적응하고 지식을 추구하며, 과거에 대한 새로운 정보를 알려주는 유물을 얻으려 위험을 감수한다.

문학작품과 영화 속 다른 사례

제임스 매슈 배리의 《피터 팬》에서 피터 팬, 〈툼 레이더〉(2001)에서 라라 크로프트(앤젤리나 졸리 분), 베로니카 로스의 《다이버전트》 시리즈에서 돈트리스 분파

갈등을 유발하는 다른 인물들의 성격

——— 과묵함, 냉소적, 불안정함, 꼼꼼함, 애정결핍, 신경과민, 피해망상이 심함

모험심이 강한 인물을 위한 최적의 시나리오

——— 야외활동이 불가능할 정도의 상해나 질병에 시달린다

——— 실직당한다; 모험을 실현하는 데 필수인 경제적 수단을 잃는다

——— 생각한 것보다 위험수준이 엄청나게 높거나 낮은 그룹의 일원이 된다

——— 어떤 사건으로 공포증이 생겨 가장 좋아하는 활동에 재미를 느끼지 못
한다

03 **다정한** 성격

Affectiondle

정의 사람들에게 애정을 표현함	범주 정체성, 대인관계	유사한 성향 애지중지함, 사랑스러움, 상냥함

성격 형성의 배경

———— 가족 간에 사이가 좋은 집안에서 자랐다

———— 과거에 받지 못한 사랑에 대한 과잉보상 심리가 있다

———— 다정한 성격의 롤모델이 있다

———— 가난하다

———— 혼자 남겨지거나 버려질까 두려워한다

———— 낭만적이다

———— 공감능력이 매우 뛰어나다

———— 보살펴주고 싶어한다

연관된 행동

———— 껴안고, 키스한다

———— 손을 잡는다

———— 안아주고, 안기고 싶어한다

———— 가까이 있고 싶어 다른 사람의 팔에 매달린다

———— 안심시키기 위해 팔이나 어깨를 다독인다

———— 사람들을 칭찬하고 칭송한다

———— 사람들을 도와준다(소소한 친절 베풀기 등)

———— 사랑하는 사람에게 시를 써준다

———— 작은 선물이나 애정의 징표를 준다

———— 보디랭귀지를 잘 알아차린다

———— 자신의 감정을 흔쾌히 표현한다

———— 발이나 몸을 마사지해준다

———— 사랑하는 사람에게 자신들이 얼마나 특별한 사이인지 말해준다

———— 사랑하는 사람들의 성공을 위해 전폭적으로 지원한다

———— 앉아 있을 때 스킨십을 한다(다리 만지기, 상대의 다리에 손 올리기 등)

———— 어깨를 감싸 안는다

———— 용기를 북돋우는 말을 한다

———— 오감, 특히 촉감에 민감하다

———— 자신에게 중요한 사람이 기뻐할 일들을 해주려 한다

———— 친밀감을 높이는 방법으로 상대의 취미나 관심사를 공유한다

———— 사랑하는 사람에게 자주 전화를 건다

———— 성적 친밀감을 중요시한다

———— "사랑해"라고 말한다

———— 돈독한 인간관계를 맺는다

———— 연민을 드러낸다

———— 공감한다

———— (애정 표현으로) 코를 비빈다

———— 애칭을 부른다; 장난기 가득한 말투로 대화한다

———— 남을 잘 믿는다

———— 마음이 약하고 생각이 열려 있다

———— 친절하고 우호적이다

———— 선의와 사랑이 행동하는 데 동기로 작용한다

———— 사람들의 욕구와 기분을 직감적으로 알아차린다

———— 자신의 감정을 모두 보여준다

——— 관찰력이 뛰어나다; 사랑하는 사람이 필요로 하는 것이 무엇인지 주의를 기울인다

——— 사랑하는 이들에 내해 애정을 담아 말한다

연관된 생각

——— 데이브가 긴장했나봐. 등을 토닥여주면 괜찮아질 거야.

——— 엄마가 어떻게 생각하든 상관없어. 내가 에이미를 사랑한다는 것을 보여주고 말겠어.

——— 앨런은 나한테 정말 잘해. 로맨틱한 저녁 식사로 깜짝 놀라게 해줘야지.

——— 아기들이 내 손을 붙잡을 때 정말 기분이 좋아!

연관된 감정

——— 흠모, 욕망, 환희, 고마움, 사랑, 평온함, 만족감

긍정적 측면

——— 다정한 인물은 자신의 감정을 확실하게 내보인다. 이들은 자기감정을 잘 알고 사람들에게 자신의 감정을 표현하기를 창피해하지 않는다. 거리낌 없이 다른 사람들이 건강하도록 보살펴주면서 그들에게 안전하고 사랑받는다는 기분이 들게 한다.

부정적 측면

——— 이런 성격의 인물은 언제 어디서 애정을 표시해도 되는지 잘못 판단할 때가 있다. 친구들 앞에서 10대 아들을 껴안는 엄마부터 회사의 크리스마스 파티에서 직장 동료와 나누는 농밀한 스킨십까지, 부적절한 애정 표현은 다른 사람들을 당황시킬 수 있다.

문학작품 속 사례

────── 루시 모드 몽고메리의 《빨간 머리 앤》에서 앤의 이웃집 소녀 다이애나 배리는 우정과 사랑에 대한 낭만적인 생각이 머릿속에 가득하다. 다이애나는 앤을 모험심이 강한 친구로 여기고 항상 같이 다닌다. 친밀감의 표시로 끌어안거나 늘 손을 잡는 둘은 영원한 '단짝'을 선언하는 의식을 행한다. 다이애나는 앤이 꿈꿔왔던 따스한 마음과 사랑을 보여주면서 앤에게 일생 동안 중요한 사람이 된다.

영화와 드라마, 문학작품 속 다른 사례

────── 〈미이라 2〉(2001)에서 유적 발굴 전문가인 에벌린 오코넬(레이철 바이스 분)과 릭 오코넬(브렌던 프레이저 분), 〈NCIS〉 시리즈에서 천재 과학자인 애비 슈토, 로버트 조던의 《시간의 수레바퀴The Wheel of Time》 시리즈에서 에이스 세다이의 여전사

갈등을 유발하는 다른 인물들의 성격

────── 잔인함, 정직하지 않음, 잘 속음, 적대적, (감정 표현을) 꺼림, 엄격함, 소심함, 외톨이

다정한 인물을 위한 최적의 시나리오

────── 오랫동안 사랑하는 사람들과 떨어져 지낸다(군인이 되거나, 일 때문에 돌아다니는 경우 등)

────── 사회규범 또는 율법으로 금지하거나 금기시하는 관계를 맺는다

────── 배우자나 연인과의 사이에 문제가 생긴다

────── 사람들에게 관계를 숨겨야 한다

────── 사랑하지 않는 상대와의 결혼을 강요당한다

────── 신체적 접촉을 불편해하는 누군가에게 끌리는 중이다

04 경계심이 강한 성격

Alert

정의	범주	유사한 성향
수상한 변화나 낌새를 알아차리고 지켜봄	성취, 대인관계	의식함, 방심하지 않음, 주의 깊게 지켜봄

성격 형성의 배경

——— 성장기에 전쟁이나 격동기를 겪었다

——— 위험이나 편견에 노출되어 있다

——— 부모에게 위험을 경계하라는 가르침을 받았다

——— 과거에 다치거나 학대당했다

——— 불확실성, 부패, 불신으로 점철된 사회에 살고 있다

연관된 행동

——— 일이 일어나기도 전에 발생할지도 모를 위험을 예측한다

——— 미리 계획을 세운다

——— 자신이 가진 선택지를 생각해본다

——— 언제나 탈출할 전략을 세워놓는다

——— 의문을 제기한다

——— 들리는 이야기에 세심한 주의를 기울인다

——— 관찰력이 매우 뛰어나다

——— 감각이 상당히 예민하다; 사람들이 놓치는 것을 알아차린다

——— 만약의 상황을 가정해본다

——— 위기와 위험할 수도 있는 상황을 피한다

———— 대안을 마련해둔다

———— 사생활을 중요시한다

———— 규칙과 경고에 주의를 기울인다; 약관이나 부작용에 대한 설명을 꼼꼼히 읽는다

———— 온라인상의 보안 문제에 신경을 쓴다

———— 문단속을 철저히 한다

———— 입증되고 안정적인 일상과 그런 선택을 고수한다

———— 자신의 직관적 판단에 집중한다

———— 건강을 최우선으로 챙긴다; 잠을 충분히 잔다

———— 자기감정을 잘 조절한다

———— 불안한 상황이나 변덕스러운 사람들을 피한다

———— 깜짝 놀라는 것보다 예측 가능한 것을 선호한다

———— 지갑과 가방, 귀중품 등을 잃어버리지 않게 주의한다

———— 물건을 구입하기 전에 직접 사용해본다(자동차 시승 프로그램 이용 등)

———— 실수하면 스스로를 혹독하게 다그친다

———— 작은 변화도 감지한다

———— 청력이 발달했다

———— 출발하기 전에 여행지에 대해 면밀히 조사한다

———— 집과 차에 구급상자를 구비해둔다

———— 추가적 안전장치를 강구한다(경보기 설치, 불 켜두기 등)

———— 사람들과 시선을 맞춘다

———— 자신의 취약점을 보여주기 힘들어할 때가 있다

———— 이웃의 동태를 살핀다(동네에 주차되어 있는 차량 확인 등)

———— 늦은 밤까지 신문을 읽거나 뉴스를 본다

———— 현재 상황에 온전히 집중한다(운전하면서 문자메시지 보내지 않기 등)

———— 위협을 감지하면 공격적으로 변한다

———— 사람들을 대신해 책임을 맡는다(이웃집 아이가 통학버스에 안전하게 타

는지 지켜본다)

연관된 생각

——— 애들이 또 장난감을 떨어뜨렸네. 누군가 걸려 넘어지기 전에 주워야지.

——— 문을 열어두고 나왔는지 기억이 안 나.

——— 여기에 주차하는 게 좋겠다. 바로 위에 방범등이 있으니까.

——— 다들 캐리를 좋아하는지 모르겠지만, 그녀는 미심쩍은 구석이 많아.

연관된 감정

——— 예상함, 단호함, 두려움, 의심, 걱정

긍정적 측면

——— 경계심이 강한 인물은 언제나 주변 환경에 의식을 곤두세우고 위험에 대비한다. 그 덕분에 다른 사람들의 안전을 지킬 수 있다는 점에서 경계심은 가치가 있다. 이들은 관찰력이 뛰어나 남들이 놓치는 소소한 것까지 알아차린다. 사람들은 과민하다고 생각할지라도 자신의 본능에 따라 안전을 도모하며 위험을 피하는 데 관심이 많다.

부정적 측면

——— 이런 성격의 인물은 문제를 잘 알아차리는 반면 흥분한 나머지 일어나지도 않을 위험을 예상하고, 문제가 발생할 가능성을 걱정하느라 재미와 여유를 느끼지 못할 수 있다. 이런 성향은 다른 사람들을 답답하게 만든다.' 이들은 숱한 위험을 겪고 피해망상에 빠져들어 모든 사람과 애매모호한 상황을 위험으로 간주하기도 한다.

영화 속 사례

——— 〈도망자〉(1993)에서 저명한 외과의사 리처드 킴블(해리슨 포드 분)은 시

카고 경찰과 재무부에 쫓기는 신세다. 그는 아내를 살해했다는 혐의에 맞서 자신의 무죄를 직접 입증하기로 결단하고, 누가 왜 자신의 아내를 살해했는지 밝힐 단서를 추적한다. 그러는 동안 킴블은 시시각각 거리를 좁혀오는 위험신호에 신경을 곤두세워야 한다.

영화와 문학작품 속 다른 사례

——— 〈람보〉(1982)에서 베트남전쟁에 참전한 미국 특수부대인 그린베레 출신 존 람보(실베스터 스텔론 분), 〈사선에서〉(1993)의 대통령 경호원 프랭크 호리건(클린트 이스트우드 분), 《본》시리즈의 제이슨 본

갈등을 유발하는 다른 인물들의 성격

——— 모험심이 강함, 충동적, 놀기 좋아함, 활발함, 자유분방함

경계심이 강한 인물을 위한 최적의 시나리오

——— 감정이 격해져 섣부른 짓을 한다(분노, 사랑, 욕망 등)

——— 앞뒤 가리지 않고 뛰어드는 충동적인 인물과 짝을 이룬다

——— 시시각각 변하는 환경 속에서 산다

——— 하나 또는 여러 감각이 둔해지거나 더이상 믿을 수 없는 상황에 처한다

——— 위험 표시들을 보지 못해 후유증을 남긴 자신을 자책하는 비극에 빠진다

05 야심만만한 성격

Ambitious

정의	범주	유사한 성향
특정 목표를 성취하려는 욕구에 따라 움직임	성취, 정체성	의욕이 넘침

성격 형성의 배경

——— 자부심과 자신감이 과도하다

——— 열정적이다; 꿈이 크다

——— 어린 시절에 누리지 못한 무언가를 성취하고 싶어한다

——— 실패를 두려워한다

——— 사람들에게 자신을 입증하거나 후대에 이름을 남기고 싶어한다

——— 야심에 찬 부모가 있다

——— 형제자매나 동료에게 경쟁심을 느낀다

——— 불안해한다; 기대에 못 미치거나 잘해내지 못할까봐 걱정한다

——— 사람들을 기쁘게 해주고 싶어한다

——— 성공해야만 얻을 수 있는 특권이나 부를 갈망한다

——— 고귀한 목적을 추구한다(빈곤 퇴치, 조직폭력배 소탕 등)

연관된 행동

——— 아침 일찍 일어난다

——— 기운이 넘친다

——— 투지를 불태운다

——— 효율적으로 움직인다

———— 교육이나 훈련에 정진한다; 성공에 필요한 기술들을 연마한다

———— 성공하는 데 도움이 될 만한 사람들과 함께하기를 원한다

———— 다른 사람보다 앞서기 위해 초과근무를 하거나 휴일에도 일한다

———— 권력자에게 아부하거나 지나치게 친절하다

———— 자신을 도와줄 수 있는 위치의 사람들에게 도움을 요청한다

———— 자신이 도와준 사람에게 도움을 요청한다

———— 힘든 일을 받아들인다

———— 미래에 대한 계획을 세운다

———— 더 큰 책임을 떠맡는다

———— 목표를 향해 정진하는 것이 좋아서 우정을 등한시한다

———— 상당히 조직적이다

———— 자신에게 필요한 것을 우선순위에 둔다

———— 의지가 강하다

———— 자극을 주는 징표를 지니고 다닌다(실물과 똑같은 페라리 장난감 자동차 등)

———— 사람들이 피하거나 능력 밖이라고 여기는 힘든 과제들과 씨름한다

———— 실수를 곱씹기보다 재빨리 교훈을 얻고 털어버린다

———— 큰 목표를 작은 단위로 쪼개서 진전 과정을 확인한다

———— 자신에게 필요한 바를 연구한다; 성공하기 위해 계획을 세운다

———— 야심찬 목표를 달성한 사람들을 롤모델로 삼는다

———— 목표 실현에 도움을 주는 선택들을 한다

———— 현재 상태에 만족하지 않는다

———— 언제나 상황이 호전될 거라 믿는다

———— 더 잘하거나 최고가 되고 싶어한다

———— 위험을 각오한다

———— 경쟁한다

———— 두려움이나 걱정에 제약받지 않는다

———— 원대하게 생각한다

———— 실패해도 크게 당황하지 않는다; 다시 집중하고 도전한다

연관된 생각

———— 새벽같이 출근하면 내가 얼마나 회사에 헌신하는지 상사가 알아주겠지.

———— 올해는 버킷 리스트에 적은 '마라톤 완주'를 달성하고 말겠어.

———— 나는 리처럼 외근을 잘 나가지 않아. 왜냐하면 나는 대표고 그는 아직도
매니저기 때문이지.

———— 에이미는 나한테 잘 어울려. 이제 그녀만 그 사실을 알면 되는데.

연관된 감정

———— 기대감, 자신감, 투지, 희망참

긍정적 측면

———— 야심만만한 인물은 쉽게 물러서지 않는 일중독의 몽상가이기도 하다.
사람들이 장애물을 보고 있을 때 이들은 장밋빛 앞날을 생각한다. 야
망을 이루려면 엄청난 집중력을 발휘해 매진해야 하므로, 이런 자질을
가진 인물은 자신의 목표를 달성할 가능성이 크다.

부정적 측면

———— 이런 성격의 인물은 인생에서 가장 소중한 사람이나 일과 같은 것보다
자신의 목표를 우선순위에 둘 위험이 있다. 윤리와 성공이 양립할 수 없
을 때에도 목표 달성을 앞에 둔다. 이들은 대부분 실현 불가능한 기대치
를 갖는 완벽주의자라서 완벽한 성공이 아니면 실패로 간주한다. 또한
닿을 수 없는 높은 목표를 설정한 탓에 불행해하고 부족한 성취감에 시
달릴 수 있다.

영화 속 사례

───── 〈행복을 찾아서〉(2006)에서 세일즈맨 크리스 가드너(윌 스미스 분)는 일
자리를 잃고 어린 아들과 살던 집에서도 쫓겨난다. 그는 가까스로 주식
중개인으로 일할 기회를 얻는데, 돈도 집도 경력도 없는 크리스가 경쟁
률이 어마어마한 인턴 자리를 차지하려면 고군분투해야만 한다. 절대
넘을 수 없어 보이는 장애물에도 불구하고 크리스는 자신과 아들의 더
나은 삶을 위해 할 수 있는 모든 것을 한다.

영화 속 다른 사례

───── 〈스위트 알라바마〉(2002)에서 패션 디자이너 멜라니 카마이클(리스 위
더스푼 분), 〈월스트리트〉(1987)에서 주식중개인 버드 폭스(찰리 신 분)

갈등을 유발하는 다른 인물들의 성격

───── 순종적, 게으름, 사색적, 강압적, 산만함

야심만만한 인물을 위한 최적의 시나리오

───── 전통이나 법에 어긋나는 목표를 추구한다(가톨릭 신부가 되기로 결심한
여성 등)

───── 성공하고자 윤리에 반하는 일을 한다(은폐에 가담하기 등)

───── 유능하고 부유하기까지 한 경쟁자가 있다

───── 신체적 또는 정신적 장애를 가졌다

───── 이기려고 무엇이든지 하는, 양심의 가책을 못 느끼는 경쟁 상대를 만난다

───── 많은 시간을 들여야만 하는 책임이 있다(아픈 가족 간병하기 등)

06 분석적인 성격
Analytical

정의	범주	유사한 성향
사고와 논리에 강함; 연구하고 분석하는 자질을 타고남	성취, 대인관계	논리적, 이성적

성격 형성의 배경

——— 지적이다

——— 호기심이 강하다

——— 규칙을 발견하려는 욕망에 이끌린다

——— 실수를 두려워한다

——— 물건들의 작동원리에 관심이 많다

——— 부모가 인과관계를 이해하도록 교육시켰다

——— 정서적으로 무감각하다

——— 완벽주의자다

연관된 행동

——— 의문을 제기한다

——— 어떤 주제에 대해 더 잘 알고 싶어서 공부한다

——— 호기심을 자극하는 것들을 연구한다

——— 실험을 해본다

——— 책을 많이 읽어 박식하다

——— 가설을 세우고 증명하려 한다

——— 사소한 것들에 신경을 쓴다

———— 사람들의 행동과 심리에 관심이 많다

———— 모든 가능성을 탐색하지 않으면 손에서 놓지 못한다

———— 사람들이 하는 말과 행동의 의미를 따진다

———— 일정한 양식이나 인과관계를 찾아낸다

———— 자신의 삶에서 일어난 일들을 분류하고 범주화하고자 한다

———— 하나의 결정이 어떻게 연쇄반응을 일으키는지를 탐구한다

———— 풍자와 농담을 잘 이해하지 못한다

———— 지극히 세세한 부분에 집착한다

———— 어떤 것도 내버려두지 못한다

———— 과정이나 행동, 태도의 이면에 숨어 있는 '이유'를 이해하고 싶어한다

———— 대부분의 사람들보다 감정을 적게 드러낸다

———— 감정보나 사실에 가치를 둔다

———— 조직적이고 논리적이다

———— 정해진 일상과 일정을 고수한다

———— 만약의 상황을 가정하고 질문을 제기한다

———— 어떤 원리로 작동되는지 설명하기를 즐긴다

———— 상대방의 마음이 상하더라도 정직하게 말한다: 네, 그 옷을 입으니까 더
뚱뚱해 보여요.

———— 새로운 사상이나 믿음, 증거가 없는 진실이 제시될 때 회의적으로 반응
한다

———— 사교적 상황에서 고전한다(잡담 나누기 등)

———— 관찰력이 매우 뛰어나다

———— 틀린 정보나 개념을 바로잡아준다

———— 논리적으로 설명해 사람들의 즐거움을 빼앗아버린다

———— 숫자에 강하다

———— 생각과 관찰 내용을 일지로 적어 정리한다

———— 어떤 상황에서도 빠르고 정확하게 판단을 내릴 수 있다

연관된 생각

——— 어째서 그녀가 진실을 원치 않는 것처럼 보이는지를 왜 내게 물을까?

——— 리엄은 어둠을 너무 무서워해. 어린 시절에 무슨 일을 겪었을 거야.

——— 연애할 때 나누는 의례적인 대화를 이해하지 못하겠어. 왜 자기 기분을 제대로 말하지 않을까?

——— 모두 자기 말이 옳다고 할 뿐, 어느 누구도 사실을 밝히려고 하지 않아.

연관된 감정

——— 갈등, 결의, 회의적

긍정적 측면

——— 분석적인 인물은 생각하는 사람이고, 때때로 어느 누구보다 문제나 상황을 훨씬 더 심층적으로 파악할 수 있다. 이들은 대상이나 이슈의 기본 요소를 은유적으로 축약해서 무엇이 잘못되었고 어떤 개선이 필요한지를 알아가는 과정을 즐긴다. 또 혼자서도 일을 잘하며, 헌신적이면서 지적이고, 유능한 문제해결사다.

부정적 측면

——— 이런 성격의 인물은 세부사항에 매몰되어 큰 그림을 놓치는 경향이 있다. 이들은 끊임없이 생각하느라 휴식 시간과 사교적 상황을 즐기지 못한다. 또 모든 사람과 만사를 분석하려는 끝없는 욕망은 사람들을 불편하게 만드는데, 이런 이유로 사람들과 의미 있는 관계를 맺기가 힘들다.

드라마 속 사례

——— 〈빅뱅이론〉 시리즈에서 셸던 쿠퍼는 모든 일에 분석적인 태도로 접근한다. 쿠퍼가 내리는 결정의 대부분은 수학적 확률에 기초한다. 그는 규칙적인 일과에 맞춰 생활하고, 친구들의 감정을 파악하는 데 어려움을 겪

는다. 또한 이론물리학자답게 실증적 증거가 없는 이론을 지지하는 법이 없다. 그는 감정이 아니라 논리와 사실에 근거를 두고 행동한다.

문학작품과 영화 속 사례
———— 아서 코넌 도일의 《셜록 홈스》 시리즈에서 셜록 홈스, 〈라운더스〉(1998)에서 법대생 마이크 맥더멋(맷 데이먼 분), 제프리 디버의 《링컨 라임》 시리즈에서 천재 범죄학자인 링컨 라임

갈등을 유발하는 다른 인물들의 성격
———— 잘 적응함, 모험심이 강함, 비논리적, 충동적, 감정과잉, 피해망상이 심함, 감수성이 풍부함

분석적인 인물을 위한 최적의 시나리오
———— 비논리적이지만 즐거움을 주는 취미나 활동에 끌린다
———— 술을 마셔야 한다
———— 시시한 행사에 참가한다(잡담이 오가는 칵테일 파티 등)
———— 어린아이들과 아주 긴 시간을 보낸다
———— 분석하거나 설명할 수 없는 것에 두려움이나 공포를 느낀다

07 고마워할 줄 아는 성격
Appreciative

정의	범주	유사한 성향
삶이 가져다주는 것들에 감사를 표함	대인관계, 도덕성	은혜를 아는, 감사해함

성격 형성의 배경

——— 인생을 바꾼 사건을 겪은 후 세상을 바라보는 관점이 달라졌다

——— 어린 시절부터 자신이 가진 것들에 감사하라는 가르침을 받았다

——— 신이나 다른 영적 존재들에 대한 믿음이 확고하다

——— 죽을 뻔하다 살아난 적이 있다

——— 위험한 환경이나 상황에서 가까스로 빠져나왔다

——— 자신의 자유로움에 대해 아주 잘 알고 있다

——— 행복과 충만감을 느낀다

——— 정신력이 강하다; 온전함과 만족감을 느낀다

연관된 행동

——— 잘 적응한다

——— 충직하다

——— 세상의 아름다움을 찾아다닌다(여행, 대자연의 신비 체험하기 등)

——— 사람들에게 걱정과 부정적인 감정들을 떨쳐내라고 격려한다

——— 미소를 짓는다

——— 자신이 가진 것에 감사해한다

——— 천성적으로 물질만능주의에 물들지 않는다

——— 직업윤리가 엄격하다

——— 남들을 잘 보살핀다

——— 선행 나누기●를 실천할 방법을 찾는다

——— 긍정적이다

——— 우호적이다

——— 사려 깊고 배려한다

——— 소소한 행복을 찾는다

——— 웬만하면 사람들을 도와주려 한다

——— 결국 모든 일이 잘 풀릴 것이라고 믿는다

——— 별것 아닌 일로 애를 태우지 않는다

——— 선입견을 가지고 판단하지 않는다

——— 자연에 강한 유대감을 느낀다

——— 시시때때로 흥얼거리거나 노래를 부른다

——— 모든 생명체는 나름의 목적이 있다고 믿는다

——— 탐구심이 강하다(질문하기, 사람들과 세상에 관심 보이기 등)

——— 기도한다

——— 공동체의식이 강하다

——— 사람들에게 헌신적이다

——— 진실되게 이야기한다

——— 누군가가 요청하지 않아도 주도적으로 도와주거나 돌본다

——— 순간순간과 모든 경험을 중요하게 여긴다

——— 감정 표현을 부끄러워하지 않는다

——— 자신이 처한 상황을 편안하게 받아들인다

——— 팀워크가 필요한 활동에서 맹활약을 보인다

● pay it forward: 한 사람이 세 사람에게 도움을 주고, 도움을 받은 이들이 주위의 세 사람에게 다시 도움을 주는 운동이다.

———— 자신이 가진 것을 흔쾌히 나눈다; 관대하다

———— 실수를 통해 배우고 이를 성장하는 기회로 본다

———— 자신이 얻은 인생 교훈을 사람늘과 나눈디

———— 사람들의 친절함이나 배려에 찬사를 보낸다; "고맙습니다"라고 말한다

연관된 생각

———— 나는 최고의 가족을 가졌어. 가족이 없었다면 아이들을 키우겠다는 상상도 못했을 거야.

———— 파도 소리만큼 위안이 되는 것은 없지. 바닷가에 살아서 정말 행복해.

———— 다라는 친절한 이웃이야. 쿠키를 구울 때마다 가져다주거든.

———— 이 모임이 너무 좋아! 이토록 재능 있는 작가들에게 배울 수 있다니 정말 축복이야.

연관된 감정

———— 열의, 희열, 감사해함, 행복, 희망참

긍정적 측면

———— 고마워할 줄 아는 인물은 자신에게 어떤 일이 닥쳐도 고마워하는 마음을 잃지 않는다. 긍정적 태도와 적응력 덕분에 어려운 시절에도 희망을 찾아내고, 실수를 통해 교훈을 얻으며, 곤란한 순간이 덜 쓰라리도록 작은 즐거움에 집중한다. 이들은 마음에 중심이 잡혀 있고 자신에게 관대하다. 또 충실한 친구로서 좋은 영향을 미치고, 동료들이 감사함과 만족감을 느끼며 평온함을 찾을 수 있도록 용기를 북돋아준다.

부정적 측면

———— 이런 성격의 인물은 때때로 수동적 태도를 보인다. 목표를 정한다거나 도전하지 않고 현재 상태를 그대로 수용하기 때문이다. 이런 인물을 사

랑하는 사람과 동료들은 이들의 안주에 실망하거나, 순진해 빠져서 아무것도 받아들인다는 낙인을 찍을 수 있다. 또 이들은 충성심 때문에 피해를 입을 수도 있는데, 실은 그렇지 않음에도 누군가를 자신이 도와주어야 할 진정한 '친구'라고 믿을 때다.

문학작품 속 사례

———— 대니얼 디포의 《로빈슨 크루소》에서 동족에게 잡아먹히기 직전에 구조된 프라이데이는 평생토록 자신의 구원자를 지켜 크나큰 은혜에 보답하겠다고 맹세한다. 프라이데이는 일생 동안 크루소에게 충성하고 자신의 맹세를 저버리지 않는다.

영화와 드라마 속 사례

———— 〈그랜 토리노〉(2008)에서 이웃에 사는 아시아계 이민자인 방 로어 가족, 〈빅뱅이론〉 시리즈에서 레너드 호프스태터

갈등을 유발하는 다른 인물들의 성격

———— 거만함, 통제가 심함, 무례함, 싫증냄, 남을 조종함, 가벼움, 고마워할 줄 모름

고마워할 줄 아는 인물을 위한 최적의 시나리오

———— 좋아하지 않는 누군가의 신세를 입는다
———— 전쟁이나 혁명, 봉기 같은 격변기를 겪는다
———— 자신과 반대되는 대의명분이나 사람에게 충성심을 느낀다
———— 고통받는 사람들을 지켜보는데 그 고통을 덜어줄 방도가 없다
———— 신이나 국가를 향한 믿음이 깨지는 위기를 맞는다

⁰⁸ 대범한 성격
Bold

정의	범주	유사한 성향
겁이 없고 용감함	성취, 정체성, 대인관계	당당함, 대담함, 배짱 있음, 담력이 셈

성격 형성의 배경

——— 자신을 증명하고 싶어한다

——— 자신감이 높다

——— 자기 목표에 매몰되는 경향이 있다

——— 겁이 없다

——— 강한 정의감에 따라 움직인다

——— 더 큰 힘이나 목적을 믿는다

——— 어떤 희생을 치르더라도 진실을 알고 싶어한다

연관된 행동

——— 당당하다

——— 관습적이지 않은 해결책을 내놓는다

——— 자신의 견해가 일반적이지 않더라도 이를 밝힌다

——— 열정적이다; 기운이 넘친다

——— 긍정적이다

——— 위험을 감수한다

——— 매우 외향적이다

——— 사람들에게 영향을 미친다; 솔선수범한다

─── 주저하지 않고 결정내린다

─── 사람들에게 먼저 말을 걸거나 인사를 한다

─── 두 팔을 활짝 벌리는 자세를 취한다

─── 새로운 것들을 시도한다; 신선한 경험을 찾아나선다

─── 주도권을 잡는다(행사 계획, 제안서 작성, 사귀는 사이에서 등)

─── 잘 차려입고 자신감 있게 행동한다

─── 대다수가 피하는 생각을 받아들인다(갑작스러운 전직이나 이사 등)

─── 필요하거나 부족한 것을 달라고 요청한다

─── 개방적이고 숨기는 것이 없다

─── 에둘러 말하지 않는다

─── 한계와 경계를 넘어서려 도전한다

─── 직관력이 뛰어나다

─── 스스로를 지지한다

─── 망설이지 않고 책임을 떠맡는다

─── 납득되지 않는 규칙이나 조건에 반기를 든다

─── 두려움 때문에 뒤로 물러나지 않는다

─── 강하게 확신한다

─── 다른 사람의 생각에 좌우되지 않는다

─── 혁신을 받아들인다

─── 목표지향적이다

─── 정말로 원하는 게 무엇인지 자신의 내면을 들여다보고 결정하며, 그러
고 나면 정진한다

─── 퇴짜 맞거나 실패해도 당황하지 않는다; 재빨리 회복한다

─── 우호적이다

─── 사람들에게 꿈을 좇으라고 격려해준다

─── 스트레스와 역경에 정면으로 대응한다

─── 결단력이 있다

——— 남의 비위 맞추기를 거부한다

연관된 생각

——— 이렇게나 오랫동안 거래한 은행인데. 내가 얘기하면 수수료를 안 받을
거야.

——— 카라를 이해할 수가 없어. 월급을 올려 받을 자격이 있다면서 왜 그렇게
해달라고 요청하지 않을까?

——— 이번 크로스컨트리 자전거 여행은 일생일대의 기회야. 너무 기대돼!

——— 이런 거만한 보트클럽 행사는 정말로 신물이 나. 아버지는 화를 내시겠
지만, 저들과는 이제 끝이야.

연관된 감정

——— 자신감, 욕망, 투지, 열정, 희망참, 자부심

긍정적 측면

——— 대범한 인물은 투지가 강하다. 자신이 원하는 것과 그것을 얻으려면 무
엇을 두려워하면 안 되는지를 안다. 목표 달성을 위해 정진할 때 부침을
겪으면서도 기세를 몰아 계속 앞으로 나아간다. 종종 자신이 믿는 것을
위해 분연히 일어서는 이들의 두려움을 모르는 태도는 훌륭한 지도자
와 강인한 주인공에게 필수 덕목이다.

부정적 측면

——— 이런 성격의 인물이 어떤 유형의 사람들에게는 벅차게 느껴질 수 있다.
수줍어하거나 자신감이 없는 사람들은 두려움을 모르는 결단력을 위협
적으로 느껴 차단해버린다. 대범한 인물은 처한 상황이나 일에 재빨리
몰입하므로 그러지 못하는 파트너나 동료, 사랑하는 사람들을 힘들게
만든다. 확신에 가득 차 물러서지 않으려 하기 때문에, 사람들은 이들을

비협조적이라거나 자기중심적 또는 강압적이라고 생각한다.

영화 속 사례

——— 〈라스트 모히칸〉의 호크아이는 백인이지만 인디언으로 자란 독특한 이력에도 불구하고 자신이 원하는 것을 이뤄낼 정도로 대범하다. 그는 노골적인 적대감을 마주해도 모히칸 가족에게 끝까지 충성한다. 영국 여인 코라 먼로에게 빠져들었을 때 역시 숱한 난관 속에서 그녀를 결코 놓지 않는다. 그는 어떤 상황에서도 반대 세력에 개의치 않고 자신의 생각을 소신 있게 밝힌다.

영화 속 다른 사례

——— 〈글래디에이터〉(2000)의 막시무스(러셀 크로 분), 〈여인의 향기〉(1992)에서 퇴역 장교 프랭크 슬레이드(알 파치노 분)

갈등을 유발하는 다른 인물들의 성격

——— 과묵함, 조심성이 많음, 비겁함, 무책임함, 참을성이 없음, 소심함, 엉뚱함, 걱정이 많음

대범한 인물을 위한 최적의 시나리오

——— 똑같은 욕망이나 목적을 달성하려는 만만찮게 대범한 라이벌이 있다
——— 가질 수 없는 것을 갖고 싶어한다(행복한 결혼생활을 하는 여인과의 관계 등)
——— 대범함이 잘못된 전략인 상황에 처한다(학대 피해자 상대하기 등)
——— 자신에게 해가 될 일을 하고자 한다(복수 등)

09 침착한 성격
Calm

정의	범주	유사한 성향
말수가 적고 정적인 성향이 강함	대인관계	차분함, 평온함, 얌전함, 진중함, 담담함, 조용함, 태연함

성격 형성의 배경

——— 자신과 세상을 편안하게 느낀다

——— 소속감이 강하다

——— 더 큰 힘이나 목적을 믿는다

——— 직관적이다

——— 천성적으로 느긋하다

——— 따분한 성격이다

——— 상상력이 거의 또는 전혀 없다

——— 현실적이다

——— 감정의 절제를 중시하는 환경이나 문화에서 자랐다

——— 평온하기를 바란다

연관된 행동

——— 생각하고 나서 행동한다

——— 부드러운 목소리와 어조로 말한다

——— 부드러운 손짓과 제스처로 사람들을 위로한다

——— 추리력이 뛰어나다

——— 소박한 기쁨을 즐긴다

—— 사람들의 감정을 잘 읽는다

—— 스트레스를 주는 환경을 허용하지 않는다

—— 자기감정을 잘 조절한다

—— 긍정적이다

—— 회복력이 좋다

—— 조정자나 중재자 역할을 맡는다

—— 안전하고 예측 가능한 선택을 한다

—— 사람들이 필요로 하는 것을 잘 알아차린다

—— 공감능력이 뛰어나다; 다른 사람의 입장에서 생각한다

—— 연민과 이해심을 가지고 사람들을 위로한다

—— 생각(마음)이 열려 있다

—— 위험을 무릅쓰지 않는다

—— 스트레스나 변화에 수월하게 대처한다

—— 느긋한 태도를 보인다

—— 사람들의 부정적인 태도에 의기소침해하지 않는다

—— 참을성이 있고 너그럽다

—— 착하게 행동한다: 아, 걱정하지 말아요, 기분 나쁘지 않아요.

—— 혼자서 하는 활동을 좋아한다

—— 안 좋은 일을 빨리 떨쳐버린다

—— 자신이 잘못했든 안 했든 사과를 하고 상황을 진정시킨다

—— 서두르지 않는다

—— 변덕스러운 상황에 정면으로 부딪히지 않고 우회적으로 처리한다

—— 미소를 짓는다; 밝은 면을 본다

—— 예측 가능한 행동을 한다

—— 평정심을 유지하는 데 도움을 주는 활동을 한다(독서, 반성, 명상 등)

—— "아니오"라고 말하는 것을 두려워하지 않는다

—— 지키지 못할 약속을 하지 않는다

———— 우선순위를 잘 안다

———— 잠을 잘 잔다

연관된 생각

———— 비가 올 것 같네. 하이킹을 취소하고 대신 차를 마시자고 해야겠다.

———— 이 노래는 정말 좋아. 들을 때마다 미소가 지어져.

———— 짐은 수가 죽은 이후로 힘겨운 시간을 보냈어. 그러니 그의 말을 고깝
　　　 게 받아들이지 말자.

———— 내가 이기지 못한 건 아쉽지만 그래도 애프터 파티는 재미있을 거야.

연관된 감정

———— 자신감, 감사해함, 평온함

긍정적 측면

———— 침착한 인물은 문제를 일으키지 않는다. 이들은 믿을 만하고, 약속한 대
　　　 로 행동하며, 어떤 상황에서도 예측 가능한 대응을 한다는 점에서 신뢰
　　　 할 수 있다. 이들은 극적인 성격이거나 반응이 강한 사람들을 누그러뜨
　　　 리는 안정제 역할을 한다. 감정적으로 동요하지 않아 중요한 결정을 내
　　　 릴 때 신뢰감을 주며, 차분하고 평온한 성품은 무리가 흩어지지 않게 붙
　　　 드는 접착제 역할을 한다.

부정적 측면

———— 이런 성격의 인물은 한결같고 믿음직하기 때문에 사람들이 따분하게 여
　　　 길 수 있다. 이들은 현 상황에 크게 만족감을 느끼며 위험을 회피하므로
　　　 자기성장이나 두각을 나타낼 기회를 놓치곤 한다. 언제나 옳은 일을 추
　　　 구하는 성향은 비현실적으로 받아들여지고 쉽게 잊힐 위험도 있다.

영화 속 사례

──────── 〈스타트렉〉 시리즈에서 스폭은 엔터프라이즈호의 승무원으로서 침착하고 평온한 성품이다. 이성적인 벌칸족 아버지를 둔 스폭은 어려운 상황에서도 감정을 배제하고 논리적으로 사고한다. 그는 위험에 처하거나 분란이 일어나도 바위처럼 단단한 리더십을 발휘해 대원들을 지지하고 사기를 진작시킨다.

영화 속 다른 사례

──────── 〈베스트 키드〉(1984)에서 이웃집에 사는 미야기(팻 모리타 분), 〈아르고〉(2012)에서 CIA 구출전문요원 토니 멘데스(벤 애플렉 분), 〈노인을 위한 나라는 없다〉(2007)에서 살인마 안톤 시거(하비에르 바르뎀 분)

갈등을 유발하는 다른 인물들의 성격

──────── 모험심이 강함, 심술궂음, 충동적, 잔소리가 심함, 무모함, 소란스러움, 열정적, 변덕스러움

침착한 인물을 위한 최적의 시나리오

──────── 모험심이 강한 사람과 사랑에 빠진다

──────── 극적인 성격이거나 대립을 일삼는 인물과 짝을 이룬다

──────── 죽느냐 사느냐 하는 극단적인 상황을 맞닥뜨린다

──────── 공포나 두려움을 이겨내야 한다

──────── 침착함이나 현실에 안주하는 성격이 스스로를 해할 것 같은 극심한 스트레스의 상황에 놓인다

10 조심성이 많은 성격

Cautious

정의	범주	유사한 성향
행동하기 전에 심사숙고함	성취, 대인관계	주의함, 유의함

성격 형성의 배경

——— 위험한 환경에서 산다

——— 사랑하는 사람이 위험한 행동의 결과로 재앙을 겪는 모습을 목격한다

——— 과거에 다친 적이 있다

——— 학대나 범죄의 피해자다

——— 두려움이나 공포, 사회불안 속에서 생활한다

——— 몸이 허약하다

——— 부모가 과잉보호를 했다

——— 미신과 운세를 믿는다

연관된 행동

——— 의문을 제기한다

——— 결정을 내리기 전에 조사하고 연구한다

——— 위험한 상황이나 장소를 피한다

——— 사람을 사귀는 데 시간이 많이 걸린다

——— 세부사항을 거듭 확인한다

——— 팔짱을 끼는 자세를 취한다

——— 생각과 의견을 직접적으로 밝히지 않고 빙빙 돌려서 말한다

- 대안을 마련해둔다
- 까다롭다
- 사람들이 조치를 잘 취하는지 확인하려고 여러 번 지시를 내린다
- 새로운 장소에 익숙해지는 데 시간이 걸린다
- 사전조사를 한다
- 사생활을 중요시한다
- 심사숙고해 내린 결정이기에 자신만만해한다
- 비관적이거나, 기껏해야 조심스럽게 낙관하는 정도다
- 경계와 규율을 존중한다
- 경계심을 보인다; 위험한 상황을 주시한다
- 문단속을 한다; 잠잘 때 창문을 꼭 닫는다
- 과거로부터 교훈을 얻고 이를 적용한다
- 온라인상의 개인정보 보호를 위해 비밀번호를 자주 바꾼다
- 귀중품을 안전한 장소에 보관한다
- 물건들을 눈에 안 띄는 곳에 두어 견물생심을 차단한다(자동차 안에 귀중품 두지 않기 등)
- 다른 선택지와 상황들을 비교해본다
- 자격을 갖춘 사람을 신뢰한다
- 천천히 말한다; 상황에 맞는 단어를 선택한다
- 자신이 한 말을 분명하게 이해시키려고 요약하거나 명확히 표현한다
- 선택한 것을 돌아볼 시간이 필요하다
- 생각할 시간이 더 필요하면 미뤄달라고 요청한다
- 자신의 재정과 투자를 적극적으로 관리한다
- 모든 일을 거듭 챙기고 확인한다
- 깜짝 놀랄 일을 좋아하지 않는다
- 예전과 똑같이 해야 할 경우 과거의 결정을 평가해본다
- 다른 사람들이 결정하도록 맡기기를 힘들어한다

연관된 생각

——— 방향을 알려주는 목소리에 자신 없어 보였어. 내 GPS로 확인해보자.

——— 이런. 세라가 지갑을 두고 갔네. 가지고 있다가 돌려줘야겠다.

——— 전화상으로 카드번호를 대라니 말도 안 돼. 나를 바보로 아는 거야?

——— 그가 나를 데리러 집으로 오는 대신 레스토랑에서 만나는 것에 동의하면 데이트해야지.

연관된 감정

——— 불안감, 자신감, 의심, 경계심, 걱정

긍정적 측면

——— 조심성이 많은 인물은 관찰력이 뛰어나며, 주변 환경과 교감을 하고, 변화의 동력을 알아차린다. 이들은 감정이 격해지는 순간에도 이내 평정심을 되찾고 추리력을 발휘해 사람들이 냉철한 판단을 내리도록 돕는다. 상황에 뛰어들기 전에 살피고, 행동에 앞서 생각해보며, 보통 공포영화에서 최후의 생존자로 남는다.

부정적 측면

——— 이런 성격의 인물은 사람들이 이따금 즉흥적으로 행동하고 싶어할 때 분위기를 깨버린다. 이들은 숨겨진 위험을 걱정하므로 통계와 사실에 의존한다. 변수와 잠재적 결과를 미리 파악해 움직이려는 것이다. 팀원들에게 위험을 경고하는 것이 자신의 의무라고 생각하지만, 사람들이 그렇게 받아들이지 않을 수도 있다. 자신만의 안전지대를 벗어난 환경에서는 긴장을 풀지 못하고 새로운 것을 시도하기 싫어한다. 수많은 요소를 파악할 수 없는 경우에는 아예 하려고 들지 않는다.

영화 속 사례

────── 〈에이리언〉(1979)에서 엘런 리플리(시고니 위버 분)는 조심성이 몸에 배어 있다. 동료들이 우주선에 외계생명체를 들고 탑승하려 하자 리플리는 차분히 정보를 수집한 후에 이를 막기로 결정한다. 그러나 이 결정은 묵살당하고 그녀는 선체까지 녹여버리는 산성체액을 흘리는 에이리언과 함께 우주선에 갇히고 만다. 그 여파로 동료들은 죽음을 당하지만 리플리는 조심스러운 성격 덕에 살아남는다. 용감하고 지적이며 직관력이 뛰어난 그녀는 두려움을 이겨내고 매사에 조심하면서 위험과 위기에 관해 숙고한 후 행동한다.

영화와 문학작품 속 다른 사례

──── 〈좀비랜드〉(2009)에서 게임에 빠져 자신만의 세상에서 사는 콜럼버스(제시 아이젠버그 분), 빅토르 위고의 《레미제라블》에서 장발장, J. R. R. 톨킨의 《반지의 제왕》 시리즈에서 아라고른

갈등을 유발하는 다른 인물들의 성격

────── 강박적, 과감함, 효율적, 엉뚱함, 무책임함, 강압적, 무모함, 폭력적

조심성이 많은 인물을 위한 최적의 시나리오

────── 술에 취한다

────── 무시무시한 일이 시한폭탄처럼 금방이라도 터질 듯한 상황에 처한다

────── 목표한 바를 얻거나 승리하려면 무모해져야 한다

────── 위험을 감수해야만 하는 상황에 놓인다

────── 계획을 세울 시간도 없이 위험한 상황에 직면한다

11 중심이 잡힌 성격

Centered

정의	범주	유사한 성향
평정심을 고취하는 건강한 인생관을 가짐; 정서적으로 안정되고 집중함	성취, 정체성, 도덕성	균형 잡힘, 절제함

성격 형성의 배경

———— 자존감이 높다

———— 현명하다

———— 과거에 불행하고 성취감이 부족한 불균형적 상태를 경험했다

———— 부모가 행복과 평온함을 추구하라고 격려해주었다

연관된 행동

———— 우선순위를 잘 안다

———— 분별력이 있고 자신의 한계를 안다

———— 만족하고 충일감을 느낀다

———— 일과 생활의 균형(워라밸)을 잘 잡는다

———— 자신이 가진 것에 감사해한다

———— 천성적으로 물질만능주의에 물들지 않는다

———— 직업윤리가 엄격하다

———— 낙천적이다

———— 다른 사람들의 의견을 존중한다

———— 마음의 힘을 키우는 방법을 배우고 싶어한다

———— 책을 많이 읽는다

—— 크든 작든 자신의 성과에 자부심을 느낀다

—— 필요하면 도움을 요청한다

—— 충분히 운동하고 자연과 교감한다

—— 자신을 돌아보는 시간을 가진다

—— 취미나 특별한 관심사가 있다

—— 스케줄과 일과를 차치하고 중요한 일에 집중한다

—— 합리적이고 달성 가능한 목표를 위해 노력한다

—— 자신에게든 타인에게든 감정을 솔직하게 드러낸다

—— 실패를 통해 배운다

—— 좌절감에서 빨리 빠져나온다

—— 판단력이 뛰어나다

—— 생각하고 나서 행동한다

—— 경쟁적이지 않다

—— 타인에게 자신의 능력을 증명할 필요를 느끼지 않는다

—— 위험하지 않은 즉흥적인 활동을 즐긴다

—— 정도를 넘지 않는다(과식이나 과음하지 않기 등)

—— 심사숙고하고 서둘러 결정하지 않는다

—— 사회환원의 가치를 안다

—— 후회 없는 삶을 살아간다

—— 남들과 함께하는 시간도, 홀로 있는 시간도 똑같이 즐길 줄 안다

—— 시간을 내어 짧거나 긴 휴가를 간다

—— 남들의 시선에 신경 쓰지 않고 자신이 옳다고 느끼는 일을 한다

—— 인생 전반에 관련된 특정 주제들을 깊이 생각해본다

—— 자신의 자리(상황)를 편안하게 느낀다

—— 실망을 의연하게 받아들인다

—— 사람들이 편안하게 느끼는 방식으로 베푼다

—— 주말에는 일을 하지 않는다

——— 지나친 간섭이나 압박을 받을 때 "안 됩니다"라고 말할 수 있다

연관된 생각

——— 과수원은 사과가 어디서 나오는지 아이들이 볼 수 있으니 당일치기 여
행지로 아주 좋아.

——— 오늘 일을 마치면 내일은 해변에 갈 수 있겠군.

——— 로나는 항상 일만 해. 물론 그녀는 성공 가도를 달리고 있지만, 자신이
어떤 희생을 치르는지 알고나 있을까?

——— 골프를 치기에는 글렀지만 비가 오는 날은 빵을 굽기에 좋지.

연관된 감정

——— 호기심, 열정, 감사해함, 행복, 평온함, 만족감

긍정적 측면

——— (마음이나 생각에) 중심이 잡힌 인물은 자신을 속속들이 알고 있으며 행
복한 결과를 가져오는 결정을 하기에 자신감이 넘친다. 이들은 사내정
치, 긴장감 높은 상황, 해로운 인간관계 따위에 끌려다니지 않는데, 이런
것들이 자신의 균형 잡힌 상태를 위협하기 때문이다. 내적으로 균형이
잡힌 인물들은 우선순위를 정해두며, 감정적으로 안정되어 있다. 이들
의 행복은 종종 사람들에게 주도적으로 자기 삶을 살고 더 나은 균형을
찾을 수 있도록 자극한다.

부정적 측면

——— 이런 성격의 인물은 현재의 삶에 만족하므로 원하는 것을 얻으려 기꺼
이 희생하는 사람들만큼 투지가 넘치지 않는다. 헌신적으로 열심히 일
하고 야망이 있어야 성공히는 직업은 의욕이 넘치는 사람을 선호하기
때문에 이들은 승진하지 못할 수도 있다.

영화 속 사례

─────── 〈초콜릿〉(2000)에서 강을 따라 떠도는 집시 루(조니 뎁 분)는 임시로 얻은 일을 하러 가던 도중 생필품을 사려고 마을에 들른다. 집시 무리는 사람들에게 두려움을 주고 박해를 받지만, 그는 집시로서 자신의 신념과 생활방식에 만족한다. 필요할 때 일하고, 발전 가능성이 있는 건전한 관계를 키워나가며, 두 다리 뻗고 편히 쉬는 것의 가치를 안다.

문학작품과 영화 속 다른 사례

─────── 제프리 디버의 《본 컬렉터》에서 간호사 셀마, 〈베스트 키드〉에서 이웃집에 사는 미야기

갈등을 유발하는 다른 인물들의 성격

─────── 통제가 심함, 규율을 강조함, 질투심이 강함, 비판적, 완벽주의, 강압적, 무모함, 일중독

중심이 잡힌 인물을 위한 최적의 시나리오

─────── 재정적 위기를 맞아 장시간 일해야 한다

─────── 사람들로부터 더 많은 시간과 에너지를 인생의 한 부문에 쏟으라는 압력을 받는다

─────── 스스로를 의심하게 되고 우선순위가 헷갈리는 믿음의 위기를 경험한다

─────── 한번에 여러 프로젝트를 진행하라는 요구를 받고 마지못해 수락해야 하는 상황이다

12 매력적인 성격
Charming

정의	범주	유사한 성향
호감이 감; 사람들의 눈길을 사로잡음	성취, 정체성, 대인관계	고혹적, 마음을 사로잡음, 카리스마 있음, 사람을 끌어당김

성격 형성의 배경

——— 자신감 있고 자의식이 강하다

——— 긍정적 인생관을 가졌다

——— 직관력과 공감능력이 뛰어나다

——— 천성적으로 친절하다

——— 사교성이 좋다; 사람들과 함께 있을 때 기운이 난다

연관된 행동

——— 유머감각이 뛰어나다

——— 사람들에게 주의를 기울인다; 남의 말을 잘 들어준다

——— 장난기가 있다

——— 열정적으로 인사한다

——— 친절하다(문 잡아주기, 상대방 먼저 들여보내기 등)

——— 사람들의 얼굴과 이름, 나눈 대화 내용을 잘 기억한다

——— 호기심이 강하다

——— 대화하면서 상대의 이름을 불러준다

——— 우호적이다

——— 사람들을 존중한다

——— 참을성이 있다

——— (주최자로서) 손님들 시중을 들고 보살핀다

——— 누군가의 말에 미소를 짓고 고개를 끄덕여 격려해준다

——— 따뜻하고 기운이 넘치는 목소리로 말한다

——— 사사로운 부분까지 알아보고 칭찬한다

——— 이야기를 나누는 상대를 치켜세운다

——— 정직하고 신뢰감을 주는 행동을 한다

——— 품위 있고 겸손하게 칭찬을 받아들인다

——— 포용한다; 절대 배척하지 않는다

——— 배려한다; 사람들에게 요구가 충족되리라는 확신을 준다

——— 사람들과 어울리면서 가벼운 신체 접촉을 한다

——— 자신의 개인 공간으로 사람들을 초대한다

——— 긍정적인 방안에 초점을 맞춰 부정적인 사람들을 능숙하게 다룬다

——— 관대하다

——— 자신의 이미지 관리에 주의를 기울인다

——— 옷을 잘 입고, 잘 가꾼다

——— 느긋하고 편안해 보인다

——— 자세가 바르다

——— 사람들과 시선을 맞춘다

——— 관심 있고 집중한다는 의미로 질문을 한다

——— 아는 것이 많아 의견을 제시하고 대화에 말을 보탠다

연관된 생각

——— 가족에 대해 물어봐서 마음이 풀린 게 분명해. 자기 아이에 관해 말하기
　　　를 싫어하는 사람은 없지.

——— 아빠의 심기가 불편해 보여. 농담을 하면 기분이 풀리겠지.

——— 아이를 여섯이나 데리고 걸어가다니, 너무 불쌍하다. 가방을 들어줘도

되는지 물어봐야겠어.

——— 클레어는 항상 그 브로치를 하고 다니던데. 그것이 왜 그리 소중한지 물어봐야지.

연관된 감정

——— 즐거움, 자신감, 열정, 행복, 자부심, 만족감

긍정적 측면

——— 매력적인 인물은 항상 무엇을 할지, 또는 어떻게 사람들을 안심시키고 신임을 얻을지를 아는 듯하다. 이들의 다정함과 배려로 주위 사람들은 자신이 특별하고 독특한 존재라고 느낀다. 이런 인물들은 겉모습이나 권력이 아니라 활기차고 매력적인 태도 때문에 주목받는다.

부정적 측면

——— 이런 성격의 인물은 자신의 직관력을 좋은 일에도 나쁜 일에도 쓸 수 있다. 원하는 것을 얻고자 타인을 조종하고 싶은 유혹을 떨쳐내더라도, 자신도 모르게 남들에게 겁을 줄 수도 있다. 카리스마가 없는 사람들의 경우, 결코 이들만큼 기대를 충족시키거나 사랑과 존경을 받지는 못할 것이라고 느낀다. 자칫 이런 분하고 억울한 마음이 부러움과 질투로 변해 매력적인 인물을 공격할 수도 있다.

영화 속 사례

——— 〈페리스의 해방〉(1986)에서 사춘기 소년 페리스 뷸러(매슈 브로더릭 분)는 사람들을 자기편으로 끌어들이는 재주가 있다. 그가 꾀병을 핑계로 결석을 하자 반 친구들은 걱정된 나머지 그의 회복을 바라며 돈을 모은다. 아들을 철석같이 믿는 페리스의 부모는 그를 모범생으로 알고, 거짓말을 밥 먹듯 하고 학칙을 어기는 사고뭉치라는 사실을 모른다. 페리스

는 급기야 가장 친한 친구들을 꼬드겨 자기 아버지의 페라리 자동차를 빌리게 만드는데, 여동생과 학생주임을 제외하고 페라리로 매혹하지 못할 사람은 없어 보인다.

영화 속 다른 사례

——— 〈007〉 시리즈에서 제임스 본드, 〈Mr. 히치: 당신을 위한 데이트 코치〉(2005)에서 성공률 100퍼센트를 자랑하는 데이트 코치 앨릭스 히치 히친스(윌 스미스 분)

갈등을 유발하는 다른 인물들의 성격

——— 괴팍함, 심술궂음, 냉소적, 특권의식을 지님, 잘 속음, 적대적, 불안정함, 내성석, 질투심이 강함, 버릇없음, 감정과잉, 말썽을 피움, 앙갚음을 함, 불평이 많음

매력적인 인물을 위한 최적의 시나리오

——— 카리스마 넘치는 인물의 매력을 간파하는 안목이 있는 사람과 관계를 맺는다

——— 싫증을 잘 내거나 신랄한 사람을 상대한다

——— 누군가에 의해 조종당하고 있음을 알게 된다

——— 자신의 매력적인 행동이 이성적 관심의 표현으로 잘못 받아들여진다

——— 누군가에 대한 개인적 혐오감을 숨기고 잘 대해주려고 노력한다

13 자신감 있는 성격
Confident

정의	범주	유사한 성향
자신에 대해 완벽하게 확신함	성취, 정체성, 대인관계	안정감 있음, 자기확신, 자부심 넘침

성격 형성의 배경

——— 특정한 방면에 능력이나 재주가 있다

——— 사랑을 주고 지지해주는 환경에서 자랐다

——— 사람들의 생각에 개의치 않는다; 자기 자신에게 만족한다

——— 자신의 능력으로 목표를 달성할 수 있다고 믿는다

——— 성공을 경험한 적이 많다

연관된 행동

——— 어깨를 쫙 펴고 당당하다

——— 사람들의 눈을 똑바로 쳐다본다

——— 목적을 가지고 움직인다

——— 정면으로 도전한다

——— 도전받거나 반대가 심해도 타협하지 않는다

——— 새로운 것들을 시도한다

——— 성격이 좋다; 우호적이다

——— 두려움이나 의심 없이 변화에 맞선다

——— 자신이 저지른 실수를 웃음거리로 삼는다: 와, 내가 와인을 쏟았어. 대단하지 않아?

———— 실패를 통해 배운다

———— 자신만만하다

———— 직업윤리가 엄격하다

———— 다른 사람들의 성공을 축하해준다

———— 쉽게 대화의 물꼬를 튼다

———— 누군가의 권력, 지위, 돈에 주눅 들지 않는다

———— 필요하다면 독립해 나간다

———— 자신이 믿는 바에 관해 알고 그 가치를 꿋꿋이 지켜낸다

———— 사람들에게 휘둘리지 않는다

———— 자신을 너무 진지하게 받아들이지 않는다

———— 호기심이 강하다

———— 필요하면 도움을 요청한다

———— 사람들을 칭찬한다; 깎아내리지 않고 치켜세운다

———— 타인을 경쟁자가 아닌 동료나 멘토로 바라본다

———— 사교성이 좋다

———— 비판을 품위 있게 수용한다

———— 부정적인 면보다 긍정적인 면에 집중한다

———— 생각(마음)이 열려 있다

———— 문제에 부딪히면 좌절하지 않고 해결책을 찾아낸다

———— 해당 분야에서 더 유능해지기 위해 독학한다

———— 실수를 저지르면 곧바로 인정한다

———— 자신의 장점을 발휘하는 한편 단점을 인정한다

———— 자기 안에서 일어나는 변화를 통제하는 데 집중한다

———— 미소를 짓는다

———— 칭찬을 좋은 뜻으로 받아들인다

———— 자신의 한계를 항상 알고 있는 것은 아니다

연관된 생각

――― 미친 듯이 공부했으니 이번 시험에서 꼭 1등을 할 거야.

――― 이 일을 하려고 내가 태어난 거 같아.

――― 다른 사람이 책임자가 되다니. 왜 내가 아니지?

――― 빌 게이츠도 밑바닥부터 시작했어. 나도 힘든 일이 겁나지 않아.

――― 와, 저 여자 예쁘다. 가서 인사를 건넬까.

연관된 감정

――― 즐거움, 호기심, 열정, 행복, 만족감

긍정적 측면

――― 자신감 있는 인물은 자기가 어떤 사람이고 어떤 일을 할 수 있는지를 잘 파악하고 있다. 자기확신을 가진 인물은 사람들이 어떻게 생각하는지에 대해 걱정하지 않는다. 이들은 종종 타인이나 힘든 상황을 위협이 아니라 성장과 발전의 발판으로 삼는다. 이런 성격은 부러워할 만한 것이어서 사람들은 자신감 있는 인물에게 끌리기 마련이다.

부정적 측면

――― 이런 성격의 인물은 불안정한 상황에 빠져 시달리는 사람에게 위협이 될 수 있다. 왜냐하면 오만하거나 건방져 보이기 때문이다. 이들의 자신감은 스스로를 과대평가해 다른 사람들을 깔보고 그들에게 공감하지 못할 수도 있다. 또한 자신의 능력을 과신해서 실패할 경우 자기회의에 빠지기도 한다.

영화 속 사례

――― 〈붉은 10월〉(1990)에서 잭 라이언(앨릭 볼드윈 분)은 자신의 직분을 다한다. 해군 소속의 정보분석가인 그는 특히 소련의 잠수정 함장인 마르

코 라미우스(숀 코너리 분)에 정통해, 그의 의중을 정확히 파악하고 싶어 하는 대통령에게 자문을 해준다. 그는 두 번이나 도망가고 싶은 두려움을 이기고 라미우스에게 직접 대항한다. 또한 권력자들의 반대에도 불구하고 자신의 지식을 결코 의심하지 않는다.

영화 속 다른 사례

———— 〈다이 하드〉(1988)에서 경찰인 존 매클레인(브루스 윌리스 분), 〈미스틱 리버〉(2003)의 지미 마컴(숀 펜 분), 〈시스터 액트〉(1992)의 들로리스 윌슨(우피 골드버그 분)

갈등을 유발하는 다른 인물들의 성격

———— 심술궂음, 경솔함, 겸손함, 질투심이 강함, 애정결핍, 과민함, 의심이 많음, 소심함

자신감 있는 인물을 위한 최적의 시나리오

———— 자신의 아킬레스건이 드러나고 위협이 증대되는 상황에 처한다

———— 자신감을 뒤흔드는 실패나 비극을 경험한다

———— 자기 능력에 역부족인 문제를 마주한다

———— 자신이 이룬 성취가 타인의 개입에 의한 거짓된 승리임을 알아차린다

———— 자신감을 갉아먹는 실패를 반복해서 겪는다

¹⁴ 협조적인 성격
Cooperative

정의	범주	유사한 성향
기꺼이 사람들과 함께 일하거나 협력함	성취, 대인관계, 도덕성	동의함, 도와줌, 친절함

성격 형성의 배경

———— 형제가 많은 집에서 자라면서 집안일을 나누어 했다

———— 군인 집안에서 자랐다(또는 군대와 관련된 환경이다)

———— 인정이 많다

———— 천성적으로 공동체의식이 강하다

———— 리더십이 강하다

———— 사업체를 운영하는 집안에서 자랐다

연관된 행동

———— 생각(마음)이 열려 있다

———— 협업을 시작하려고 질문을 한다

———— 사람들의 이름을 정확하게 기억한다

———— 사교술이 뛰어나다

———— 도움을 주고 솔직하다

———— 책임감이 강하다

———— 자기 일에 자부심을 가진다

———— 정직하다

———— 친절하다

——— 공동 작업에 기반을 둔 직업을 택한다(레스토랑의 셰프 등)

——— 직무에 대한 책임감이 강하다

——— 사람들이 따라올 수 있도록 격려한다: 카피가 아주 좋아요. 우리 마음에 쏙 듭니다.

——— 목표를 달성하기 위해 모든 것을 쏟아붓는다

——— 해야 할 일에 관해 긍정적인 분위기와 전망을 신뢰한다

——— 사람들에게 발언하거나 관여할 기회를 준다

——— "예"라고 말한다; 수긍한다

——— 힘든 일을 기꺼이 맡는다

——— 공동체의식이 강하다

——— 열정과 에너지를 가지고 사람들과 함께 일한다

——— 논쟁하지 않고 업무들을 수행한다

——— 중재자 역할을 맡는다

——— 사람들과 그들의 능력에 "고맙습니다"라고 말하며 감사를 표한다

——— 새로운 일이나 아이디어를 흔쾌히 시도해본다

——— 타협한다

——— 시간을 잘 지킨다

——— 대비해둔다

——— 남의 말을 잘 들어준다

——— 필요하다면 다른 사람들의 지시를 따른다

——— 팀의 이익을 우선시한다

——— 헌신적이고 충직하다

——— 임무를 완수하기 위해 필요한 것을 알고 그것에 정진한다

——— 동료애를 느낀다

——— 다른 팀원들이 쏟아부은 시간과 노력에 존중하는 마음을 가진다

——— 사람들의 강점과 약점에 따라 임무를 분배한다

——— 무언가를 짓거나 만들어내거나 완성하는 일에 자부심을 느낀다

——— 사람들이 고군분투할 때 주의를 기울이고 도울 방법을 찾는다

연관된 생각

——— 이 자료를 전부 파기하려면 평생이 걸리겠지만, 그래도 마쳐야만 해.

——— 마크는 손이 빨라. 우리 둘이서 함께하면 순식간에 깨끗해질 거야.

——— 브렌다가 우리 팀에 들어온다니 정말 기뻐. 오래전부터 그녀와 같이 일
해보고 싶었어.

——— 리잔이 일을 일찍 시작하고 싶다고 하니까 내가 일정을 바꾸지 뭐.

연관된 감정

——— 결의, 열정, 감사해함, 희망참, 만족감

긍정적 측면

——— 협조적인 인물은 사람들과 잘 지내고, 헌신적으로 일하며, 팀원으로서
크게 활약한다. 이들은 혼자 하는 것보다 사람들의 재능과 자원을 모으
면 훨씬 더 완성도를 높일 수 있음을 안다. 또한 남의 말을 잘 들어주고,
팀원들을 존중하며, 단체가 이룬 성과에 자부심을 가진다.

부정적 측면

——— 이런 성격의 인물은 때때로 다른 사람들이 자신만큼 헌신적이고 흔쾌
히 일하지 않는다고 짐작해 이로 인해 문제를 일으킬 수 있다. 또한 사람
들이 제공하는 정보만 믿고 그들의 리더십을 맹목적으로 따르다가 만족
스럽지 못한 결과를 얻을 수도 있다. 아니면 헌신이나 열정이 부족한 다
른 팀원의 일을 메꾸기 위해 더 많은 책임을 떠맡는다.

영화 속 사례

——— 〈댄 인 러브〉(2007)에서 댄 번스(스티브 카렐 분)는 문제를 일으키는 인

물이 아니다. 그는 몇 년 전 아내를 떠나보냈고 가족이 소개하는 여자를 만나보기로 결심한다. 그러다 관심이 가는 여인과 마주치는데, 그녀가 동생의 여자친구임을 알고 마음을 접으려 애쓴다. 댄은 흐름에 따르고 평온을 지키려 하는 수동적이면서 협조적인 성격의 주인공이다.

영화와 드라마 속 다른 사례
——— 〈어 퓨 굿 맨〉(1992)에서 주인공 대니얼의 변호를 돕는 샘 와인버그 중위(케빈 폴락 분), 스티븐 킹의 《스탠드》가 원작인 〈미래의 묵시록〉 (1994)에서 스튜 레드먼(게리 시니스 분), 〈팔로잉〉 시리즈에서 마이크 웨스턴

갈등을 유발하는 다른 인물들의 성격
——— 야심만만함, 무관심함, 통제가 심함, 특권의식을 지님, 자유로운 영혼, 적대적, 독립적, 의심이 많음, 불평이 많음

협조적인 인물을 위한 최적의 시나리오
——— 자기 마음대로 하는 데 익숙한 누군가와 함께 일한다
——— 리더십과 비전이 보이지 않는 그룹이나 조직에 소속된다
——— 목표 달성에 전혀 관심이 없어 보이는 인물과 함께 일해야 한다
——— 모든 사람을 두루 참여시키려는 파트너와 함께 일한다
——— 팀이나 그룹 안에서 성격 차이로 인한 불화를 처리해야 한다

¹⁵ 용기 있는 성격

Courageous

정의	범주	유사한 성향
반대나 위험, 곤경에 처해 두렵지만 정신적, 도덕적으로 회복할 수 있음	성취, 대인관계, 도덕성	용감함, 두려움을 모름, 영웅적, 용맹함

성격 형성의 배경

——— 롤모델의 도덕적 기준 그리고/또는 그의 희생에 존경심을 표하고 싶어 한다

——— 자신의 두려움이 옳은 일을 하는 데 걸림돌이 되면 안 된다고 믿는다

——— 사람들이 해를 입거나 고통받지 않기를 바란다

——— 도덕의식이 높다

——— 자신이 변화를 일으키고, 자신의 행동에 따라 미래가 결정될 수 있다고 믿는다

연관된 행동

——— 쉬운 일이 아니라 옳은 일을 한다

——— 온 힘을 다해 위험, 불확실성, 역경에 맞선다

——— 사람들을 위해 힘을 낸다

——— 자신감이 있다

——— 스스로를 옹호할 준비가 되지 않은 이들을 위해 나선다

——— 리더십이 필요할 때 앞장선다

——— 목표를 달성하고자 두려움에 맞선다

——— 자신의 약점을 잘 알고 있다

— 아픔이나 고통을 참아내어 강함을 증명한다

— 중요한 순간에 진실을 말한다

— 사람들이 침묵할 때 할 말을 한다

— 미지의 것들과 마주한다

— 사람들에게 연민과 공감을 표한다

— 위험한 상황으로 들어가 사람들의 안전을 지켜낸다

— 위험한 상황에서도 자신의 믿음을 버리지 않는다

— 자신의 신념에 따라 살아간다

— 목적의식이 투철하다

— 정의와 평등을 믿는다

— 결단력이 있다

— 필요할 때 무섭게 집중한다

— 체력과 지구력이 강하다

— 자신의 행동에 책임을 진다

— 안전지대 밖으로 나갈 의향이 있다

— 누군가에게 다시 기회를 주거나, 두 번째 기회를 달라고 요청한다

— 퇴짜나 실패에 기죽지 않는다

— 강하게 확신한다

— 말해야 할 때와 침묵해야 할 때를 안다

— 자신의 감정을 조절할 줄 안다

— 자신보다 다른 사람들을 먼저 생각한다

— 최종 목표에 집중한다; 곁길로 새지 않도록 자신을 추스른다

— 자신이 믿는 바에 대해 알고 있으며, 사람들에게 휘둘리지 않는다

— 원상태로 돌아오는 회복력이 좋다; 숱한 실패에도 노력을 멈추지 않는다

연관된 생각

— 존이 충격받겠지만, 다른 사람이 아니라 내가 이 소식을 전하는 게 맞아.

———— 엄마랑 아빠가 실망할지도 몰라. 하지만 나는 이 일을 할 수밖에 없어.

———— 블룸 선생님은 마크를 나와 다르게 대하면 안 돼. 선생님한테 말할 거야.

———— 이곳이 안전하지는 않지만, 릭의 여동생이 안에 있으니 누군가는 가서 데리고 나와야 해.

———— 아이가 급류에 휩쓸려 떠내려가고 있으니 당장 뛰어들어야겠어!

연관된 감정

———— 결의, 책임감, 감수함, 엄숙함, 경계심, 걱정

긍정적 측면

———— 용기 있는 인물은 어떤 상황에서든 자신의 부족한 측면을 만회하려 한다. 반성이나 도덕적 평가를 내린 후에 성공 가능성과 상관없이 다시 전진하는데, 왜냐하면 그렇게 하는 것이 옳다고 생각하기 때문이다. 이들은 강인한 내면과 엄격한 도덕적 잣대를 갖춰서 중요한 순간에 기꺼이 다른 사람들의 안녕을 먼저 생각하고, 두려움을 극복해 자신의 결정을 번복하지 않으며, 솔선수범한다. 이들의 용기 있는 행동에 감동받은 사람들 역시 힘을 내어 분투하려고 한다.

부정적 측면

———— 용기는 칭찬받을 만하지만 언제나 영리하지는 않다. 이런 성격의 인물은 때때로 당면한 상황 이면에 장기적으로 영향을 주는 선택이나 행동을 보지 못한다. 잠시 멈추고 생각을 정리해야 할 때 이들은 충동에 이끌려 감정적으로 반응하고, 실행에 옮겨야겠다는 마음이 앞서 지혜롭지 못하게 행동할 수 있다.

문학작품 속 사례

———— 《반지의 제왕》 시리즈에서 프로도 배긴스는 일개 호빗으로서 어마어마

하게 강력한 적에게 대항할 적임자로 보이지 않는다. 그럼에도 프로도는 자진해서 힘든 일을 맡는 용기를 보여준다. 그는 인간의 힘도, 난쟁이의 전투 경험도, 마법사의 마법도 없이 중간계가 암흑으로 변하기 전에 반지를 없애려 운명의 산으로 향한다. 프로도는 내면에서 용기와 힘을 끌어내 두려움을 이기고 결국 세상을 구한다.

문학작품과 영화 속 다른 사례

—————— J. K. 롤링의 《해리 포터》 시리즈에서 해리 포터, 〈리멤버 타이탄〉(2000)에서 미식축구 코치인 허먼 분(덴절 워싱턴 분)

갈등을 유발하는 다른 인물들의 성격

—————— 잘 속음, 남을 조종함, 무모함, 자기파괴적, 이기적, 소심함, 폭력적, 의지박약

용기 있는 인물을 위한 최적의 시나리오

—————— 과거에 실패했던 상황을 다시 마주한다

—————— 공포증을 치료해야 할 상황이다

—————— 옳은 일과 대중이 원하는 일, 둘 중 하나를 선택해야 한다

—————— 다른 사람들의 생과 사가 그의 손에 달려 있어 결단을 내려야 한다

—————— 곤경, 장애 또는 엄청난 개인적 손해에도 불구하고 용기를 내야 한다

¹⁶ 예의 바른 성격

Courteous

정의 예절을 지킴; 남을 배려함	범주 대인관계, 도덕성	유사한 성향 기사도적, 양심적, 배려함, 정중함, 인사성이 바름, 공손함, 존중함, 매너가 좋음

성격 형성의 배경

——— 공손함을 미덕으로 여기는 환경에서 자랐다

——— 천성적으로 사려 깊고 친절하다

——— 다른 사람에게 양보하라고 교육받았다

——— 공감능력이 뛰어나다

——— 존중하면 존중받을 것이라고 생각한다; 황금률을 지킨다

——— 반대, 깨진 관계, 갈등, 폭력 등에 대한 두려움이 있다

연관된 행동

——— 단정하고 정돈되어 있다

——— 직업윤리가 엄격하다

——— 사려 깊고 친절하다

——— 매너가 좋다

——— 타인의 개인 공간을 존중한다

——— 직관적으로 다른 사람들에게 필요한 것을 알아차린다

——— 관심을 표현해 사람들로 하여금 소중한 존재라고 느끼게 만든다

——— 다른 사람들이 이룬 성취를 축하해준다

——— 공평하게 대한다

——— 칭찬한다: 당신에게 그 색이 참 잘 어울리네요.

——— 사람들의 기분을 살핀 후 이야기를 꺼낸다

——— 친절한 태도를 보인다

——— 앞장서서 도와준다

——— 배려하는 말투로 이야기한다

——— 다른 사람들의 일과 아이디어를 신뢰한다

——— 상대방에게 온전히 주의를 집중한다(다른 사람과 통화하거나 문자메시지 보내지 않기 등)

——— 시간을 내어주고 노력한 것에 고마워한다

——— 식사예절이 바르다

——— 다른 사람들에게 순서를 양보한다(계산대 앞, 대중교통 이용 시, 문을 지나갈 때 등)

——— 봉사한다

——— 우호적이다

——— 온화하고 기분 좋은 목소리로 말한다

——— 자신의 권력을 사람들을 괴롭히는 데 쓰지 않는다

——— 타인의 의견이나 결정을 따른다

——— 사람들이 필요로 할 것들을 예상해서 그것을 제공한다

——— 사람들을 불편하게 만드는 화제를 피한다

——— 방해하거나 너무 크게 웃지 않는다

——— 누군가의 말에 미소를 짓고 고개를 끄덕여 격려해준다

——— 타인의 사생활을 존중한다

——— 새로운 누군가가 들어오면 소개해준다

——— 행사에 참석해 사람들과 어울린다

——— 사람들의 참여를 유도하며 가치 있다고 느끼게 만든다

——— 누군가의 긴장을 풀어주는 경우나 적시에만 농담을 건네고 가볍게 놀린다

───── 누군가의 감정을 상하게 했다면 사과한다

───── 제안하되 강요하지 않는다

───── 누구에게나 정중하다

───── 몰아세우지 않고 기다려준다

연관된 생각

───── 니콜의 얼굴이 붉게 상기되었네. 코트를 가져다줘야겠어.

───── 빈 잔이 많으니 와인을 한 병 더 가져오자.

───── 내내 혼자 서 있지 않도록 에마에게 인사하러 가야겠다.

───── 마크는 이혼한 지 얼마 안 되었으니, 오늘 밤은 그와 같이 나가서 재미있게 놀아야지.

연관된 감정

───── 감사해함, 행복, 희망

긍정적 측면

───── 예의 바른 인물은 주변 사람들에게 친절하게 신경을 써주어 그들을 편안하게 만든다. 이들은 사교적 상황에서 적절한 행동으로 사람들의 존경을 받기도 한다. 긴장감이 고조될 때 조심성과 배려심 있는 인물이 상황을 진정시키고 사람들의 두려움과 걱정을 덜어주는 시나리오도 가능하다. 다른 인물들이 자신밖에 모르거나, 권력에 굶주려 있거나, 목표에만 몰두할 때 이들은 신선한 대항세력이 되어 갈등을 유발한다.

부정적 측면

───── 이런 성격의 인물은 다른 사람들을 먼저 생각하느라 이따금 자신의 욕구를 챙기지 못한다. 이는 성취감과 개인적 행복의 결핍으로 귀결될 수 있다. 또한 이런 인물은 마음 약한 사람을 이용하려 드는 자들의 표적이

되기도 한다.

문학작품 속 사례
———— 하퍼 리의 《앵무새 죽이기》에서 변호사 애티커스 핀치는 미국 남부의
진정한 신사다. 핀치는 설사 오랜 친구들과 가족 다수와 반목하더라도
예의를 지키겠다는 자신만의 원칙을 따른다. 그는 자신에게 지독한 욕
설을 퍼붓는 듀보스 할머니에게 말할 때나, 린치를 가한 집단과 무고한
남자 사이에 있을 때에도 평정심을 잃지 않고 사람들을 존중한다.

영화 속 사례
———— 〈드라이빙 미스 데이지〉(1989)에서 운전사 호크 콜번(모건 프리먼 분),
〈상하이 눈〉(2000)에서 황실 친위대 왕천(성룡 분)

갈등을 유발하는 다른 인물들의 성격
———— 융통성이 없음, 뭐든 아는 체함, 철저함, 강압적, 이기적

예의 바른 인물을 위한 최적의 시나리오
———— 무례하거나 정직하지 않거나 술에 취한 사람을 상대한다
———— 과거에 자신을 이용했던, 전혀 믿을 수 없는 사람과 팀을 이룬다
———— 모든 사람이 각자 살길을 찾아야 하는 생존 상황에 봉착한다
———— 품위를 크게 손상시키는 굴욕적인 상황으로 고통받는다

17 창조적인 성격

Creative

정의 세상에 없던 새로운 것을 만들어내는 힘이나 성향이 있음	범주 성취, 정체성	유사한 성향 예술적

성격 형성의 배경

———— 창조적인 부모 밑에서 자랐다

———— 무언가를 각인시키거나 남기고 싶어한다

———— 호기심이 강하다

———— 사람들과 감정적 교감을 나누기 원한다

———— 감수성이 예민하다

———— 재능을 타고났다

———— 창의적인 공동체에서 살아간다

———— 빈 공간을 찾아서 그곳을 채우고 싶어한다

———— 비관습적 형태의 아름다움을 찾고 감상한다

———— 특별하고 완벽하게 개성적이기를 바란다

연관된 행동

———— 별난 행동을 한다

———— 사람들이 당연시하는 것들에서 아름다움을 찾아낸다

———— 상상력이 풍부하다

———— 모든 면에서 독특한 의견을 내놓는다

———— 사회적 양심이 강하다

———— 표현력이 풍부하다

———— 문제를 창조적으로 풀어낸다

———— 사람들의 사연과 무엇이 현재의 그들을 만들었는지 알고 싶어한다

———— 자신이 하는 예술 분야에 대한 연습을 게을리하지 않는다

———— 꾸준하다; 자신의 목표에 도달할 때까지 계속 노력한다

———— 음악 같은 기분 좋은 소리에 귀를 기울인다

———— 격렬한(때로는 미쳐버릴 듯한) 감정을 느낀다

———— 잘 적응한다

———— 모험심이 강하다; 온갖 것을 경험해보고 싶어한다

———— 즉흥적이다

———— 사람들이 자신의 창작물을 이해하지 못할 때 자기회의에 빠져 괴로워한다

———— 직관력과 공감능력이 뛰어나다

———— 미스터리와 미지의 것들에 관심을 가진다

———— 새로운 아이디어가 떠오르면 흥분한다

———— 말이 없어지거나 사색에 빠진다

———— 집중력이 뛰어나다

———— 자신이 하는 일을 공유하고 싶은데 사람들이 관심을 보이지 않으면 상처받는다

———— 소소한 일들에 신경을 쓰지 못한다(약속을 잊거나 끼니를 거르는 등)

———— 실험을 한다

———— 공상에 빠진다

———— 은유적으로 사고한다

———— 사람들에게 감정적 반응을 불러일으키려 한다

———— 예술적 매개 없이는 자신을 표현하기 힘들어한다(그림 그리기, 글쓰기 등)

———— 지금과 같은 상태가 아닌 다르게 할 수 있는 방법을 찾는다

———— 실패에 대해 건전한 태도를 보인다

———— 외모를 개성 있게 꾸민다(옷차림, 헤어스타일 등)

연관된 생각

——— 저 나이 든 결인을 봐. 주름이 싶게 파인 얼굴에서 강인함과 아름다움
이 뿜어져 나오는 것 같아.

——— 그녀의 붉은색 머리카락이 너무 환해서 해가 비추는 듯해. 잿더미에서
솟아오른 한 마리 용 같아 보여.

——— 낙엽들을 흩뜨리는 바람 소리가 마치 음악 같이 들려.

——— 자기 개를 "흰둥이"라고 부르다니. 왜 좀더 독창적인 이름을 생각하지
못하는 걸까?

연관된 감정

——— 호기심, 욕망, 결단력이 있음, 열정, 흥분, 평온함

긍정적 측면

——— 창조적인 인물은 보통 사람들과 다른 눈으로 세상을 보기 때문에 새로
운 관점을 내놓는다. 쉽게 가질 수 없는 창조적 힘을 위해 창작자들은
대개 단호하고, 근면하며, 헌신적이다. 이런 인물은 비난과 좌절, 거절에
도 꾸준히 일해서 멀리 내다보는 안목을 갖춘다.

부정적 측면

——— 이런 성격을 가진 부류는 자신의 재능에 집중하느라 다소 현실적이지
않을 때가 있다. 이런 성향은 사교 모임에서 어색하고 불안정한 상황을
만든다. 또한 이들은 자신의 예술에만 집중하느라 청소, 공과금 납부, 장
보기 같은 일상을 등한시할 수도 있다. 창조적 욕구에 온통 마음을 빼앗
겨 중요한 관계에 태만하고 이는 고립으로 이어진다. 창작자의 길은 반
대론자들로 넘쳐나기 때문에, 몇몇은 부정적이고 싫증을 내거나 회의감
이 우울증으로 발전할 위험이 있다.

역사 속 사례

——— 역사상 가장 유명한 예술가 가운데 한 명으로 꼽히는 미켈란젤로는 이탈리아 르네상스 시대의 성공한 조각이자 화가, 건축가였다. 탁월한 인문학적 소양을 갖췄음에도 그는 학자로서의 미래를 버리고 예술에 헌신한다. 창조에 대한 열정을 좇아 피렌체대성당에 놓을 다비드상을 조각했고, 시스티나예배당의 천장에 벽화를 그렸다.

역사 속 다른 사례

——— 셰익스피어, 모차르트, 피카소

갈등을 유발하는 다른 인물들의 성격

——— 분석적, 냉담함, 효율적, 오만함, 위선적, 게으름, 완벽주의, 정확함

창조적인 인물을 위한 최적의 시나리오

——— 자신의 재능에 영향을 끼치는 장애를 겪는다(시력 상실 등)

——— 규범적이지 않은 것에서 아름다움을 찾아내고 공유하려 한다

——— 예술을 경박하다거나 시간 낭비로 바라보는 문화권에서 산다

——— 책임에 짓눌려 창조적 작업에 몰두할 시간이나 에너지가 턱없이 부족해진다

——— 자신보다 월등히 뛰어난 재능을 발휘하는 누군가의 그림자로 살아간다

——— 자기 재능의 가치를 몰라보는 누군가를 알게 된다

¹⁸ 호기심이 많은 성격

Curious

정의	범주	유사한 성향
조사하고 배우려는 마음이 절실함	성취, 정체성, 대인관계	탐구심이 강함

성격 형성의 배경

——— 천성적으로 탐구심이 강하다

——— 연구하고 질문을 장려하는 환경에서 자랐다

——— 더 배워야 할 새로운 것이 언제나 있다고 믿는다

——— 지식에 대한 갈증이 있다

——— 틀린 것을 바로잡거나 더 좋게 만들고 싶어한다

——— 모험심이 강하다

연관된 행동

——— 의문을 제기한다

——— 관찰력이 매우 뛰어나다

——— 지식을 추구한다(책 읽기, 연구하기, 진학 등)

——— 자신이 이해한 것에 관해 이야기할 때 흥미와 열의를 보인다

——— 관심사가 비슷한 사람들을 찾아나선다

——— 물건들을 분해해서 작동원리를 알아낸다

——— 정해진 계획을 따르기보다 옆길로 샌다

——— 다른 사람들의 대화를 유심히 듣는다

——— 더 흥미로운 것이 있으면 지금 과제에 집중하기 어려워한다

———— 시행착오를 겪는다; 경험을 통해 배운다

———— 새로운 아이디어나 기술을 시험해본다; 창의력을 발휘한다

———— 물건들을 수집한다

———— 규칙과 경계나 한계를 무시한다

———— 쉽게 지루해하지 않는다

———— 참신한 방식으로 문제를 풀어낸다

———— 흥밋거리를 추구할 때 열정적이다

———— 배우기 위해 비슷한 발견을 흉내 내거나 본뜬다

———— 때때로 도가 지나치다(적절하지 않거나 첨예한 질문하기 등)

———— 흔쾌히 새로운 것들을 시도한다

———— 충동적이다

———— 발전하고 강해지기를 원하거나, 더 나아지고 싶어한다

———— 시간 가는 줄 모른다

———— 실수와 약점, 결점을 활용해서 향상과 혁신을 이룬다

———— 자신의 이론을 말하거나 질문해가며 일한다

———— 동아리나 단체에 가입한다

———— 호기심을 충족하기 위해 위험을 감수한다

———— 배움을 위해 희생을 감수한다(무급 인턴이나 연구원으로 일하기 등)

———— 새로운 발견과 경험에서 즐거움과 만족감을 얻는다

———— 수수께끼, 퍼즐, 미지의 것들을 좋아한다

———— 만약의 상황을 가정해본다

———— 아이디어나 관심사를 좇기 위해 규칙을 깨뜨린다

———— 사람들에게 자신의 관심사와 목표를 솔직하게 털어놓는다

———— 집착하는 경향이 있다

———— 어떤 느낌이 드는지 또는 어떤 일이 벌어지는지 알기 위해 직접 해본다

연관된 생각

——— 저 두 사람이 수군거리는데. 나중에 무슨 일인지 알아봐야지.

——— 날마다 저 여자 혼자 운동장에 오는구나. 무슨 사연이라도 있는 걸까?

——— 신기하다. 종이 다른 동물들이 특정한 환경에서 옹기종기 모여 살다니.

——— 진공청소기에서 여전히 소리가 나네. 분해해서 뭐가 문제인지 보자.

——— 해럴드는 낚싯줄을 던지기 전에 손목을 흔들던데, 왜 그러는지 물어봐야겠어.

연관된 감정

——— 자신감, 탐구심, 열정

긍정적 측면

——— 호기심이 많은 인물은 다른 사람들이 피하기로 결정한 문제나 불편함에 끌리며, 광범위한 분야 또는 특정한 분야에 대해 지식이 많다. 우연히 신비한 물건이나 현상을 마주하거나 위험한 일들에 휘말려들기 쉬운 이런 인물들을 활용하면 이야기에 쉽게 갈등을 만들어낼 수 있다.

부정적 측면

——— 이런 성격의 인물은 종종 충동적이라서 생각하지 않고 행동한다. 이들은 지나칠 정도로 외골수라서 자신의 일에만 집중하고(아니면 어찌할 바를 모르거나), 자신 앞에 어떤 덫이 있는지 모르는 토끼처럼 따라간다. 대인관계보다 현재 몰두하는 주제에 더 관심이 많고, 자신만큼 호기심이 없는 사람들을 이해하거나 존중하지 않는다.

문학작품 속 사례

——— 프로도의 호빗 친구 가운데 한 명인 피핀 툭은 왕성한 호기심으로 악명이 자자한데, 호기심이 넘쳐 때때로 문제를 일으키기 때문이다.《반지

의 제왕: 반지원정대》에서 호빗 원정대가 모리아의 동굴 안에 들어갔을 때 피핀이 오래된 검을 건드리면서 옆에 있던 해골의 뼈가 빈 우물 아래로 달그락거리며 떨어진다. 그 소리에 오크 무리가 소환되고, 원정대는 그들의 자유를 지키기 위해 싸워야만 했다. 그후 《반지의 제왕: 두 개의 탑》에서는 '미래를 내다보는 돌'인 팔란티르를 들여다보고 싶다는 꺼지지 않는 욕망에 사로잡힌 피핀은 간달프가 잠든 틈을 타서 돌을 훔친다. 그 돌을 만짐으로써 호빗은 뜻하지 않게 사우론과 연결되고, 다시 모두를 위험에 빠뜨린다.

문학작품과 애니메이션 속 다른 사례
——— 루이스 캐럴의 《이상한 나라의 앨리스》에서 앨리스, 〈피블의 모험〉 시리즈에서 피블 마우스키위츠, H. A. 레이와 마거릿 레이의 《큐어리어스 조지》 시리즈에서 큐어리어스 조지

갈등을 유발하는 다른 인물들의 성격
——— 조심성이 많음, 무식함, 참을성이 없음, 비이성적, 뭐든 아는 체함, 비관적, 고집불통, 도움이 안 됨

호기심이 많은 인물을 위한 최적의 시나리오
——— 자신의 지식을 나누지 않고 수호하려는 인물들을 상대한다
——— 자유로운 사고를 권장하지 않는 사회에서 산다
——— 엄격한 주의와 집중이 필요한 과제를 부여받는다
——— 탐구하고 싶은 충동이나 욕구가 결여된 인물들과 함께 일한다

¹⁹ 결단력 있는 성격

Decisive

정의	범주	유사한 성향
빠르고 효율적으로 결정함; 머뭇거리지 않음	성취	단호함

성격 형성의 배경

——— 어릴 때부터 책임을 맡았다

——— 부모가 멍하게 있거나 주저하곤 했다

——— 조절장애가 있다

——— 성공 욕구에 따라 움직인다

——— 책임감이 강하다

——— 통솔하려는 욕구가 있다

연관된 행동

——— 잘 알고 나서 결정하려고 지식이나 기술을 습득한다

——— 사물이나 현상을 흑백논리로 바라본다

——— 능력 있는 사람들을 가까이에 둔다

——— 날카로운 질문을 던진다: 그 연대표를 확신할 수 있습니까?

——— 자신감이 있다

——— 언제나 행동지침이 필요하다

——— 그렇지 못할 때에도 자신감 있어 보인다

——— 정직함과 규칙의 준수를 요구한다

——— 믿을 만한 사람들만 신뢰한다

124   19 결단력 있는 성격

———— 따라가기보다 통솔하는 편을 선택한다

———— 실행에 옮기거나 결정을 내리지 못하는 사람들에게 실망한다

———— 애매모호한 것을 싫어한다

———— 매번 충실하게 결정을 내린다; 일단 판단하면 의심을 품지 않는다

———— 의지가 강하다

———— 당면한 상황에서 자신의 욕망과 욕구가 무엇인지 알고 있다

———— 매우 논리적이고 이성적이다

———— 목표지향적이다

———— 다른 사람들의 감정보다 임무를 중요시한다

———— 문제와 상황에 즉각적으로 대처한다

———— 자신의 감정과 조화를 이룬다

———— 사람들에게 동기를 부여한다

———— 직업윤리가 엄격하다

———— 독립적이다

———— 조직적이다

———— 자신감과 자존감이 높다

———— 두려움이나 후회에 압도당하지 않는다(하지만 때때로 이런 감정을 부정
한다)

———— 위험을 감수한다

———— 당당하다

———— 문제해결에 능하다

———— 기회를 놓치지 않는다

———— 실수를 저지르면 분노하거나 좌절감을 느낀다

———— 책임을 받아들이고 실수를 통해 배운다

———— 긍정적이다

———— 결단력이 있다

———— 일상생활에서 신속하게 결정을 내린다(입을 옷, 메뉴 고르기 등)

———— 자신의 직감을 믿는다

연관된 생각

———— 그녀는 왜 그리 일을 어렵게 만들까? 레스토랑만 고르면 되는데.

———— 베키는 숙제가 있다는 것을 알면서도 왜 앉아서 숙제를 하지 않을까?

———— 저 후보의 연설이 마음에 드는군. 표를 주고 싶을 만큼 논리적이야.

———— 우리가 같이 도망간다면 온갖 잡일과 가족의 간섭을 피해서 잘 살 수 있
　　　을 거야.

연관된 감정

———— 자신감, 결의, 참을성이 없음, 짜증, 경멸

긍정적 측면

———— 결단력 있는 인물은 자신의 판단을 믿기에 자신감이 넘친다. 일단 행동
　　　방침이 정해지면 앞만 내다보면서 자기 선택을 결코 의심하지 않는다.
　　　책임감이 강해서 훌륭한 지도자가 될 수 있으며, 이들 가운데 일부는 세
　　　상을 바꾸는 추동력이 되기도 한다.

부정적 측면

———— 이런 성격의 인물은 안타깝게도 자신의 결정에 매몰되어서 상황이 악화
　　　되어도 방향을 틀지 못할 수 있다. 여태껏 훌륭한 선택을 해왔으므로 실
　　　수를 인정하기 힘든 것이다. 또한 논리적으로 결론을 도출하므로 감정
　　　에 치우쳐 선택하는 사람들을 참지 못한다. 이럴 때는 양측 모두 갈등과
　　　좌절을 느낄 수 있다.

영화 속 사례

———— 〈스타트렉〉 시리즈에서 제임스 커크 선장은 빠르게 생각하고 결정내린

다. 머뭇거리거나 두 번 생각하지 않는다. 문제가 발생하면 상황을 진단하고, 필요한 경우 믿음직한 대원들에게 자문을 구하며, 자신에게 주어진 선택지를 따져보고 행동을 취한다. 때로는 이런 과단성이 그를 성급하고 무모하게 만든다. 하지만 우주연방 스타플릿의 우주선을 이끄는 막중한 직책에는 신속한 결단력을 지닌 커크 선장이 제격이다.

역사와 영화 속 다른 사례

——— 조지 S. 패튼 장군,● 〈월스트리트〉의 고든 게코(마이클 더글러스 분), 〈라이언 일병 구하기〉(1998)의 존 밀러 대위(톰 행크스 분)

갈등을 유발하는 다른 인물들의 성격

——— 방어적, 느긋함, 엉뚱함, 어리석음, 잘 잊어버림, 잘 속음, 우유부단함, 무책임함, 게으름, 걱정이 많음

결단력 있는 인물을 위한 최적의 시나리오

——— 우유부단한 파트너와 함께 선택을 해야 한다

——— 규칙과 규제, 안전위원회의 감독을 받는 분야에서 일한다

——— 자신이 잘 알지 못하는 부문에 대해 결정을 내려야 한다

——— 이 일을 하는 것이 옳다는 사실을 알면서도 이유를 듣지 않으려는 파트너 때문에 일이 지연된다

——— 자신이 내린 결정이 윗사람에 의해 번번이 퇴짜를 맞는다

● 제2차 세계대전 때 전차전에 뛰어난 능력을 발휘한 미국의 장군이다.

²⁰ 협상에 능한 성격
Diplomatic

정의	범주	유사한 성향
사람들의 요구를 존중하는 동시에 노련하게 다룸	대인관계, 도덕성	요령 있음

성격 형성의 배경

—— 형제자매가 둘 이상인 집에서 자랐다

—— 견해와 태도, 요구사항이 제각각인 사람들을 책임진다

—— 경영이나 정치 분야에서 일한다

—— 힘 있는 자리를 얻고 이를 유지하고 싶어한다

—— 팀워크와 공동체의식이 강하다

—— 공정함과 존경심을 중요시한다

—— 공감능력이 뛰어나다

—— 천성적으로 직관력이 뛰어나다

—— 때때로 충돌하는 가족 사이에서 중재자 역할을 한다

—— 만성질환을 앓거나 정신적으로 불안한 사람을 위해 도우미나 간병인으로 일한다

연관된 행동

—— 다른 사람들의 요구를 가치 있고 중요하다고 인정한다

—— 존경을 표한다

—— 남의 말을 잘 들어준다

—— 생각하고 나서 행동한다

———— 다른 누군가의 입장을 잘 이해한다

———— 신임을 얻는다

———— 누구에게나 공정하고 편견 없이 대한다

———— 감정을 자제하며 말한다

———— 논리 정연하고 추론하는 데 소질이 있다

———— 사실을 거듭 말해서 누구의 오해도 사지 않으려 한다

———— 침착하고 이성적인 태도를 유지하며 흥분된 마음을 가라앉힌다

———— 진실한 자세로 인맥을 넓혀간다

———— 관여된 사람 모두를 존중하며 의견을 제시한다

———— 과거에 했던 실수에 대해 요령 있게 이야기한다

———— 이익을 가져올 수 없다면 책임을 지우지 않는다

———— 최선의 결과를 얻기 위해 일을 어떻게 도모할지 의견을 제시한다

———— 자신의 믿음과 이상을 고수한다

———— "그건 별로인데요" "소용없어요"와 같은 부정적인 말을 하지 않는다

———— 변화를 위해 아이디어와 해법을 제시한다

———— 긍정적이다

———— 할 말을 조심스럽게 고르느라 망설인다

———— 공격적이지 않다

———— 타인의 사생활과 개인 공간을 존중한다

———— 사람들과 시선을 맞춘다

———— 긴장감을 풀기 위해 농담을 하거나 말을 건넨다

———— 누군가의 오해나 실수를 바로잡을 때 친절하게 말한다

———— 솔직하게 의견을 제시하면서도 반감을 사지 않도록 주의한다

———— 논쟁하지 않는다; 협상능력이 뛰어나다

———— 본보기를 보인다

———— 흔쾌히 타협한다

———— 사람들의 마음을 잘 알아차리고 일할 때 감정이 상하지 않게 매우 조심한다

——— 사람들이 개인적으로 힘겨워하는 것을 함께 나누며 위로한다

— 사람들의 보디랭귀지에 주의를 기울이고 정확히 해석한다

연관된 생각

——— 브렌다는 에리카의 파티에 초대받지 못해서 화가 났어. 분위기가 더 험악해지면 끼어들어야겠다.

——— 저 두 사람이 같은 것을 찾고 있으니 서로 도와줄 수 있다는 걸 알려줘야지.

——— 아이들에게 2-3주에 한 번씩 교대로 집안일을 시키면 불공평하다고 투덜대지 않을 거야.

——— 아빠에게 이 도시가 얼마나 안전한지 보여드려야지. 그러면 안심하실 거야.

연관된 감정

——— 자신감, 결의, 희망참, 감수함, 만족감

긍정적 측면

——— 협상에 능한 인물은 현명하고 선견지명이 있으며 영민하다. 이들은 공과 사를 구분할 줄 알고, 사람들이 올바른 결정을 내리도록 유용한 통찰을 제공하며, 타고난 중재자로서 감정에 휩쓸리지 않는다. 가능성 있는 해결책인지 평가하거나 제시하기 전에 말을 아끼고, 정보를 찾고, 조사하고, 피드백을 얻는다. 또한 비판하지 않고 아낌없이 지원하며, 충실하고 신뢰를 주므로 친구나 조력자로서 최고의 성격이다.

부정적 측면

——— 이런 성격의 인물이 격하게 감정을 터뜨릴 때라든지 자신의 평판에 해를 입을까 두려워하면 협상은 쓸모없어진다. 게다가 친구들이 사사건건

분쟁과 불평, 논쟁거리를 들고 찾아오는데 이는 이들의 스트레스와 불행의 강도를 높이는 일이며, 더욱이 어떤 결정이 나든 간에 이를 불만스럽게 여기는 누군가가 있기 마련이므로 좌절할 수도 있다. 이들은 또한 사람들을 조종하는 인물로 보일 수도 있는데, 타인의 의중을 읽어내고 설득하는 능력을 개인적 이익을 얻는 데 쓸 가능성이 있기 때문이다.

영화 속 사례

────── 〈배트맨〉 시리즈에서 집사 앨프리드 페니워스는 브루스 웨인을 위해 매사를 요령껏 처리하는 한편, 그의 정체에 대해서는 입을 다문다. 그는 최고의 조력자로서 브루스의 판단력이 때때로 고담시 지하세계의 반대 세력에 의해 흐려질 때 충고와 함께 도덕적 잣대를 일러준다.

문학작품과 영화 속 다른 사례

────── 존 그리샴의 《펠리컨 브리프》에서 신문사 기자 그레이 그랜섬, 〈굿 윌 헌팅〉(1997)에서 심리학 교수 숀 매과이어(로빈 윌리엄스 분)

갈등을 유발하는 다른 인물들의 성격

────── 방어적, 정직하지 않음, 충동적, 싫증냄, 의심이 많음, 알랑거림, 도움이 안 됨, 엉뚱함

협상에 능한 인물을 위한 최적의 시나리오

────── 협상의 결과로 개인적 위기가 닥치더라도 그만둘 수 없다
────── 도덕적인 이유로 다른 사람들의 목표에 반대할 때, 그들이 타협안을 찾을 수 있도록 애쓴다
────── 무례함과 대립, 위협, 조작에도 불구하고 협상을 계속해야 한다

²¹ 절제력이 있는 성격
Disciplined

정의	범주	유사한 성향
의지가 강하고 자제력이 있음	성취, 정체성	자제함

성격 형성의 배경

——— 목표나 신념에 맹렬히 헌신한다

——— 독실한 분위기의 집안에서 자랐다

——— 경쟁이 치열한 스포츠에 참여한다

——— 절제하고 헌신하는 사람을 롤모델로 삼는다

연관된 행동

——— 오랫동안 지속해온 일상이나 방식을 고수한다

——— 목표를 달성하기 위해 희생을 치른다

——— 발전하기 위해 자신만의 기술을 연마한다

——— 의지가 강하다

——— 도덕적 잣대가 엄격하다

——— 모든 형태의 유혹을 뿌리친다

——— 근면하다

——— 성실하고 집중력이 뛰어나다

——— 중요한 것을 위해 희생을 감수한다

——— 자존감이 높다

——— 타협하기 힘들어한다

——— 잡념을 제어할 수 있다

——— 목표 달성에 방해되는 인간관계와 요소들을 차단한다

——— 성공하고자 노력할 때 진지한 태도로 임한다

——— 발전에 도움을 줄 멘토를 찾아나선다

——— 재능이나 자질 향상을 위해 기꺼이 훈련하거나 연마한다

——— 자신의 한계에 도전한다; 더 열심히 하도록 스스로를 몰아붙인다

——— 자신의 성과와 근면함에 자부심을 느낀다

——— 결심을 무너뜨릴 만한 유혹적인 상황을 피한다

——— 자신의 감정을 신중하게 조절한다

——— (자신이나 다른 사람들에게) 의무감을 느낀다

——— 작은 발전에서도 용기를 얻는다

——— 놀기 전에 해야 할 일부터 해놓는다

——— 목표 달성을 위해 운동하거나 식사량을 조절한다

——— 목표에 집중하고자 다른 일들을 뒤로 미룬다

——— 시간을 생산적으로 활용한다

——— 유혹을 뿌리칠 때 뿌듯한 기분을 느낀다

——— 낙천적이고 결단력이 있다

——— 포기하거나 물러서지 않는다

——— 목표에 도달하기 위한 계획을 세운다

——— 우선순위를 잘 정한다

——— 자기 시간을 효율적으로 관리한다

——— 세부사항에 주목한다

연관된 생각

——— 외식을 하고 싶지만 내일을 위해서 일찍 잠자리에 들어야겠다.

——— 앞으로 세 달치 팁을 쓰지 않고 모으면 멕시코로 여행을 갈 수 있겠어.

——— 주말 내내 일하면 프로젝트가 본궤도에 오르겠지.

——— 포기하는 게 편하기는 하지만 계속 후회하게 될 거야.

━ 디저트늘 너무 먹고 싶지만 이제야 다이어트가 잘되고 있는데. 망칠 수
없어.

연관된 감정

——— 자신감, 욕망, 결의, 희망참, 만족감

긍정적 측면

——— 절제력이 있는 인물은 집중력이 뛰어나고 구체적인 목표가 서 있다. 이
들은 엄격한 설계자로서 원하는 결과를 내기 위해 최선의 가장 빠른 행
동방침을 택한다. 많은 이들이 절제력을 바라지만 그것을 갖춘 사람은
드물기 때문에, 이들은 존경과 존중을 받는다.

부정적 측면

——— 이런 성격의 인물은 자신이 원하는 바에 집중하므로 친구와 사랑하는
사람들에게 소외감이 들게 한다. 특히 이들의 욕망 때문에 조력자들이
희생당할 때는 해로운 성격이라고도 할 수 있다. 게다가 이들은 욕망에
사로잡혀 선을 넘기도 하는데, 전념을 다하다가 위험에 빠지거나 신체
적인 해를 입기도 한다. 절제가 건강하지 못한 집착으로 증폭되고, 보상
에 대한 유혹에 넘어가버리면 실패감과 자기혐오가 뒤따른다.

영화 속 사례

——— 〈록키〉(1976)의 록키 발보아(실베스터 스탤론 분)는 그 지역에서 최고는
아니지만 훈련 의지가 누구보다 강하다. 그는 날마다 새벽에 일어나 달
리고, 아침으로 맛없지만 단백질 덩어리인 날달걀을 삼키고, 최상의 몸
상태로 만들기 위해 스스로를 닦아세운다. 심지어 훈련하는 동안에는
성관계마저 거부하지만… 물론 그는 성인군자가 아니라 권투 선수다.

영화 속 다른 사례

──────── 〈사운드 오브 뮤직〉(1965)의 폰 트랩 대령(크리스토퍼 플러머 분), 〈사랑
　　　　 은 은반 위에〉(1992)에서 미국의 피겨스케이팅 챔피언 케이트 모즐리
　　　　 (모이라 켈리 분)

갈등을 유발하는 다른 인물들의 성격

──────── 의존적, 순한, 영향력이 있음, 순진함, 남을 조종함, 애정결핍, 철저함, 감
　　　　 수성이 풍부함, 불평이 많음

절제력이 있는 인물을 위한 최적의 시나리오

──────── 의심스럽고 불안정할 때에도 절제력을 잃지 않는다

──────── 자신의 원래 목표만큼이나 욕심이 나는 유혹을 대면한다

──────── 지금의 궤도를 재정비할 수밖에 없는 정체성의 위기가 찾아온다

──────── 감정적 상처나 신체적 장애에 시달린다

──────── 자신의 절제력이 바람직하지 못한 전환을 맞는다(다이어트에 집착함,
　　　　 완벽주의 등)

22 신중한 선격
Discreet

정의	범주	유사한 성향
의도적으로 야단스럽게 굴지 않음; 조심스럽게 행동하고 올바르게 판단하며, 사생활을 존중함	대인관계	용의주도함, 조심스러움

성격 형성의 배경

——— 충직하다

——— 비밀 유지가 중요한 시기에 성장했다(냉전시대, 제2차 세계대전 등)

——— 민감한 정보를 보호해야 하는 업계에서 일한다

——— 위험에 노출된 적이 있다(시민들의 소요사태, 정권 이양, 중대 범죄 등)

——— 사람들의 주목을 받으며 자랐다(정치인이나 유명인, 부유한 집안에서 성장하는 등)

연관된 행동

——— 비밀을 지킨다

——— 대의를 위해 정보의 흐름을 통제한다

——— 말조심을 한다; 요령 있게 말한다

——— 진실을 말하지 않음으로써 사람들을 보호한다

——— 특징이 없거나 눈에 안 띄는 옷을 입는다

——— 주목받지 않도록 행동을 절제한다

——— 논리적으로 사고하고 미리 계획을 세운다

——— 자신의 개인정보를 조심스럽게 관리한다

——— 자기감정을 잘 조절한다

─────── 통제력을 잃기 쉬운 상황을 피한다(과음 등)

─────── 관찰하고 경계를 늦추지 않는다

─────── 자신의 동기를 숨기고서 조심스럽게 질문한다

─────── 신뢰감을 주고 믿음직스럽다

─────── 사생활을 존중한다

─────── 생각하고 나서 행동한다; 위험을 피한다

─────── 방어적이다

─────── 민감한 책무를 진행할 때 제대로 수행되는지를 확인한다

─────── 사람들을 신뢰하기까지 시간이 걸린다

─────── 자제력이 있다

─────── 겸손하고 자신을 낮춘다

─────── 필요한 경우에만 충고한다; 사람들의 자신감을 지켜준다

─────── 질문에 포괄적인 내용만 대답한다

─────── 평범하게 꾸며 어떤 것도 드러내지 않는다: 자세한 얘기들로 여러분을
지루하게 만들지 않겠습니다.

─────── 협상에 능하다

─────── 조용하게 처신하거나 비밀스러운 분위기를 풍긴다

─────── 사람들의 긴장을 풀어주려 농담을 건넨다

─────── 사람들을 세심하게 대한다

─────── 예민한 질문이나 정보 제공에 대한 요구를 무시하거나 능숙하게 처리한다

─────── 세심하게 계획을 세워 혼란을 피한다

─────── 암암리에 정보를 수집한다

─────── 타이밍을 잘 맞춘다

연관된 생각

─────── 그녀가 개인적인 질문 좀 안 하면 좋겠어. 내가 그런 비밀을 털어놓을 리
없잖아.

─── 로나를 댄으로부터 떨어뜨려 놓아서 자신의 깜짝 파티를 눈치채지 못하게 해야지.

─── 막차를 타면 나를 아는 누군가와 부딪치지 않을 거야.

─── 그는 8시에 레스토랑에서 나가야 한다는 것만 알면 돼. 나머지는 내가 다 알아서 할 거니까.

─── 마이크가 돈을 많이 번다고 허세를 부리네. 저러다 친구들한테 따돌림을 당하겠어.

연관된 감정

─── 결의, 꺼림, 분노, 회의적, 연민, 걱정

긍정적 측면

─── 신중한 인물은 사회풍토나 자신과 타인의 안위를 위협할 수 있는 잠재적 위험을 파악한다. 이들은 자신과 사랑하는 사람들의 사생활을 보호하고, 정보의 흐름을 다루기 위해 무엇을 말하고 어떤 행동을 해야 하는지를 정확히 인지한다. 또한 철저한 관찰에 기초해서 판단하며, 무엇을 누구에게 말해야 하는지 알고, 자세를 낮춰야 할 때를 간과하지 않도록 조심한다.

부정적 측면

─── 이런 성격의 인물은 어떤 정보도 새어나가지 못하게 하려다가 고립을 자처하거나 비밀이 많은 사람으로 여겨져, 우호적인 관계를 지속하기 힘들 수 있다. 필요에 따라 타인을 조종할 수도 있는데, 이것이 자신이나 자신이 보호하려는 사람들의 진심을 상하게 만들 수 있다. 이들은 개인적인 성향이 짙어 특별한 일을 할 때, 이들이 하는 역할을 다른 사람들은 결코 알지 못할 수도 있다. 이는 평가와 인정을 갈망하는 인물에게는 만족감을 떨어뜨리는 일이다.

영화 속 사례

──────── 〈아르고〉에서 토니 멘데스는 CIA 구출전문요원으로 이란에 인질로 억류된 미국대사관 직원 여섯 명을 구출하는 잠입작전을 맡는다. 그는 로케이션 장소를 물색하는 영화 제작자로 위장해 이란 관료들을 구슬리고 필요한 것을 얻어낸다. 신중하게 처신한 토니는 외교관들을 가짜 영화 제작팀으로 변장시켜 탈출에 성공한다. 그는 미국 땅에 발을 디디자마자 이란에 남아 있는 미국인 포로들을 보호하기 위해 자신이 탈출에 관여한 사실을 비밀에 부친다.

영화 속 다른 사례

──────── 〈슬리퍼스〉(1996)에서 보비 카릴로 신부(로버트 드니로 분), 〈프라이멀 피어〉(1996)에서 에런/로이 스탬플러(에드워드 노턴 분)

갈등을 유발하는 다른 인물들의 성격

──────── 경계심이 강함, 충동적, 지적, 참견하기 좋아함, 무모함, 의심이 많음, 눈치 없음, 비협조적, 자유분방함

신중한 인물을 위한 최적의 시나리오

──────── 믿었던 친구의 거짓을 알게 된다

──────── 자신이 보호하려고 애쓰던 사람과 갈등을 일으키는 실수를 저지른다

──────── 대의를 위해 다른 사람의 사생활을 헤집어놓으라는 명령을 받는다

──────── 상충되는 의견을 내는 사람들이나 목표 사이에 끼어버린 자신을 발견한다

──────── 사생활이 침범당하고 비밀이 까발려진다

23 느긋한 성격
Easygoing

정의	범주	유사한 성향
태도와 사고방식이 태평함	정체성, 대인관계	걱정이 없음, 무사태평, 안일함, 평온함, 여유로움, 편안함

성격 형성의 배경

———— 부모가 물 흐르듯 재미를 추구하며 살았다

———— 자신에 대한 확신이 있다

———— 천성적으로 만족과 충만감을 느낀다

———— 그렇게 된 데에는 다 이유가 있으므로 자신이 제어할 수 없는 것은 놔두어야 한다고 믿는다

———— 과도하게 엄하거나 스트레스가 많은 환경에서 자라서 달리 살아보기로 결심한다

연관된 행동

———— 행복해한다

———— 천성적으로 경쟁을 좋아하지 않는다

———— 갈등이 생기면 중재자 역할을 맡는다

———— 침착하고 유쾌한 태도를 보인다

———— 남들의 판단에 개의치 않고 즐겁게 지낸다

———— 스트레스를 피한다

———— 자기감정을 기꺼이 드러낸다

———— 솔직하다

──── 까다롭지 않다

──── 외모를 가꾸려 애쓰지 않는다

──── 살기 위해 일하지, 일하기 위해 살지 않는다

──── 휴일과 주말을 즐긴다

──── 취미를 즐기기 위해 시간을 낸다

──── 사람들에게 걱정하지 말고 인생을 즐기라고 격려한다

──── 성취를 이루면 그것을 만끽한다

──── 사려 깊다

──── 자연스럽다

──── 공정성을 추구한다; 경쟁적이지 않다

──── 사전계획과 다르게 마감에 닥쳐 일을 해치운다

──── 팀작업을 잘한다

──── 주도해야 한다는 압박감을 느끼지 않는다; 따라가는 것으로 만족한다

──── 시한이 정해진 것보다 느슨한 시간표를 선호한다

──── 지각을 한다

──── 공격받은 것을 쉽게 넘겨버린다; 용서하고 잊는다

──── 늦잠을 잔다

──── 웬만해서는 걱정하지 않는다

──── 긍정적이다

──── 참을성이 있다

──── 유머감각이 뛰어나다

──── 침착하다; 쉽게 흥분하지 않는다

──── 성공하고 싶어 안달하지 않는다; 경험하는 것을 즐긴다

──── 우호적이고 사람들을 흔쾌히 받아들인다

──── 자연스럽게 다른 무리들과 잘 어울린다

──── 여간해서는 화내지 않는다

──── 다른 사람들의 행복에서 에너지를 얻는다

—— 생각(마음)이 열려 있다

—— 내석 살능 없이 평화롭다

—— 다른 사람들이 결정하게끔 두는 것을 좋아한다

연관된 생각

—— 데비가 어떤 영화를 고르든 난 다 좋아.

—— 상대 팀이 이길 만해. 우리보다 압도적으로 잘했으니까.

—— 마감 때까지 종일 일한다 해도 릭의 일까지 해낼 수는 없을 것 같아.

—— 이번 캠핑은 진짜 재미있을 거야. 비가 오면 카드놀이를 하면 돼.

연관된 감정

—— 재미있음, 자신감, 행복, 무관심함, 만족감

긍정적 측면

—— 느긋한 인물은 주변을 편안하게 만든다. 이들은 삶을 다가오는 그대로 받아들이고, 자신이 제어할 수 없는 일에 스트레스를 받기보다 흐름에 맡기며 긍정적으로 생각한다. 또한 승리나 패배, 성공에 연연하지 않고 그저 경험한 것만으로 만족한다.

부정적 측면

—— 이런 성격의 인물은 다른 사람과 같은 우선순위를 따르지 않고 유유자적하기에 심드렁하거나 열정이 없어 보일 수 있다. 느긋하다는 것은 시간 엄수, 단정함이나 야망처럼 사람들이 중요시하는 것에 관심이 없다는 뜻일 수 있다. 이렇게 우선순위가 다르다 보니 이를 중요시하는 사람과는 갈등을 빚는다.

영화 속 사례

─────── 〈포레스트 검프〉(1994)에서 포레스트 검프(톰 행크스 분)는 자기 몫보다 많은 위험과 스트레스를 대면한다. 하지만 그는 매사에 의연하다. '마법의 신발'을 신어야 했던 어린 시절, 전쟁에서 총격전 도중 가장 친한 친구를 잃은 일, 반신불수 환자 돌보기, 홀로 어린 아들 키우기 등 그 어떤 일에도 겁내지 않는다. 그는 모든 시련을 긍정적 태도와 열린 마음으로 받아들이고, 그날그날 주어지는 것들로부터 배울 준비가 되어 있다.

문학작품 속 사례

─────── 〈노블리〉(2000)의 원작인 빌리 레츠의 《마음이 머무는 곳》에서 집 없이 떠도는 소녀 노발리 네이션, 닉 혼비의 《어바웃 어 보이》에서 부모가 물려준 유산 덕에 백수로 사는 윌 프리먼

갈등을 유발하는 다른 인물들의 성격

─────── 야심만만함, 내성적, 비판적, 감정과잉, 애정결핍, 신경과민, 집착이 강함, 의심이 많음, 일중독

느긋한 인물을 위한 최적의 시나리오

─────── 친구나 연인이 만성적인 고통에 시달리지만 도와줄 방도를 찾지 못한다

─────── 부당한 일에 시달린다(행정상의 실수로 의료보험 혜택을 받지 못하는 등)

─────── 원하는 것을 얻을 수 있다면 무슨 일이라도 할 만큼 중대한 욕망이나 욕구가 생긴다

─────── 평상시의 차분한 감정을 지킬 수 없는 비극이나 재앙을 경험한다

²⁴ 효율적인 성격

Efficient

정의	범주	유사한 성향
일을 능률적으로 수행함; 자기 시간을 생산적으로 활용함	성취	생산적

성격 형성의 배경

——— 성공하려는 욕구가 강하다

——— 분주하고 활동적인 집안에서 자랐다

——— 생산성을 높여야 할 필요가 있다

——— 아주 활동적이고 열성적이다; 시간과 에너지를 현명하게 관리해야 한다

연관된 행동

——— 시간관념이 철저하다

——— 목록을 만든다

——— 생산성이 매우 높다

——— 일의 우선순위를 잘 정하고 그에 따라 처리해나간다

——— 결정을 빠르게 내린다

——— 임무를 완수하는 데서 성취감을 느낀다

——— 언제나 움직이고 일을 한다

——— 스트레스를 받아도 일을 성공적으로 해낸다

——— 필요에 따라 자신의 감정을 억누를 수 있다

——— 논리적이다

——— 달성할 수 있는 목표를 세운다

—— 상당히 조직적이다

—— 멀티태스킹에 능하다

—— 집이나 침실, 사무 공간을 깨끗하게 정리한다

—— 마감일과 일할 수 있는 시간을 정한다

—— 업무를 사람들에게 위임한다

—— 일을 방해할 요소를 피한다

—— 집중력이 뛰어나다

—— 곧바로 핵심으로 들어간다

—— 미리 계획을 세운다

—— 가능할 때마다 저축하고 시간을 아낀다

—— 사전에 대책을 강구해두고 그것을 실행한다

—— 지나치게 수다스러운 이웃과의 잡담을 매우 힘들어한다

—— 필요하면 공부하고 탐구한다

—— 새로운 기술을 편안하게 수용한다

—— 정해진 일정을 지킨다

—— 걸음이 빠르다

—— 일찍 일어난다; 알람을 맞춰둔다

—— 시간을 잘 지킨다

—— 기대치가 높다

—— 필요하면 도움을 요청한다

—— 계획을 세우고 이를 지킨다

—— 책임감이 강하다

—— 사소한 것에 연연하지 않는다; 목표만 보면서 꾸준히 정진한다

—— 시간이나 에너지, 자원을 허비하면 좌절감을 느낀다

연관된 생각

—— 아이들과 영화를 보면서 이메일을 싹 정리해야겠어.

——— 출근하는 길에 우체국이 있으니까 내일 이 상자를 가져가 부쳐야지.

——— 짐이 공놀이를 하는 사이에 얼른 세차 깅에 끼시 세차해오면 되겠다.

——— 로리는 영수증철도 안 하고 어떻게 경비를 정산하겠다는 거야? 엑셀로
정리해두었어야지.

연관된 감정

——— 불안, 짜증, 자신감, 결의, 자부심, 만족감

긍정적 측면

——— 효율적인 인물은 업무지향적이고 체계적이라서 단기간에 엄청나게 많
은 일을 해낸다. 이들은 신속하게 결정내리고 세부사항에 발목을 잡히
지 않는다. 종종 업무와 과정을 간소화하고자 시스템 자체를 수정하고,
여러 번 일을 처리하다 보니 리더 역할을 떠맡게 된다.

부정적 측면

——— 이런 성격의 인물은 느리거나 무능한 사람들 때문에 좌절할 수 있다. 반
대로 일 처리가 느린 친구들은 효율적인 인물의 조바심이나 짜증에 발
끈할 수도 있다. 이들은 임무를 완수하는 데만 집중하느라 세부사항을
소홀히 하고, 시간에 맞추려 질을 포기하기도 한다.

영화 속 사례

——— 〈터미네이터 2〉(1991)에서 미래형 로봇은 세라 코너(린다 해밀턴 분)와
아들을 체계적이고 효율적으로 추적한다. 감정이 없고 무자비한 사이
보그는 모든 자원을 활용해 목표물 제거 임무를 수행한다.

영화와 드라마 속 다른 사례

——— 〈스트레인저 댄 픽션〉(2006)에서 국세청 직원 해럴드 크릭(윌 페럴 분),

〈크리미널 마인드〉 시리즈에서 FBI 행동분석팀의 팀장 에런 하치너, 〈멘탈리스트〉 시리즈에서 형사 킴벌 조

갈등을 유발하는 다른 인물들의 성격

───── 강박적, 엉뚱함, 불안정함, 산만함, 자기파괴적, 수다스러움, 불평이 많음, 미온적

효율적인 인물을 위한 최적의 시나리오

───── 게으르고 아무 의욕이 없는 누군가와 친구가 된다

───── 쉴 새 없이 투덜거리고 불평하는 사람들에게 둘러싸여 있다

───── 질을 위해 양을 희생하느라 중요한 누군가의 기대를 저버린다

───── 촉박한 일정 때문에 업무를 완수하려면 중간 절차를 생략해야 하는 상황을 맞닥뜨린다

───── 믿음이 안 가는 사람들에게 의지해야 한다

───── 자신감 없는 누군가와 깊은 관계를 맺는다

25 공감을 잘하는 성격

Empathetic

정의	범주	유사한 성향
타인의 감정을 알아차리고 자기감정과 동일시함	대인관계, 도덕성	예민함, 이해심이 많음

성격 형성의 배경

——— 감정에 관심이 많다

——— 직감이 발달했다

——— 자의식이 강하다

——— 다른 사람들의 에너지에 따라 기분이 변한다

——— 천성적으로 정이 많다

——— 어릴 때 사랑과 연민의 중요성에 대해 배웠다

연관된 행동

——— 타인의 감정을 자신의 감정처럼 느낀다

——— 유대감이 강하다

——— 믿을 수 있고 정직하다

——— 천성적으로 조용하고 사색적이다

——— 진정성이 있다; 사람들에게 관심을 보인다

——— 특정한 느낌과 분위기로 사람들의 태도에 영향을 미친다

——— 타인의 감정적 고통에 민감하게 반응한다

——— 필요할 때 위로의 말을 건넨다

——— 적극적으로 이야기를 들어준다

———— 동물과 함께 일하거나 그들과 가까이 있기를 좋아한다

———— '가짜' 감정을 구별할 수 있다

———— 진실을 파악하기 위해 과거에 했던 행동과 말을 확인한다

———— 이타적이다

———— 자신의 필요를 앞세우기 힘들어한다

———— 압도될까 두려워 완벽하게 감정을 공유하지 않는다

———— 모든 생명을 깊이 존중한다

———— 삶의 의미와 그 속에서 자신의 역할을 숙고한다

———— 현명하다

———— 다른 사람들의 감정을 세세히 설명할 수 있다

———— 확고한 가치와 이상을 가진다

———— 사람들을 돕거나 그들의 문제를 해결해주고 싶어한다

———— 고통스러운 감정이 크게 느껴지는 곳을 피한다(암병동, 교도소 등)

———— 행복과 긍정적 감정을 사람들과 나누고 싶어한다

———— 인도주의 단체를 후원한다

———— 서로 주고받는 것의 중요성을 알고 있다

———— 때때로 감정에 압도당한다

———— 내성적이다

———— 본인이 대접받고 싶은 대로 사람들을 대한다

———— 영적이다

———— 자원봉사를 한다; 취지가 좋은 프로젝트에 참가한다

———— 감정에 압도되는 기분을 느낀다; 조용한 곳으로 물러나 있을 필요를 느낀다

———— 고통의 메아리를 경험한다(감정이입)

———— 충전하고 머리를 비우기 위해 혼자 있는 시간이 필요하다

———— 다른 사람들의 고통을 무시하기 어려워한다

———— 깊고 의미심장한 관계를 맺는다

———— 해로운 사람들과 그런 상황을 피한다

연관된 생각

——— 데번은 약하게 보이는 게 두려워서 센 척하는 거야. 나는 그 마음을 알지.

——— 저 남자에게서 증오가 느껴져. 난 그의 가짜 미소를 꿰뚫어볼 수 있어.

——— 집을 잃은 저들에게는 내 도움이 필요해. 극복하기 힘든 끔찍한 일이야.

——— 웃긴 영화가 맥스의 걱정을 잠시 잊게 해줄 거야.

연관된 감정

——— 비통함, 갈등, 욕망, 열의, 고마움, 사랑, 동정심

긍정적 측면

——— 공감을 잘하는 인물은 좋은 친구와 연인을 얻는다. 다른 사람들의 말을 잘 들어주고, 진심으로 보살펴주며, 최고의 것을 주고 싶어하기 때문이다. 이들은 자신의 긍정적인 마음과 행복한 감정을 서로 나누며 공감하기를 좋아한다. 또한 다른 사람들의 입장을 고려해 문제 상황을 심층적으로 파악하고, 관련된 모든 사람의 기분을 끌어올릴 수 있다. 더불어 공감능력을 변화에 대한 열망으로 전환해 다른 사람들의 삶을 향상시키자는 운동을 지지하고 후원한다.

부정적 측면

——— 이런 성격의 인물에게는 긍정적 감정이 힘을 실어주는 반면, 부정적 감정은 이들을 더욱 어두운 곳으로 데려간다. 이들이 스스로를 제어하지 못하면 다른 사람들의 감정이나 고통을 알게 되었을 때, 그들과 똑같은 상처를 경험한다. 이로 인해 다른 사람들과의 교류가 힘들어지고 위축되어 세상과 멀어질 수 있다. 게다가 예민하고 진심으로 걱정하는 이런 인물을 다른 사람들이 자신의 걱정과 두려움, 좌절감을 쏟아버리는 쓰레기 처리장으로 이용하려 들면 양날의 검이 되기도 한다. 과도할 경우 이들은 압박감과 우울감에 시달린다.

영화 속 사례

——— 〈쉰들러 리스트〉(1993)의 초반부에 오스카 쉰들러(리엄 니슨 분)는 독일에서 군수업자로 활동한다. 하지만 폴란드의 크라쿠프 유대인 지구에서 나치스에 의한 학살을 목격한 쉰들러는 유대인들을 도울 수밖에 없다. 전쟁의 막바지에 천 명이 넘는 유대인을 구했지만, 그는 자신이 좀더 노력했다면 살았을지도 모를 실종자들 생각에 마음 아파한다.

영화와 드라마 속 다른 사례

——— 〈식스 센스〉(1999)에서 아동심리학자 맬컴 크로(브루스 윌리스 분), 〈그린 마일〉(1999)에서 사형수 존 커피(마이클 클라크 덩컨 분), 〈스타트렉: 더 넥스트 제너레이션〉 시리즈에서 텔레파시 능력이 있는 카운슬러 디애나 트로이

갈등을 유발하는 다른 인물들의 성격

——— 분석적, 반사회적, 조심스러움, 대립을 일삼음, 잔인함, 혐오스러움, 감정 과잉, 다혈질, 외톨이

공감을 잘하는 인물을 위한 최적의 시나리오

——— 반사회적 인격장애를 앓는 등 공감능력을 상실한 사람들과 교류한다

——— 한꺼번에 상충되는 여러 감정에 노출된다

——— 도덕성이 결여되고 삶의 가치를 모르는 누군가와 짝을 이룬다

——— 만성질환을 앓는 사람과 한집에서 살아간다

²⁶ 열정적인 성격

Enthusiastic

정의	범주	유사한 성향
수시로 열띤 감정을 느끼거나 표현함	정체성, 대인관계	열렬한, 패기 넘침, 흥분을 잘함, 활기참, 들뜸

성격 형성의 배경

——— 주의력결핍 과잉행동장애ADHD나 주의력결핍장애ADD가 있다

——— 매우 창의적이고 열정적이다

——— 자유롭게 사고한다

——— 지나치게 활동적이다

——— 호기심이 강하다

——— 미성숙하다

——— 낙천적 인생관을 가졌다

——— 행동을 하거나 모험이 필요하다; 외향적이다

——— 자신의 능력을 내보이고 증명하고 싶어한다

——— 약물치료 중이거나 다이어트를 한다

——— 매우 똑똑하지만 격려를 충분히 받지 못했다

연관된 행동

——— 단체의 일원이 되기를 선호한다

——— 전염성 있는 웃음을 퍼뜨린다

——— 말이 빠르다

——— 바라는 것이 있어서 접근한다

———— 몸이 근질거려 가만히 있지 못한다

———— 생각하지 않고 행동한다

———— 언제나 앞뒤를 재지 않고 수긍한다

———— 재미있는 이벤트와 모임을 기획한다

———— 음악과 사람들에게서 에너지를 얻는다

———— 필요한 것이 무엇이든 자진해서 도우려 한다

———— 재미있는 일에 자신의 모든 것을 바친다

———— 숱한 아이디어를 떠올리고 그것을 말로 표현한다

———— 자기 동네, 나라, 속한 스포츠팀 등에 자부심을 가진다

———— 사람들의 굼뜬 움직임이나 행동을 참지 못한다

———— 열정의 대상에 대해 쉴 새 없이 말한다

———— 부정적인 경험에서 재빨리 회복한다

———— 자신의 공동체 안에서 벌어지는 프로젝트에 관여한다

———— 사람들을 설득해서 자신이 열광하는 일에 끌어들이려 한다

———— 과거보다는 미래에 집중한다

———— 순간을 즐긴다

———— 질문을 한다

———— 자주 웃는다

———— 레슬링과 거친 놀이에 매력을 느낀다

———— 새로운 것들을 보고 경험하기를 원한다

———— 열정적인 인사로 사람들이 스스로를 가치 있다고 느끼게 한다

———— 사람들과 금방 친해진다

———— 제스처를 많이 쓴다

———— 간혹 개인 공간의 경계를 구분하지 못할 때가 있다

———— 에너지를 발산하고자 움직인다(한쪽 발을 올렸다 내렸다 하기, 탁자를 톡
톡 치기 등)

———— 큰 소리로 시끄럽게 말한다

——— 흥미가 가지 않는 일은 서둘러 해치워버린다

연관된 생각

——— 우리 꽃수레가 이번 퍼레이드에서 최고로 멋질 거야!

——— 이번 보트 여행은 굉장할 거야. 얼른 주말이 와서 출발하면 좋겠다!

——— 정말 대단한 단체야. 내가 도울 수 있는 방법을 빨리 알고 싶어.

——— 공격라인을 좀 봐. 우리 팀이 이길 거야!

연관된 감정

——— 자신감, 욕망, 신남, 행복, 희망참

긍정적 측면

——— 열정적인 인물은 기운이 넘친다. 어떤 생각이나 단체를 지지하든 충실하고 헌신하며, 때때로 사람들이 달가워하지 않는 역할을 떠맡거나 뒤를 지키기도 한다. 열정은 전염성이 강해서 이들의 활기는 한발 물러나 있는 관망자들마저 들썩이게 하는 기폭제가 될 수 있다.

부정적 측면

——— 이런 성격의 인물은 열정적이지만, 앞뒤를 헤아리지 않고 행동할 때가 있다. 어떤 단체나 다가올 행사에 흥분한 나머지 실현 가능성 없는 장밋빛 전망을 내놓고 결점과 적신호는 눈감아버린다. 이들은 어린아이 같고 단순하다고 여겨져 진지하게 대우받지 못할 수도 있다. 또 프로젝트를 진행할 때면 지나치게 흥분하는 바람에 다른 팀원들과 불화가 생기기도 한다.

영화 속 사례

——— 〈엘프〉(2003)에서 엘프 버디(윌 페럴 분)는 천성적으로 하루하루를 열

정적으로 산다. 아주 잠깐 동안 자신이 진짜 엘프가 아님을 알고 실망하지만, 재빨리 털고 일어난다. 그리고 뉴욕이라는 이상하고 신기한 세계에서 살고 있는 친아빠를 찾아 모험을 떠난다.

드라마와 영화 속 다른 사례

——— 〈앤디 그리피스 쇼〉 시리즈에서 보안관 대리 바니 파이프, 〈제리 맥과이어〉(1996)에서 미식축구 선수 로드 티드웰(쿠바 구딩 주니어 분)

갈등을 유발하는 다른 인물들의 성격

——— 괴팍함, 거만함, 퉁명스러움, 무책임함, 참을성이 있음, 비관적, 변덕스러움

열정적인 인물을 위한 최적의 시나리오

——— 감정을 내보이면 손해를 보는 활동에 참가한다(카드놀이 등)
——— 자신이 열정을 가졌던 대상이 곁에서 보던 대로가 아님을 알게 된다
——— 반대론자들과 찬물을 끼얹는 사람들 틈에서 혼자서만 열렬히 찬성한다
——— 대부분이 사기꾼이라고 믿는 단체를 열렬히 지지한다

²⁷ 외향적인 성격
Extroverted

정의	범주	유사한 성향
활달함; 사교적	정체성, 대인관계	활달함, 사람들과 어울리기를 좋아함

성격 형성의 배경

——— 유전적으로 타고났다

——— 아드레날린이 샘솟는 성향이다

——— 다른 사람들에게서 에너지를 얻는다

——— 모험을 장려하는 환경에서 자랐다(새로운 문화를 접하고 경험하기 등)

연관된 행동

——— 자신의 내면을 들여다보기보다 외부(다른 사람들, 경험 등)에 집중한다

——— 사교적 상황에 자신감이 있다

——— 상냥하고 수다스럽다

——— 의욕이 넘친다

——— 새로운 일과 경험을 찾아나선다

——— 모험을 즐긴다

——— 드넓은 장소와 이벤트, 군중을 좋아한다

——— 보상에 초점을 둔다

——— 사교적이고 잡담에 능하다

——— 쉽게 지루해한다

——— 말하면서 생각한다; 말로 해결하려 든다

———— 콘서트나 공연의 입장권을 산다

———— 교제의 물꼬를 튼다(사람들에게 다가가기, 먼저 말 붙이기 등)

———— 충동적이다

———— 자신의 안전지대를 벗어난다

———— 활발하다

———— 경쟁적이다

———— 시간을 생산적으로 활용한다

———— 여행과 새로운 사람과의 만남을 즐긴다

———— 파티에 가고 행사를 주최한다

———— 사람들과 웃고 농담을 한다

———— 문자메시지를 보내고 통화하면서 사람들과의 관계를 유지한다

———— 끊임없이 움직이고 자극이 필요하다

———— 돌려서 말하지 않고 대놓고 물어본다

———— 스릴 넘치는 것들을 찾아나선다

———— 친구 한두 명에 집중하기보다 여러 사람과 두루 어울린다

———— 유쾌하고 혈기 왕성하다

———— 즉흥적이다: 당장 농장으로 가서 모닥불을 피우자!

———— 자신의 감정을 내보이기 어려워한다

———— 늘 움직이고 무언가를 한다

———— 사교적 상황에서 에너지가 넘치고 열정적이다

———— 기회를 찾고 이익을 얻어낸다

———— 유행을 따른다(첨단 전자기기 구입하기, 유행패션 따라 하기 등)

———— 단체로 하는 운동을 좋아한다

———— 주목받고 싶어한다

———— 공개적으로 아이디어와 의견을 나눈다

———— 큰 소리로 음악을 듣는다

———— 트위터나 페이스북 등 소셜미디어를 적극적으로 활용한다

연관된 생각

——— 수영하기에 완벽한 날씨야. 전화해서 같이 수구할 사람을 찾아봐야겠다.

——— 잭의 파티가 진짜로 기다려져. 기막힌 파티가 될 거야!

——— 좋아, 그 회의에는 가지 않겠어. 이 동네에서 즐길 재미있는 무언가가 분명 있을 거야.

——— 이 레깅스가 마음에 들지만, 내가 이것을 입으면 사무실 여직원들이 놀려대겠지.

연관된 감정

——— 자신감, 열정, 흥분, 행복, 자부심, 만족감

긍정적 측면

——— 외향적인 인물은 대개 혼자 있지 않고 사람들 사이에 있는 것을 좋아한다. 이들은 외출하거나 새로운 경험을 시도하고, 새로운 사람과 만나는 것을 즐겨 대부분 사교적 상황에서 자신감이 넘치고 사람들과 잘 어울린다. 때때로 친구를 많이 만들고 매우 즉흥적이며 생각이 열려 있다. 이런 열정은 다른 사람들에게도 영향을 미쳐 모임의 분위기를 끌어올린다.

부정적 측면

——— 이런 성격의 인물은 쉽게 지루해하고 끊임없이 자극받기를 원한다. 이는 활달하지 않거나 내성적인 친구들의 진을 빼놓는 일이다. 새롭고 재미있는 것에 대한 이들의 욕구는 경솔함과 잘못된 결정으로 귀결되기도 한다. 또한 보상받기를 바라고 경쟁심이 강해 친구와 동료 사이에 불화를 일으킬 위험이 있다.

영화 속 사례

——— 〈리플리〉(1999)에서 선박 부호의 아들인 디키 그린리프(주드 로 분)는 답답하고 억압적인 부모가 있는 미국을 떠나 이탈리아에서 산다. 쉴 새 없이 재미와 모험이 필요한 디키는 타고난 외향적 성격 덕분에 재즈클럽과 바에서 많은 친구와 어울리며 에너지를 얻는다. 그는 현재의 경치에 질리면 새로운 지역으로 옮겨 다니며 수많은 곳을 여행한다.

영화와 문학작품 속 다른 사례

——— 〈금발이 너무해〉(2001)의 엘 우즈(리스 위더스푼 분), 앤 브래셔스의 《청바지 돌려 입기》에서 브리짓 브릴런드

갈등을 유발하는 다른 인물들의 성격

——— 과묵함, 내성적, 참을성이 있음, 완벽주의, 엄격함, 무모함, 감수성이 풍부함, 신뢰할 수 없음

외향적인 인물을 위한 최적의 시나리오

——— 오랜 시간 이어지는 예식에 억지로 참석해야 한다(일요예배, 결혼식, 장례식 등)

——— 어딘가에 갇혀서 구조되기 전까지 아무것도 하지 못한다(예를 들어 고장 난 엘리베이터 안)

——— 내성적인 사람과 사랑에 빠진다

——— 오랫동안 혼자 있어야 하는 직업을 가진다(트럭 운전 등)

28 대담한 성격

Flamboyant

정의	범주	유사한 성향
행동과 외모가 눈에 띄고 다채로움	정체성, 대인관계	기상천외함, 늠름함, 매력이 넘치는

성격 형성의 배경

——— 자신에 대해 아주 잘 파악하고 있다

——— 자신을 개성적으로 표현하고 싶어한다

——— 탐험을 장려하는 집안에서 자랐다

——— 창의력이 풍부하다

——— 극적으로 살고 싶어한다

——— 장난기가 가득하다

연관된 행동

——— 어느 자리에서나 튀는 옷차림을 한다

——— 자신을 상징하는 패션 아이템을 활용한다(페도라, 짝짝이 양말 등)

——— 유행을 한발 앞서 나간다; 유행을 따르기보다 만들어간다

——— 극적으로 등장한다

——— 제스처가 크다

——— 현란하거나 요란해 보인다

——— 주목받는 것을 즐긴다

——— 사치스럽다

——— 대범하다

—— 다른 사람들로부터 에너지를 얻고 과시한다

—— 잘난 체한다

—— 군중 속에서도 자신의 목소리가 들리도록 크게 말한다

—— 표현력이 풍부하다

—— 유머감각이 뛰어나다

—— 위생과 청결에 신경 쓴다

—— 상대의 눈을 계속 바라본다

—— 목소리를 바꿔가며 이야기한다(극적인 일시 정지, 어조의 변화, 악센트 주기 등)

—— 시그니처룩을 선택한다(아무나 시도하기 어려운 대담한 헤어스타일 등)

—— 낙천적이고 긍정적인 세계관을 가진다

—— 평가를 잘 받아들인다

—— 세부적인 것에 신경 쓴다

—— 인생에 대한 열정과 모험 정신을 가진다

—— 두드러져 보이려고 보석 등의 장신구로 치장한다

—— 한계와 관습적인 생각들을 시험해본다

—— 사교술이 뛰어나다

—— 열정적이다

—— 사람들을 즐겁게 해준다

—— 에너지를 불어넣는다

—— 쇼킹한 일을 벌이는 것을 좋아한다: 이번 핼러윈에는 고기 잡는 그물로 변장할 거야!

—— 상상력과 창의력이 매우 풍부하다

—— 자신만의 특유한 표정이 있다; 자신감이 있다

—— 똑같은 모습에 싫증을 낸다

연관된 생각

——— 내 머리카라은 진짜 답이 없어. 확 비 꾸고 오렌지색으로 넘색해야지.

——— 무도회에는 망토가 딱이지. 나는 망토가 좋아!

——— 제이가 디제이 부스를 차지하려고 작정했나본데. 이제야 내가 근사하게 입장할 시간이군!

——— 이런 차림에서 벗어나는 유일한 방법은 그것을 사는 수밖에 없어.

——— 내가 이렇게 바디페인팅을 하고 나타난 다음부터는 북클럽이 결코 전과 같지 않을 거야.

연관된 감정

——— 즐거움, 기대감, 자신감, 열정

긍정적 측면

——— 대담한 인물은 활기차고 극적인 상황을 만드는 데 재능이 있다. 이들은 주변에 기운을 불어넣고 모든 시선을 자신에게로 끌어당기는 데 능하다. 종종 독립적인 면모와 자신감, 유머감각과 번뜩이는 재치를 보여 찬사를 받는다.

부정적 측면

——— 이런 성격의 인물은 주목을 받지만 그것이 언제나 긍정적이지만은 않다. 내성적인 사람들은 이들을 소외시키거나 비웃을 수 있다. 이들은 자신으로 살고 싶은 의지를 존중받기보다 관습을 따를 것을 강요당한다. 또한 사람들의 시선을 받는 것에 중독되고 자신의 스타일에 과도한 자신감을 가져 자아도취에 빠질 위험이 있다.

영화 속 사례

——— 〈캐리비안의 해적〉 시리즈에서 잭 스패로 선장은 자신을 드라마틱하게

연출한다. 그는 보통의 해적들보다 훨씬 더 옷을 잘 입고 때때로 포즈와 제스처로 관객을 매료시킨다. 눈에 짙은 아이라인을 그려 더 위협적으로 보이게 하는 한편 목소리를 잘 활용한다. 효과를 얻으려 목소리를 깔고, 어떤 단어들은 세게 발음해서 감정과 의미를 전달한다.

영화와 문학작품, 대중문화 속 다른 사례
——— 〈사랑과 영혼〉(1990)에서 점성술사 오다 매 브라운(우피 골드버그 분), 수잔 콜린스의 《헝거 게임》 3부작에서 토크쇼 진행자인 시저 프리커먼, 가수 레이디 가가

갈등을 유발하는 다른 인물들의 성격
——— 오만함, 내성적, 비판적, 엄격함, 감수성이 풍부함, 수줍음, 세련됨, 변덕스러움, 고립적

대담한 인물을 위한 최적의 시나리오
——— 자신의 성정체성을 멋대로 재단하는 사람들을 상대해야 한다(특히 남성)
——— 자신의 행동이 부적절하다고 믿는 사람들과 교류해야 한다
——— 자기 자신에 대한 믿음에 위기가 찾아온다
——— 표현의 자유가 크게 제약받는 문화권에서 산다
——— 하는 수 없이 자신의 색을 죽이고 조화를 이뤄야 한다(감옥에서 복역 마치기, 정부의 엄격한 통제 등)
——— 자신만의 스타일 때문에 미움을 받거나, 무시 또는 차별을 당한다

²⁹ 교태를 부리는 성격

Flirtatious

정의	범주	유사한 성향
이성을 유혹하고 도발함	정체성, 대인관계	호색적, 애교가 넘침, 자극적

성격 형성의 배경

———— 장난기가 많다

———— 섹시한 매력을 가졌다고 자신한다

———— 짝을 찾아서 번식하고 싶은 생물학적 욕구를 느낀다

———— 조절장애가 있다

연관된 행동

———— 성적인 암시로 받아들일 수 있는 은밀한 말을 건넨다

———— 상대를 선택해 말과 행동으로 관심을 표한다

———— 칭찬과 찬사를 아끼지 않는다

———— 상대방 쪽으로 몸을 기울인다

———— 누군가의 개인 공간으로 들어간다

———— 입 쪽으로 상대의 시선을 끈다(입술 핥기, 장난스럽게 빨대 물기 등)

———— 은밀한 미소를 지어 보인다

———— 눈을 들여다본다

———— 관능적인 낮은 소리로 웃는다

———— 얄궂은 농담을 한다

———— 감정 표현이 매우 적나라하다

--------- 그윽한 목소리로 말을 건넨다

--------- 주목을 받으려 (섹시하게) 차려입는다

--------- 주목받고 호감을 사고 싶어서 향수를 뿌린다

--------- 만남을 암시하는 말을 한다: 우리 언제 영화 보러 갈까요? (또는) 이탈리아 사람 좋아해요?

--------- 가볍게 놀린다

--------- 얼굴을 붉힌다

--------- 유혹하는 듯한 태도를 보인다(뚫어지게 쳐다보기, 수줍게 미소 짓기 등)

--------- 머리카락을 쓰다듬고, 목젖이 보일 정도로 웃고, 상대방 쪽으로 몸을 돌린다

--------- 자꾸만 만진다

--------- 상대의 관심 정도를 파악하기 위해 질문을 던진다

--------- 슬쩍 위아래로 살펴본다

--------- 무언가를 나누고 싶어한다(점심거리, 사물함, 자신의 개인 물품 등)

--------- 정직함과 약점이 드러나는 질문을 하거나 대답을 한다

--------- 누군가의 신체적 특징에 주목한다: 당신 옷이 참 멋지네요. 그것은 마치… 와.

--------- 고개를 젖히고 살짝 미소를 짓는다

--------- 물건을 빌리고 그것을 돌려주겠다는 핑계로 다시 만난다

--------- 전화번호나 이메일 등 연락처를 교환한다

--------- 자신감을 내보인다(두 팔을 활짝 벌리는 자세 취하기, 가슴 내밀기, 뻔뻔한 질문하기 등)

--------- 장난스럽고 도발적인 행동을 한다

--------- 상대의 반응 살피기를 좋아한다

--------- 사람들이 중요하게 여기는 것에 관심을 보인다

--------- 입이나 목, 얼굴을 만진다

--------- '우연히' 마주쳐서 이야기할 핑계를 만든다

——— 대화를 시작해볼 요량으로 도움이나 조언을 청한다

——— 사소한 매너로 상대를 보호해준다(그녀의 의자를 내려나주기 등)

——— 자주 장난스러운 문자메시지를 보낸다

연관된 생각

——— 버스정류장에서 맷을 우연히 마주친 것처럼 해서 어떻게 되는지 볼까.

——— 로리가 드디어 혼자가 되었군. 그녀에게 술을 한잔 살 좋은 기회야.

——— 내가 여기에 누군가와 같이 온 것처럼 굴면 그녀가 질투하겠지.

——— 빌이 경기복을 빌려준다면, 나중에 그것을 돌려주러 그의 집에 다시 갈
수 있어.

연관된 감정

——— 즐거움, 자신감, 욕망, 당황스러움, 흥분, 행복

긍정적 측면

——— 약간의 교태는 사교적 관계에 재미를 더한다. 적절한 수준이라면 사람
들이 더 가까워지고, 너무 진지해지지 않도록 만든다. 잘만 한다면 상대
가 스스로를 중요한 사람이라고 느끼게 할 수도 있다. 대부분은 이런 인
물에게 끌리기 마련이다.

부정적 측면

——— 천성적으로 교태를 부리는 인물이 언제 멈춰야 하는지를 모른다면, 그
배우자나 애인은 질투심이 불타오르게 된다. 그리고 이들의 행동은 관
심을 가진 상대에게 그 감정이 실제보다 훨씬 강하다는 오해를 심어줄
수도 있다. 이런 성격의 인물은 교태가 지나쳐 평판을 망칠 위험도 있다.

영화 속 사례

———— 〈누가 로저 래빗을 모함했나〉(1988)에서 가수 제시카 래빗은 연애의 고
수다. 이 애니메이션 캐릭터는 자신의 굴곡 있는 몸매를 이용할 줄 안다.
그녀는 모든 남자의 시선을 잡아끌도록 섹시한 움직임이 돋보이는 옷을
입는다.

영화 속 다른 사례

———— 〈그들만의 리그〉(1992)의 메이 모다비토(마돈나 분), 〈미스터 마마〉
(1983)에서 이웃이자 아내의 친구인 조앤(앤 질리언 분)

갈등을 유발하는 다른 인물들의 성격

———— 냉담함, 심술궂음, 조심스러움, 독실함, 독선적, 순진함, 과도한 자신감,
과민함, 엄격함, 추잡함, 소심함, 앙갚음을 함

교태를 부리는 인물을 위한 최적의 시나리오

———— 자신의 교태가 전혀 통하지 않는 듯한 누군가에게 관심이 간다
———— 누구에게나 교태를 부리는 특별한 의미의 상대가 있다
———— 교태를 부렸지만 퇴짜를 놓은 사람에게 끌린다
———— 누군가의 주목을 끌기 위해 다른 사람들과 경쟁해야 한다

³⁰ 몰입하는 성격
Focused

정의	범주	유사한 성향
한 가지 일에 집중하고 주의를 쏟아부음	성취	열정적

성격 형성의 배경

———— 지적이다

———— 천성적으로 학구적이다

———— 물건들의 작동원리에 관심이 많다

———— 전력을 다한다; 목표지향적이고 성취주도형이다

———— 성공이나 칭송받기를 갈망한다

연관된 행동

———— 관심 있는 문제를 알아보기 위해 시간을 낸다

———— 자신이 원하는 것이 무엇인지 알고 있다

———— 집중을 방해하는 요소들을 차단한다(음악, 사람들의 말소리, 인터넷 등)

———— 집중력이 뛰어나다

———— 세심하게 주의를 기울이고 변화를 경계한다

———— 자신이 연구하는 대상에 적극적이며 몰두한다

———— 시간 가는 줄 모른다

———— 미리 계획을 세운다

———— 어떤 일을 끝까지 완수해내는 체력과 지구력이 있다

———— 업무를 지속하기 위해 해야 할 일의 목록을 만든다

———— 명석하다; 감정적인 고민 때문에 집중력을 흐리지 않는다

———— 자신의 목표에 부정직으로 반응하거나 이해하지 못하는 사람들을 차단

한다

———— 정해진 일상을 따르거나 식이요법을 준수한다

———— 자신이 집중하는 문제에 한해서는 엄격한 직업윤리를 가진다

———— 자기 임무나 목표에 관해 철저히 이해한다

———— 생산성이 높다

———— 자신의 관심사나 목표, 직업에 열정적이다

———— 몽상가이기보다는 실천가다

———— 의지가 강하다

———— 자신의 생각을 체계적으로 정리할 수 있다

———— 질질 끌지 않고 당장 시작한다

———— 임무 완수를 위해 어떤 일을 해야 하는지 알고 있다

———— 앞장서서 주도한다

———— 자신의 의문에 답을 찾으려 한다

———— 끈기와 결단력이 있다

———— 우선순위를 잘 정한다

———— 체계와 계획을 잘 파악한다

———— 자신과 자신의 능력을 믿는다

———— 일을 잘해내고 싶어한다

———— 일에 몰입한다; 주변을 살피지 못한다

———— 과제나 목표에 전념한다

———— 더욱 완벽하게 몰두하기 위해 책을 읽고 연구한다

———— 멀티태스킹을 하기보다 한 번에 하나씩 처리한다

———— 산만하거나 말이 많은 사람들을 불편해한다

———— 자의식이 강하다(자신의 장점과 결점을 알고 있다)

연관된 생각

——— 다음 올림픽까지 2년이 남았어. 쉽지 않겠지만 할 수 있어.

——— 내가 할 일은 오롯이 집중하는 거야. 그뿐이야.

——— 내 다리가 말을 듣지 않지만, 나는 끝까지 밀고 나갈 수 있어.

——— 앨리는 이해하지 못하겠지만 나는 공부를 해야 해. 지역에 있는 대학이
　　　아니라 하버드에 가고 싶거든.

연관된 감정

——— 자신감, 호기심, 욕망, 결단력이 있음, 자부심, 만족감

긍정적 측면

——— 몰입하는 인물은 외부의 방해와 더불어 내면의 부정적인 생각을 몰아
내고 일에 착수한다. 이들은 결단력과 끈기를 가지고 대부분의 사람이
희망을 품기만 하는 일들을 곧잘 해낸다. 또한 자신의 목표를 진지하게
받아들이고 어떤 일에 도전하고 싶은지를 깊이 생각해본다. 일을 잘하
고 싶은 바람을 가지고 있어서 천천히 가더라도 완벽을 기하고자 효율
성을 희생하기도 한다.

부정적 측면

——— 이런 성격의 인물은 일에 재빨리 착수하고 업무를 지속할 수 있는 반면,
일 이외의 모든 것을 막고 때로는 사람들까지 차단해버린다. 이들은 자
신의 내면에 몰입하느라 사랑하는 사람과 친구를 무시하거나 소홀하게
대한다. 이들의 몰입이 집착으로 발전할 경우 일상의 균형이 깨질 수 있
다. 목표를 달성하는 데 시간을 전부 쏟아서 다른 일에 쓸 에너지가 남
지 않기 때문이다. 몰입하면 생산성이 높아지므로 특정 분야의 생산성
을 위해 다른 일들을 놓칠 수 있는데 시간이 가는 줄 모르고, 약속 시간
에 늦고, 가족 행사를 잊어버리기도 한다.

영화 속 사례

———— 〈툼스톤〉(1993)에서 닥 홀리데이(발 킬머 분)는 도박중독자다. 도박에 빠져 며칠씩 잠도 자지 않는다. 엄청난 몰입으로 카드 패만이 아니라 상대의 마음까지 읽는 천재 도박꾼이 되지만 건강을 해친다. 도박과 더불어 술과 담배에 찌든 닥의 몸은 서서히 망가지고 압박감을 견디지 못한다.

영화와 문학작품 속 다른 사례

———— 〈솔트〉(2010)에서 CIA 요원 에벌린 솔트(앤젤리나 졸리 분), 《펠리컨 브리프》의 법학도 다비 쇼, 《해리 포터》 시리즈에서 헤르미온느 그레인저

갈등을 유발하는 다른 인물들의 성격

———— 느긋함, 외향적, 부주의함, 질투심이 강함, 애정결핍, 감수성이 풍부함, 사교적, 변덕스러움, 불안정함, 고집스러움

몰입하는 인물을 위한 최적의 시나리오

———— 자신의 집중력을 분산시키는 상충하는 목표나 욕망들이 있다
———— 반복된 실패에 결심이 약해지고 위태로운 상태다
———— 가족보다 일을 앞세운 여파를 처리해야 한다
———— 가십의 대상이 된다

31 우호적인 성격

Friendly

정의	범주	유사한 성향
우정을 보여줌; 친구를 위한 행동을 함	대인관계, 도덕성	상냥함, 원만함, 푸근함

성격 형성의 배경

—————— 사랑받고 지지해주는 환경에서 산다

—————— 사람들과의 교류를 좋아한다

—————— 자신감이 있다

—————— 교류하고 대인관계를 맺는 것에서 기쁨을 느낀다

—————— 공동체의식이 높고 배려심 많은 부모 밑에서 자랐다

—————— 사람 사귀는 데 능숙하다

—————— 평화와 호의를 믿는다

—————— 받아들여지고 싶어한다; 어울리고 싶어한다

연관된 행동

—————— 인사성이 밝다

—————— 미소를 짓는다

—————— 사람들 사이에 있을 때 편안함을 느낀다

—————— 관대하다

—————— 대화를 지속시키는 질문을 한다

—————— 사람들을 존경하고 공정하게 대한다

—————— 사람들을 신뢰한다

- 처음 보는 사람과도 쉽게 잡담을 나눈다
- 환대한다는 태도를 자주 보여준다
- 긍정적이다
- 사람들을 편안하게 해준다
- 예의 바르다
- 긍정적인 측면을 이야기해준다
- 사람들을 위해 시간을 낸다
- 사려 깊다(초대받은 집의 안주인을 위한 선물 준비하기 등)
- 단체활동에서 배려를 한다; 모든 사람이 좋은 시간을 보내는지 점검한다
- 칭찬한다
- 협조적이다
- 좋을 때나 어려울 때나 지지를 보낸다
- 새로운 관계에 마음이 열려 있다
- 따뜻한 어투로 말한다
- 기운이 넘치고 열정적으로 말한다
- 남을 도울 방법을 찾는 데 시간을 낸다
- 쉽게 다가가서 말을 붙이고 속마음을 털어놓는다
- 환대해준다
- 좋은 이웃이다
- 약속과 책무를 끝까지 완수한다
- 사람들에게 자신의 가족을 소개하거나 집으로 초대한다
- 자신이 가진 것보다 많이 준다
- 특히 친구를 응원하기 위해 새로운 일들을 시도한다(암벽등반 등)
- 사람들이 도움을 필요로 할 때 그들에게 손을 내민다
- 다른 사람들의 독립성을 존중한다
- 비판하지 않는다
- 고마운 마음을 표현한다

———— 자신의 화를 다른 사람들에게 풀지 않는다

연관된 생각

———— 오래 기다려야 할 것 같은데. 뒤에 줄 선 사람들과 얘기나 하면서 시간을 보내볼까.

———— 저 사람이 혼자 앉아 있네. 점심을 같이 먹자고 해야지.

———— 무용 수업을 수강하는 사람들을 빨리 만나보고 싶어.

———— 자동차에 대해서는 빌이 훤히 알고 있으니 어떤 게 최고 사양인지 물어봐야겠다.

연관된 감정

———— 호기심, 감사해함, 행복, 사랑, 평온함, 만족감

긍정적 측면

———— 우호적인 인물은 친절하고, 사려 깊으며, 남을 존중하고, 마음이 열려 있어서 사람들의 마음을 끌 수밖에 없다. 일대일의 상황에서든 아니면 다수의 사람들 속에서든 이들은 주위 사람들에게 소속감과 특별함을 느끼게 만든다. 사교적이고 진심으로 대하면서 주위 사람들이 스스로 가장 좋은 사람이 될 수 있도록 영향을 미친다.

부정적 측면

———— 이런 성격의 인물은 남들을 기꺼이 돕는데, 이런 성향을 조종하고 이용하려 드는 사람들과 약탈자들의 표적이 되기 쉽다. 친구들도 이들에게 과도하게 의존하고, 자신의 문제에 대한 상담원으로 이용할 수 있다. 따라서 이들은 우울감과 좌절감을 느낄 뿐만 아니라 자신의 욕구를 충족하지 못할 수도 있다.

문학작품 속 사례

───── 《해리 포터》 시리즈에서 론의 아버지인 아서 위즐리는 유쾌하고 배려심
이 넘친다. 그는 상대에게 관심을 보이고자 질문하고, 다정하고 친절하
며, 우호적인 성격 덕분에 마법사 마을의 대다수를 도와준다. 도움이 필
요한 해리에게는 대리부와 같은 역할을 한다.

영화 속 사례

───── 〈엘프〉의 버디, 〈마법에 걸린 사랑〉(2007)의 지젤(에이미 애덤스 분),
〈빅〉(1988)의 조시 배스킨(톰 행크스 분)

갈등을 유발하는 다른 인물들의 성격

───── 괴팍함, 통제가 심함, 잔인함, 부주의함, 융통성이 없음, 남을 조종함, 병
적, 강압적

우호적인 인물을 위한 최적의 시나리오

───── 우정과 옳은 일 중 하나를 선택해야 하는 도덕적 갈등에 처한다

───── 경쟁심이 매우 강하다

───── 친구관계가 시간이 지날수록 점점 더 꼬여만 간다(불평등, 질투심 등 때
문에)

───── 사람들을 지휘하거나, 결정을 내리거나, 외교적 이유로 우정을 제쳐놓
아야 한다

정의	범주	유사한 성향
재미나 웃음을 유발함	정체성, 대인관계	웃김, 코믹함, 즐거움을 줌, 유머러스함, 명랑함

성격 형성의 배경

——— 동생들을 돌보고 놀아주어야 하는 집안에서 자랐다

——— 사람들을 즐겁게 하고, 웃기거나 주목받고 싶어한다

——— 특이하고 재미있는 인생관을 가졌다

——— 코미디언이나 연예인들과 친하다

——— 웃음이 많은 환경에서 자랐다

——— 주목이나 동의가 필요하다

연관된 행동

——— 재치 있는 응답과 논평을 한다

——— 농담을 던져 사람들을 폭소하게 만든다

——— 인생의 기이함을 재미있게 말한다

——— 웃긴 목소리나 억양으로 말한다

——— 우스꽝스러운 표정을 지어 보인다

——— 타이밍을 잘 맞춘다

——— 그때그때 상황에 따라 생각한다

——— 예기치 못한 상황을 즐긴다

——— 이야기를 재미있게 한다

- 이야기를 꾸며서 더 웃기게 만든다
- 자신을 웃음의 소재로 삼을 수 있다
- 일부러 얼빠진 사람처럼 처신한다
- 심각한 상황을 가볍게 만들어 긴장을 해소시킨다
- 어색한데 코믹하고 귀여워 보인다
- 기발한 말장난을 한다
- 비꼬는 듯 논평한다: 글쎄요, 그녀가 할 수 있는 일이라면 세 살짜리도 할 수 있겠죠.
- 기이한 행동을 한다
- 다른 사람들이 놓치는 것들을 알아차린다
- 웃기거나 부적합한 방식으로 물건을 사용한다
- 사교 행사에 많은 사람을 끌어모은다
- 유머를 활용해 사람들을 결집하고 사기를 북돋운다
- 개인적이거나 상처가 되지 않는 풍자를 한다
- 보편적인 유머 코드를 활용한다(화장실 유머, 우스꽝스러운 고정관념 등)
- 사람들의 참여를 독려하고 그 순간이 더 재미있어지도록 만든다
- 뻔한 말을 기발하게 응용한다: 우리 집처럼 편하게 있으라고? 그렇다면… 바지를 벗어볼까!
- 일부러 실수를 한다
- 장난기가 많다
- 짓궂은 장난을 즐긴다
- 자신감이 있다
- 아이러니를 즐기고 짚어낸다
- 극적 효과를 위해 일시 정지한다
- 즉흥적이다
- 개인적인 재앙이나 상황을 웃음의 소재로 삼는다
- 과하지 않고 멈출 때를 안다

——— 사교성이 좋다

——— 사람들에 내해 본능적으로 안다(진심으로 웃는지 아니면 불쾌해하는지 등)

——— 자신만의 유머스타일이 있다; 다른 사람을 따라 하지 않는다

——— 몸짓을 보고 농담에 대한 반응을 파악한다

연관된 생각

——— 저 사람은 식사예절을 어디에서 배운 걸까. 〈야생에서 살기〉를 봤나?

——— 하얀 슈트를 입었네? 지나가는 자동차에 물벼락을 맞는 모습을 보고 싶군.

——— 뭐가 웃긴 건지 알아? 광대공포증이 있는 광대라니.

——— 다들 너무 진지해. 방귀를 시원하게 뀌면 분위기가 가벼워지겠지.

연관된 감정

——— 즐거움, 호기심, 행복

긍정적 측면

——— 누구나 재미있는 농담을 좋아하므로 유머감각이 뛰어난 인물은 일반적으로 친구가 없을 리 없다. 삶이 힘들거나 기분을 풀고 싶을 때 재미있는 누군가와 시간을 보내면 편안해진다. 유머는 보통 좋은 평가를 받으므로, 이들은 때때로 자신을 농담거리로 삼아 심각한 상황에서 벗어나고 원치 않는 결과를 피한다.

부정적 측면

——— 이런 성격의 인물 가운데 몇몇은 언제 웃기면 안 되는지를 모른다. 이는 그가 어떤 것도 진지하게 받아들이지 못한다는 인식을 심어준다. 또는 농담이 너무 과했다가 사람들의 분노를 사거나 당혹스럽게 만들어 관계를 깨뜨릴 수 있다. 게다가 친구들과 잠재적 연인은 그에게 가까이 다가

가기 힘들어할 수도 있는데, 그 유머가 그의 진짜 모습을 감추려는 가면인지 아닌지 모르기 때문이다.

드라마 속 사례
——— 제리 사인필드는 스탠드업 코미디로 시작해 심야 토크쇼를 전전하다가 독특한 유머로 자니 카슨과 데이비드 레터맨 등에게 깊은 인상을 남겼다. 그후 창작으로 방향을 돌려 〈사인필드〉 시리즈의 극본을 써서 상업적 성공을 거두고, 1990년대 미국 대중문화에 회오리바람을 일으켰다. 사인필드가 만든 유행어들은 지금까지도 회자된다.

대중문화 속 사례
——— 코미디언 리처드 프라이어, 텔레비전 진행자이자 코미디언인 엘런 디제너러스, 〈왈가닥 루시〉 시리즈로 유명한 루실 볼, 영화배우 에디 머피, 영화배우이자 코미디언인 크리스 록

갈등을 유발하는 다른 인물들의 성격
——— 방어적, 몰입함, 오만함, 유머를 모름, 불안정함, 예측 가능함, 엄격함, 강압적, 학구적

재미있는 인물을 위한 최적의 시나리오
——— 매사에 심각한 사람과 일한다(부하들의 승진을 평가해야 하는 상사 등)
——— 개인적인 비극을 맞거나 다른 사람이 겪는 모습을 본다
——— 자신보다 더 큰 웃음을 주는 인물과 짝을 이룬다
——— 자신의 유머가 부적절하거나 공격적이거나 웃기지 않다고 여기는 문화권에서 산다
——— 행동을 검열당하는 가족의 일원이다(정치가 집안이나 왕실 등)

33 관대한 성격
Generous

정의	범주	유사한 성향
아낌없이 베풀어줌	대인관계, 도덕성	이타적, 너그러움, 자비로움, 베풀기를 좋아함, 박애

성격 형성의 배경

——— 감사해한다

——— 나누고, 북돋워주며, 사람들을 돕고 싶어한다

——— 신세를 갚거나 베풀고 싶어한다

——— 베풀기를 좋아하는 집안이나 공동체에서 자랐다

——— 도덕의식이 높다

——— 타인의 관대함 덕분에 자신의 인생이 더 나은 쪽으로 바뀐 경험을 했다

연관된 행동

——— 도움이 필요하다면 언제라도 나누어준다

——— 아무 조건 없이 선물을 준다

——— 친절하다

——— 사려 깊다

——— 누군가의 기분을 끌어올리는 것에서 기쁨을 찾는다

——— 자신의 시간과 에너지, 돈을 자선단체에 기부한다

——— 시간을 내서 행사나 사교 모임을 도와준다

——— 신뢰하고, 다른 사람들도 그러리라 생각한다

——— 누군가에게 휴식 시간을 주려고 자신이 가외 업무나 책임을 떠맡는다

———— 누군가를 도와주고자 자신의 인맥을 동원하거나 영향력을 행사한다

———— 칭찬한다

———— 사람들을 위해 시간을 낸다

———— 자신이 먼저 관대하게 대하면 똑같이 돌려받을 것이라고 기대한다

———— 사람들의 요구를 알아보고 대책을 세운다

———— 자신의 집을 사람들에게 개방한다

———— 물질만능주의에 빠지지 않는다

———— 할 수 있는 한 베푼다

———— 겸손하다; 자신의 관대함을 별것 아니라 여긴다

———— 사람들의 복지에 적극적으로 관여한다

———— 행복과 긍정성을 퍼뜨린다

———— 사람들을 가족처럼 대한다

———— 사람들이나 단체를 어떻게 더 잘 도울지 생각한다

———— 앞장서서 주도한다

———— 단체와 직장에 자신이 받은 은혜를 갚는다

———— 베푸는 데서 에너지를 얻는다

———— 자신이 소중히 여기는 단체에서 주도적인 역할을 맡는다

———— 검소하게 생활한다

———— 사람들에게 영감을 준다

———— 사람들에게 헌신적이다

———— 열정적으로 베푼다

———— 공평하게 대한다

———— 사람들에게 진심으로 관심을 보인다

———— 이야기를 잘 들어준다

———— 공감능력이 뛰어나다

———— 우호적이다

———— 자신이 가진 것에 감사할 줄 안다

———— 참여를 통해 봉사단체를 더 많이 알아간다(무료급식소에서 일하기 등)

연관된 생각

———— 저 노숙자는 항상 다 해어진 코트를 입고 있는데. 내 코트가 맞으려나.

———— 메리는 임신 기간에 많이 힘들어했어. 먹을 것을 만들어서 냉장고에 넣어둘까.

———— 누군가는 크리스마스 파티를 준비해야 하는데. 올해는 내가 집에 있으니 도울 수 있겠다.

———— 루카가 외출하기 전에 주머니에 용돈을 넣어두면 깜짝 놀라겠지.

연관된 감정

———— 자신감, 결단력이 있음, 감사해함, 사랑, 만족감

긍정적 측면

———— 관대한 인물은 사람들에게 편안함과 만족감, 행복, 성취감을 느끼게 한다. 이들은 자신이 가진 것에 만족하고 인생에서 만난 중요한 사람들에게 고마움을 느낀다. 이야기를 잘 들어주고 무슨 일이 있는지 잘 알아차린다. 또 도움이 필요하다는 것을 알면 그것을 위해 능력껏 최선을 다하고, 다른 누군가가 나서기를 기다리지 않는다. 이런 인물은 사심 없이 행동해 다른 사람들에게도 친절함과 박애정신을 불어넣는다. 이들은 베풀기를 그저 제대로 된 인간이 되는 일환으로 생각한다.

부정적 측면

———— 이런 성격의 인물은 세상을 긍정적으로 바라보기 때문에 사람들의 좋은 점만 본다. 인간에 대해 이렇듯 순진무구한 생각에 빠진 인물은 양심 없는 사람들에게 이용당하기 쉽다. 이들은 "아니오"라고 말하기가 힘들어 종종 무리한 일을 벌이고, 오히려 자신을 믿는 사람들까지 실망시킬

위험이 있다. 또한 잘못에도 너그러워서 희생적으로 베풀다가 자신의 안위까지 위태롭게 만들기도 한다.

대중문화 속 사례
——— 산타클로스는 관대함의 표본이라 할 만하다. 사람들이 좋아하는 이야기에 따르면, 산타와 요정들은 1년 내내 전 세계의 착한 어린이들에게 줄 선물을 준비해 크리스마스 전날 순록이 끄는 썰매를 타고 집집마다 선물을 배달한다. 유쾌하고 착하며 근면한 산타는 늘 다정하게 칭찬을 해줄 준비가 되어 있다.

영화 속 사례
——— 〈쉰들러 리스트〉의 오스카 쉰들러, 〈멋진 인생〉(1946)에서 조지 베일리 (제임스 스튜어트 분)와 메리 해치 베일리(도나 리드 분) 부부

갈등을 유발하는 다른 인물들의 성격
——— 퉁명스러움, 무책임함, 남을 조종함, 인색함, 고집불통, 변덕스러움, 소심함

관대한 인물을 위한 최적의 시나리오
——— 자존심이 엄청나게 센 사람에게 무언가를 베풀고 싶어한다
——— 자신의 자선사업을 유지하기에는 몸이 심하게 아프거나 빚이 너무 많은 상태다
——— 가치 있는 명분이지만 안 된다고 말해야 한다
——— 자신들을 일순위로 여기지 않는 것이 서운한 가족들과 갈등이 생긴다

34 온화한 성격
Gentle

정의	범주	유사한 성향
냉정하거나 무뚝뚝하거나 폭력적이지 않음	대인관계	상냥함, 유순함, 부드러움

성격 형성의 배경

——— 보호자가 사랑이 넘치는 사람이었다

——— 천성적으로 다른 사람들의 기분에 민감하다

——— 어린 시절에 세상으로부터 보호되거나 차단된 적이 있다

——— 모든 생명을 귀하게 여긴다

연관된 행동

——— 자애롭다

——— 친절하다

——— 부드러운 목소리로 말한다

——— 참을성이 있다

——— 매너가 좋다

——— 배려하고 사랑이 많다

——— 사려 깊다

——— 곤경에 빠진 이들을 위로한다

——— 겸손하다

——— 침착하다

——— 사람들을 무조건적으로 사랑한다

—— 비밀을 잘 지킨다

—— 조용한 환경을 선호한다

—— 위협적이지 않은 태도를 취한다

—— 깊이 생각한 후에 말한다

—— 웬만해서는 목소리를 높이지 않는다

—— 타인의 사생활을 존중한다

—— 느긋한 미소를 짓는다

—— 긍정적이다

—— 침착하고 편안한 어조로 말한다

—— 조심스럽게 움직이고 가볍게 터치한다(어깨를 다독여 친밀감 나타내기 등)

—— 조용히 자기반성의 시간을 가진다

—— 혼자 사색하는 시간을 즐긴다

—— 사람이 많고 시끄러운 곳을 피한다

—— 흡족한 기분이 들 때면 콧노래를 흥얼대거나 나지막이 노래를 부른다

—— 극적이고 스트레스가 많은 상황을 피한다

—— 친구를 많이 사귀기보다 몇 명의 절친한 친구에게 집중한다

—— 신임을 얻는다

—— 사람들을 다독이고 경계심을 풀어준다

—— 사람이나 동물, 자연에 관심이 많다

—— 낙천적이다

—— 직관력과 관찰력이 뛰어나다

—— 경쟁적이지 않다

—— 몽상에 빠진다

—— 아름다움과 예술에 감식안이 있다

—— 요청받을 때까지 자신의 의견을 말하지 않는다

—— 싸움을 싫어한다; 언쟁을 피한다

연관된 생각

——— 행크가 스트레스를 너무 많이 받는데. 저녁 식사 후에 산책을 하면 긴장이 풀릴지 몰라.

——— 질이 미소를 보이다니 정말로 다행이야. 숨기려고 애쓰지만 실직은 엄청난 충격일 텐데.

——— 내가 입 다물면 아마 다들 더이상 서로를 향해 고함치지 않을 거야.

——— 저 고양이는 뼈에 가죽만 남아 앙상하구나. 통조림으로 구슬려서 돌봐줘야겠다.

연관된 감정

——— 호기심, 욕망, 감사해함, 행복, 희망참, 향수

긍정적 측면

——— 온화한 인물은 다정하게 말하고, 사색적이며, 관찰력이 뛰어나다. 이들은 사람들의 기분을 잘 맞춰주므로 긴장된 상황을 푸는 데 도움이 된다. 또한 사려 깊고 존중할 줄 알기 때문에 좋은 친구가 되고, 연인 사이로 발전할 수도 있다. 이들의 온화한 성품은 종종 다른 사람들에게 스스로를 보호하고 자신의 감정적 요구에 더 주의를 기울이게 만든다.

부정적 측면

——— 이런 성격의 인물은 작가의 관점에서 보면 말이 많지 않으므로 지면에서 사라져버릴 위험성이 크다. 이들은 자신의 욕망과 욕구를 소리 내어 말하거나 성취감을 추구하는 데 어려움을 느낄 수 있다. 또한 성격에 맞지 않는 시끄럽고 분주한 환경에 처하면 다른 사람들에게 과하게 의존하기도 한다. 이런 경우 독자에게 나약한 인물로 비칠 수 있다.

영화 속 사례

──── 적대적인 지구에 붙들린 외계인이라면 방어적 태도를 취하기 마련이다. 하지만 〈E.T.〉(1982)에서 성품이 온화한 E.T.는 지구의 삼남매와 친구가 된다. 그는 둘째 엘리엇(헨리 토머스 분)의 옷장 속에 숨어 지내며, 여동생 거티(드루 배리모어 분)가 입혀준 꽃무늬 드레스와 화장으로 변장하고, 정체불명의 정부 관리들을 피해서 도망치는 등 수모를 겪는다. 하지만 언제나 친절하고 공감능력을 발휘해 외계인의 전형을 깨뜨리고 잊지 못할 인물로 등극했다.

문학작품 속 사례

──── 애나 슈얼의 《블랙 뷰티》에서 온갖 부류의 주인을 만나 파란만장한 삶을 이어가는 경주마 블랙 뷰티, 스티븐 킹의 《그린 마일》에서 신비한 치유능력이 있는 사형수 존 커피

갈등을 유발하는 다른 인물들의 성격

──── 잔인함, 엉뚱함, 신경과민, 소유욕이 강함, 변덕스러움, 다혈질, 주눅이 듦

온화한 인물을 위한 최적의 시나리오

──── 공동체를 일촉즉발의 위기로 몰아가는 내분과 맞닥뜨린다(무법천지, 폭동, 전쟁 직전 등)

──── 사람들이 위험에 빠졌고, 그들을 구해내려면 싸워야 한다

──── 조용한 성격을 전혀 존중하지 않는 사람들을 상대해야 한다

──── 불화가 있는 가족을 화해시키는 역할을 맡는다

──── 사랑하는 사람에게 배신당한다

35 행복해하는 성격

Happy

정의 긍정적이고 만족함	범주 정체성, 대인관계	유사한 성향 발랄함, 만족함, 기뻐함, 편안함, 즐거움, 쾌활함

성격 형성의 배경

——— 사랑이 넘치는 집안에서 자랐다

——— 자신의 일에 만족한다

——— 균형이 잡히고 만족스러운 대인관계를 맺는다

——— 안전하고 안정적이다

——— 목적의식이 투철하다

——— 자신에게 만족한다

연관된 행동

——— 가족, 친구들과 꾸준히 연락하며 지낸다

——— 사려 깊고 친절하다

——— 자신이 가진 것에 감사해한다

——— 미래를 낙관한다; 긍정적인 면에 집중한다

——— 옳은 일을 하는 데 뿌듯함을 느끼고 사람들을 도와준다

——— 인생의 부침에 건전한 방식으로 대처한다

——— 심신의 건강을 추구한다

——— 만족해한다

——— 큰 그림을 그리고, 거기에 어떻게 맞출지를 생각한다

——— 안 좋은 일이 생기더라도 밝은 면을 바라본다

——— 스트레스와 걱정을 최소화한다

——— 넓고 크게 본다

——— 관대하고 친절하다

——— 유머감각이 뛰어나다

——— 사람들과 그들이 제공하는 독특한 재능과 아이디어를 좋아한다

——— 사람들과 잘 협력한다

——— 콧노래를 흥얼대거나 노래를 부른다

——— 우호적이고 공손하다

——— 새로운 것을 배우기 좋아한다

——— 다른 사람들의 잘못을 용서한다

——— 인생이 가져다주는 모든 것에서 즐거움을 얻는다

——— 흔쾌히 사람들과 그들이 관심을 가지는 단체에 헌신한다

——— 자신의 만족과 행복을 지속시키거나 증대시킬 목표를 세운다

——— 자기 안에서 평온함을 느낀다

——— 자신의 삶을 관리한다

——— 자신을 다른 사람들과 비교하지 않는다

——— 취미생활을 하고 창조적인 활동에 참여한다

——— 사람들을 배려한다

——— 미소 짓고 잘 웃는다

——— 정직하고 진실하다

——— 신뢰한다

——— 사람들을 무조건적으로 사랑한다

——— 끈기가 있다; 하고 싶은 일을 끝까지 해낸다

——— 자신감이 있다

——— 삶이나 주변 사람들을 당연하다고 여기지 않는다

——— 자신의 한계에 도전한다

———— 주도적이다

———— 아름다움을 인식하고 ㄱ 가치를 알아본다

———— 미래에 대한 공상을 한다

연관된 생각

———— 해가 떴잖아! 커피를 마신 다음 할머니에게 아침으로 팬케이크를 해드려야겠다.

———— 여름 내내 열심히 일하면 올겨울에는 스노보드 강습을 받을 수 있을 거야.

———— 날씨 정말 좋다. 풍경이 믿기지 않을 정도로 아름다워.

———— 해냈다! 한 달 동안 콜라를 마시지 않았어. 한 달 더 참을 수 있겠는데.

연관된 감정

———— 즐거움, 자신감, 열정, 감사해함, 행복, 만족감

긍정적 측면

———— 행복해하는 인물은 크고 작은 일들에 만족한다. 자신의 인생행로에 만족하는 이들은 앞으로 달려가지 못하게 가로막는 것들을 바로잡는 데 정공법을 택한다. 일이 잘못되었을 때도 용서하고 이들은 무조건적인 사랑을 보내는데, 이는 전염성 강한 행복과 짝을 이루어 이들을 바람직한 친구로 만든다.

부정적 측면

———— 이런 성격의 인물은 자신의 좋은 기분을 앗아가는 불편한 상황을 가까이하지 않으려 하고, 이런 태도에 실망한 사람들은 이들이 상황을 진지하게 받아들이지 않는다고 생각하거나 같은 팀이 아니라고 느낄 수 있다. 또한 기분이 처진 친구가 혼자 있고 싶어할 때, 지나치게 쾌활하고 '업'시키려는 시도는 바람직하거나 필요한 일이라고 할 수 없다. 이들은

기분을 끌어올리려는 시도가 거절당하면 감정이 상하고, 우정에 금이 갈 수도 있다.

영화 속 사례
——— 〈미스터 빈〉 시리즈의 주인공 미스터 빈은 평범한 상황에서든 재앙이 덮쳐 오든 언제나 긍정적이고 낙천적이다. 그는 어떤 상황에서도 나름의 최선을 다하고, 미소를 띠며, 유머러스한 작은 사고가 일어날 때마다 기발하게 대처해 문제를 해결하며 희열을 맛본다.

드라마와 대중문화 속 사례
——— 〈앤디 그리피스 쇼〉 시리즈에서 아들과 둘이 사는 보안관 앤디 테일러, 산타클로스

갈등을 유발하는 다른 인물들의 성격
——— 퉁명스러움, 오만함, 애정결핍, 예민함, 억울해함, 미신을 믿음, 고마움을 모름

행복해하는 인물을 위한 최적의 시나리오
——— 슬픔에 빠지거나 배신을 당한다
——— 퇴보하는 관계를 구제해야 할지 아니면 끊어내야 할지를 결정해야 한다
——— 자신의 성공능력을 의심해야 하는 상황을 마주한다
——— 고통스럽거나 불행한 사람들을 만난다
——— 자신에게 온 행운에 대가를 치러야 한다(동료가 해고되면서 승진한다)

36 정직한 성격
Honest

정의	범주	유사한 성향
의도가 떳떳함; 솔직하게 행동함	대인관계, 도덕성	믿음직함, 직설적, 솔직함, 진심 어림, 진지함, 거침없음, 진실함

성격 형성의 배경

———— 명예심이 높다

———— 옳고 그름에 대한 의식이 확고하다

———— 거르지 않고 말한다; 생각하지 않고 속마음 그대로 말한다

———— 건전하고 실질적인 관계를 바란다

———— 다른 사람들의 생각이나 기분에 영향을 받지 않는다

———— 과거에 진실이 은폐되어 상처를 입은 적이 있다

———— 책임감이 강하다

———— 신뢰를 중시한다

———— 순수하고 순진하다(이를테면 어린아이 같은 면이 있다)

연관된 행동

———— 자신이 한 실수를 실토한다

———— 자신의 약점을 인정한다

———— 정직함과 요령 사이에서 균형을 맞추려 애쓴다

———— 균형을 찾지 못하고 요령이 부족함을 드러낸다

———— 거짓말을 하지 않으려고 대화의 방향을 튼다

———— 타인의 사생활을 존중한다

——— 사람들에게 비밀을 갖거나 아는 것을 공유하지 않으면 마음 불편해한다

——— 진정성이 있다

——— 드러내놓고 말해서 관계의 문제를 풀어나간다

——— 부정직하다는 비난을 차단하기 위해 꼼꼼하게 기록한다

——— 사람들의 눈을 똑바로 쳐다본다

——— 차분한 어조로 말한다; 제스처는 최소한으로 사용한다

——— 말과 표정이 일치한다

——— 핑계를 대지 않는다; 단순히 사실만을 전달한다

——— 분실물을 돌려준다

——— 질문을 받으면 자신의 감정을 시인한다

——— 사람들에게 공감한다

——— 정직한 이들에게 고마움을 느낀다

——— 상황을 흑백논리로 바라본다

——— 자신이 한 약속을 지킨다

——— 요청을 받았든 아니든 자신의 견해를 정직하게 밝힌다

——— 매우 양심적이다

——— 정직하지 못한 것들을 보면 고발한다(표절, 사기 등)

——— 편견과 선입견이 없다

——— 살면서 범죄를 저지르거나 부끄러운 짓을 하지 않는다

——— 사람들의 진심을 충분히 존중한다

——— 주저하지 않고 말한다

——— 감정적으로 안정되어 있고 맞대응하지 않는다

——— 규칙을 준수한다

——— 뜸 들이지 않고 곧바로 본론을 말한다

——— 숱하게 반복하는 동안 세부사항도 똑같이 반복한다

——— 진실을 말하고 후련해한다

——— 행복과 충만감을 느낀다

─────── 공정심과 정의감이 확고하다

연관된 생각

─────── 브라이언의 영수증이 누락된 게 이번이 두 번째야. 회계팀에 알려줘야
겠어.

─────── 튕겨야 한다는 것을 알고 있지만, 그건 나답지 않아.

─────── 팀은 일을 할 만한 상태가 아닌 걸로 아는데, 자기 집 지붕 수리하는 데
서 뭘 한다는 거야?

─────── 세상에나. 마르타에게 옷에 세탁소 딱지가 붙어 있다고 말해줘야지.

─────── 리타에게 같이 점심을 먹자고 하면서 내 기분을 털어놓아야겠지.

연관된 감정

─────── 자신감, 호기심, 결의, 자부심, 주저함, 감수함, 만족감

긍정적 측면

─────── 정직한 인물은 매일 현재의 자신에 충실하게 살아가므로 대개 행복과
만족을 느낀다. 이는 이야기나 말, 핑계를 지어낼 필요도, 거짓말이 들통
날까 두려워할 필요도 없다는 뜻이다. 진솔한 평가나 의견이 필요할 때
이런 인물은 더할 나위 없이 솔직담백하다. 이들의 속마음은 말하는 것
그대로이고, 진실 앞에 우정을 내세우지 않으므로 신뢰하고 의지할 수
있다.

부정적 측면

─────── 이런 성격의 인물이 상대가 솔직함을 원하지 않거나 필요로 하지 않을
때를 항상 분간하는 것은 아니다. 때때로 상황을 흑백논리로 보기에 이
들의 솔직한 태도는 상대의 아픈 곳을 콕콕 찌를 수도 있다. 또한 청하
지도 않은 충고를 하려 들기 쉬운데, 그저 들어주기만 하면 되는 상황에

서 문제를 진단하고 의견을 제시하려는 마음을 억누르기 힘들어서다.

영화 속 사례

——— 〈케이트 앤 레오폴드〉(2001)에서 주인공 레오폴드(휴 잭맨 분)는 공작이
고 이상주의자이며 원칙주의자다. 그는 종류를 가리지 않고 정직하지
못한 일에 혐오감을 드러낸다. 사랑하지 않는 여자와의 결혼이든, 아니
면 자신이 혐오하는 제품을 칭찬하는 것이든. 그의 진실성은 원칙을 잘
지키지 않는 인물들의 이상과 충돌하면서 숱한 갈등을 유발한다. 일에
매달리는 연애 상대(멕 라이언 분)가 특히 그렇다.

영화와 드라마 속 다른 사례

——— 〈스타트렉〉 시리즈에서 스폭, 〈빅뱅이론〉 시리즈에서 셸던 쿠퍼

갈등을 유발하는 다른 인물들의 성격

——— 남의 말을 하기 좋아함, 잔소리가 심함, 참견하기 좋아함, 감수성이 풍
부함, 눈치 없음, 변덕스러움

정직한 인물을 위한 최적의 시나리오

——— 개인적으로 심각한 결과를 맞더라도 정직함을 고수한다

——— 유죄판결을 받거나 교도소에 갈 수 있음에도 정직하게 밝힌다

——— 과거에 자신의 감정을 정직하게 말했다가 받은 상처가 아물지 않았지
만, 다시 한 번 위험을 무릅쓴다

——— 사람들을 충격에 빠뜨릴 기밀을 알고 있다

——— 옳은 일을 하기 위해 법을 어겨야 한다

³⁷ 명예를 중시하는 성격
Honorable

정의	범주	유사한 성향
고귀한 원칙으로 규정됨; 진실성을 보임	정체성, 대인관계, 도덕성	윤리적, 원칙적, 평판을 중시함, 존경할 만함, 강직함

성격 형성의 배경

——— 공감능력이 뛰어나다

——— 윤리와 명예를 중시하는 환경에서 자랐다

——— 임무와 국가를 일순위로 삼는 롤모델이 있다

연관된 행동

——— 충직하다

——— 요구받으면 진실을 말한다

——— 인기가 없을지라도 자신의 신념을 지킨다

——— 어떤 것도 돌려받을 기대를 하지 않고 준다

——— 사람들을(심지어 적조차) 존중과 공정함을 가지고 대한다

——— 적극적으로 행동한다

——— 사람들을 용서한다

——— 누군가를 속는 셈치고 믿어본다

——— 속을 보여준다; 속임수를 쓰지 않는다

——— 정직하다

——— 정중하다

——— 경기가 끝난 후 상대에게 감사의 인사를 한다; 그들이 잘되기를 빌어준다

———— 원하거나 필요한 것을 솔직하게 말한다

———— 필요하면 도움을 요청한다

———— 할 수 있을 때 사람들을 돕는다

———— 겸손하다

———— 윤리강령을 준수한다

———— 진실과 지식을 추구한다

———— 사실을 확인한다

———— 예의 바르다

———— 이기심을 억누른다

———— 다른 사람 또는 불법적인 기회를 이용해 이득을 취하지 않는다

———— 자기감정을 잘 조절한다

———— 책임을 받아들인다

———— 긍정적인 발전을 위해서 변화를 받아들인다

———— 옳고 그름에 대한 의식이 확고하다

———— 솔선수범한다

———— 자존감이 높다

———— 사람들을 동등하게 대한다

———— 보호가 필요한 사람들을 지켜준다

———— 법을 존중하고 지지한다

———— 약속을 지킨다

———— 사람들의 안전을 위해 자신을 희생한다

———— 공동체나 국가에 대한 충성심이 강하다

———— 사람들에게 자신이 하고 싶지 않은 일을 하라고 요구하지 않는다

연관된 생각

———— 나는 처음부터 정직했어. 그 사람은 내 말을 믿었어야 했는데.

———— 나는 영웅이 아니야. 할 일을 했을 뿐이고, 그게 다야.

——— 에이미가 신참이지만 이번 일은 그녀의 말을 믿고 가보자. 우리의 역할
이 바뀌어도 똑같을 거야.

——— 마크가 인사불성이 될 때까지 술을 마시기 전에 집으로 데려가야 해.

연관된 감정

——— 자신감, 결의, 감사해함, 희망참, 자부심, 만족감

긍정적 측면

——— 명예를 중시하는 인물은 내적으로 강하고 성실하므로 신뢰하고 존경할
만하다고 생각하게 만든다. 이런 인물은 어떤 손해를 보든 간에 자신이
옳다고 믿는 일을 한다. 명예를 위해 이기심을 버리고 완전무결하게 처
신함으로써 자신의 진가를 보여준다.

부정적 측면

——— 이런 성격의 인물은 사람들의 가장 좋은 면만 보려 하므로 부도덕한 사
람들의 표적이 되기 쉽다. 이런 점 때문에 이들은 속거나 이용당하고, 일
부는 조직과 사람을 맹목적으로 믿다가 충성을 바칠 가치가 없는 사람
들을 못 알아보기도 한다. 자신이 따르는 그룹과 개인을 꾸준히 평가하
지 않으면, 이들의 행동은 이로움보다 해를 끼칠 수 있다.

영화 속 사례

——— 〈레미제라블〉(2012)에서 전과자인 장발장(휴 잭맨 분)은 옳은 일을 하
고 모든 사람을 동등하게 보려고 애쓴다. 그는 변두리 인생을 사는 사람
들까지 존중하는데, 이들의 생존과 자유를 향한 분투에 절실히 공감하
기 때문이다. 그는 사람들을 존엄한 존재로 대하고 용서를 실천한다. 장
발장은 출소한 이후로 명예를 지키며 살고 있음에도 자신을 수십 년간
쫓아다니는 무자비한 자베르 경감(러셀 크로 분) 역시 똑같이 대한다.

영화와 문학작품 속 다른 사례

────── 〈붉은 10월〉에서 마르코 라미우스 함장, 《반지의 제왕: 반지원정대》에
서 아라고른, 〈콘 에어〉(1997)에서 최정예 특공대원 캐머런 포(니컬러스
케이지 분)

갈등을 유발하는 다른 인물들의 성격

────── 야심만만함, 위선적, 참을성이 없음, 충실함, 추잡함, 비윤리적

명예를 중시하는 인물을 위한 최적의 시나리오

────── 가족과 법 중 하나를 선택해야 한다

────── 자신의 믿음에 배신을 당한다

────── 막을 수 있었던 상실을 경험한 후에 응징하고 싶어한다(음주운전으로
인한 아이의 죽음 등)

────── 자신의 욕망과 상충하는 옳은 일을 해야 한다

38 환대하는 성격

Hospitable

정의	범주	유사한 성향
사람들을 반갑게 맞아줌; 손님을 후하게 대접함	대인관계, 도덕성	친화력이 좋음

성격 형성의 배경

——— 결속을 위해 종종 모임을 갖는 대가족에 속해 있다

——— 서로가 서로를 보살피는 끈끈한 공동체에서 살아간다

——— 부모나 양육자가 어려운 사람들에게 집을 개방해 사용하도록 했다

——— 호스트 노릇을 자주 해야 하는 사교계 인사로 자랐다

——— 양육자가 되었다

——— 공동체의식이 강하다

연관된 행동

——— 사람들에게 자신의 집을 개방한다

——— 사람들을 결집시키는 행사를 주최한다

——— 살갑고 열정적으로 인사를 건넨다

——— 관대하다

——— 낙천적이고 생각(마음)이 열려 있다

——— 손님에게 편의를 제공한다(음식, 음료수, 화장이나 매무새를 고칠 욕실 등)

——— 사람들을 끼워준다

——— 중요하고 환대받는다는 느낌이 들도록 먼저 말을 건넨다

——— 사람들을 일방적으로 판단하지 않는다

———— 손님을 존중한다

———— 다른 사람의 입장에서 생각할 수 있다

———— 사람들을 보호한다

———— 신입을 가족처럼 대한다

———— 진정성이 있다

———— 사람들이 편하게 느끼기를 바란다

———— 흔쾌히 사람들을 접대한다

———— 어려움에 처한 이웃에게 먼저 손을 내민다

———— 사람들을 도울 방법을 모색한다

———— 사람들을 돌보기 위해 자신의 일정을 뒤로 미룬다

———— 이야기를 잘 들어준다

———— 다른 사람들의 삶에 적극적으로 관심을 보인다; 질문을 한다

———— 자신이 저지른 한심스러운 이야기를 털어놓아서 사람들을 편하게 해준다

———— 거리낌 없이 자신의 신뢰를 보여준다

———— 여행지를 추천한다(맛집, 가볼 만한 곳 등)

———— 소소하게 배려해준다(누군가의 아침 식사를 위해 머핀 굽기 등)

———— 사람들에게서 가장 좋은 면을 본다

———— 우호적이다

———— 경험과 생각, 관점 나누기를 좋아한다

———— 친절하게 도움을 준다

———— 약속을 끝까지 지킨다

———— 사람들에게 약해져도 괜찮다는 것을 보여준다

———— 본인이 대접받고 싶은 대로 사람들을 대한다

———— 미심쩍어도 믿어준다

———— 그 지역을 잘 모르는 누군가를 위해 여행 가이드처럼 찬찬히 일러준다

———— 사람들이 안정감과 안전감을 느끼게 한다

———— 자신의 소유물과 자산을 다른 사람들과 나눈다

———— 사람들과 나누는 동료애를 즐긴다

———— 자기 소지품보다는 사람들을 더 열심히 챙긴다

연관된 생각

———— 지하실에 긴 소파가 있으니까. 마크더러 친구에게 거기서 지낼 생각이 있는지 물어보라고 해야겠다.

———— 어젯밤에 네팔에 대한 이야기를 들었어. 제스는 멋진 곳을 다녀왔구나!

———— 불쌍한 샘, 집이 사라지다니. 칼의 방을 청소해두고 와서 지내라고 해야겠어.

———— 후식을 함께 먹자면서 새로 온 이웃들을 초대해야지.

연관된 감정

———— 기대감, 호기심, 흥분, 감사해함, 행복, 사랑, 자부심, 만족감, 연민

긍정적 측면

———— 환대하는 인물은 살갑고 개방적이며 공동체의식이 강하다. 타인과 의미 있는 방식으로 공감하려는 이들의 태도는 사람들에게 자신이 소중하고 안전하고 환영받는다는 느낌을 준다. 이들은 관대함, 친절, 자기희생을 통해 신뢰와 동료애를 촉진한다.

부정적 측면

———— 이런 성격의 인물은 개방적이고 흔쾌히 사람들을 대접하면서 자기 시간과 에너지를 친구와 지인, 낯선 사람들에게 쓰느라 정작 가족과는 충분한 시간을 보내지 못할 때가 있다. 또한 이들이 베푼 것을 갚지 않아도 되기에 이를 이용하려는 사람들에게 휘둘릴 수 있다. 이들은 사람들이 환영받는다고 느끼면 족한 반면, 자신의 친절이 받아들여지지 않을 때는 좌절과 환멸을 느낄 수도 있다.

영화 속 사례

——— 〈초콜릿〉에서 비안느 로셰(쥘리에트 비노슈 분)는 자신의 초콜릿 가게를 찾는 손님 누구에게나 미소를 보내며 인사한다. 또 이맛 저맛의 초콜릿을 공짜로 나눠주면서 그들 각자가 좋아하는 초콜릿이 무엇인지 알아내려 노력한다. 그녀는 자신을 배격하는 따가운 눈총들을 알기에 만나는 사람 모두가 환영받고 용인된다는 느낌을 주겠다고 결심한다.

문학작품 속 사례

——— J. R. R. 톨킨의 《호빗》에서 주인공 빌보 배긴스, C. S. 루이스의 《나니아 연대기: 사자와 마녀와 옷장》에서 비버 아저씨 부부, 《다이버전트》 시리즈에서 이타심을 최고의 가치로 삼는 애브니게이션 분파, 《레미제라블》에서 디뉴성당의 미리엘 주교

갈등을 유발하는 다른 인물들의 성격

——— 반사회적, 특권의식을 지님, 피해망상이 심함, 무례함, 의심이 많음, 비우호적, 고마워할 줄 모름, 외톨이

환대하는 인물을 위한 최적의 시나리오

——— 호스트로서 서로를 신뢰하지 않는 사람들을 결집시켜야 하는 역할을 맡는다

——— 사랑하는 사람을 잃어 슬픈 상황에서도 사람들을 환대하려고 애쓴다

——— 과거에 자신의 가족을 해친 누군가를 즐겁게 하거나 도와주라는 요구를 받는다

——— 서로를 도와주고 돌보고 싶지만 그럴 수가 없다(투병 등)

39 겸손한 성격
Humble

정의	범주	유사한 성향
건방지거나 자만하거나 뽐내지 않음	대인관계, 도덕성	얌전함, 온순함, 공손함, 가식 없음

성격 형성의 배경

———— 내성적이다

———— 재능이 많은 부모나 형제자매의 그늘에서 자랐다

———— 주목받아서는 안 되는 환경에서 살고 있다

———— 다른 사람들이 인정과 칭찬을 받기를 진심으로 바란다

———— 자신보다 타인을 존중하라고 가르치는 종교적 분위기에서 자랐다

———— 자존감이나 자신감이 낮다

———— 수줍음이 많다

연관된 행동

———— 주목이나 관심받는 것을 피한다

———— 배후에서 지원하는 역할을 맡는다

———— 자신의 기술과 능력을 낮추어 생각한다

———— 다른 사람들이 이룬 성과를 띄워준다

———— 팀의 일원으로 활동하는 것에서 만족감을 느낀다

———— 칭찬받는 것을 불편해한다

———— 의견 충돌이나 교착상태에 빠졌을 경우 다른 사람들의 의견을 따른다

———— 차분한 목소리로 말한다

———— 사람들의 시선을 끌지 않도록 잘난 체하지 않는다

———— 주목받지 않을 취미와 활동에 참여한다

———— 성공했다고 우쭐대지 않는다

———— 직업윤리가 엄격하다

———— 외적 동기보다 내적 동기에 반응한다

———— 투덜대거나 불평하지 않고 자신의 일을 한다

———— 관대하다

———— 기분 좋고 격려가 되는 말을 한다

———— 지원해준다

———— 칭찬한다

———— 자신을 과소평가한다

———— 신중을 기한다; 위험을 감수하지 않는다

———— 누구도 하려 들지 않는 일들을 한다

———— 요청할 때까지 자신의 의견을 내보이지 않는다

———— 먼저 듣고 나서 말한다

———— 주목을 피하려고 성공에 기여한 자신의 역할을 최소화한다

———— 자신이 이룬 성공이나 성취를 비밀로 한다

———— 자신의 재능이나 능력을 다른 사람들이 말해주면 멋쩍어한다

———— 칭찬해준 사람에게 칭찬으로 돌려준다; 그에게 주의를 돌린다

연관된 생각

———— 그녀는 이 업무를 위해 정말로 열심히 일했어. 그녀가 합당한 대우를 받
으면 좋겠는데.

———— 제발 나를 찾아오지 마… 제발 오지 말라고….

———— 이 팀의 일원이라는 게 너무 자랑스러워.

———— 그들이 내가 참여한 것에 대해 얘기 안 하면 좋겠어. 이것은 모두의 노력
으로 이룬 일이니까.

연관된 감정

───── 자신감, 행복, 불안정함, 신경과민, 만족감

긍정적 측면

───── 겸손한 인물은 성공에 대한 공을 다른 사람에게로 돌린다. 이들은 좋은 결과로 마무리된 것이 기쁠 뿐 칭찬을 원하지 않고, 자신이 한 부분을 담당한 것으로 만족하며, 배후에서 지원하는 역할을 선호하고, 자신을 일개의 구성원에 불과하다고 생각한다. 또한 다른 사람들을 깎아내려 자신을 높이지 않는다. 관대함은 겸손과 손을 잡기 마련이므로 이들 대다수는 동료들에게 환영을 받을 수밖에 없다. 겸손한 인물은 직접 연설하는 상황을 모면하려고 '진짜 영웅'은 주변 사람들이라며 찬사를 돌린다. 이런 친절한 태도는 다시 칭찬을 부르고 충직함과 우정으로 되돌아온다.

부정적 측면

───── 지나치게 겸손한 사람들에게는 감사나 감탄의 말을 건네기 어렵다. 자신이 그런 주목을 받을 만하다고 여기지 않기 때문이다. 마찬가지로 한사코 칭찬을 받지 않으려는 이들의 태도 때문에 민망해질 때도 있다. 친절을 받아들이지 않는 이런 인물에게 은혜나 친절을 갚으려는 시도는 실패로 끝날 수 있다. 또한 이들은 지원군 역할로만 남으려 들면서 자신의 가능성을 실현하지 못하기도 한다.

영화 속 사례

───── 〈멋진 인생〉에서 조지 베일리는 다른 사람들을 위해 봉사하고 성공한 친구들과 가족을 지원하면서 살아간다. 하지만 그는 주변 사람들의 삶에 자신이 미치는 역할을 인식하지 못하고, 그저 평범한 가장이자 소액 대출 회사의 사장일 뿐이라고 생각한다. 그는 베드퍼드폴스 마을의 주

민들을 위해 계속 희생하지만, 삼촌이 회삿돈을 잃어버리는 바람에 파산하고 구속될 위기에 처한다. 그리고 영화의 끝에서 자신이 한 일에 대한 보답으로 마을 사람들이 돈을 모아 오자 진심으로 놀란다.

문학작품 속 사례

——— 마거릿 미첼의 《바람과 함께 사라지다》에서 멜라니 윌크스, 로라 잉걸스 와일더의 《초원의 집》 시리즈에서 엄마 마 잉걸스

갈등을 유발하는 다른 인물들의 성격

——— 야심만만함, 매력적, 방어적, 낭비벽이 있음, 대담함, 요란함, 남의 말을 하기 좋아함, 거만함, 강압적

겸손한 인물을 위한 최적의 시나리오

——— 지도자의 역할을 억지로 받아들인다

——— 잘못을 바로잡으려면 세상으로 나와야 한다

——— 언제나 주목을 끄는 요란하거나 괴짜인 인물과 짝을 이룬다

——— 자신을 불편하게 만드는 공개적인 방식으로 성공을 경험한다

——— 추구하는 가치나 직업윤리가 엇갈리는 팀에 소속된다

⁴⁰ 이상주의적인 성격

Idealistic

정의	범주	유사한 성향
세상의 가장 완벽한 상태를 봄; 고귀한 목표나 신념, 고차원적인 목적을 추구함	성취, 정체성	고귀함, 비현실적

성격 형성의 배경

——— 비전을 가진 부모나 멘토가 있다

——— 세상을 더 좋게 변화시키고 싶어한다

——— 업적을 남기고 싶어한다

——— 사람이나 세계, 특별한 신념이나 명분에 깊은 애정을 가진다

——— 부패나 위험, 역경을 목격한다

——— 강하게 확신한다

연관된 행동

——— 상상력이 풍부하다

——— 만약의 상황을 가정해보고 질문을 한다

——— 관찰력이 뛰어나다

——— 문제를 창조적으로 해결한다; 혁신적이다

——— 직관력이 뛰어나다

——— 발전을 위해 무엇이 필요하고 어떤 방법이 있는지 안다

——— 사람들의 행복을 중요하게 여긴다

——— 대의에 대한 신념이 있다

——— 가치와 신념이 확고하다

─────── 명예를 중시하고 원칙을 지킨다

─────── 꿈이 크다

─────── 세상과 사람들에게 호기심을 가진다

─────── 자신의 목표를 집요하게 추구한다

─────── 사려 깊다

─────── 모든 것에서 가능성을 본다

─────── 관대하다

─────── 사람들에게 용기와 영감을 준다

─────── 반성적이다

─────── 실망감이나 실패를 잘 극복한다

─────── 사람들에게 흔들리기보다 독자적인 선택을 한다

─────── 자신감이 있다

─────── 과감하게 자신의 신념을 고수한다

─────── 희망에 차 있다; 낙천적이다

─────── 사람들을 긍정적으로 강화시킨다

─────── 일관성을 추구한다

─────── 기대치와 기준이 높다

─────── 자신의 삶에서 기쁨을 찾아내고 그것을 사람들과 나눈다

─────── 자신이 선택한 길에 만족한다

─────── 웬만하면 충돌을 피한다

─────── 강력한 중재자나 조정자 역할을 맡는다

─────── 행동으로 자신의 신념을 뒷받침한다

─────── 상황을 더 개선하려고 노력한다

─────── 인생의 의미에 관심을 가진다

─────── 자신의 감정을 잘 표현한다

─────── 사람들을 도울 수 있는 직업을 가진다(사회복지사, 기금모금 전문가 등)

─────── 남의 말을 잘 들어준다

———— 사람들을 배려한다

———— 영적이다

연관된 생각

———— 저 고아원을 도울 길이 있어야 할 텐데. 아이들이 저렇게 살아서는 안 돼.

———— 의미 있는 일을 하고 싶어. 그냥 매일 출근하고 퇴근하는 일 말고.

———— 딘을 괴롭히는 무언가가 있어. 어쩌면 우리가 함께 해결할 수 있을 거야.

———— 우리 모두 동참하면 강을 깨끗하게 유지할 수 있어. 그러면 다른 마을들도 뒤따르겠지.

연관된 감정

———— 기대감, 자신감, 호기심, 욕망, 열의, 행복, 희망참

긍정적 측면

———— 이상주의적인 인물은 정직하고 경청하며, 진실하고 배려하는 성격 덕분에 좋은 평가를 받는다. 이들은 곁가지를 무시하고 문제의 핵심에 집중해 훌륭하게 중재하고 조언한다. 이런 점이 관련된 사람들에게 행복과 성취감을 느끼게 해준다. 이들은 자신감을 가지는 일에 대해 융통성과 결단력이 있어 쉽사리 실망하거나 실패 때문에 주저앉지 않는다. 또한 큰 꿈을 향해 정진하는 용기가 있어서 좋은 쪽으로 변화를 이끌어가기도 한다.

부정적 측면

———— 이런 성격의 인물은 큰 꿈을 품기 쉬운 반면, 세부사항을 원활히 해결하기 어려워한다. 이들은 꿈을 현실로 만드는 방법을 잘 알지 못해서 자신만이 아니라 그것의 성공을 위해 헌신하는 사람들도 좌절시킬 수 있다.

영화 속 사례

────── 〈머신건 프리처〉(2011)에서 갱 단원이었던 샘 칠더스(제라드 버틀러 분)는 신앙을 갖게 되고 남수단에서 부모 잃은 아이들을 대변하며 목회자의 길을 걷는다. 반군의 공습 위험 속에서도 고아원을 지어 아이들이 소년병으로 징집되지 못하게 막는다. 내전이 격렬해질수록 샘은 자신의 사명에 몰두하고, 옳다고 믿는 일을 위해 사업과 재산, 가족까지 희생한다.

역사와 영화 속 다른 사례

────── 마하트마 간디, 마틴 루서 킹 목사, 〈제리 맥과이어〉에서 제리 맥과이어(톰 크루즈 분), 〈데이브〉(1993)에서 대통령과 똑같이 생긴 데이브 코빅(케빈 클라인 분)

갈등을 유발하는 다른 인물들의 성격

────── 논쟁적, 냉소적, 광적, 참을성이 없음, 비관적, 의심이 많음, 도움이 안 됨

이상주의적인 인물을 위한 최적의 시나리오

────── 이상주의적 인물에게 거듭해서 '자신들의 이익을 위해' 그 일을 하지 못하게 말리는 친척이 있다

────── 자신의 목표에 대해 의심하거나 의문을 품게 만드는 실패를 겪는다

────── 자신이나 가족을 위험에 빠뜨리는 목표를 추구해야 한다

────── 엄격하게 관리하고 통제하는 사회에서 살고 있다

41 상상력이 풍부한 성격
Imaginative

정의	범주	유사한 성향
적극적으로 상상함; 예전에 생각해본 적이 없는 이미지를 떠올림	성취, 정체성, 대인관계	영감을 줌, 창의적

성격 형성의 배경

——— 현재의 상황에서 벗어나고 싶어한다

——— 유전적으로 타고났다

——— 매우 적극적으로 사고한다

——— 천성적으로 호기심이 강하다

——— 현재의 상태에 전반적으로 만족하지 못한다; 언제나 더 나아질 수 있음
을 안다

연관된 행동

——— 자신의 아이디어를 열정적이고 활기 넘치게 표현한다

——— 흔하거나 평범한 것들에서 특별한 무언가를 알아본다

——— 문제를 창의적으로 해결한다

——— 예술적이다

——— 공상을 자주 한다

——— 어떤 것을 도구나 설계도 없이 시각적으로 표현할 수 있다

——— 아이디어를 스케치하거나 적거나 기록해둔다

——— 아이디어가 계속 떠오른다

——— 창조적이다

———— 환상이나 아직 현실화되지 않은 것에 강하게 끌린다(과학의 발전 등)

———— 미스터리와 미지의 세계를 좋아한다

———— 사람들의 창의적이고 혁신적인 생각에 매료된다

———— 영화 보기 그리고/또는 소설 읽기를 좋아한다

———— 만약의 상황을 가정해본다

———— 낙천적이고 긍정적인 세계관을 가진다

———— 실재하지 않는 존재들을 믿는다

———— 아이디어를 실현시키려고 노력한다

———— 허공을 바라보면서 사색에 빠진다

———— 색채와 움직임에 끌린다

———— 어떤 것도 가능하다고 믿는다

———— 다른 사람들보다 에피파니(깨달음 또는 계시)를 더 자주 경험한다

———— 별난 행동을 한다

———— 재미있고 장난스러운 것을 좋아한다; 아이디어를 얻기 위해 바보처럼 행동한다

———— 호기심이 강하다

———— 재치가 풍부하다

———— 생생한 꿈을 꾼다

———— 세상과 자신에 대해 관심이 지대하다; 다른 사람들이 놓치는 것을 본다

———— 자신을(종종 다른 사람들까지) 즐겁게 할 수 있다

———— 많은 원천에서 영감을 얻는다

———— 두려워하지 않는다

———— 지루할 겨를이 없다

———— 다른 사람들의 생각에 신경 쓰지 않는다

———— 롤플레잉 게임에 빠져 있다

연관된 생각

——— 옷장 안에 정말로 무언가가 있으면 어떡하지? 그게 나를 지켜보는 중이라면?

——— 외계인에 대해 생각하면서 어떻게 실재하지 않는다고 말할 수 있지?

——— 이 스토리를 메모해둬야겠어. 멋진데!

——— 이 동물원 기금모금 행사는 지루해. 왜 원숭이들을 풀어두고 돌아다니게 하지 않을까?

연관된 감정

——— 놀라움, 자신감, 호기심, 열정, 흥분

긍정적 측면

——— 상상력이 풍부한 인물은 언제나 즐거워질 방법을 모색한다. 이들은 영화를 보듯 분명하고 선명하게 생각하며, 자신의 생각을 다른 이들과 나누고 싶어한다. 파티를 즐기고, 친구들과 즉흥적인 재미를 만들어낸다. 이들에게 너무 크거나 터무니없는 생각은 없다. 일단 영감을 얻으면 자신의 꿈을 현실화하는 데 집중해 믿을 수 없는 혁신으로 귀결시키기도 한다.

부정적 측면

——— 이런 성격의 인물은 자신의 상상력을 미친 듯이 날뛰게 내버려두었다가 스스로가 최악의 적이 될 수도 있다. 아이디어는 너무 많은데 이것이 구현되지 못하면 사회불안장애, 강박행동, 현실과 비현실의 불분명한 경계로 이어질 수 있다. 상상력이 풍부한 사람들은 괴짜로 취급받아 고립되기도 한다. 또한 이들은 놀라운 혁신을 책임지지만, 새로운 아이디어 전부가 긍정적인 것은 아니다. 대량살상무기, 화학전, 물고문 등의 고문기술 모두가 어두운 결과를 가져온 혁신의 사례다.

역사 속 사례

─────── 월트 디즈니에게는 거대한 비전이 있었다. 그는 결코 현재의 상태에 만족하지 않았고 언제나 더 큰 아이디어를 생각했다. 연재만화, 애니메이션, 카툰, 장편 실사영화, 놀이공원. 그의 상상은 끝이 없었다. 그는 많은 위험을 감수하며 최선을 다했고, 이런 시도 가운데 많은 것이 실패로 끝났다. 하지만 그는 언제나 앞으로 나아갔고 기존의 틀을 벗어나서 새로운 아이디어를 끄집어내려 했다. 그리하여 한때 불가능하다고 여겼던 것들이 오늘날의 문화에서는 상식이 되었다.

영화와 역사 속 다른 사례

─────── 〈네버랜드를 찾아서〉(2004)에서 《피터 팬》의 작가 제임스 매슈 배리(조니 뎁 분), 스티븐 호킹, 알베르트 아인슈타인, 벤저민 프랭클린

갈등을 유발하는 다른 인물들의 성격

─────── 분석적, 깐깐함, 어색해함, 엄격함, 미신을 믿음, 말이 안 통함

상상력이 풍부한 인물을 위한 최적의 시나리오

─────── 자신의 아이디어를 누군가에게 도둑맞는다

─────── 누군가와 동시에 새로운 아이디어를 떠올린다

─────── 상상 속에 빠져 사느라 환상과 현실의 경계가 흐려진다

─────── 독창적이고 놀라운 것을 생각해내지만 이를 현실화할 능력이 부족하다

─────── 상상력이 풍부한 성격 탓에 믿음을 주지 못한다

42 독립적인 성격
Independent

정의	범주	유사한 성향
스스로 생각하고 행동함; 영향받기를 거부함	성취, 정체성, 대인관계	주체적, 자립적, 자급자족

성격 형성의 배경

——— 신뢰하는 데 문제가 있다

——— 자신을 통제해야 한다

——— 수줍음이 많다

——— 내성적이다

——— 반항기가 있다

——— 과거에 억압당한 경험이 있다

——— 자신과 자신의 능력을 믿는다

——— 잘나가고 유망했다

——— 누구에게도 신세지고 싶어하지 않는다

연관된 행동

——— 자립적이다

——— 다른 사람들을 인정한다

——— 내면의 힘이 강하다

——— 신뢰한다

——— 원하는 것을 위해 정진한다; 안주하지 않는다

——— 직업윤리가 엄격하다

———— 혼자 힘으로 무엇이든 할 수 있다

———— 고독과 혼자 있기를 즐긴다

———— 정보를 찾고 나서 결정을 내린다

———— 자신의 직관력을 믿는다

———— 중심이 잡혀 있다; 자신이 누구고 자신의 역할이 무엇인지를 안다

———— 동료 집단의 압력에 영향받지 않는다

———— 다른 사람들의 인생에 끼어들지 않는다

———— 활동이나 대의명분에 열정적으로 임한다

———— 시간을 허비하지 않는다

———— 부정적인 영향을 차단한다(해로운 친구들, 진이 빠지는 일 등)

———— 화를 잘 내지 않는다

———— 참을성이 있다

———— 무언가가 잘못되어가는 것을 알아차리고, 그것을 바로잡고자 변화를 준다

———— 사생활과 자기 영역을 보호한다

———— 자신에게 무엇이 가장 좋은지를 알고 있다

———— 다른 사람들의 권리를 존중한다

———— 자신의 과거에서 빠져나온다; 감정의 응어리를 풀어낸다

———— 재정적 책임을 진다

———— 무언가를 찾아달라고 부탁하는 것을 어려워한다

———— 절제력이 강하다

———— 자신의 성과에 자부심을 느낀다

———— 자기 자신과의 싸움을 즐긴다

———— 일과 생활의 균형을 잘 맞춘다; 지나치게 헌신하거나 스트레스받지 않는다

———— 개인적 자유를 매우 중시한다

———— 비전이 명확하다

———— 주도권을 잡는다

———— 의심하는 사람들에게 그들의 잘못을 입증해서 코를 납작하게 만들려
      하다

———— 빚을 지지 않으려 한다; 재정적 책임을 진다

연관된 생각

———— 열 달 만에 드디어 카누를 완성했어. 빨리 호수에 가져가고 싶다.

———— 부모님이 그만 간섭하면 좋겠는데. 내게 뭐가 좋을지는 내가 잘 아니까.

———— 집을 사면 재정 압박이 가중되겠지만, 꼭대기 층을 세놓으면 생활비 정
      도는 빠질 거야.

———— 빅이 돈이 많은 건 알겠는데, 저녁값 정도는 나도 낼 수 있어.

연관된 감정

———— 자신감, 방어적, 행복, 외로움, 안도감, 만족감

긍정적 측면

———— 독립적인 인물은 자신을 정확하게 알고 있다. 자신이 무엇을 할 수 있는
      지를 알기 때문에 거침없이 행동한다. 과거에 이룬 성공을 통해 역량이
      입증되었으므로 이들은 혼자서 일할 수 있고 종종 그것을 선호한다. 이
      인물은 자신에 대한 확신이 있어 다른 사람들의 생각을 지나치게 신경
      쓰지 않는다. 그 결과, 자신의 목표와 당면한 일에만 집중할 수 있다. 또
      한 진보적인 사상가로서 현재의 상태를 넘어 시대를 앞서가는 이상을
      포용한다.

부정적 측면

———— 이런 성격의 인물은 자주 혼자 있기 때문에 다른 사람들과 함께 일하거
      나 교류하기 힘들 수 있다. 타인의 생각에 무관심하고, 잘난 체하며, 우
      월의식을 가졌다는 인상을 준다. 이들의 자립심은 사랑하는 사람들에

게 그들이 필요하지 않거나 심지어 원하지 않는다는 생각을 들게 할 수도 있어 함께 사는 사람들과 틈이 벌어지기도 한다.

영화 속 사례
─────── 〈람보〉에서 존 람보는 베트남전쟁에 참전한 미국 특수부대 그린베레 출신으로 전쟁에서의 실전 경험 덕분에 자신을 지키는 법을 안다. 전쟁터에서 귀환한 그는 전우를 만나러 한 마을에 가는데, 일자리를 얻거나 사람들과 관계를 맺기도 어려운 적대적인 분위기 속에서 그가 습득한 기술이 도움을 준다. 위협적인 상황들을 맞으며 그는 마을에서 빠져나와 이곳저곳을 떠돌면서 남에게 의지하기보다 스스로를 돌본다.

문학작품과 영화 속 다른 사례
─────── 《초원의 집》시리즈에서 로라 잉걸스, 〈에린 브로코비치〉(2000)에서 에린 브로코비치(줄리아 로버츠 분)

갈등을 유발하는 다른 인물들의 성격
─────── 통제가 심함, 비겁함, 비판적, 애정결핍, 신경과민, 자기파괴적, 응석을 부림, 소심함

독립적인 인물을 위한 최적의 시나리오
─────── 가족들이 자신에게 의존한다(재정적 지원이 필요한 형제자매 등)
─────── 다른 사람들에게 의지해야만 하는 정신장애를 앓는다
─────── 재정적으로 심각한 타격을 입어 고통스럽다(도둑맞음, 잘못된 투자 등)
─────── 오랫동안 정서적 지원을 해주어야 하는 친구가 있다
─────── 다른 사람들의 도움을 받아야 할 정도로 심각한 부상을 입는다(다시 걷기 연습 등)

⁴³ 부지런한 성격

Industrious

정의	범주	유사한 성향
헌신적이고 투지에 차서 일을 함	성취, 대인관계	근면함, 성실함, 지칠 줄 모름

성격 형성의 배경

——— 성취욕이 강하다; 목표지향적이다

——— 열정이 넘치거나 목적의식이 투철하다

——— 성공에 대한 동기가 뚜렷하다

——— 권력과 지위, 영향력을 갈망한다

연관된 행동

——— 일찍 일어나고 늦게까지 일한다

——— 조직적이고, 시간을 엄수하며, 효율적이다

——— 기준이 높다

——— 자신의 열정에 대해 자주 이야기한다

——— 계획했던 것보다 빨리 목표를 달성한다

——— 자신 또는 남들과 경쟁한다

——— 요청을 받으면 다른 사람들과도 잘 협력한다

——— 결과를 향상시킬 아이디어를 찾아다닌다

——— 필요하면 더 많이 연습한다

——— 자신의 일을 먼저 처리하기 위해 약속을 이리저리 바꾼다

——— 효율을 극대화하기 위해 과정을 간소화한다

——— 작은 성취에도 만족감을 느낀다

——— 인내심이 있다

——— 단순명쾌하다; 돌려 말하지 않는다

——— 업무에 관해 의논하기 위해 관계자들과 잘 지낸다

——— 정해진 틀이나 순서를 고수한다

——— 시간을 허비하거나 일을 미루지 않는다

——— 무엇이 필요한지를 예측한다

——— 이중으로 점검한다; 작은 실수라도 일어날까 걱정한다

——— 믿을 만하고 일관성이 있다

——— 일이 어떻게 돌아가는지 평가하고 반성한다

——— 임무를 완수하는 데 투입한 노력에 대해 불평하지 않는다

——— 바쁠 때는 끼니를 거른다

——— 끊임없이 활동하고 일을 하느라 바쁘다

——— 행사나 회의에 대비한다(과도하게 준비할 때도 있다)

——— 근육염과 근육통을 앓는다(육체노동의 경우)

——— 하루가 끝나면 심신이 피곤하고 지친다

——— 잠을 적게 잔다

——— 스스로에게 보상을 해준다(일을 마친 후 맥주 마시기, 운동경기 관람하기 등)

——— 퇴근 후에도 집에서 업무 관련 통화를 한다

——— 업무 중간에 쉬지 않는다

——— 같은 일에서 성공을 거둔 사람들의 기술을 연구한다

——— 오랫동안 긴장해야 하는 업무 시간과 균형을 유지하기 위해 스트레스를 해소한다

——— 일을 더 잘하려고 나쁜 버릇이나 행동을 억제한다

——— 일을 더 열심히 하기 위해 자신을 다독이는 자기대화법을 활용한다

연관된 생각

——— 여름 내내 열심히 연습하면 가을에는 무용대회에 나갈 수 있겠지.

——— 수영 강습 때마다 다섯 바퀴씩 더 돌면 조만간 몇 킬로그램 정도는 빠질 거야.

——— 아침 7시인데 여태 자나? 잠자는 공주를 깨울 시간이네!

——— 밥이 릭을 좋아하는 이유는 헌신적이어서야. 나도 시간을 더 쏟아야겠어.

연관된 감정

——— 자신감, 욕망, 결단력이 있음, 흥분, 조바심, 어쩔 줄 모름, 만족감

긍정적 측면

——— 부지런한 인물은 믿을 만하고 성실해서 모든 에너지를 임무 수행이나 목표 달성에 쏟아붓는다. 어떤 일을 할 때 이들은 앞에 나서고 제 역할을 다한다. 또 시간을 잘 활용하고 훌륭한 롤모델이 되기도 한다. 부지런한 인물은 성공하고 모든 일에 최선을 다하므로 만족감이 높은 편이다. 이들은 시작한 일을 완수해내며 혁신과 변화를 가져온다.

부정적 측면

——— 이런 성격의 인물은 때때로 자신의 건강과 대인관계를 망가뜨리는 일에 빠질 수도 있다. 장시간의 일과 스트레스는 수면을 방해하고 면역체계를 무너뜨린다. 이들은 시간과 에너지 전부를 일이나 과제에 쏟고 가족과 친구들을 등한시해서 원망을 사기도 한다. 성공과 권력, 권위의 추구는 모든 것을 소모시켜 균형을 깨뜨리고 진을 빼는 생활로 이어질 수 있다.

영화 속 사례

——— 〈루디 이야기〉(1993)에서 루디 루티거(숀 애스틴 분)는 미식축구로 유명한 노트르담 대학의 선수가 되는 것이 꿈인 청년이다. 학점과 학비, 체격

조건이 한참 부족하지만 그는 포기할 줄 모른다. 루디는 근처의 단기대학에 다니면서 돈을 벌고 난독증을 극복하려 미친 듯이 노력해 노트르담 대학에 편입할 수 있을 정도로 학점을 올린다. 그는 좋아하는 팀 가까이에 있고 싶어 운동장을 관리하는 일에 무급으로 자원하고, 결국 코치의 도움으로 연습경기에 출전한다. 힘겨운 노력과 동기, 불굴의 의지 덕분에 루디는 최종 홈경기에서 팀 유니폼을 입는다.

문학작품과 영화 속 다른 사례

──────── 찰스 프레이저의 《콜드 마운틴의 사랑》에서 떠돌이 산골 처녀 루비 튜스, 〈인빈서블〉(2006)에서 미식축구 선수인 빈스 퍼페일(마크 월버그 분)

갈등을 유발하는 다른 인물들의 성격

──────── 느긋함, 엉뚱함, 게으름, 애정결핍, 놀기 좋아함, 반항적, 말썽을 피움

부지런한 인물을 위한 최적의 시나리오

──────── 시간과 보살핌이 요구되는 가족의 위기를 경험한다

──────── 직업을 잃고, 그에 따라 정체성도 잃어버린다

──────── 상충되는 목표들을 달성할 수 없다; 하나를 성공시키려면 다른 하나는 포기해야 한다

──────── 엄격한 직업윤리에도 불구하고 완수할 수 없는 업무를 부여받는다(능력의 역부족 등)

44 순수한 성격
Innocent

정의 의도와 동기가 깨끗함	범주 정체성, 대인관계, 도덕성	유사한 성향 결백함

성격 형성의 배경

——— 곱게 자랐다

——— 발달장애를 가지고 있다(예를 들어 다운증후군)

——— 한 번도 악한 존재를 접했다거나 학대, 미움을 당한 적이 없다

——— 인간의 선한 면만 본다

——— 지적 퇴화와 노화를 겪고 있다

연관된 행동

——— 숨김이 없다

——— 정직하다

——— 호기심이 강하다

——— 유난히 사람들을 잘 믿는다

——— 가볍지 않다

——— 친절하다

——— 모든 상황에서 긍정적인 면을 바라본다

——— 쉽게 상처받는다

——— 사람들을 존중한다

——— 사람들이 거짓말하거나 속임수를 쓰면 정말로 혼란스러워한다

——— 우호적이다

——— 신뢰감을 준다

——— 자신도 모르게 실수를 저지른다

——— 질문에 빼지 않고 곧바로 답한다

——— 사람들의 눈을 똑바로 쳐다본다

——— 흥분하거나 열정이 넘친다

——— 일을 실용적인 측면에서 바라본다

——— 자신의 감정을 숨기지 않고 드러낸다

——— 조롱과 반어법을 잘 알아듣지 못한다

——— 사람들에게 자신의 감정을 고스란히 말한다

——— 인지하지 못한 채 선을 넘어 사생활을 침해하는 질문을 한다

——— 이야기나 겪었던 모험을 자세히 늘어놓는 사람들의 말을 즐겁게 들어 준다

——— 자신의 경험을 넘어서는 개념을 이해하기 어려워한다(증오범죄, 전쟁, 기 아 등)

——— 어색해하지 않고 감정을 드러낸다

——— 자신의 관심사에 남이 흥미를 갖지 않더라도 열정을 보인다

——— 자신의 실수를 인정한다

——— 기꺼이 사람들을 도와준다

——— 중재자 역할을 맡는다; 다른 사람들과 반목하는 상황을 불편해한다

——— 낙천적이다

——— 미소 짓고 잘 웃는다

——— 일을 곧이곧대로 받아들인다

——— 사람들이 다른 이들의 성공과 행복을 바란다고 믿는다

연관된 생각

——— 엄마와 아빠는 어떻게 해야 할지 아실 거야.

——— 짐이 왜 저렇게 화를 내지? 일라이자가 어떻게든 돈을 갚을 텐데.

——— 다리를 다쳤다니 정말 안 됐어. 그래도 마리라면 밀린 수업쯤은 금세 따라잡을 거야.

——— 카라가 미안하다고 했는데. 루이스는 왜 용서하지 않을까?

연관된 감정

——— 흠모, 호기심, 흥분, 행복, 사랑

긍정적 측면

——— 순수한 인물은 순진하고 믿음직하다. 이들은 자신이 본 것을 있는 그대로 받아들이고, 다른 사람들이 부정적인 면만 보는 어떤 것에서도 긍정적 가치를 찾아낸다. 나이와 상관없이 이들은 어린아이처럼 보일 수 있다. 말하자면 선하고 여전히 상처받기 쉬워서 이들을 좋아하고 지켜주고 싶은 마음이 든다.

부정적 측면

——— 이런 성격의 인물은 세상과 사람들의 좋은 점만 보려 하기 때문에 진짜 모습을 보지 못하고, 이로 인해 불리한 입장에 처하기도 한다. 이들의 순진한 성품은 누군가에게는 감탄을 자아내지만, 누군가에게는 만만해서 이용하기 쉬운 사람으로 생각될 수 있다. 또다른 누군가는 순수함을 '그 자신을 위해' 근절해야 할 단점으로 보기도 한다. 그리고 진실을 까발려서 이들의 유치한 착각을 깨뜨리겠다는 시도를 한다.

영화 속 사례

——— 〈가위손〉(1990)에서 마음이 약한 에드워드(조니 뎁 분)는 외딴 성에서 혼자 살고 있었다. 그는 손에 날카로운 가위가 달린 인조인간이고, 이런 에드워드에게 마을 사람들은 친절을 베푼다. 그는 킴(위노나 라이더 분)

과 사랑에 빠져 마을 사람들에게 마음을 열고 왕래한다. 하지만 선의가 나쁜 결과로 돌아오고, 그는 자신을 이용하려는 사람들에게 배신을 당한다. 그리고 말다툼 도중 킴의 남자친구가 죽는 사고까지 일어난다. 이후 에드워드는 자신이 집 담장 너머의 혼돈스러운 감정을 감당할 수 없음을 깨닫고 고립된 삶으로 돌아간다.

문학작품과 영화 속 다른 사례
——— 《스탠드》에서 톰 컬런, 《그린 마일》에서 신비한 치유능력이 있는 사형수 존 커피, 〈사운드 오브 뮤직〉에서 견습수녀 마리아(줄리 앤드루스 분)

갈등을 유발하는 다른 인물들의 성격
——— 대범함, 통제가 심함, 잔인함, 교태를 부림, 잘 속음, 남을 조종함, 어른스러움, 설득력이 있음, 이기적

순수한 인물을 위한 최적의 시나리오
——— 범죄 현장을 목격한다
——— 자신이 거짓에 속았거나 배신당했음을 알게 된다
——— 사람들이 자신의 진짜 모습을 숨기는 환경에 처한다(고등학교 등)
——— 가까운 가족이나 친구를 지키려면 거짓말을 해야 하는 상황이다

45 영감을 주는 성격

Inspirational

정의	범주	유사한 성향
자신을 본보기로 다른 사람들이 변화와 성취를 추구하도록 격려함	정체성, 대인관계	동기를 부여함

성격 형성의 배경

——— 성공했거나 업적이 있다

——— 지극히 긍정적인 세계관을 가졌다

——— 인간의 조건에 대해 지혜나 통찰력이 있다

——— 용기를 북돋우고 지지한다

——— 큰 목표를 세우고 그것을 추구하려는 의욕이 넘친다

——— 어떤 주제에 대해 열정적이고 이에 대한 의식을 고양시키려 한다

연관된 행동

——— 다른 사람과 의미 있는 관계를 만드는 데 시간을 낸다

——— 본보기를 보인다

——— 직업윤리가 엄격하다

——— 자신과 다른 사람들을 믿는다

——— 자존감과 자신감이 높다

——— 목표지향적이다

——— 사람들의 크고 작은 성공을 응원한다

——— 어떤 차질이 생기든 간에 이를 극복해낸다

——— 사람들의 가치를 알아보고 있는 그대로 평가한다

———— 성장하기 위해 도전한다

———— 정직하다

———— 관심을 불러일으키거나 다른 사람들도 알아야 한다고 믿는 정보를 공유한다

———— 사람들에게 각자의 개성과 성취감을 찾아보라고 격려한다

———— 아는 사람에게든 모르는 사람에게든 숨김없이 말한다

———— 사람들의 가장 좋은 면을 믿는다

———— 사람들과 관계를 맺으려는 노력으로 자신의 약점을 밝힌다

———— 진실하다

———— 사람들이 긍정적으로 변화할 수 있도록 도와주어 그들에게 힘을 실어준다

———— 어려움이나 역경에도 탈선하지 않는다

———— 성장과 자신에 대한 더 깊은 이해를 갈구한다

———— 말할 때 명확하게 설명하거나 깊이 생각한다

———— 사람들을 배격하기보다 포용한다

———— 기운이 넘치고 집중력이 뛰어나다

———— 자신의 신념대로 살고, 사람들에게도 그렇게 살도록 격려한다

———— 사려 깊다

———— 무엇이 중요한지와 그에 따라 무엇을 일순위로 할지를 안다

———— 자신의 이야기, 그리고 자신의 선택과 결심이 어떻게 성공했는지를 공유한다

———— 격려가 필요한 사람들에게 힘을 북돋아준다

———— 받은 것보다 많이 돌려준다

———— 흔쾌히 도와준다

———— 참을성이 있다

———— 자신의 행동이 목표에 닿게 해줄 것이라고 믿는다

———— 자신이 배우고 수집한 정보를 사람들과 공유하고 싶어한다

연관된 생각

———— 쉽지는 않겠지만 나라면 할 수 있어.

———— 캐럴에게 내 이야기를 해줘야겠어. 내 말에 용기를 얻어 계속 시도할지
　　　도 모르잖아.

———— 어떻게 비용을 감당해야 할지 모르겠지만, 나는 대학에 가고 말 거야.

———— 사람들이 진실을 알아야 해!

연관된 감정

———— 자신감, 욕망, 결의, 감사해함, 행복, 평온함, 만족감

긍정적 측면

———— 영감을 주는 인물은 꿈을 좇는 데 자신의 믿음을 두려움 없이 밀고 나간
　　　다. 이들은 자기성장으로 가는 목표에 집중하고, 긍정적 변화를 가져오는
　　　명분을 기꺼이 옹호한다. 근면하고 헌신적이며, 천성적으로 지원을 아끼
　　　지 않아 사람들이 힘을 내어 앞으로 나아가도록 격려해준다. 이들은 자
　　　신도 모르게 사람들에게 동기를 부여하고 긍정적인 영향을 미친다.

부정적 측면

———— 이런 성격의 인물은 때때로 큰 목표에 집중한 나머지 소소한 성과나 일
　　　상적인 일들을 즐기지 못하거나, 성취에 몰두해 가족과 친구들에게 그
　　　들이 아직 미흡하고 더 많은 성과를 내야 한다며 압박감을 줄 수도 있다.
　　　이는 주변 사람들을 의심이나 회한, 낮은 자존감에 시달리게 만든다.

역사 속 사례

———— 보고 듣고 말하는 능력 없이 태어난 헬렌 켈러는 평생을 어둠 속에서 주
　　　변의 모든 사람과 차단된 채 살아갈 수도 있었다. 하지만 완고함과 지성,
　　　선견지명을 갖춘 선생님 덕분에 그녀는 자신의 결점을 극복하고 역사상

가장 영감 넘치는 인물이 되었다.

역사와 영화 속 다른 사례

──────── 마틴 루서 킹 목사, 안네 프랑크, 잔 다르크, 테리 폭스,● 마하트마 간디,
〈앵무새 죽이기〉(1962)에서 변호사 애티커스 핀치(그레고리 펙 분), 〈쉰
들러 리스트〉에서 오스카 쉰들러, 〈브레이브하트〉(1995)에서 윌리엄 월
리스(멜 깁슨 분)

갈등을 유발하는 다른 인물들의 성격

──────── 통제가 심함, 경박함, 오만함, 질투심이 강함, 태평스러움, 게으름, 엄격
함, 수줍음, 비윤리적, 의욕이 없음, 우유부단함

영감을 주는 인물을 위한 최적의 시나리오

──────── 계속 추진하고 싶지만 이를 받쳐줄 자산이나 체력이 없다

──────── 거듭 실패를 경험하면서 믿음에 위기가 온다

──────── 사람들에 대한 책임감에 짓눌려 자신의 꿈은 옆으로 밀어놓아야 한다

──────── 부상 때문에 목표 달성이 불가능해 보이는 상황을 맞는다

● 1970년대에 캐나다에서 운동선수로 활약한 테리 폭스는 골육종을 진단받고 오른쪽 다리에 의족
을 달았다. 그후 암연구를 위한 모금활동을 벌이며 자선 마라톤을 시작했지만, 암세포가 폐로 전이되
어 세상을 떠났다. 그는 캐나다인들의 영웅으로 남았고, 여전히 사람들은 그의 뜻을 기리고 있다.

⁴⁶ 지적인 성격

Intelligent

정의 지능이 높음; 이지적	범주 성취, 정체성	유사한 성향 매우 총명함, 똑똑함, 영리함

성격 형성의 배경

——— 유전적으로 타고났다

——— 교육과 각종 기회에 접근이 가능하다

——— 성장기 동안 세심하게 돌봐주는 환경에서 자랐다

——— 배움에 대한 동기 부여가 높다

연관된 행동

——— 논리와 추론을 신봉한다

——— 두뇌회전이 빠르다

——— 문제해결에 능하다

——— 조바심을 낸다

——— 기억력이 좋다

——— 집중력이 뛰어나다

——— 날카롭고 신중하게 질문을 던진다

——— 언어능력이 뛰어나다

——— 호기심이 강하다

——— 지속적으로 자극받기를 원한다

——— 자신의 취미나 관심사에 대해 많이 알고 있다

——— 자신의 성과에 자부심을 느낀다

——— 목표지향적이다

——— 미스터리나 퍼즐 맞추기를 즐긴다

——— 혁신적이다

——— 특별한 과목(수학, 지질학, 프로그래밍 등)이 적성에 잘 맞는다

——— 정보를 잘 흡수하고 처리할 수 있다

——— 기술에 매력을 느낀다

——— 교육적 내용이 담긴 여가활동을 좋아한다

——— 어휘력이 풍부해 말을 잘한다

——— 신념이나 직관보다 사실을 믿는다

——— 사실들을 분석해 적절한 결론을 도출해낸다

——— 사람들에게 존중을 받는다

——— 지적인 사람들을 존경한다

——— 임무를 완수하고자 개인감정은 밀어둔다

——— 객관적이다

——— 비속어와 꼼수를 쓰지 않는다

——— 독창적인 아이디어가 있다

——— 정확한 설명이나 방향을 요구한다

——— 드러나기 전에 핵심을 잘 짚어낸다(사전에 고개 끄덕이기 등)

——— 효율적이다

——— 다른 분야에서의 높은 지적 능력에서 기인한 눈에 띄는 결점이 있다

——— 암산을 잘한다(세금 계산하기 등)

——— 복잡하거나 색다른 아이디어를 곰곰이 생각한다

——— 생각에 빠져든다

——— 머릿속으로 생각하느라 대화를 따라가지 못한다

연관된 생각

——— 총액을 12로 나누면, 세금을 포함해서 각자 22달러씩 내면 돼.

——— 벨 교수님께 커피를 대접하면 양자역학에 대한 교수님의 고견을 들을 수 있겠지.

——— 이 소식지에는 비문이 세 군데나 있어. 왜 제대로 교정을 보지 않을까?

——— 그의 문제를 해결할 방법이 떠올랐다고 빨리 말해주고 싶어!

연관된 감정

——— 자신감, 경멸, 불만스러움, 행복, 자부심, 만족감

긍정적 측면

——— 지적인 인물은 아는 게 많아서 원할 때 필요한 정보를 제공하고, 대부분 문제해결능력이 뛰어나 비상시에 도움을 준다. 정말로 똑똑한 인물은 발군의 연구능력으로 문제의 근원에 도달할 수 있다. 이들은 편향되거나 편견에 빠진 견해들에 미혹되지 않는다. 지적 능력은 매우 존경할 만한 자질이므로, 이들은 때때로 부정적인 자질들에도 불구하고 존경받고 본보기가 된다.

부정적 측면

——— 이런 성격의 인물은 두뇌회전이 빨라서 때때로 이를 따라오지 못하는 사람들에게 절망하거나 경멸할 수도 있다. 이들은 자신이 똑똑하다는 것을 알아서 가볍게 어울리고 싶어하는 사람들에게 자신의 지적 능력 감추기, 능력 이하의 성과 내기, 평범한 사람으로 안주하기 같은 부정적인 행동을 보이기도 한다. 이들은 종종 지적인 면에서만 유독 뛰어나고, 다른 분야에서는 뒤처져 불균형이 발생한다.

영화 속 사례

———— 〈굿 윌 헌팅〉에서 윌 헌팅(맷 데이먼 분)은 잡역부로 살아가지만 사실은 천재다. 그는 사진을 찍듯이 모든 것을 정확하게 기억할 뿐만 아니라, 세계에서 단 몇 사람만 이해하는 수학문제를 풀 능력이 있다. 그는 한계가 없는 명석한 두뇌의 소유자이지만, 과거에 당한 학대로 상처받아 자신의 잠재력을 깨닫지 못한다. 윌은 긍정적 속성과 결점을 절묘하게 조합하면 잊을 수 없는 인물을 만들어낼 수 있음을 보여주는 대표적 사례다.

영화와 문학작품 속 다른 사례

———— 〈뷰티풀 마인드〉(2001)에서 천재 수학자 존 내시(러셀 크로 분), 로버트 오브라이언의 《니임의 비밀》에서 미국 국립정신건강연구소 니임NIMH의 쥐들, 오슨 스콧 카드의 《엔더의 게임》에서 천재 소년 엔더 위긴스

갈등을 유발하는 다른 인물들의 성격

———— 체계 없음, 어리석음, 이상주의, 미성숙함, 무책임함, 게으름, 편견이 있음

지적인 인물을 위한 최적의 시나리오

———— 자신의 지적 능력을 이용하려는 팀에 소속된다

———— 부모가 지나치게 높은 기준과 기대치를 가진다

———— 그릇된 개념이나 편견 때문에 바보로 취급당한다

———— 운과 기회가 큰 변수로 작용하는 환경에서 일한다

———— 자신의 목표를 이루는 데 필요한 다른 기술(예를 들어 세상물정)이 부족하다

⁴⁷ 내성적인 성격

Introverted

정의	범주	유사한 성향
외부세계보다 자신의 정신세계를 더 탐구 하려는 경향이 있음	정체성, 대인관계	자아성찰적, 말수가 없음

성격 형성의 배경

——— 유전적으로 타고났다

——— 자의식이 강하다

연관된 행동

——— 중요한 것을 이야기해야 할 때만 말한다; 잡담을 피한다

——— 사람들과 함께한 후에는 재충전을 위해 혼자 있는 시간이 필요하다

——— 여러 명과 어울리기보다 일대일로 사귀는 것을 좋아한다

——— 자립적이다

——— 규모가 크거나 시끄럽거나 무질서한 행사를 피한다(록 콘서트, 대형 파티 등)

——— 타인의 사생활과 개인 공간을 존중한다

——— 전화나 이메일로 온 메시지를 확인하는 것을 잊어버린다

——— 혼자 있기를 고대하고, 아무것도 하지 않는 시간을 가진다

——— 골똘히 생각한다

——— 천천히 그리고 사려 깊게 말한다

——— 개인 공간이 침범당했을 때 보통 사람보다 더 많이 불편해한다

——— 사람들로부터 숨는다(전화를 안 받거나 방문에 반응하지 않기 등)

—— 행사에서 슬쩍 빠져도 되는 적당한 때를 알기 위해 시계를 본다

—— 파티에서 여기저기 돌아다니기보다 한곳에 머무른다

—— 동료들과 합석하기보다 혼자서 점심을 먹는다

—— 선택받으면 불편해한다

—— 집중력과 주의력이 뛰어나다

—— 먼저 접근하기보다 사람들이 먼저 움직이게 내버려둔다

—— 참을성이 많다

—— 사려 깊다

—— 관찰력이 뛰어나고 이야기를 잘 들어준다(대화에 의미가 있을 때)

—— 생각하고 나서 행동한다

—— 평온하고 고요한 분위기를 좋아한다

—— 자신의 감정을 잘 알지만, 그것을 표현하거나 공유해야 한다고 생각하지
     않는다

—— 곤란하거나 위험한 활동을 피한다

—— 단체 행사나 가족 모임에 빠질 핑곗거리를 생각한다

—— 경쟁적이지 않다

—— 다수의 사람과 가볍게 친하기보다 소수의 사람과 끈끈한 관계를 맺는다

—— 친구를 가려서 사귄다

—— 독서광이다

—— 혼자서 하는 취미와 스포츠를 선택한다(하이킹, 뜨개질, 조류 관찰 등)

—— 어떤 면에서 창의력을 발휘한다

—— 과도한 자극을 받으면 짜증을 낸다

—— 실용적이다

—— 구조와 조직, 시간제한을 잘 인식한다

—— 독특하거나 컬러풀한 옷보다는 단색의 옷을 선택한다

—— 볼륨을 높이지 않고 조용하게 음악을 듣는다

연관된 생각

─────── 딱 1시간만 더 있다 가자, 그 정도면 메리도 흡족해할 거야.

─────── 잡담 소리를 더는 못 듣겠어. 내일은 공원에서 점심을 먹어야지.

─────── 여기는 너무 시끄러워. 루커스에게 다른 레스토랑으로 가자고 해야겠어.

─────── 주말에 일한다고 말하면 가족 모임에 빠질 수 있는 변명으로 충분해.

연관된 감정

─────── 근심, 갈등, 호기심, 방어적, 향수, 평온함, 안도감

긍정적 측면

─────── 내성적인 인물은 이야기를 잘 들어주고 더 깊은 차원에서 공감하므로
사려 깊은 친구가 된다. 이들은 생각하고 나서 말하고 행동하기 때문에
성급함이나 격한 감정으로 인한 어이없는 실수를 하지 않는다. 평온하
고 고요한 분위기에서 기운을 얻고 자주 사색과 반성을 실천한다. 또한
외향적인 사람들이라면 참지 못하거나 감정적으로 격해질 만한 상황에
서 냉정을 잃지 않고 균형을 유지한다.

부정적 측면

─────── 이런 성격의 인물은 사회적 관계를 그럭저럭 처리하지만, 너무 오랫동안
많은 사람과 지내다 보면 에너지가 소진된다. 이 때문에 종종 먼저 자리
를 뜨거나 단체 행사와 모임을 피할 핑곗거리를 찾는다. 혼자 있어야 하
는 이들을 이해하지 못하고, 부끄러움이 많거나 비우호적이거나 거만하
다고 지레짐작하는 사람이 있을 수도 있다. 또한 이런 오해로 선의를 가
진 친구들이 이들을 사교 모임에 억지로 참석시켜 '치료'하려 들 경우 불
행해지고 관계에 균열이 생긴다.

영화 속 사례

─────── 〈록키〉에서 에이드리언 페니노(탈리아 샤이어 분)는 있는지 없는지도 모를 정도로 그늘 속에 숨어 혼자 있기를 좋아한다. 몸매가 안 되면 똑똑하기라도 해야 한다는 엄마의 말이 그녀의 가슴에 콕 박혔기 때문이다. 그후로 에이드리언의 시선은 겉으로 드러나는 모습이 아닌 내면으로만 향한다. 록키가 그녀를 그늘 밖으로 끌어내 온전히 인정하자, 에이드리언은 용기 내어 속마음을 드러내고 자신감을 회복해 다른 누군가에게 감정적으로 공감할 줄 알게 된다.

문학작품 속 사례

─────── 《청바지 돌려 입기》에서 레나 캘리개리스, 스티그 라르손의《밀레니엄》 시리즈에서 천재 해커 리스베트 살란데르

갈등을 유발하는 다른 인물들의 성격

─────── 잘 적응함, 모험심이 강함, 광적, 대범함, 교태를 부림, 감정과잉, 신경과민, 추잡함, 소심함

내성적인 인물을 위한 최적의 시나리오

─────── 밀고 당기기를 하고 싶어하는 누군가에게 관심이 생긴다

─────── 매우 사교적이고 외향적인 가족의 일원이다

─────── 지도자의 역할을 강요받는다

─────── 사생활이나 혼자만의 시간이 거의 허락되지 않는 환경에서 산다

─────── 원하지 않음에도 자신을 대중의 시선 속으로 밀어넣는 명성이나 환호를 경험한다

─────── 다른 식구들과 함께 방을 써야 한다

⁴⁸ 정의로운 성격

Just

정의	범주	유사한 성향
공정심이 매우 강함	정체성, 대인관계, 도덕성	공평함

성격 형성의 배경

——— 옳고 그름에 대한 신념이 확고하다

——— 자라는 동안 불공정함의 희생자였다(부모가 다른 형제자매를 더 좋아했다)

——— 편견이나 부당한 취급을 받았다

——— 선과 악의 대립을 강조하는 종교를 지지한다

——— 공정함이 강조되는 환경에서 자랐다

연관된 행동

——— 부당하거나 편파적으로 얻는 이득을 거부한다

——— 나눈다

——— 사람들을 존중한다

——— 법은 누구에게나 똑같이 적용되어야 한다고 믿는다

——— 불평등을 조장하는 신분체제와 이념을 거부한다

——— 규칙을 준수한다

——— 좋은 관계와 공정성을 강화하는 선을 지킨다

——— 불의가 발생하면 대항한다

——— 이타적이다

——— 속임수나 꼼수를 경멸한다

———— 객관적이다

———— 생각하고 나서 행동한다

———— 인기가 없을지라도 옳은 일을 행한다

———— 윤리적으로 행동한다

———— 사람들을 나이나 성별, 인종과 상관없이 똑같이 대한다

———— 정의가 부족한 곳에서 정의를 요구한다

———— 남들에 대해 뒷말을 하지 않는다

———— 공감능력이 뛰어나다

———— 사람들에게 자신이 하고 싶지 않은 일들을 하라고 요구하지 않는다

———— (법의) 허점이나 누락을 이용하지 않는다

———— 강력한 지도자가 될 능력이 있다

———— 쉬운 일보다 옳은 일을 선택한다

———— 실수를 저지를 때 끔찍한 기분이 든다

———— 모든 사실을 이해하고 나서 판단을 내린다

———— 변화의 동력이 된다(위원회 가입, 선거 출마 등)

———— 약자를 대변한다

———— 다른 사람들을 어떻게 대하는지를 보고 그 사람을 판단한다

———— 희생자에게 감정이입하고, 정의를 실현하기 위해 노력한다

———— 나쁜 행동에 대한 변명을 듣고 싶어하지 않는다

———— 자신이 받은 서비스에 비용을 지불하고, 다른 사람들에게 해주었던 자신의 서비스에도 대가를 받기를 기대한다

———— 약속을 지킨다

———— 불의를 보면 감정적으로 반응한다(비탄에 빠짐, 분노 등)

———— 사람들에게 부정행위에 대해 알려준다

———— 불공정함을 밝힐 수 있다면 누구의 잘못인지 입증하려고 애쓴다

———— 잘못된 것을 바로잡는 데 몰두한다

연관된 생각

─────── 아이들에게 쿠키는 더이상 안 된다고 했으니 나도 더 먹으면 안 되겠지.

─────── 벤은 여기서 근무 연차가 가장 높아. 누군가의 월급이 올라야 한다면 그 건 바로 벤이야.

─────── 가엾은 제리. 형제들이 지독하게 괴롭히는데도 부모가 알아차리지 못한 다니. 옳지 않아.

─────── 이번 주말에는 쉬어도 문제없어. 지난 3주 동안 일했으면 됐어.

연관된 감정

─────── 분노, 경멸, 투지

긍정적 측면

─────── 정의로운 인물은 세상을 흑백논리로 보고 잘못이 바로잡히기를 고대한 다. 이들은 불의에 대항하고 억압받는 사람들을 대변한다. 또 자신의 신 념으로 인해 권력이나 영향력이 막강한 사람들과 충돌하더라도 주저 없 이 옳은 일을 한다. 이들은 신념 때문에 종종 반대쪽의 도전을 받으므 로, 말을 잘하고 자신의 관점을 공격으로부터 지켜낼 수 있다.

부정적 측면

─────── 이런 성격의 인물은 주변의 일들과 감정적으로 동떨어져 있기 십상이 다. 이들은 정의 구현을 향한 욕망으로 인해 쉽게 판단을 내리고 경계 태세에 돌입한다. 만약 모두의 정의를 위해 규칙을 없애야 한다고 믿는 다면, 규칙을 깨뜨려서 역설적으로 불평등에 기여할 수도 있다. 정의로 운 인물이 진실을 호도하는 잘못된 정보를 받아들일 경우 자신이 저울 의 균형을 맞춘다는 잘못된 믿음을 가지기도 한다. 이로 인해 현실에서 더 많은 소란이나 해를 발생하는데도 말이다.

문학작품 속 사례

———— 로빈 후드가 활동하던 시대의 정부는 탐욕스럽고 잔인했다. 자신들의 주머니를 채우려고 부당하게 세금을 걷어 사람들은 가난을 면치 못했다. 로빈 후드는 이런 체제에 분노하지만 냉정을 잃지 않는다. 그는 뜻을 같이하는 이들을 결집해 셔우드 숲을 통과하는 부패한 귀족들의 재물을 빼앗기 시작한다. 그리고 그 재물을 가난한 사람들에게 재분배해 원래 주인에게 돌려준다.

문학작품과 영화 속 다른 사례

———— 《그린 마일》에서 교도관 폴 에지컴, 〈슈퍼맨〉 시리즈에서 슈퍼맨, 〈배트맨〉 시리즈에서 배트맨

갈등을 유발하는 다른 인물들의 성격

———— 다정함, 탐욕스러움, 적대적, 비이성적, 집착이 강함, 반항적, 무모함, 우둔함, 의지박약

정의로운 인물을 위한 최적의 시나리오

———— 친척이 죄를 저지르는 장면을 목격한다

———— 멘토나 믿었던 친구의 거짓말을 잡아낸다

———— 사랑하는 사람이 법을 위반했지만 동기가 순수했음을 알게 된다

———— 자신도 모르게 법을 어겼고, 그 결과를 마주해야 한다

———— 공정한 것이 자신이 옳다고 믿는 것과 상충하는 상황을 마주한다

⁴⁹ 친절한 성격
Kind

정의	범주	유사한 성향
천성적으로 자비로우며 선의가 담긴 태도를 보임	정체성, 대인관계, 도덕성	인정이 많음, 착함

성격 형성의 배경

───── 사랑이 가득한 가정에서 자랐다

───── 사람들에게 강한 동류의식을 느낀다

───── 세상과 사람들에게 고마움과 연대감을 가진다

───── 친절이 사람들을 대하는 옳은 방법이라고 믿는다

───── 봉사하는 데서 희열을 느끼고, 그 경험을 지속하고 싶어한다

───── 과거에 친절함에 감화를 받은 적이 있다

───── 공감능력이 매우 뛰어나다

연관된 행동

───── 도움이 필요한 누군가를 위해 희생한다

───── 자신의 돈과 시간, 자원을 베푸는 데 관대하다

───── 누군가의 말에 관심을 보이기 위해 열심히 귀 기울여 들어준다

───── 누군가에게 도움이 절실히 필요할 때 조치를 취한다

───── 기운을 돋우는 긍정적인 말을 해준다

───── 누군가를 도와주려고 사람들을 결집시킨다

───── 자신에게 도움이 안 될 때도 친절함을 보인다

───── 다른 누군가의 필요를 자신의 필요보다 먼저 생각한다

- 누군가의 좋은 소식에 진심으로 행복해한다
- 상실로 고통스러워하는 사람들에게 애도를 표한다
- 불쾌한 일이 벌어질 때 아량 있게 대처한다
- 참을성이 있다
- 선물을 준다
- 누군가의 꿈을 진심으로 응원해준다
- 남을 위해 문을 잡아준다
- 자주 미소 짓는다
- 유쾌한 표정을 짓고 사람들이 다가올 수 있는 여지를 둔다
- 하루 중 어느 때라도 다른 사람들에게 시간을 내준다
- 친구가 없는 사람들의 친구가 된다
- 웬만하면 기분 좋아지는 말을 한다
- 사람들을 보호하기 위해 애쓴다
- 사람들을 깎아내리기보다 치켜세운다
- 이야기를 잘 들어준다
- 주도적으로 도와준다
- 아무런 이유 없이 누군가의 하루를 기분 좋게 만들어준다
- 다른 사람들의 행동을 용서한다
- 푸대접을 받는 사람들을 보면 슬퍼하거나 분노한다
- 평화적인 수단으로 갈등을 해소한다
- 자신이 가진 것에 만족한다
- 누군가를 다치게 할 수도 있다면 자신의 견해를 발설하지 않는다
- 긍정적인 면을 알아보고 말해준다(칭찬하기, 좋은 날씨라고 말하기)

연관된 생각

- 라쿤들이 또 그랜의 쓰레기통 속에 들어갔나봐. 내가 가서 치워야겠어.
- 우리 집 잔디를 깎으면서 스탠의 집 것도 같이 깎아주는 게 좋겠다.

——— 몰리가 집을 비우는 동안 우편물을 보관해줄지를 물어봐야겠어.

——— 다들 늦게까지 일하느라 까칠해졌어. 브라우니가 사람들의 마음을 달래줄 거야.

연관된 감정

——— 열정, 감사해함, 행복, 사랑, 평온함

긍정적 측면

——— 친절한 인물은 진실한 데다가 베풀기 좋아하는 천성과 긍정적인 태도가 합쳐져 사람들을 매료시킨다. 이들은 관찰력이 있고 타인의 말을 잘 들어주므로 적시에 말로 사람들의 기분을 끌어올리거나 토닥이며 달래준다. 이들 대부분은 어떤 희생을 치르더라도, 언제 어디서나 남을 돕는 것이 자신의 의무라고 여긴다.

부정적 측면

——— 이런 성격의 인물은 관대하게 처신할 줄 알지만 종종 자신에게 되돌아오는 친절에는 당황한다. 친절을 갚으려는 사람들은 선물이나 보답을 거부하는 이들의 태도가 불만스러울 수 있다. 또한 보통 자신에게 도움의 손길이 필요할 때 그것을 거절하거나 인정하려 들지 않아서, 다른 사람들에게서 베풂으로써 기쁨을 맛볼 수 있는 기회를 앗아가버린다. 친절한 인물은 주지만 받지는 않으므로, 자신을 이용하려는 사람들에게 쉽게 조종되고 학대당할 수도 있다.

문학작품 속 사례

——— 《헝거 게임》 시리즈에서 12구역의 남자 조공인 피타는 사람들에게 친절을 베풀고 연민을 느낀다. 모든 사람이 자신만을 위할 때도 그는 변함이 없다. 어린 시절에 구운 빵을 캣니스에게 주다가 두드려 맞은 적이 있는

피타는 캐피톨에 있는 헝거 게임 경기장에서도 전력을 다해 캣니스가 후원자들의 환심을 사도록 돕는다. 이후로도 경기 내내 다른 조공인들의 표적이 되는 캣니스를 지켜준다.

영화 속 사례
——— 〈세인트 엘모의 열정〉(1985)에서 갓 사회에 나온 일곱 명의 대학 동창 가운데 부잣집 딸 웬디 비미시(메어 위닝햄 분), 〈프린세스 브라이드〉(1987)에서 거인 페직(앙드레 더 자이언트 분)

갈등을 유발하는 다른 인물들의 성격
——— 야심만만함, 정직하지 않음, 독립적, 자기중심적, 마음에 상처를 입음

친절한 인물을 위한 최적의 시나리오
——— 친절이 드물고 의심의 이유가 되는 환경에서 살고 있다
——— 자신의 동기가 의심받는 상황을 대면한다
——— 공공연하게 자신의 친절을 이용하는 사람과 팀을 이룬다
——— 이기적인 사람을 다뤄야 한다
——— 문제만 일으킬 것 같은 사람에게 친절해야 한다
——— 자신의 친절을 아무도 원하지 않거나 필요로 하지 않음을 알게 된다

⁵⁰ 충직한 성격

Loyal

정의	범주	유사한 성향
변함없이 헌신함	대인관계, 도덕성	헌신적, 전념함, 몰두함, 충실함, 독실함, 변함없음, 진실함

* 충직의 대상은 사람뿐만 아니라 기관, 제도, 또는 이념일 수도 있다.

성격 형성의 배경

——— 충직함을 경험했고 그 가치를 안다

——— 배신당한 적이 있어서 더이상 배신당하고 싶어하지 않는다

——— 사랑한다

——— 충성이 요구되는 엄격한 군사적 또는 종교적 분위기에서 자랐다

——— 자신보다 충성의 대상이 훨씬 더 중요하다고 믿는다

——— 응징당할까 두려워한다

——— 지극한 고마움을 느끼고, 그런 마음을 표현하고 싶어한다

연관된 행동

——— 록 밴드, 유명인, 운동선수 등에게 팬으로서의 마음을 극단적으로 표출한다

——— 개종(전향)시키려 한다; 더 많은 팬을 끌어들이려 한다

——— 충직을 바치는 대상에 대한 애정을 공유하는 사람들을 찾아본다

——— 충직을 바치는 대상에 대해 끊임없이 이야기한다

——— 충직을 바치는 대상의 눈에 띄거나 자신을 알리려고 애를 쓴다

——— 충직을 바치는 대상에 대한 어떤 부정적인 말도 참지 못한다

——— 충직을 바치는 대상의 취미와 활동에 관심을 가진다

———— 어떤 대가를 치르더라도 충직을 바치는 대상을 보호한다(부정한 행동 모른 척하기, 잘못 덮어주기 등)

———— 충직을 바치는 대상이 가진 욕망과 욕구를 자신의 것보다 더 중요하게 생각한다

———— 엄청난 시간을 충직을 바치는 대상과 같이 보낸다

———— 충직을 바치는 대상이 잘될 거라 믿는다

———— 충직을 바치는 대상의 꿈이나 목표를 성공시키기 위해 조치를 취한다

———— 충직을 바치는 대상에 대해 나쁘게 말하는 누군가를 무시하거나 피한다

———— 자신의 의견이 충직을 바치는 대상과 달라도 지지한다

———— 사람들에게 충직을 바치는 대상에 충성하라고 권유한다

———— 충직을 바치는 대상을 도울 수만 있다면 희생하거나 없이 지내도 괜찮다

———— 오랫동안 멀리 떨어져 지내도 우정을 유지한다

———— 얄팍한 관계가 아닌 깊은 관계로 발전시킨다

———— 충직을 바치는 대상에 맞추기 위해 자신의 계획을 바꾼다

———— 충직을 바치는 대상에 공감을 표한다(애도, 축하, 걱정 등)

———— 충직을 바치는 대상이 이룬 성과에 자부심을 느낀다

———— 충직을 바치는 대상에 봉사하거나 도울 방법을 모색한다

———— 충직을 바치는 대상이 확인해주거나 주의를 기울여주기를 갈망한다

———— 충직을 바치는 대상에 대해 이야기하도록 대화의 방향을 교묘히 조종한다

———— 충직을 바치는 대상에 대해 객관적이지 못하다

———— 충직을 바치는 대상에 맞추기 위해 자신의 일정을 조정한다

———— 때때로 자신이 받은 것보다 많이 쏟아붓는다

연관된 생각

———— 감히 어떻게 그녀에 대해 그런 말을 할 수가 있어?

———— 나는 편하지 않지만, 그녀가 원한다면 당연히 그렇게 해야지.

——— 와. 이번 주말에 드디어 쥘리에트를 보는구나!

——— 도미니크가 정말로 야구를 좋아하나봐. 나도 야구를 시작해야겠어.

——— 그는 참 대단해. 그분이 가시는 곳이라면 어디라도 따라갈 거야.

연관된 감정

——— 흠모, 기대감, 방어적, 열정, 감사해함, 행복

긍정적 측면

——— 충직함은 고귀한 품성이므로 이를 구현한 인물은 사람들의 존경을 받는다. 이들의 헌신은 사람들이 일반적으로 하지 않을 일을 하게 만들어 플롯을 전개시키는 수단이 된다. 충직함이라는 훌륭한 자질을 다른 특성들과 조합하면 당신이 구상하는 인물에게 꼭 맞는 성격이 나올 수 있다.

부정적 측면

——— 맹목적으로 충성하는 인물들은 심지어 개인적으로 동의하지 못할 때조차 그 대상을 지지한다. 진위가 불분명한 상황이라면 이들의 신용도와 평판에 손상을 입으며, 충성의 대상을 지지하려는 마음에서 자신의 욕망과 필요, 이념, 신념을 기꺼이 희생한다. 극단적인 경우 집착이 심해져 건강을 해치고 스스로 생각하는 능력을 잃어버린다.

문학작품 속 사례

——— 《반지의 제왕》 시리즈에서 샘와이즈 갬지의 동력은 하나다. 반지를 운반하는 프로도를 돕고 지켜주는 것. 이를 위해 샘은 목숨을 걸고, 아라고른에게 반기를 들며, 유혹에 빠진 프로도를 감시하고, 또한 프로도가 할 수 없을 때 그를 대신해 반지를 책임지기도 한다. 샘의 충직함은 너무 뿌리 깊어서 희생과 고통이 따를 때조차 신의를 저버리지 않는다.

영화와 문학작품 속 다른 사례

─────── 〈포레스트 검프〉에서 포레스트 검프, 〈굿 윌 헌팅〉에서 윌의 절친한 친
구인 처키 설리번(벤 애플렉 분),《해리 포터》시리즈에서 호그와트 마법
학교의 사냥터지기이자 교수인 루베우스 해그리드

갈등을 유발하는 다른 인물들의 성격

─────── 반사회적, 불충함, 엉뚱함, 탐욕스러움, 위선적, 우유부단함, 이기적

충직한 인물을 위한 최적의 시나리오

─────── 자신의 도덕성에 어긋나는 행동을 하거나 그런 사람에게 충성해야 한다

─────── 자신과 정반대의 필요나 욕구를 가진 사람이나 조직에 충성해야 한다

─────── 배신당한다

─────── 어떤 조직의 원칙과 신념이 고귀하지 않게 변질되는 것을 지켜본다

─────── 자신이 충성을 바치는 대상이 비리나 죄를 저지르는 현장을 목격한다

51 어른스러운 성격

Mature

정의 정신적으로 성숙하거나 지혜로움	범주 성취, 정체성, 대인관계	유사한 성향 노련함

성격 형성의 배경

——— 맏이로 태어났다

——— 어린 나이부터 책임을 떠맡아왔다

——— 지혜의 중요성을 배우고 스스로 생각하도록 교육받았다

——— 자의식이 강하다

——— 외부세계와 그것이 자신과 어떻게 관계 맺고 있는지에 관심이 높다

——— 트라우마를 남기거나 인생을 송두리째 바꾼 사건을 겪었다

——— 매일 생존을 걱정해야 하는 환경에 살고 있다

——— 어른들과 함께 일한다

연관된 행동

——— 자신의 행동에 책임을 진다

——— 자신의 선택이 가져올 결과를 알고 그에 맞춰 행동한다

——— 일에 대해 충분히 생각한다

——— 현명한 조언자를 찾는다

——— 동료 집단의 압력에 지나치게 영향받지 않는다

——— 태도가 진지하거나 고지식하다

——— 미리 계획을 세운다

—— 걱정한다

—— 사람들을 대신해 책임을 떠맡는다

—— 나이대에 맞는 활동을 하지 않는다

—— 놀거나 쉬는 것보다 일에 더 집중한다

—— 또래들과 사귀기 힘들어한다

—— 자신만큼 성숙하지 못한 사람들을 무시한다

—— 또래들을 이끌어나가려 한다

—— 보스 기질이 있다: 네가 하고 싶지 않대도 상관없어. 해야만 해!

—— 위험을 감수한다

—— 자신의 잠재력이나 능력을 넘어서는 직무를 떠맡는다

—— 대담하다

—— 주체적이다

—— 자신감이 있다

—— 참을성이 있다

—— 자신보다 나이가 많은 사람들을 또래처럼 대한다

—— 자제력이 있다

—— 많이 듣고 적게 말한다

—— 상대의 마음이 다치지 않게 말한다

—— 관찰력이 뛰어나다

—— 끼어들기 전에 상황이나 대화를 가늠해본다

—— 결단력이 있다

—— 문제를 합리적으로 규정하고 해결한다

—— 고의적으로 배려하지 않거나 무례하게 굴지 않는다

—— 목표를 세운다

—— 기꺼이 좋아하는 것을 뒤로 미룬다

연관된 생각

─────── 저 사람들은 나를 의지하고 있는데, 실망시킬 수 없어.

─────── 휴가를 가면 좋겠지만, 당장은 그럴 여력이 없어.

─────── 월요일에 쉬면 좋겠지만, 내가 어찌할 수 있는 일이 아니야.

─────── 내 또래의 남자애들은 멍청해. 게임과 여자밖에 관심이 없어.

연관된 감정

─────── 자신감, 결의, 행복, 자존감, 억울해함, 만족감, 걱정

긍정적 측면

─────── 어른스러운 인물은 책임감이 강하고, 신뢰할 수 있으며, 생각이 깊고, 또
래보다 행동에 일관성이 있다. 사려 깊어 보이는 이들은 나이를 뛰어넘
어 자신의 생각을 똑 부러지게 밝히거나 지혜로울 수도 있다. 또한 도덕
적으로 엄격하고 사고력이 발달했다. 이들은 인과관계를 이해하고, 옳
고 그름에 대한 인식에 근거해 결정내리고 행동한다.

부정적 측면

─────── 이런 성격의 인물은 발군의 발전을 이뤄내고 성숙한 전망을 가진 자신
을 기준으로 삼아 다른 사람들을 비판적으로 대할 수 있다. 사람들은
이런 인물을 권위적이라거나, 너무 진지하다거나, 유머감각 또는 즉흥성
이 부족하다고 여길 수 있다. 어린 나이부터 어른스러움을 강요당한 인
물은 자신의 막중한 책임에 억울함과 울분을 느낄 수 있는 반면, 다른
형제자매는 이런 어른스러움을 본받으라고 편드는 어른들을 부당하다
고 생각할 수 있다.

문학작품 속 사례

─────── 《헝거 게임》 시리즈에서 캣니스 에버딘은 아버지가 죽고 어머니가 우울

증에 걸리면서 일찍 철이 든다. 그녀는 어머니와 여동생을 부양하고 또 12구역 사람들에 대해서도 상당한 책임감을 느낀다. 성실하고 독립적이며 고지식한 그녀는 생존을 최종 목표로 정하고, 대부분의 결정을 이에 근거해서 내린다.

문학작품 속 다른 사례

———— S. E. 힌턴의 《아웃사이더》에서 삼형제의 장남인 대리 커티스, 신시아 보이트의 《귀향Homecoming》에서 정신이상자가 된 엄마와 헤어져 동생 셋을 돌보는 사춘기 소년 다이시 틸러맨

갈등을 유발하는 다른 인물들의 성격

———— 카리스마 있음, 흥분함, 어리석음, 우유부단함, 불안정함, 남을 조종함, 무모함, 재치 있음

어른스러운 인물을 위한 최적의 시나리오

———— 미성숙한 자질(충동적, 놀기 좋아함 등)에 유리한 목표를 추구해야 한다
———— 자신보다 철이 안 든 또래들을 따라야 하거나 그들과의 교류를 강요당한다
———— 기분 내키는 대로 재미있게 놀다가 참혹한 결과를 맞는다
———— 부득이하게 일찍 철이 들었고 이에 대해 엄청나게 억울해한다

52 **자비로운** 성격
Merciful

정의	범주	유사한 성향
관대함(관용)을 보임; 인정을 베풀어줌	정체성, 대인관계, 도덕성	동정심이 많음, 너그러움, 인간적

성격 형성의 배경
——— 천성적으로 공감능력을 타고났다
——— 과거에 나약하고 무력했던 적이 있다
——— 옳고 그름에 대한 의식이 확고하다
——— 고통이 완화되기를 바란다
——— 인정을 베풀어준 멘토나 스승이 있다
——— 사람들을 소중하게 여긴다
——— 정의감이 확고하다

연관된 행동
——— 사람들을 용서한다
——— 연민의 마음으로 정의를 실현한다
——— 타인의 입장을 배려할 줄 안다
——— 사람들을 존중하고 공평하게 대한다
——— 곤경에 빠진 사람들을 도와준다
——— 벌을 주기보다 가르침을 주기로 선택한다
——— 사람들에게 성장하고, 배우고, 발전하라고 격려해준다
——— 편견과 선입견이 없다

- 솔선수범한다
- 참을성이 있다
- 원한을 품지 않는다
- 이해하고 위로해준다
- 이야기를 잘 들어준다
- 세부사항에 매몰되지 않고 큰 그림을 본다
- 곤경에 처한 사람들에게 호의를 베푼다
- 어떤 경우에도 변화에 대한 희망을 놓지 않는다
- 생각(마음)이 열려 있다
- 본인이 대접받고 싶은 대로 사람들을 대한다
- 진심으로 진실을 말한다
- 사람들을 깎아내리지 않고 치켜세운다
- 변화를 일으킬 기회를 알아차린다
- 인정 베풀기를 두려워하지 않는다
- 사람들의 행동 이면에 숨은 동기를 알아본다
- 사람들에게 공감한다
- 자아와 개인감정을 한쪽으로 제쳐놓을 수 있다
- 정의 구현이나 처벌하려는 욕구보다 사람들을 돕고 싶은 바람에 따라 행동한다

연관된 생각

- 앤디는 이미 그 일에 대해 엄청 후회하고 있는데, 왜 그를 더 벌하려 하지?
- 집에서 칼라를 어떻게 대하는지 알아. 그러니 나도 그애의 무례를 모른 척할래.
- 세라에게 다시 기회를 줄 거야. 내가 포기하지 않으면 그애도 포기하지 않을 테니까.
- 내가 실패했을 때 리엄은 날 힘들게 했지만, 나는 똑같이 굴지 않겠어.

실패는 가슴 아픈 일이니까.

연관된 감정

───── 갈등, 당황스러움, 감사해함, 죄의식, 희망참, 회한, 만족감, 우울, 동정심

긍정적 측면

───── 자비로운 인물은 이해심과 너그러움이 있어서 사소한 질투나 신랄한 말, 악의 따위는 넘길 수 있다. 이들은 다른 사람들의 실패를 본보기로 삼거나 기뻐하지 않는다. 대신 일이 잘못되었을 때 함께 슬퍼하고, 실수와 형편없는 선택을 하더라도 호의와 용서가 평온을 가져오리라 믿는다.

부정적 측면

───── 이런 성격의 인물은 성취와 성공을 중시하는 사람들에게 나약한 사람으로 여겨진다. 또 이들의 너그러움을 해야 할 일을 하지 않으려는 반항이나 두려움으로 오해하기도 한다. 자비로운 인물이 범법자에게 인정을 베풀 때면 그것을 오해한 사람들은 화를 내고 울분을 드러낸다. 편애에 대한 시비가 일어날 경우 자비로운 인물의 평판이 손상받을 수 있다.

문학작품 속 사례

───── 《레미제라블》에서 디뉴성당의 미리엘 주교는 가석방된 범죄자에게 잠자리를 제공하는데, 그가 주교의 은기를 훔쳐서 달아난다. 경관이 남자를 찾아서 데려오고 절도 혐의로 기소하려 하지만, 주교는 그가 처벌받지 않도록 자신이 은기를 주었다고 주장하며 촛대 세트를 더 준다. 주교의 너그럽고 자비로운 말에 장발장은 정직하게 살아가고 과거를 넘어설 용기를 얻어 결국 그는 수많은 사람에게 자비를 베풀 기회를 갖게된다.

문학작품 속 다른 사례

——— 《반지의 제왕》 시리즈에서 프로도 배긴스

갈등을 유발하는 다른 인물들의 성격

——— 통제가 심함, 잔인함, 비판적, 독선적, 피해망상이 심함, 주눅이 듦, 의심이 많음, 앙갚음을 함

자비로운 인물을 위한 최적의 시나리오

——— 구제할 길이 보이지 않을 정도로 의심스러운 사람에게 자비를 베푼다

——— 지금 자비를 베풀면 나중에 모두에게 고통이 돌아올 상황을 마주한다

——— 다른 사람들이 화를 낼 것을 알면서도 자비로운 판단을 내린다

——— 사람들이 자신의 행동을 평가하고 지도력을 의심한다는 사실을 알고 있다

53 꼼꼼한 성격
Meticulous

정의	범주	유사한 성향
빈틈없고 세심하게 신경을 씀	성취	정확함, 세심함, 치밀함, 주도면밀함, 철두철미함

성격 형성의 배경

——— 완벽주의자다

——— 엄격한 환경과 까다로운 부모 밑에서 자랐다

——— 장애가 있다(강박장애, 거식증 등)

——— 공포증에 시달린다(세균, 실패에 대한 공포 등)

——— 자신과 사람들에게 바라는 기준이 높다

——— 사람들을 실망시키거나 어떤 기준에 도달하지 못할까봐 두려워한다

——— 인정받으려는 욕구가 있다

연관된 행동

——— 업무의 아주 소소한 부분까지 주의를 기울인다

——— 자신의 책임을 엄중하게 받아들인다

——— 언제나 최선을 다한다

——— 자신의 일에 자부심을 가진다

——— 청소와 정리에 과도하게 집착한다

——— 다른 사람들의 일에 일일이 간여한다

——— 머릿속으로 되풀이해서 세부사항을 떠올리고 놓친 것을 잡아낸다

——— 사람들이 동일한 기준을 추구할 때 화를 낸다

- 다른 사람들이 한 작업의 질을 확인한다
- 외모를 단정하게 유지한다
- 물건들이 언제나 제자리에 있어야 하므로 비능률적이다
- 미리 계획을 세운다
- 목록을 만든다
- 변화나 예상치 못한 환경에서 쉽사리 좌절한다
- 일이 제대로 되는지를 이중으로 점검한다
- 빈번하게 미세한 조정이나 조작을 가한다
- 혼자 있기를 좋아한다
- 사람들과 함께 일하는 것을 힘들어한다
- 기대치가 높다
- 원치 않거나 필요 없을 때에도 지시와 충고를 한다
- 사람들이 지루하다고 여길 직업이나 역할에 매진한다
- 반복과 체계에서 평안함을 느낀다
- 행사를 조직하고 활동을 기록하는 데 능하다
- 기억력이 좋다
- 후속 조치를 취하고 점검한다
- 최신 뉴스나 자기 분야의 연구 소식을 놓치지 않는다
- 완벽주의자다
- 마감시한 내에 일을 마치는 것을 좋아한다
- 간결하고 완벽하게 메모를 한다
- 심한 중압감 아래서도 일을 잘해낸다

연관된 생각

- 지금도 괜찮지만, 더 나아질 수 있어.
- 일을 마치려면 여기서 무엇을 더 해야 할까?
- 모두에게 자신들이 어떤 일을 하기로 했는지 확인시켜줘야겠어.

——— 내가 왜 이 사람들이랑 일한다고 했을까? 그저 사람 사귈 생각만 하는 자들인데.

연관된 감정

——— 짜증, 결의, 좌절감, 조바심, 만족감, 잘난 체함

긍정적 측면

——— 꼼꼼한 인물은 자신이 하는 모든 일에서 일정 기준에 닿으려고 애쓴다. 기준을 달성하려는 이들의 결의는 엄격한 직업윤리로 해석할 수 있다. 이런 인물은 신뢰할 만하고, 변화에 대한 거부는 그들을 예측 가능하게 만든다. 이들은 계획을 세우는 데 강하고, 세부사항에 집중하며, 차질이 있어도 끝까지 업무를 완수해내려 헌신한다.

부정적 측면

——— 이런 성격의 인물이 보이는 업무에 대한 집중력은 칭찬받을 만하지만, 만약 삶의 다른 분야를 소홀히 할 경우 소모적으로 끝나버릴 수 있다. 이들은 자신과 남들에게 세운 잣대가 비현실적일 정도로 높을 때가 있는데, 대다수는 사람들이 자신만큼 세심하기를 기대하고 주변 사람들이 기대치에 미치지 못하면 실망하거나 무시한다. 이런 면은 일일이 간여하려는 욕구와 타인에 대한 불신과 결합되어 같은 팀원으로 일하기 어렵게 만든다.

드라마 속 사례

——— 〈오드 커플〉 시리즈에서 펠릭스 엉거는 정리벽이 있고 청소광으로 악명 높다. 그는 요리, 개인위생, 시간 엄수 따위에서도 꼼꼼함을 보인다. 그는 아이들과 전 부인에게도 깔끔을 떨었고, 그의 격한 사랑에 가족은 숨을 쉴 수 없었다. 이혼한 후 돌볼 사람이 필요해진 그의 눈에 지저분한 친

구 오스카가 들어온다.

영화와 드라마 속 다른 사례

——— 〈어 퓨 굿 맨〉에서 제셉 대령(잭 니컬슨 분), 〈명탐정 몽크〉 시리즈에서
에이드리언 몽크

갈등을 유발하는 다른 인물들의 성격

——— 체계 없음, 느긋함, 낭비벽이 있음, 엉뚱함, 잘 잊어버림, 충동적, 의기양양

꼼꼼한 인물을 위한 최적의 시나리오

——— 지저분한 룸메이트와 산다

——— 감으로 일하는 동료와 함께 프로젝트에 착수한다

——— 깨끗하지 않은 호텔에 묵어야 한다

——— 장기간 목욕을 할 수 없거나 옷을 갈아입을 수 없다

——— 무심한 프로젝트 관리자에게 응답을 해야 한다

⁵⁴ 자연주의적인 성격

Nature-Focused

정의	범주	유사한 성향
인공적인 것보다 자연에서 얻은 것을 좋아함; 자연에 순응함	정체성, 대인관계	환경의식이 높음

성격 형성의 배경

———— 농장이나 자급자족하는 집에서 자랐다

———— 환경보호론자이거나 환경운동가인 부모나 그런 롤모델이 있다

———— 자연을 숭배하는 종교나 영적 신앙을 독실하게 믿는다

———— 자연 속에서 충만함을 느낀다

———— 자연주의적 문화권에서 자랐다(아메리칸인디언 등)

연관된 행동

———— 정원을 가꾼다

———— 재활용한다

———— 삶에 높은 가치를 둔다

———— 자연에서 온 것을 구입한다(농산물 직판장에서 장보기 등)

———— 필요한 만큼만 사냥과 낚시를 한다

———— 자연 안에서 또는 근방에서 산다

———— 농사를 짓거나 가축을 기른다; 자급자족한다

———— 모든 살아 있는 생명을 존중한다

———— 삶의 주기에 관심이 있다

———— 지구와 그 안의 생명체들과 영적으로 연결되어 있다고 느낀다

———— 천연식품을 먹는다

———— 영양분에 대한 지식이 상당하다

———— 낭비를 피한다(재사용하고, 다른 용도로 바꾸고, 필요한 만큼만 갖기 등)

———— 통조림과 저장식품을 만든다

———— 하이킹, 등산, 카누 타기 등 야외활동에 참여한다

———— 오염물질과 화학물질을 피한다

———— 유전자변형 종자가 아니라 토종 종자로 농사를 짓는다

———— 인위적인 치료보다 자연치유법을 따른다

———— 명상한다

———— 식욕이 왕성하다

———— 호기심이 강하다

———— 에너지가 넘친다

———— 환경친화적인 교통수단을 이용한다

———— 야외에 있을 때 기운이 넘친다

———— 자연의 아름다움을 깊이 감상한다

———— 야외에서 의미 있는 시간을 보내기 위해 혼자 있고 싶어한다

———— 자신의 몸이 받아들이는 것들에 매우 민감하다

———— 탄소발자국●을 줄이기 위해 자기 생활을 돌아본다

———— 조류를 관찰한다

———— 야외에 있을 때 감각(냄새, 소리, 감촉 등)에 집중한다

———— 행복과 만족감을 느낀다

———— 자연에서 지혜를 구한다

———— 계절의 변화와 그 독특함을 알아차린다

———— 자연을 보호(보존)하고 싶어한다

———— 정원을 가꾸면서 기쁨을 느낀다

● 지구온난화에 영향을 끼치는 이산화탄소를 얼마나 배출하는지 양으로 표시한 것이다.

연관된 생각

——— 내털리의 두통이 가라앉도록 라벤더와 오레가노를 혼합한 차를 끓이자.

——— 이제 5시야? 산에 가려고 일주일을 꼬박 기다렸는데!

——— 도시 외곽으로 이사한다니 정말 좋아. 거기서는 내 마음의 소리를 들을 수 있겠지.

——— 우리 밭에서 딴 토마토가 가게에서 파는 것보다 훨씬 더 맛있어.

——— 재활용을 거부한다니 쓰레기 매립지의 규모를 알고나 있을까?

——— 해가 저무는 모습 좀 봐. 계곡 전체가 붉게 물들고 있어.

연관된 감정

——— 경이로움, 기대감, 호기심, 흥분, 감사해함, 행복, 평온함

긍정적 측면

——— 자연주의적 인물들은 모든 것을 자연의 순리에 따른다. 야외에 있을 때 기운이 나고, 머리가 맑아지며, 더 강한 목적의식을 갖는다. 대지와 그곳에 사는 생명체에 대한 존중은 이들로 하여금 가능한 한 자연세계에 영향을 미치지 않는 선택을 하게 만든다. 이들은 보통 활동적이고 건강에 신경 쓰며, 자신이 섭취하는 것들에 매우 민감하다. 그래서 이런 믿음을 따라 채식주의를 선택하기도 한다.

부정적 측면

——— 자연에 대한 존중이 남다른 인물은 도시적인 삶을 추구하는 친구들이나 가족과 연락을 끊을 수도 있다. 사랑하는 사람들이 이들의 관점을 터무니없다고 생각할 경우 더욱 그렇다. 이들 중 일부는 환경을 보존하기 위해 산업계와 정부의 개발계획에 반대하고, 옹호론자에서 적극적으로 저항하는 파수꾼으로 선을 넘기도 한다. 어떤 사람들은 자연주의적인 삶을 추구하는 나머지 목욕이나 면도, 향수 뿌리기를 거부하면서 나쁜

위생 상태로 인해 대인관계가 힘들어질 수도 있다.

영화 속 사례
——— 〈아바타〉(2009)에서 나비족은 판도라 행성의 자연과 아주 조화롭게 살고 있다. 이들은 머리카락에 모든 동물과 교감할 수 있는 신경네트워크가 있고, 그래서 자신들의 세계를 존중하고 돌보려 한다. 또한 자연과 함께 살아가며 교감하고, 자연에서 지혜를 얻는다. 희귀 광물을 찾으려는 인간들의 위협을 받자 나비족은 자신들의 생명뿐만 아니라 자연 자체를 구하기 위해 싸운다.

문학작품과 영화 속 다른 사례
——— 《반지의 제왕》 시리즈에서 숲을 수호하는 엔트족, 〈포카혼타스〉(1995)에서 인디언 추장의 딸 포카혼타스, 《시간의 수레바퀴》 시리즈에서 늑대와 교감하는 페린 에이바라

갈등을 유발하는 다른 인물들의 성격
——— 파괴적, 부지런함, 무감각함, 잘난 체함, 가벼움, 일중독

자연주의적인 인물을 위한 최적의 시나리오
——— 자연재해나 경제적 파산으로 재산을 잃는다
——— 자연을 파괴하고 낭비해서 나쁜 영향을 끼치는 가족이나 이웃이 있다
——— 원치 않지만 도시로 이사를 가야 한다
——— 야외활동을 즐기지 못하게 막는 조건이 있다(심한 알레르기 등)
——— 자연자원의 보호가 전반적으로 공공에 좋지 않은 상황을 마주한다

⁵⁵ 잘 보살피는 성격

Nurturing

정의	범주	유사한 성향
사람들의 발전과 성공을 바라고 그렇게 만들어줄 능력이 있음	정체성, 대인관계	잘 돌봄, 모성애가 있음

성격 형성의 배경

———— 과거에 다른 사람을 책임지고 보살핀 적이 있다(어린아이, 노약자 등)

———— 큰 사랑을 받고 친절을 경험했다

———— 필요한 사람이 되고 싶어한다

———— 사랑이 충만하다

———— 감사해한다; 자신이 받은 친절에 보답하기 위해 다른 누군가를 보살핀다

———— 천성적으로 사람들을 보살피는 성향이다

연관된 행동

———— 친절하고 용기를 북돋우는 말을 한다

———— 차분한 어조로 말한다

———— 참을성이 있다

———— 온화한 교육방식을 활용한다

———— 부족한 것을 살피고 그것을 충족시킨다

———— 자신이 관심 있어 한다는 것을 보이기 위해 적극적으로 경청한다

———— 누군가의 기본적 욕구를 해결해준다

———— 보호해준다

———— 재빨리 누군가의 편을 들어준다

——— 누군가가 재능이나 선천적 능력을 가진 분야에 정진하도록 격려해준다

——— 지지해준다

——— 언젠가 사랑하는 이들에게 물려주려는 희망으로 비망록을 기록한다

——— 모르는 사람들을 가족처럼 대한다; 손님 접대를 잘한다

——— 자신이 돌보는 사람들에게 일어날 수도 있는 실패나 형편없는 선택을 걱정한다

——— 중요한 행사에 참석한다

——— 애정을 보여준다

——— 사람들이 잘되기를 진심으로 기원한다

——— 정서적 결핍을 알아차리고 그것을 충족시키려 노력한다

——— 상대가 원하는 것이 아닐지라도 그에게 가장 이득이 될 만한 일을 한다

——— 결정을 내려야 할 때 지혜를 제공한다

——— 희생한다; 자신의 것을 부족한 누군가가 가질 수 있도록 내어준다

——— 사람들이 무엇을 필요로 하는지 지속적으로 검토한다

——— 누군가가 위험한 상황에서 벗어나도록 도와준다

——— 자신의 재량껏 할 수 있는 소소한 일들에 기쁨을 표현한다

——— 사람들의 가장 좋은 점을 알아봐주고 사랑을 보여주면 누구라도 변할 수 있다고 믿는다

——— 돌봐주는 대상이 성장하면 자긍심과 만족을 느낀다

——— 누군가가 안전감과 사랑을 느낄 수 있다면 무슨 일이라도 한다

——— 충직하다

——— 자신이 돌보는 사람들을 객관적으로 대하기 어려워한다

——— 자애롭다; 다시 한 번 기회를 준다

——— 사람들을 용서한다

——— 다른 사람이 책임지는 누군가도 자연스럽게 돌봐준다

——— 믿음을 보여주어 사람들이 스스로에게 더 확신을 갖도록 격려한다

연관된 생각

─────── 그애는 착해. 그저 약간의 가르침이 필요할 뿐이야.

─────── 나도 그런 적이 있었지. 어쩌면 내 경험이 그녀에게도 도움이 될 수 있어.

─────── 이따가 쌀쌀해질 것 같은데. 리처드에게 꼭 코트를 챙기라고 해야지.

─────── 나는 너무 큰 사랑을 받았어. 어떻게 하면 이 사랑을 갚을 수 있을까?

연관된 감정

─────── 경배, 경이로움, 행복, 희망참, 사랑, 향수, 만족감, 걱정

긍정적 측면

─────── 잘 보살피는 인물은 대부분 사랑이 넘치고 친절하며 다정하다. 이들은
자신이 책임지거나 돌보는 사람들이 그저 사는 데 그치지 않고 열심히
해서 성공하기를 바란다. 이들은 절실한 상황에 있거나 고통받는 누군
가를 보면 손을 내밀지 않을 수가 없다. 자신의 시간과 돈, 자원을 희생
해서라도 말이다. 다른 사람들이라면 재빨리 판단해버리거나 고정관념
을 따를지 몰라도, 이들은 마음을 열고 무엇이 필요한지와 그것에 대처
하는 능력만 본다.

부정적 측면

─────── 이런 성격의 인물은 때때로 양육본능이 너무 강해서 자신이 돌보는 사
람들의 진짜 모습을 보지 못하고, 또 보려고 하지 않을 수도 있다. 이들
의 사심 없는 태도는 친절함을 이용하려는 이들의 표적이 되기도 하며,
종종 다른 사람들을 돌보는 데 집중하느라 정작 자신은 돌보지 못한다.
또한 자신에게 필요한 것이 있을 때 도움을 청하기 힘들어할 수도 있다.

문학작품 속 사례

─────── 캐스린 스토킷의 《헬프》에서 흑인 가정부 아이빌린 클라크는 평생을 다

른 여자들의 아이를 기르며 보낸다. 그녀는 아이들을 먹이고 배변훈련을 시키며 침대에 눕히고 아플 때는 간호해준다. 사랑과 공감능력이 뛰어난 그녀는 마지막으로 맡은 아이인 메이 모블리도 극진히 보살핀다. 아이빌린은 메이 엄마의 무심함과 방치를 덮어주기 위해 최선을 다한다. 메이에게 삶의 신조가 될 구절을 만들어주고, 사랑에 굶주린 어린 소녀가 말할 수 있을 때까지 되풀이해준다.

영화 속 사례

——— 〈이보다 더 좋을 순 없다〉(1997)에서 식당 웨이트리스 캐럴 코널리(헬렌 헌트 분), 〈해리 포터〉 시리즈에서 론의 엄마 몰리 위즐리

갈등을 유발하는 다른 인물들의 성격

——— 퉁명스러움, 독립적, 짓궂음, 애정결핍, 이기적, 고마워할 줄 모름

잘 보살피는 인물을 위한 최적의 시나리오

——— 사랑이 필요하지만 그것을 받아들이거나 갚을 줄 모르는 누군가를 만난다
——— 누군가를 포용한 일에 대해 비난당하고 평가를 받는다
——— 자신의 능력을 넘어서는 도움이 필요한 누군가를 알게 된다
——— 회복할 수 없을 만큼 큰 상처를 입은 누군가를 보살펴야만 한다
——— 정부 당국이 거부한 누군가를 돌봐주고 싶어한다

⁵⁶ 순종적인 성격
Obedient

정의	범주	유사한 성향
권위에 고분고분하게 따름	성취, 대인관계, 도덕성	유순함, 순응함, 충실함, 고분고분함, 말을 잘 들음, 품행이 바름

성격 형성의 배경

———— 천성적으로 복종한다

———— 권위를 존중하는 것의 중요성을 배웠다

———— 사회에서 권위가 가진 가치를 보았다

———— 응징당할까 두려워한다

———— 기쁨을 주고 싶은 욕구가 있다

———— 규칙을 준수하면 보상이 있으리라 믿는다

———— 공명정대함에 대한 의식이 강하다

———— 질문하거나 독자적 생각을 내보인 사람들이 처벌받는 모습을 보았다

———— 복종을 강요하는 엄격한 군사적 또는 종교적 분위기에서 자랐다

———— 감사해하고 충직하다; 과거에 한 일 때문에 누군가에게 복종한다

연관된 행동

———— 명령을 즉시 따른다

———— 매뉴얼을 잘 읽어본 후에 물건을 조립한다

———— 권위자들의 조언을 갈망한다

———— 권위자들이 진심으로 최선을 다하리라 믿는다

———— 개인적인 의구심에도 불구하고 명령이나 규칙을 준수한다

——— 행동을 취하기 전에 먼저 승인을 받는다

——— 모든 사람이 사회를 움직이는 데 나름의 역할을 한다고 생각한다

——— 협동을 잘한다

——— 업무를 효율적으로 수행한다

——— 더욱 거대한 무언가가 작동하고 있음을 믿고, 그것에 감사함을 느낀다

——— 질서를 존중한다(방을 깨끗하게 유지하기, 정리정돈하기 등)

——— 불편하더라도 규칙을 준수한다(제한속도, 통금시간 등)

——— 사람들에게 규칙을 따를 것을 권유한다

——— 혼자서 힘든 결정을 하지 않아도 되는 것에 안도감을 느낀다

——— 순응하지 않는 사람들을 고자질한다

——— 규칙을 따르지 않은 사람들이 처벌을 면할 때 분통해한다

——— 책임을 맡은 사람들의 기대치를 알고 싶어한다

——— 안전하고 보호받는 기분을 느낀다

——— 법을 준수하는 시민이다

——— 직장이나 학교에서 책임을 끝까지 완수한다; 믿음직하다

——— 위계가 엄격한 조직이나 모임에 가입한다

——— 충직하다

——— 권위자에게 공손히 말한다

——— 사람들이 권위자에게 의문을 품을 때 불편한 기색을 드러낸다

——— 권위자가 일반적이지 않거나 신뢰할 수 없는 어떤 일을 할 때 혼란을 느낀다

——— 일관성이 있다

——— 동료들의 인정보다 권위자의 승인을 갈구한다

——— 쉽게 겁먹는다

——— 안 지켜도 그만인 규칙을 어길 때조차 두려워한다

——— 규칙을 어기다가 발각되었을 때 수치심을 느낀다

——— 다른 순종적인 사람들과 어울리기로 한다

연관된 생각

——— 말도 안 되는 규칙이지만 나는 어쨌든 따를 거야.

——— 엄마가 하라고 했으니까, 해야겠지.

——— 모든 사람이 규칙을 따른다면 아무런 문제도 일어나지 않을 텐데.

——— 업무를 정말로 잘해냈어. 에밀리가 준 매뉴얼을 따른 덕분이야.

연관된 감정

——— 행복, 무관심함, 견딤, 만족감

긍정적 측면

——— 순종적인 인물은 충직하고 믿음직스럽다. 의지할 수 있고 책임감이 강하며 예측 가능한 이런 인물들은 보통 문제를 일으키지 않고 들은 대로 행한다. 사회의 질서에 대한 믿음이 이들을 강직한 시민으로서 처신하게 한다.

부정적 측면

——— 이런 성격의 인물은 순응의 이유가 무엇이든 간에 스스로 생각하는 것이 어려울 수 있다. 이는 좋은 일뿐만 아니라 나쁜 일에 악용될 소지가 있다. 지극히 순종적인 인물은 단지 자신이 믿는 누군가의 요구라는 이유만으로, 결코 하지 않을 일까지도 한다. 일단 책임자들에게 충성을 맹세하고 나면, 심지어 그들을 의심해야 하는 상황에서도 책임자들을 믿어야 할지 말지 고민에 빠진다.

문학작품 속 사례

——— 로알드 달의 《찰리와 초콜릿 공장》에서 찰리 버킷은 가난하고 어려운 가정환경에서도 희망이 넘치며 순종적인 소년이다. 그가 참가한 윙카공장 견학에는 다른 당첨자들이 주저 없이 조롱하는 이상한 규칙들이 포

함되어 있다. 하지만 찰리는 들은 대로 하고 결국 착한 행동에 대한 보상을 받는다.

영화와 드라마 속 사례
——— 〈스타워즈 에피소드 4: 새로운 희망〉(1977)에서 다스 베이더, 〈멘탈리스트〉 시리즈에서 그레이스 밴 펠트, 〈판의 미로: 오필리아와 세 개의 열쇠〉(2006)에서 오필리아(이바나 바쿠에로 분)

갈등을 유발하는 다른 인물들의 성격
——— 모험심이 강함, 통제가 심함, 자유로운 영혼, 지적, 짓궂음, 관찰력이 뛰어남, 반항적, 억울해함, 말썽을 피움, 이기적, 멍청함, 의심이 많음

순종적인 인물을 위한 최적의 시나리오
——— 자신의 도덕관념에 어긋나는 일을 하라는 명령을 받는다
——— 권위자의 동기나 성격에 문제가 있음을 알게 된다
——— 선생님에게 복종하는 한편 동급생들에게도 동조하고 싶은데, 이 둘의 이해관계가 충돌한다
——— 권위에 대한 조롱을 일삼는 독립적인 사상가와 짝을 이룬다
——— 상충되는 요구를 하는 두 명의 권위자를 만난다

57 객관적인 성격
Objective

정의	범주	유사한 성향
편견이나 편애가 전혀 없음; 명석하게 생각함	성취, 대인관계	공정함, 선입견이 없음

성격 형성의 배경

——— 공정심과 평등의식이 확고하다

——— 다양한 형태의 지식에 대한 감식안이 있다

——— 경험의 가치를 존중한다

——— 진실을 추구한다

연관된 행동

——— 자기감정을 잘 조절한다

——— 결정을 내리기 전에 다각적인 관점에서 문제를 바라보고 싶어한다

——— 편견을 분별해낼 수 있고, 따라서 그것을 배제하고 생각할 수 있다

——— 문제의 연원에 닿기 위해서 고군분투한다

——— 다른 사람의 말을 듣는 능력이 발달했다

——— 자신이 완벽하게 이해했는지 확인하고자 질문한다

——— 서둘러 결론짓거나 어림짐작하지 않는다

——— 협상능력이 뛰어나다; 사람들에게 은밀히 영향을 미치는 방식으로 말한다

——— 매우 논리적이고 이성적이다

——— 감정을 제쳐두고 중립적인 관점을 견지한다

—— 감정을 배제할 수 있을 때까지 기다렸다가 결정한다

—— 필요한 경우 우정을 제쳐두거나 편견을 막기 위해 사람들과 거리를 둔다

—— 관찰력이 뛰어나다

—— 개인적 편견이 끼어들 수 있는 상황을 피한다(가족을 의뢰인으로 삼지
않기 등)

—— 언제나 최고의 해결책을 강구한다

—— 이따금씩 참여하기보다 관찰하기를 선호한다

—— 정보를 연구하고 수집하는 데 시간을 들인다

—— 자신의 약점을 바라보고 인정할 수 있다

—— 수동적으로 행동하지 않는다; 침착한 태도를 유지한다

—— 모든 측면에서 사실을 보고한다

—— 관여된 모든 사람의 '입장'을 이해할 수 있다

—— 의견을 억누르고 사실만을 보고한다

—— 이해했음을 보여주기 위해 반대쪽의 관점을 명확히 설명할 수 있다

—— 브랜드만 보거나 전형적인 것에 투자하지 않는다

—— 어떤 결과가 나올지에 상관없이 상황을 새로운 관점으로 바라본다

—— 어떤 사실도 빼놓지 않는다

—— 해석을 덧붙이지 않고 일어난 그대로 정확하게 기술한다

—— 직관이나 직감에 기대지 않는다

—— 평가하지 않는다

—— 최소한의 혼란이나 스트레스를 주는 사소한 실망감을 처리한다

—— 정신을 명료하게 유지한다

—— 환심을 사려는 사람들을 피한다

—— 정직하고, 다른 사람들의 정직을 중요시한다

—— 매일의 생활에서 감정을 공공연히 드러내지 않는다

—— 천성적으로 내성적이다

—— 짜증이나 화를 잘 내지 않는다

─── 명상을 한다

─── 두려움이나 감정의 기복에 휘둘리지 않는다

연관된 생각

─── 질문하기 전에 모두에게 몇 분 동안 마음을 진정시킬 시간을 줘야겠다는 생각이 드네.

─── 앨런의 누나가 관련되어 있으니 나 말고 다른 누군가가 중재해야 해.

─── 친환경 농사를 잘 모르니까 뛰어들기 전에 더 많이 알아봐야겠어.

─── 사고 상황을 간략하게 그림으로 그리면 어떤 일이 있었는지 경찰관들이 더 잘 이해하겠지.

─── 견해가 아니라 사실에 집중하면 분명 논리적인 해결책을 찾을 수 있어.

연관된 감정

─── 결의, 만족감, 공감, 불확실함

긍정적 측면

─── 객관적인 인물은 변덕스러운 상황에서 감정을 배제하고 훌륭한 조언자 역할을 한다. 이들은 문제가 발생하면 제시된 사실에 기초해 올바른 해결책을 찾아내려 전력을 다하고, 결정을 내릴 때 차분히 조사해 정보를 수집하기 때문에 사람들의 존경을 받는다. 심지어 가족이나 친구가 관련되었을 때도 객관적인 인물의 조언에는 무게가 실리기 마련이다.

부정적 측면

─── 가족이 연루되었을 때 객관성은 축복이자 저주일 수 있다. 편파적이지 않은 인물은 그 상황에서 자신의 감정을 분리해내기 어렵지 않지만, 그를 사랑하는 사람들은 이를 개인적으로 받아들이거나 배신감을 느낄 수 있기 때문이다. 또한 어떤 상황은 이런 자질을 가진 인물에게 적합하

지 않은데, 특히 빨리 조치를 취해야 하는 경우에 그렇다. 모든 사실을 다 알아야 하는 특성 탓에 이들이 결정에 도달할 즈음 기회는 이미 날아가버렸을 수 있다.

드라마 속 사례

——— 〈빅뱅이론〉 시리즈에서 에이미 파울러는 천성적으로 객관적이라 신경생리학자로 제격이다. 그녀는 자신의 감정을 잘 다스리고 당면한 사안의 본질을 꿰뚫는 질문을 한다. 또한 관찰력이 매우 뛰어나 직감이나 감정에 휘둘리지 않고 정보에 기초해 진실을 파악한다. 그녀는 개인적인 문제조차 감정을 배제한 채 논리적으로 접근해 해결하려 든다.

영화 속 사례

——— 〈배트맨〉 시리즈에서 배트맨의 장비를 만든 루시어스 폭스, 〈미저리〉(1990)에서 보안관 버스터(리처드 판스워스 분)

갈등을 유발하는 다른 인물들의 성격

——— 잘 잊어버림, 어색해함, 남을 조종함, 감정과잉, 개인주의, 산만함, 말이 안 통함, 비사회적, 진실하지 않음

객관적인 인물을 위한 최적의 시나리오

——— 희생자가 되고 나서 그 사건들을 공정하게 재검토하기 위해 노력한다
——— 본능적으로 무언가 잘못되었음을 알지만 그것을 증명할 길이 없다
——— 사실과 법이 정의를 실현하지 못하는 상황에 연루된다
——— 사람들을 보호하는 동안 자신의 감정을 억누르려 애쓴다

⁵⁸ 관찰력이 뛰어난 성격
Observant

정의	범주	유사한 성향
세심하게 주의를 기울여 살펴봄	성취, 대인관계	주의력이 뛰어남, 예리함, 눈썰미가 좋음

* 관찰력은 무언가를 알아차리는 능력을 일컫는 반면, 통찰력은 이해하고 관찰한 것에서 깨달음을 얻는 능력을 포함한다. 이 둘은 밀접히 관련되어 있지만 완전히 일치하지 않고, 또한 이 두 가지가 언제나 동시에 발현되는 것도 아니다.

성격 형성의 배경

———— 오지랖이 넓다

———— 수줍음이 많다; 직접 참여하기보다 관찰을 통해 간여한다

———— 호기심이 강하다

———— 매우 지적이고 쉽게 지루해한다

———— 중요한 무언가를 놓칠까봐 두려워한다

———— 편집증이 있다

연관된 행동

———— 누군가의 기분이 바뀐 것을 잘 알아차린다

———— 누군가 헤어스타일을 바꾸거나 새 옷을 입으면 그에 대해 말해준다

———— 온갖 대화를 엿듣는다

———— 사람들을 관찰한다

———— 누군가의 신경성 경련이나 버릇을 알아차리고 괜찮은지 물어본다

———— 동급생이나 동료들이 하루 종일 한 일을 정확하게 보고한다

———— 다른 사람들이 놓칠 수 있는 세부사항을 알아차린다

———— 삼재적 위험을 사진에 알아본다

———— 방에 들어서자마자 한눈에 파악한다

─── 기억력이 좋다

─── 감각이 예민하다

─── 조심성이 많다

─── 한참 전에 말했던 것을 정확하게 똑같이 반복한다

─── 안전과 예방 조치를 진지하게 고려한다

─── 어떤 세부사항들을 경계한다(누군가가 무장을 했는지 아니면 의심스러운 지 등)

─── 내부의 경고에 주목하고 그에 따라 조치를 취한다

─── 헤매거나 공상하는 버릇이 없이 정신을 집중한다

─── 딴짓(독서, 인터넷 서핑 등)을 하지 않고 관찰에 집중한다

─── 운전할 때 다른 행동으로 산만해지지 않는다

─── 건물에 들어서면 즉시 비상구를 확인한다

─── 서두르지 않는다

─── 사람들의 눈을 똑바로 쳐다본다

─── 보디랭귀지와 얼굴 표정에 유의한다

─── 누군가가 말할 때 더듬는다거나 어조, 단어 선택을 해석한다

─── 참견하기 좋아한다

─── 언제나 무슨 일이 벌어지는지 알 수 있도록 원인과 결과에 주의를 기울 인다

─── 엎질러지거나 발에 걸려 넘어질 수도 있는 물건들을 조심히 치워놓는다

─── 자신의 물건들이 어디에 있는지 항상 알고 있다

─── 반복되던 패턴이 깨질 때를 알아차린다(동료의 잦은 부재, 사라진 열쇠 등)

─── 방 전체를 볼 수 있도록 등을 벽에 대고 앉는다

─── 자신의 몸을 자주 살펴서 질병의 신호를 알아차린다

연관된 생각

─── 데니즈가 머리를 잘랐네. 멋진데!

——— 저 남자는 왜 내 차 옆에서 얼쩡거리는 거지?

——— 캐시 이모가 가구를 재배치했구나.

——— 매기가 슬퍼 보이던데, 무슨 일이 있었는지 알아봐야겠어.

연관된 감정

——— 경이로움, 호기심, 불안감, 신중함, 걱정

긍정적 측면

——— 관찰력이 뛰어난 인물은 다른 사람들이 놓친 것들을 짚어낸다. 사람들은 대부분 누군가 봐주기를 바라므로 이들의 관심에 기분이 좋아질 수밖에 없다. 이들은 또한 작가에게는 중요한 세부사항을 독자에게 알려주는 믿음직한 관찰자가 될 수 있다. 뒤로 물러나서 누군가 위험한 상황에 빠지거나 의도적으로 해를 끼쳐도 놀라지 않고 관찰을 계속하기 때문이다. 이런 명민한 성격 덕분에 이들은 종종 사전에 위협을 감지하고 자신과 다른 사람들을 구해낸다.

부정적 측면

——— 이런 성격의 인물은 종종 오지랖 넓게 아무 일에나 참견한다. 그의 주목을 원치 않는데도 엿듣고 상황을 염탐하거나 상황의 일부만 알고 그릇된 결론을 도출하기도 한다. 이들은 자신이 수집한 정보로 잘못된 판단을 내릴 위험이 있다. 이들 중 다수는 은밀하게 행동하지만, 일부는 그렇지 않아서 사람들을 불편하게 만들기도 한다.

문학작품 속 사례

——— 《셜록 홈스》 시리즈의 셜록 홈스는 매사에 혜안을 가진 듯 보이지만, 사실은 명민한 관찰자에 가깝다. 그는 주변 상황을 꼼꼼하게 살필 뿐만 아니라, 관찰한 세부사항을 조합해 다른 사람들이 놓친 것들을 알아낸다.

문학작품과 영화 속 다른 사례

——— 《본 컬렉터》에서 아멜리아 색스 경관, 〈터미네이터〉 시리즈에서 터미네이터

갈등을 유발하는 다른 인물들의 성격

——— 흥분함, 부주의함, 게으름, 피해망상이 심함, 산만함, 감수성이 풍부함, 비사회적

관찰력이 뛰어난 인물을 위한 최적의 시나리오

——— 자신의 관찰력을 약화시키는 어떤 것(약물 복용, 수면 부족 등)에 방해를 받는다

——— 변화를 추적하기가 불가능한 무질서하고 변화무쌍한 환경에서 산다

——— 통찰력이 결여된 채 열심히 관찰만 한다(자신의 관찰 내용에서 결론을 끌어내지 못한다)

——— 끔찍한 기억이 있다; 자신이 관찰한 내용들을 기억해내지 못한다

⁵⁹ 낙천적인 성격
Optimistic

정의 가능한 최고의 결과를 기대함; 가장 긍정적인 면을 봄	범주 정체성, 대인관계, 도덕성	유사한 성향 희망참, 긍정적, 낙관적

성격 형성의 배경

——— 사람은 본디 선하고, 선의를 가지고 있다고 믿는다

——— 자신이 믿는 대로 이루어진다는 철학에 따라 살아간다

——— 순진하다

——— 부모가 과잉보호를 했다

——— 불쾌한 것들을 인정하거나 신뢰하고 싶어하지 않는다

——— 인생의 문제들을 상대적으로 하찮아 보이게 하는 더 큰 목적에 집중한다

연관된 행동

——— 최선의 것을 전제로 한다

——— 행복하게 잠에서 깨어나고 만족한 채로 잠든다

——— 미소 짓고 잘 웃는다

——— 행복한 표정을 짓는다

——— 새로운 업무에 열정적으로 임한다

——— 어려운 일을 맡으면 배우고 성장할 발판으로 삼는다

——— 긍정적이다

——— 사람들을 신뢰한다

——— 나쁜 상황에서도 좋은 점을 찾아내어 말한다

——— 관대하다

——— 좋은 결과 외에는 어떤 가능성도 고려하지 않는다

——— 친절하고 용기를 북돋우는 말을 한다

——— 평화주의자다

——— 무엇이 오든 간에 미래를 기대한다

——— 목적을 가지고 움직인다; 마지못해 움직이거나 게으르지 않다

——— 지루해하거나 노닥거리지 않는다; 시간을 의미 있게 쓸 방법을 찾는다

——— 불평하지 않는다

——— 소소한 행복을 찾는다

——— 부정적인 것에 연연하지 않는다

——— 어려운 상황이 일시적이며 지나갈 것이라고 생각한다

——— 유머감각이 뛰어나다

——— 상황을 있는 그대로 받아들인다

——— 소소한 일에 신경 쓰지 않는다

——— 삶이 가치 있다고 믿는다

——— 늘 부정적인 사람들을 멀리한다

——— 걱정하지 않는다

——— 해피엔딩으로 끝나는 책과 영화를 좋아한다

——— 실수를 배움의 기회로 생각한다

——— 가교 역할을 한다; 사람들이 자신의 행복을 나누어 가지기를 바란다

——— 지지해준다; 목표와 꿈을 좇는 사람들을 격려한다

——— 가끔의 좌절은 성공을 더 의미 있고 만족스럽게 만든다고 믿는다

연관된 생각

——— 이건 일시적 현상이야. 곧 상황이 나아질 거야.

——— 손자들을 다시 돌본다고 생각하니 흥분되네.

——— 그가 변호사 시험에서 떨어졌다니 정말 안 됐어. 다시 도전하면 분명 합

격할 거야.

——— 오늘은 어떤 멋진 일이 생기려나?

——— 정말로 아름다운 세상이야.

연관된 감정

——— 경이로움, 기대, 열정, 환희, 흥분, 감사해함, 희망참, 평온함

긍정적 측면

——— 낙천적인 인물이 곁에 있으면 대부분 분위기가 밝아진다. 평화주의자인 이들은 행복을 지키고 사람들과 좋은 관계를 유지하려 애쓰므로, 분쟁을 잘 일으키지 않는다. 이들의 긍정적 분위기는 사람들에게 전염되고 더 많은 긍정을 부른다. 이들은 때때로 공손함, 연민, 협상능력 같은 다른 존경할 만한 자질을 겸비한다. 반대론자들로 가득한 세상에서 낙천주의자는 빛과 희망을 가져오고, 곤경에 처한 당신의 주인공에게 피난처가 되어줄 것이다.

부정적 측면

——— 이런 성격의 인물 가운데 일부는 현실이 아니라 긍정성을 택하면서 있는 그대로의 현실을 받아들이려 하지 않는다. 이로 인해 비현실적으로 변하고 행동성이 떨어진다. 심각한 상황에서 이들의 근거 없는 희망은 쉽게 꺾이고, 그렇게 되면 순진하고 비논리적이라는 비판을 받으면서 신뢰를 잃는다. 극단적인 낙천주의자는 최악의 시나리오에 대처할 준비가 전혀 되어 있지 않고, 따라서 곁에서 그를 지켜보는 이들에게 짐이 될 수 있다.

문학작품 속 사례

——— 엘리너 포터의 《폴리애나Pollyanna》에서 고약한 이모와 함께 사는 고아

폴리애나 휘티어의 삶은 안락함과는 거리가 멀다. 하지만 그녀는 아버지와 함께하던 글래드 게임Glad Game을 통해 어떤 상황에서도 긍정적인 면을 발견한다. 낙천적인 태도를 가진 폴리애나의 이름은 보통명사로 사전에도 등재되어, 오늘날 폴리애나는 극단적인 낙천주의자를 일컫기도 한다.

영화와 문학작품 속 다른 사례
——— 〈마법에 걸린 사랑〉에서 지젤,《빨간 머리 앤》에서 앤 셜리

갈등을 유발하는 다른 인물들의 성격
——— 정직함, 대립을 일삼음, 비관적, 강압적, 억울해함, 말썽을 피움, 미신을 믿음

낙천적인 인물을 위한 최적의 시나리오
——— 결코 좋은 결과를 바랄 수 없는 상황을 맞는다
——— 모든 것을 질문하는 과도하게 지적인 인물이나 의심이 많은 인물과 짝을 이룬다
——— 의심을 부르는 환멸에 빠져 괴로워한다(사랑하는 사람의 배신 등)
——— 현실을 바로 보고 자신의 낙관주의를 포기해야 하는 상황을 마주한다
——— 낙천주의자를 현실에 눈뜨게 하는 것이 의무라고 믿는 냉소주의자들에게 둘러싸인다
——— 자신의 낙천성을 앗아가는 정신질환(예를 들어 우울증)이 악화된다

60 조직적인 성격
Organized

정의	범주	유사한 성향
일이나 행동에서 앞뒤가 맞고 체계가 서 있음	성취	질서 정연함, 정돈됨, 틀이 잡힘, 체계적

성격 형성의 배경

——— 효율적이고 싶어한다

——— 쉽게 패하는 상황을 보완하려 한다

——— 책임감이 매우 강하다; 사람들을 실망시키고 싶어하지 않는다

——— 매우 질서 있고 체계 잡힌 환경에서 자랐다

——— 강박장애나 그와 비슷한 장애가 있다

연관된 행동

——— 행사 일정을 미리 잘 세워둔다

——— 세부사항을 중시한다

——— 작업 공간을 깔끔하게 유지한다

——— 업무나 일정을 관리할 시스템을 도입한다

——— 이메일과 메시지를 자주 확인한다

——— 시간 관리를 잘한다

——— 동료들과 분명하고 빈번하게 소통한다

——— 사람들과 과도하게 연락하고 소통한다

——— 장애와 실패를 예측해본다

——— 사람들에게 일일이 간여한다

—— 업무를 사람들에게 위임한다

—— 목록을 만든다

—— 자신의 능력을 알고 그에 따라 일정을 세운다

—— 목적지에 일찍, 아니면 제시간에 도착한다

—— 일정을 지킨다

—— 달력에 일정을 표시한다(생일, 기념일, 공휴일 등)

—— 모든 것에 있을 자리를 정해두고, 제자리에 둔다

—— 사람들이 물건들을 제자리로 가져다놓지 않으면 불평한다

—— 남들도 단정하고 질서 정연하기를 기대한다

—— 강박적으로 물건을 정리하고 제자리에 놓는다

—— 해야 할 일의 목록이 수두룩하다

—— 정리하고 수납 도구를 사는 데 돈을 쓴다(컴퓨터 프로그램, 쓰레기통, 수
납 용기, 분류 서류철 등)

—— 일이 혼란에 빠지면 불안해한다

—— 심지어 명확하지 않은 일과 상황까지 정리해둔다(보존 파일들, 지하실,
다락방 등)

—— 일이 순조롭게 진행되는 것을 파악하면 안도감을 느낀다

—— 단계별로 연속해서 생각한다

—— 목록에서 항목을 지워나갈 때 만족해한다

—— 질서가 없는 행사와 모임을 조직적으로 만들려고 노력한다

—— 시간을 매우 중요하게 여긴다

—— 이메일과 휴대전화의 문자메시지를 자주 확인한다

—— 자신이 한 질문에 제때 답이 오지 않으면 조바심을 낸다

연관된 생각

—— 이 일을 하기 위해서는 체계가 필요해.

—— 사람들은 왜 물건을 제자리에 가져다놓지 않는 걸까?

——— 생활용품점이네. 내가 지상에서 제일 좋아하는 곳이지.

——— 내 한 인 목록에서 몇 가지를 지울 시간이나!

연관된 감정

——— 짜증, 평온함, 자부심, 만족감

긍정적 측면

——— 조직적인 인물은 일을 순조롭고 능숙하게 진행한다. 세부사항과 계획을 미리미리 꼼꼼히 챙기면서 어떤 것도 놓치지 않는다. 이들은 믿을 수 있고, 사람들을 실망시키면 책임감을 느낀다. 또한 근면하고 악착같이 일해서 덜 조직적인 사람들이 놓칠 수 있는 중요한 세부사항까지 챙긴다. 이런 점에서 이들은 조연으로서 적역이다.

부정적 측면

——— 이런 성격의 인물은 세부적인 것에 너무 집중하는 성향 때문에 우선순위가 흔들리면서 큰 그림을 놓칠 수 있다. 질서를 향한 욕구 때문에 이들은 다루기 힘든 상황에서 집중하기 어려워해 이상적이지 않은 환경에서는 효율성을 제대로 발휘하지 못한다. 또한 정리에 대한 열의가 없거나 다른 방법으로 정리하고 싶어하는 사람들과 함께 일할 때면 갈등을 겪는다.

영화 속 사례

——— 제2차 세계대전의 실화를 바탕으로 만든 〈대탈주〉(1963)에서 로저 바틀릿 중대장(리처드 애튼버러 분)은 조직력 측면에서 가히 천재적이다. 그는 가장 경계가 삼엄하다는 포로수용소인 스탈라크 루프트 3을 탈출하는 야심찬 계획을 주도한다. "빅 엑스"라고도 불리는 바틀릿은 역사상 가장 유명한 전쟁포로 탈출 계획을 세운다. 그는 부하들의 도움을 받

아 비밀리에 여러 개의 땅굴을 파고 이때 나온 엄청난 양의 흙더미를 조금씩 몰래 버리며, 200명이 넘는 포로들에게 민간인의 옷과 가짜 신분증을 만들어준다. 그는 이 모든 일을 철통같은 독일 헌병대의 코앞에서 해낸다.

영화 속 다른 사례
———— 〈쉰들러 리스트〉에서 이츠하크 스턴(벤 킹즐리 분), 〈미트 페어런츠〉(2000)에서 잭 번스(로버트 드니로 분), 〈스텝맘〉(1998)에서 재키 해리슨(수전 서랜던 분)

갈등을 유발하는 다른 인물들의 성격
———— 예술적, 체계 없음, 느긋함, 엉뚱함, 어리석음, 잘 잊어버림, 충동적

조직적인 인물을 위한 최적의 시나리오
———— 체계적이지 못한 사람들과 같은 팀이 된다
———— 자신이 익숙하게 활용하던 도구와 용품 없이 조직하고 정리해야 한다
———— 개인 공간을 존중하지 않는 환경에서 산다
———— 과도하게 간여해서 모든 것을 조직하기가 사실상 불가능한 상황이다

61 격정적인 성격

Passionate

정의	범주	유사한 성향
열렬하거나 이를 표현함	성취, 정체성, 대인관계	성실함, 열렬함, 열성적

성격 형성의 배경

—— 어떤 것에 대해 열렬한 감정을 느낀다

—— 자신의 감정을 잘 파악하고 있으며 이를 받아들인다

—— 어떤 사람이나 관계, 이상, 조직에 충성을 바친다

—— 기분장애, 성격장애, 충동조절장애가 있다

—— 마약을 하거나 술을 마신다

—— 옳은 일을 위해 자신이 나서야 한다고 믿는다

—— 책임감이 매우 강하다

연관된 행동

—— 감정의 진폭이 크다

—— 쉽게 분노하거나 슬퍼하거나 흥분한다

—— 크고 들뜬 제스처를 보인다

—— 큰 소리로 말한다

—— 열정을 바치는 대상에 대해 끊임없이 이야기한다

—— 방해에도 불구하고 원하는 것을 얻기 위해 일한다

—— 열정을 바치는 대상에 집착한다

—— 자신이 믿는 쪽의 편을 들어준다

——— 예의범절이나 적절성을 생각하지 않고 자신이 느낀 대로 표현한다

——— 자주 대립한다

——— 사회적 또는 정치적 활동에 관여한다

——— 대의를 위해 논쟁한다

——— 생각이 비슷한 사람들과 어울린다

——— 매우 충직하다

——— 어떤 사람이나 명분에 전폭적으로 헌신한다

——— 돈과 시간을 기부해 지지를 표현한다

——— 반대에도 불구하고 충성한다

——— 더 높은 사람들과 연결되기를 원한다

——— 위험을 감수한다

——— 고집과 결단력이 있다

——— 달성할 때까지 목표를 향해 정진한다

——— 창조적이거나 의미심장한 방식으로 자신을 표현한다

——— 목표지향적이다

——— 용기가 있다

——— 감수성이 예민하다

——— 일편단심으로 집중한다

——— 많이 알기 위해 격정적으로 조사한다

——— 독자적이다; 다른 사람들에게 휩쓸리지 않는다

——— 자기 인생의 많은 부문에서 격정적이다

——— 자발적으로 동기를 부여한다

연관된 생각

——— 내가 어떻게 하면 이것을 바로잡을 수 있을까?

——— 이런 일이 발생하다니 믿기지 않아. 사람들은 왜 이것이 잘못인지 알지 못할까?

———— 지원만 충분하면 뭐든 할 수 있어.

———— 존이 엘리스에게 한 일을 생각하면 정말로 마음에 안 들어. 그는 미안해
해야 할 거야.

연관된 감정

———— 경탄, 결의, 열의, 흥분, 좌절감, 증오심, 조바심, 사랑, 슬픔

긍정적 측면

———— 격정적인 인물은 옳고 그름을 가리는 판단력이 발달되어 있다. 이들은
이런 가치에 기반을 두고 결정을 내리며, 이를 실현하기 위해 꾸준히 충
실하게 임한다. 자신의 열정에 따라 일단 방침을 정하면 장애물이 가로
막아도 그것을 고수한다. 반대가 발생하면 정면으로 맞서고 앞으로 계
속 나아갈 방안을 모색한다. 이는 전염성이 강해서 동참하는 사람들에
게도 기운과 용기를 북돋운다.

부정적 측면

———— 이런 성격의 인물은 너무 집중한 나머지 다른 사람들과 그들의 생각을
무시하거나 축소해버린다. 이상에 대해 헌신적인 이들은 반대 의견을
가진 사람들을 용납하기 힘들어하고, 일을 예민하게 느끼며, 이로 인해
과민해지고 쉽게 공격적으로 변한다. 또한 이들은 자신의 감정을 빈번
히 드러내고 표현하면서 다른 사람들을 불편하게 만들 수 있다. 때로 기
분이 널뛰듯 오락가락해서 예측하기가 어렵다.

문학작품 속 사례

———— 열정의 힘을 보여주는 사례로 세계에서 가장 유명한 러브스토리의 주인
공만 한 적임자는 없다. 셰익스피어의 〈로미오와 줄리엣〉에서 줄리엣을
처음 본 순간 로미오는 홀딱 반한다. 역경에 처하고 가족과 공동체 대부

분이 두 사람의 결합을 반대하지만, 로미오는 운명이라 믿는 줄리엣의 사랑을 얻기 위해 모든 것을 건다.

영화 속 사례

─────── 〈라따뚜이〉(2007)에서 프랑스 최고의 요리사를 꿈꾸는 레미, 〈죽은 시인의 사회〉(1989)에서 존 키팅 선생님(로빈 윌리엄스 분), 〈어 퓨 굿 맨〉에서 조앤 갤러웨이 소령(데미 무어 분)

갈등을 유발하는 다른 인물들의 성격

─────── 비겁함, 느긋함, 주눅이 듦, 신경과민, 알뜰함, 외톨이

격정적인 인물을 위한 최적의 시나리오

─────── 감정 표현을 부적절하다거나 받아들일 수 없다고 생각하는 문화권에서 산다

─────── 열정을 바치는 여러 대상 중에서 하나만 선택해야 하는 상황을 마주한다

─────── 가족 또는 사회와 불화를 일으키는 누군가나 어떤 것에 열정을 느낀다

─────── 반응이 없는 누군가를 격정적으로 좋아한다

─────── 보복하고 싶지만 그 행동이 옳은지 도덕적으로 갈등한다

62 참을성이 많은 성격

Patient

정의	범주	유사한 성향
시련이나 중압감 아래서도 자제력과 평정심을 유지함	성취, 대인관계, 도덕성	인내심이 강함

성격 형성의 배경

——— 모든 것이 결국에는 해결될 것이라고 믿는다

——— 서두르지 않는 느긋한 태도를 보인다

——— 성숙하다; 밀어붙이거나 불평한다고 해서 좋아지지 않음을 안다

——— 자신보다 타인을 중시한다

——— 역경(가난, 학대 등)을 극복하고 성공하는 데는 시간이 걸린다는 것을 깨달았다

연관된 행동

——— 삶에 대해 느긋한 자세를 갖는다

——— 조심해서 운전한다; 서두르지 않는다

——— 서두르지 않고 여유 있게 말한다

——— 일이 예상보다 오래 걸릴 때 안달하지 않는다

——— 차분하게 기다린다(꼼지락거리거나 서성대지 않는다)

——— 기다림의 시간을 즐기거나 재미있게 보낼 수 있다

——— 시간이 너무 오래 걸려도 투덜대지 않는다

——— 부정적인 면에 집중하지 않고 긍정적으로 생각한다

——— 언제나 다음에 올 일을 생각하지 않고 순간을 즐긴다

——— 잠을 잘 잔다

——— 자신의 통제를 벗어난 것들에 대해 걱정하지 않는다

——— 자신의 문제를 제대로 파악하고 있다

——— 친절하다

——— 우호적이다

——— 다른 사람들에게 순서를 양보한다(계산대 앞, 건널목 등)

——— 끈기가 있다

——— 실패를 빨리 극복한다

——— 결국에는 일이 해결될 것이라 믿고, 최종 목표에 차분하게 집중한다

——— 때를 기다린다

——— 예상치 못한 일에 놀라지 않는다

——— 죄책감을 느끼지 않고 편안하게 쉰다

——— 시간을 들여 천천히 결정을 내린다

——— 다른 사람들에게 온전히 집중한다

——— 자신이 가진 것에 만족한다

——— 시간 관리를 잘한다

——— 수동적이다; 주의하지 않고 일이 벌어지게 놔둔다

——— 결국 사람들이 자기 능력을 발휘해 잘하리라 믿는다

——— 이 생각 저 생각을 하며 오락가락하지 않고 느긋하게 마음먹는다

——— 천천히 걸어다닌다

——— 좋아하는 것을 뒤로 미룬다; 지금 당장 하지 않아도 된다

——— 지연되면 실망하지만 재빨리 긍정적인 관점으로 돌아온다

——— 머릿속으로 딴생각을 하며 시간이 흘러가게 놔둔다

——— 다른 무언가를 기다리는 동안 다른 업무로 넘어간다

연관된 생각

——— 이 일은 생각보다 시간을 잡아먹네. 그래도 그 사이에 꽤 많이 해놨어.

——— 나는 급할 게 없어.

——— 걱정한다고 시간이 더 빨리 가지는 않아.

——— 알이 그 일자리를 놓친 데는 그럴 만한 이유가 있겠지.

——— 나는 축복받았어. 인생의 한 부문이 완벽하지 않다고 해서 어떻게 불평할 수 있어?

연관된 감정

——— 자신감, 실망감, 감사해함, 행복, 희망참, 평온함, 견딤, 만족감

긍정적 측면

——— 참을성이 많은 인물은 서두르는 법이 없다. 상황이 예상보다 오래 걸릴 수 있음을 알고, 걱정과 불평은 도움이 되지 않기에 지연되어도 그러려니 받아들인다. 참을성이 있으려면 끈기와 충일감, 낙천성, 평온함 등 다른 긍정적인 자질도 필요하다. 대부분이 무리하게 약속을 하고, 시간 관리에 실패하며, 만성적인 분주함으로 힘겨워하는 세상에서 참을성이 많은 사람은 꼭 필요한 인물이다.

부정적 측면

——— 이런 성격의 인물은 시시때때로 너무 느긋해서 긴장감이 전혀 없다. 이는 마감시한과 팀워크가 관련되어 있을 때 문제를 발생시킨다. 참을성은 쉽게 부주의와 게으름으로 변하고, 소극적인 인물이 되어 일을 벌이는 어떤 노력도 하지 않으려 들 수 있다.

영화 속 사례

——— 〈쇼생크 탈출〉(1994)에서 앤디 듀프레인(팀 로빈스 분)은 참을성의 교본이라 할 만하다. 그는 19년 동안 아주 조금씩 감옥의 벽을 파내어 자유로 향하는 길을 만든다. 그 사이에 교도소 도서관 확장, 동료 수감자 교

육, 교도관들을 위한 세금 신고 같은 의미 있는 일들을 수행한다. 숱한 실망과 전반적으로 끔찍한 상황임에도 그는 집중력을 유지하며, 매사를 긍정적으로 생각하고 자신감을 잃지 않으면서 결국 탈옥에 성공한다.

문학작품과 영화 속 다른 사례
——— 알렉상드르 뒤마의 《몬테크리스토 백작》에서 일등항해사 에드몽 당테스, 〈유주얼 서스펙트〉(1995)에서 카이저 소제(케빈 스페이시 분)

갈등을 유발하는 다른 인물들의 성격
——— 거만함, 강박적, 효율적, 특권의식을 지님, 낭비벽이 있음, 참을성이 없음, 충동적, 피해망상이 심함, 강압적, 불평이 많음

참을성이 많은 인물을 위한 최적의 시나리오
——— 고의적으로 자신의 목표에 반대하는 상황을 만들려는 사람들과 짝을 이룬다
——— 빠듯한 마감시한 안에 일을 끝내야 한다
——— 작업 속도가 업무의 질보다 중요한 환경에서 일한다
——— 평온함을 유지하려면 변덕스러운 성격의 사람들을 달래야 한다
——— 요구가 많거나 비현실적인 기대를 가진 누군가를 위해 일한다

63 애국적인 성격

Patriotic

정의	범주	유사한 성향
조국을 사랑하거나 충성을 바침	정체성, 대인관계	국가주의적

성격 형성의 배경

——— 군인 집안에서 자랐다

——— 역사 애호가다; 조국에 대해 많이 공부한다

——— 군인으로 참전한다

——— 다른 나라의 불의한 상황을 보고 조국에 감사해한다

——— 독재국가를 탈출해 자유롭고 평등한 곳에서 살고 있다

——— 가족에게 국가주의의 중요성을 배웠다

——— 사랑하는 조국을 강제로 떠날 수밖에 없었다

——— 정부에 의해 세뇌당한다

연관된 행동

——— 군인으로 복무한다

——— 나라를 상징하는 색깔의 옷을 입는다

——— 가두행진과 집회에 참여한다

——— 국기를 내건다

——— 조국과 국민, 건국 취지에 충성한다

——— 조국을 위해 희생한다

——— 국가기념일을 챙긴다

——— 애국가를 부른다

——— 정치 행사를 하는 동안 감정이 격해진다

——— 자신보다 다른 사람들을 중요시한다

——— 누군가 자기 나라에 대해 나쁜 말을 할 때 방어적이거나 화를 낸다

——— 다른 나라들의 관습을 조롱한다

——— 아이들에게 나라를 사랑하라고 가르친다

——— 국산 제품들을 사서 쓴다

——— 역사적인 장소들을 탐방한다

——— 나라를 위해 목숨을 바친 이들을 존경한다

——— 건국에 관해 배운다; 나라의 뿌리를 공부한다

——— 다수의 요구가 소수의 요구보다 중요하다고 믿는다

——— 투표한다

——— 법을 따른다

——— 어떤 후보나 당에 후원금을 낸다

——— 과거의 세계적인 적대국에 원한을 품는다

——— 국가의 정치와 시사 문제에 대한 토론에 참여한다

——— 반정부 인사들을 침묵시킬 방법을 강구한다

——— 국가대표팀을 응원한다

——— 국민적 오락에 관심을 가진다

——— 자기 나라에서 늘 해오던 방식과 다른 변화를 거부한다

——— 자국 영토의 수호를 지지한다

——— 나라의 앞날을 걱정한다

——— 조국의 큰 변화에 비통한 마음을 표현한다

——— 나라를 위해 일하는 이들을 존경한다(군인, 경찰 등)

연관된 생각

——— 지구만큼 살기 좋은 곳은 없어.

——— 나는 이 나라를 사랑해.

——— 여기가 싫으면 자기들이 띈 데 가서 살면 되잖아!

——— 저 남자 좀 보게. 애국가가 울리는 데 그냥 앉아 있어. 저런 고얀 놈!

연관된 감정

——— 숭배, 경멸, 방어적, 흥분, 사랑, 향수, 의기양양

긍정적 측면

——— 애국적인 인물은 일생 동안 자기 나라뿐 아니라 조직과 사람들에게도 열렬히 충성을 바친다. 특히 애국에 대한 열정이 남다른데 이를테면 건국 당시와 역사 속 위인들에 대해 공부하고, 행정 절차를 배우며, 시사 관련 소식을 꾸준히 확인한다. 열정과 지식으로 무장한 이런 인물은 조국을 비판하는 누군가와 맹렬하게 대립할 수 있다.

부정적 측면

——— 맹렬한 충성심을 보이는 사람들과 마찬가지로, 이런 성격의 인물은 자기 나라의 잘못에 눈감을 수 있다. 이들은 반대를 마주하면 참지 못하고 시비를 다투면서 신뢰도와 평판에 해를 입기도 한다. 또한 애국주의가 과도해 조국을 비판하는 사람들을 물리적으로 해치려 들 수 있다. 이들은 맹목적인 충성심으로 인해 선동에 쉽게 휘둘리고, 실재하거나 알려진 적을 일소하고자 극단적인 행동을 저지를 수도 있다.

영화 속 사례

——— 〈브레이브하트〉에 나오는 것처럼 13세기의 스코틀랜드인들은 이상과 한참 먼 여건에서 살았다. 농노는 귀족의 손아귀 안에서 가난을 면치 못했으며 부당함을 소리 내어 말할 수 없었다. 귀족은 초야권, 즉 영지 내에서 결혼을 할 때 영주가 신부와 첫날밤을 보내야 한다는 악습을 이용

해 농노들을 교묘히 진압했다. 윌리엄 월리스는 조국 스코틀랜드에 대한 극진한 사랑과 귀족뿐 아니라 모든 사람이 바뀔 수 있다는 생각에서 반란을 꾀한다. 그 결과 월리스 자신도 죽음을 피하지 못한 피비린내 나는 독립전쟁이 오래도록 이어지지만, 결국 스코틀랜드 신생독립국이 탄생한다.

영화와 만화책 속 다른 사례
——— 〈패트리어트: 늪 속의 여우〉(2000)에서 전쟁영웅 벤저민 마틴(멜 깁슨 분), 래리 하마의 《지.아이.조》 시리즈에서 지.아이.조, 조 사이먼과 잭 커비의 《캡틴 아메리카》 시리즈에서 캡틴 아메리카

갈등을 유발하는 다른 인물들의 성격
——— 냉소적, 불충함, 엉뚱함, 경박함, 탐욕스러움, 신경과민, 반항적, 고마워할 줄 모름, 앙갚음을 함, 불평이 많음

애국적인 인물을 위한 최적의 시나리오
——— 나라에 일어나는 변화를 지켜보면서 자신의 충성심이 도전받는다
——— 시민권에 대해 애증이 엇갈리는 나라에서 살거나 일해야 한다
——— 사랑하는 사람들이 비밀리에 그리고 폭력적으로 나라에 저항하고 있음을 알아차린다
——— 정부가 강압적이거나 부패했거나 조종했음을 알게 된다
——— 어떤 조치도 취하지 않는 정부의 부당함에 의해 희생당하는 입장이다

⁶⁴ 사색적인 성격

Pensive

정의 차분하게 깊이 생각함	범주 성취, 정체성	유사한 성향 심사숙고함, 명상적, 반성적, 사변적, 생각이 깊음

성격 형성의 배경

——— 이런저런 생각을 하거나 공상하는 경향이 있다

——— 수줍음이 많다

——— 천성적으로 생각이나 걱정이 많다

——— 깊은 생각이 필요한 이슈에 관심이 많다(정치, 종교, 사회문제 등)

——— 일을 진행하기 위해서 자아성찰이 필요한 유형이다

——— 현실에서 도피하고 싶어한다

——— 지적이다

연관된 행동

——— 멍하게 있는다

——— 오랫동안 가만히 앉아 있는다

——— 혼자서 여기저기 헤매고 다닌다

——— 혼자서 산책하거나 드라이브를 한다

——— 말하기 전에 주의 깊게 생각한다

——— 이야기가 제자리를 맴돈다; 자기 생각을 이해시킬 때까지 설명한다

——— 멀티태스킹에 능하다

——— 지식과 교육에 감사해한다

- 질문을 많이 한다
- 사람들과 토론하기 위해 흥미로운 이슈를 끄집어낸다
- 다른 관점들을 가치 있게 생각한다
- 생각하는 시간을 방해하면 짜증을 낸다
- 어떤 문제를 만족스럽게 해결하지 못하면 좌절한다
- 관심 없는 주제들에 금방 싫증을 낸다
- 오랫동안 사람들과 만나지 않고 지낸다
- 어떤 사안에 대해 토론할 지적 능력이 있는 사람을 찾아간다
- 금세 산만해진다
- 자신의 관점에 깊이를 더하려 책을 읽고 연구한다
- 약속과 모임을 잊어버린다
- 생각에 몰두하기 위해 머리를 많이 쓰지 않아도 되는 직업을 가진다
- 대화의 맥락을 놓친다
- 자신의 생각과 아이디어를 놓치지 않으려고 메모하거나 일기를 쓴다
- 은둔생활을 한다
- 납부기한을 놓쳐서 독촉장이 날아온다
- 정원을 가꾸지 않아 잡초가 무성하다
- 생각에 빠져 한 자세로 오랫동안 앉아 있느라 몸이 경직된다
- 평범한 활동들을 잊어버린다(식사, 샤워하기 등)
- 너무 오랫동안 생각에 빠져 지내서 대인관계가 어려워진다
- 대화할 때 집중하지 않아 사람들에게 모욕감을 준다
- 시간이 가는 줄 모른다
- 현재의 대화와 관련 없는 생각을 불쑥 내뱉는다
- 전혀 다른 관점으로 상황을 보기 위해 일부러 반대 의견을 말한다
- 대화에 참여해서야 이미 대화 주제가 바뀌었다는 것을 알게 된다

연관된 생각

——— 그것은 진지하게 고려해볼 만한 아이디어야.

——— 세상에. 벌써 자정이라고?

——— 흥미로운 질문이군. 셀 수 없이 많은 가능성이 있는데….

——— 정치인들이 더 생각하고 덜 싸우면 새로운 해결책이 나올 수 있을 텐데.

연관된 감정

——— 경이로움, 재미있음, 짜증, 호기심, 열정

긍정적 측면

——— 사색적인 인물은 폭넓게 생각한다. 사회적 이슈들을 곰곰이 생각해 참신하고 혁신적인 대답을 내놓을 가능성이 많다. 이들은 짐짓 불가능해 보이는 것에 기죽지 않고 자신만의 조용한 사고방식으로 그것과 씨름한다. 그래서 많은 시간 동안 생각을 하며 보내면서 자연스럽게 철학적인 태도와 의견, 다수의 주제에 관심을 가질 수 있다.

부정적 측면

——— 이런 성격의 인물은 자신의 생각에만 빠져 있기 쉽다. 예를 들어 이들은 은둔생활을 하면서 주변에서 일어나는 일들에서 멀어진다. 자기 내면에 집중하느라 누군가의 말에 귀를 기울이는 것이 어려울 수 있다. 이로 인해 거만하거나 남을 깔보거나 무례한 사람으로 보일 때도 있다. 이들 가운데 몇몇은 적극적으로 사람들을 피하고 자신만의 생각에 몰두하는 것이 편하다고 생각한다. 이것은 의미 있는 관계를 맺는 데 어려움을 가중시킨다.

문학작품 속 사례

——— 《아웃사이더》에서 주인공인 포니보이 커티스는 그리저라 불리는 빈촌

에 살지만 동네의 패거리들과는 다르다. 그는 책을 읽고 영화를 보고 사색하기를 좋아한다. 갱들이 몰려다니며 패싸움을 벌일 때 그는 혼자서 영화나 책 속 인물들에 대해 생각한다. 그는 생각에 빠져 있을 때가 더없이 행복하고, 이로 인해 친구들 사이에서 별종으로 통한다.

문학작품과 드라마 속 다른 사례
——— 로이스 로리의 《기억 전달자》에서 열두 번째 생일날 '기억 보유자'라는 직위를 부여받은 조너스, 〈아빠 뭐하세요〉 시리즈에서 한 번도 제대로 얼굴을 보여주지 않는 옆집 윌슨 아저씨

갈등을 유발하는 다른 인물들의 성격
——— 예의 바름, 경솔함, 무식함, 놀기 좋아함, 산만함, 의심이 많음

사색적인 인물을 위한 최적의 시나리오
——— 집중력이나 분석력에 영향을 끼치는 정신발달장애가 진행된다
——— 장시간 생각하지 못하게 막는 방해물을 마주한다
——— 성격상 생각하는 데 집중하지 못하는 누군가와 협력해야 한다(수다쟁이 등)
——— 논리적 사고가 일반적이지 않거나 인정되지 않는 환경에서 일한다
——— 생각할 틈도 없이 어떤 문제에 대해 연설해야 한다

65 통찰력 있는 선견
Perceptive

정의	범주	유사한 성향
직관적인 관찰과 식견을 보여줌	성취, 대인관계	안목 있음, 이해력이 뛰어남, 직관적

성격 형성의 배경

——— 남들이 알지 못하는 것을 알아차리고 느낄 수 있는 육감이 발달했다

——— 사람들을 깊이 이해한다

——— 공감능력이 뛰어나다

——— 정확한 예측을 가능하게 하는 패턴과 정보들을 잘 이해한다

연관된 행동

——— 자신이 관찰하고 있는 바를 정확하게 평가한다

——— 유입되는 자료에 바탕을 두고 예측한다

——— 남들이 보지 못하는 것을 알아차린다

——— 남들이 놓치는 인맥을 형성한다

——— 변화와 패턴을 알아차린다

——— 사람들의 마음을 잘 읽는다

——— 예측한 결과들이 터무니없어 보였는데 결국 맞는 것으로 밝혀진다

——— 무언가 잘못되어감을 감지한다

——— 감각들이 고도로 발달했다

——— 일이 어려워지더라도 진실을 공유해야 한다고 생각한다

——— 사람들이 주의하거나 위험을 피하기를 바라며 지식을 공유한다

———— 다른 사람들은 보지 못하는 것들을 보는 자신의 능력에 자신감이나 자부심 또는 오만함을 보인다

———— 재빨리 문제를 진단한다

———— 해답을 찾는다

———— 해답을 흑백논리로 바라본다

———— 사람들의 기분을 읽을 수 있다

———— 단기간의 관찰을 통해 많은 정보를 끌어모은다

———— 사람들에게 관심을 보인다

———— 관찰력이 뛰어나다

———— 자신을 정확하고 상세하게 알고 있다

———— 사람들의 행동을 관찰하거나 소지품을 보고서 그 속내를 파악해낸다

———— 자신의 통찰력이 거부되거나 무시당할 때 실망한다

———— 여러 차원으로 사람들을 평가한다(행동, 감정, 동기 분석하기 등)

———— 논리적이면서도 직관력이 뛰어나다

———— 대화하면서 사람들의 생각을 읽어낸다

———— 의도하지 않는데도 비밀을 알아차린다

———— 다른 사람의 입장에서 이해한다

———— 조각들을 끼워 맞추면 어떤 큰 그림이 만들어지는지 안다

———— 남들이 가만히 있을 때에도 미래를 대비한다

———— 적극적으로 변화를 만들어 자신과 사랑하는 사람들을 보호한다

———— 재빨리 그리고 정확히 상황을 파악한다

연관된 생각

———— 이걸 알아본 사람이 나뿐인 건가?

———— 무슨 일이 벌어질지 사람들에게 알려야만 해.

———— 그 남자가 이력서에 적은 내용이 마음에 안 들어. 수상쩍단 말이야.

———— 앨리스가 배리를 좋아하나? 그는 아무것도 모르던데. 이거 흥미로운걸.

연관된 감정

──────── 자신감, 열정, 한희, 블인김, 조바심, 써림, 의기양양

긍정적 측면

──────── 통찰력 있는 인물은 유익한 면이 많다. 관찰력이 뛰어나고, 자신이 관찰한 내용을 정확하게 진단하며, 조각을 끼워 맞춰서 앞일을 예측할 수 있다. 영민한 해결사로서 이들은 재빨리 그리고 쉽게 해답에 도달한다. 이런 능력은 그리 흔치 않으므로 사람들의 부러움을 산다.

부정적 측면

──────── 이런 성격의 인물은 자신이 매우 분명하게 본 것을 사람들이 모를 때면 참지 못한다. 이런 조바심은 조롱과 경멸로 이어지고, 이로 인해 사람들로부터 사랑받지 못할 수도 있다. 이들의 예측이나 해답이 타당함에도 이따금 사람들은 두려움이나 불안감 때문에 정보와 전달자 둘 다를 거부한다. 뛰어난 통찰력에도 불구하고 이 인물은 다른 사람들처럼 맹점이 있으며, 자신의 문제를 쉽게 보고 해결할 수 없을 때가 있다. 이런 인물이 자신의 비밀을 건드릴 경우 사람들은 당황해하거나 그를 불신한다.

문학작품 속 사례

──────── 리처드 애덤스의 《워터십 다운의 열한 마리 토끼》에서 파이버는 한배에서 나온 토끼 가운데 가장 작고 약하며 소심하다. 하지만 파이버는 주위의 환경을 읽고 무언가가 잘못될 때를 알아차리는 재능을 타고났다. 이런 통찰력 덕분에 파이버는 토끼사육장으로 다가오는 재난을 예측하고, 열한 마리의 토끼들은 이상향을 찾아 떠난다. 또한 파이버의 직관력은 새로운 보금자리를 찾아가는 여정 내내 위험을 알려준다. 함께 길을 떠난 동료들은 처음에는 기이한 능력을 가진 파이버를 따돌리기도 하지만 결국 그의 통찰을 존중하고 조언을 따른다.

영화와 문학작품, 드라마 속 다른 사례

———— 〈샤이닝〉(1980)에서 호텔의 요리사 딕 할로런(스캣맨 크로더스 분), 〈마이너리티 리포트〉(2002)에서 예언자들, 《셜록 홈스》 시리즈에서 셜록 홈스, 〈멘탈리스트〉 시리즈에서 패트릭 제인

갈등을 유발하는 다른 인물들의 성격

———— 엉뚱함, 적대적, 부주의함, 우유부단함, 피해망상이 심함, 개인주의, 감수성이 풍부함, 수줍음, 미신을 믿음

통찰력 있는 인물을 위한 최적의 시나리오

———— 조각들을 끼워 맞출 수 있지만 처음에 그 조각들을 알아보는 주의력이 부족하다

———— 누구도 받아들이거나 듣고 싶어하지 않을 부정적인 결과를 인지한다

———— 정확하게 무슨 일이 벌어지는지 진단하기 어려운 믿지 못할 환경에서 살고 있다

———— 통찰력 있는 다른 사람들과 교류하면서 그들이 믿을 만한지 궁금해한다

66 끈기 있는 성격

Persistent

정의	범주	유사한 성향
반대나 난관, 위험에도 불구하고 고집스럽게 계속함	성취, 도덕성	결단력 있음, 인내심이 강함, 맹렬함, 집념이 있음

성격 형성의 배경

——— 필사적이다

——— 자신의 목표가 유일하게 가치가 있다고 믿는다

——— 야심만만하다

——— 타인이나 자신에게 증명해야 할 무언가가 있다

——— 완고하다

——— 집착하는 경향이 있다

——— 끈기 있게 하면 끝내 성공한다는 것을 경험을 통해 안다

연관된 행동

——— 마음속에 최종 목표를 정해둔다

——— 실수를 통해 배운다

——— 덜 겁나도록 큰 목표를 크기가 작은 조각들로 쪼갠다

——— 옛 방법들이 결실을 내지 못하면 새로운 방법을 시도한다

——— 문제를 진단하고 가능성 있는 해결책들을 떠올린다

——— 남들에게 도움과 용기를 달라고 요청한다

——— 목표한 것과 그 기한을 사람들에게 알려서 자신에게 책임을 지운다

——— 참을성이 있다

———— 시간이 오래 걸리고 차질이 생길 수밖에 없는 일임을 받아들인다

———— 계획을 세운다

———— 훈련하고 도움이 될 지식을 끌어모은다

———— 나쁜 버릇을 좋은 버릇으로 바꾼다

———— 발전을 저해할 수 있는 사람들이나 일을 피한다

———— 장기목표를 이루기 위해 당분간은 희생을 감수한다

———— 작은 목표들을 달성하면서 즐거워한다

———— 목표를 이루기 위해 많은 돈과 시간, 에너지를 투자한다

———— 집착한다

———— 결실을 맺을 방법을 생각하는 데 많은 시간을 쓴다

———— 차질이 생기면 일시적으로 위축되지만 기어코 원상태로 돌아온다

———— 필요하면 도움을 요청한다

———— 자신의 목표 달성에만 몰두한 나머지 다른 관계들을 소홀히 한다

———— 건강을 돌보지 않는다(영양불량, 스트레스성 두통 등)

———— 절대 달성할 수 없는 일 앞에서도 결코 포기하지 않는다

———— 목표를 이루는 데 어떤 도움이 될지에 기초해서 결정을 내린다

———— 예전의 취미와 관심사를 포기한다; 매진하던 다른 일들을 줄인다

———— 집중력 부족으로 직장이나 학교에서 제대로 수행하지 못한다

———— 자신에 대해 강하게 확신한다

———— 목표를 향해 나아가는 사람들에게 용기를 준다

———— 위생 상태가 불량하다(면도나 샤워 안 하기, 매일 똑같은 옷 입기 등)

———— 사람들이 의심을 표할 때 점점 더 방어적으로 변한다

———— 업무를 진행하면서 자신감이 흔들리고 절망으로 인해 분위기가 변함을
경험한다

———— 산만하게 만드는 그 어떤 것도 차단한다

———— 결코 희망을 버리지 않는다

연관된 생각

——— 결국에 이루어질 테니. 니는 계속할 거야.

——— 플랜B를 가동시키자.

——— 지금은 저들이 웃고 있지만 기다려봐. 결국 웃는 사람은 나일 테니.

——— 이것을 해낼 방법이 있어야 하는데. 계속 생각하면 방법이 떠오를 거야.

——— 이 일은 너무 중요해서 접을 수가 없어. 속으로는 메리도 사정을 이해하겠지.

연관된 감정

——— 기대, 자신감, 거부감, 결의, 실망감, 열의, 흥분, 불안감, 걱정

긍정적 측면

——— 끈기 있는 인물은 의지력이 강하다. 이들은 자신의 목표를 이루는 데 필요한 것이라면 무엇이든 한다. 불쾌감이나 불편함, 고통이 싫은 누군가는 곁길로 샐 수도 있지만, 끈기 있는 인물은 자신의 목적이 아닌 것에 눈을 돌리지 않는다. 이들은 엄청나게 집중하고, 항상 목표를 잊지 않는다. 끈기 있는 성향은 존경과 부러움을 사는데, 보통 사람들이라면 좌절할 환경을 극복해낸 누군가에게 감명을 받을 수밖에 없기 때문이다.

부정적 측면

——— 이런 성격의 인물은 일편단심으로 자신의 욕구에만 매달려 그 밖의 일들을 부수적인 것으로 대한다. 일과 대인관계, 심지어 도덕까지. 목표에 몰두한 나머지 다른 것은 관심에서 밀려나는 것이다. 이들은 자신의 목표 추구가 파괴적일 때조차 결코 포기하려 들지 않는다. 또한 다른 사람들의 충고를 귀담아듣지 않고, 집착적 성향으로 상식적이지 않을 때도 있다. 목표가 고귀함에도 추구하는 방식이 전혀 명예롭지 않을 수도 있다.

애니메이션 속 사례

──────── 〈루니 툰〉에서 와일 E. 코요테에게 목표는 하나다. 로드 러너를 붙잡는 것. 그의 존재 이유는 적을 잡고, 덫을 놓으며, 한발 앞서는 것이다. 아이디어가 떠오르지 않으면 다시 생각하고, 그것도 안 되면 또다른 것으로 옮겨가는 사이, 그는 자신의 상처와 불편을 완전히 무시한다. 로드 러너가 자신보다 빠르다는 사실은 그에게 중요하지 않다. 코요테는 자신의 지략과 자원, 애크미 주식회사와의 끈끈한 연대관계를 통해 언젠가는 목표를 달성할 것이라고 믿어 의심치 않는다.

영화 속 사례

──────── 〈제로 다크 서티〉(2012)에서 CIA 요원 마야(제시카 채스테인 분), 〈도망자〉에서 외과의사 리처드 킴블, 〈루디 이야기〉에서 루디 루티거

갈등을 유발하는 다른 인물들의 성격

──────── 요구가 많음, 느긋함, 공감을 잘함, 엉뚱함, 비논리적, 게으름, 애정결핍, 소심함, 사심이 없음, 의지박약

끈기 있는 인물을 위한 최적의 시나리오

──────── 수행하는 데 필요한 신체적 또는 정신적 능력을 위협하는 질병이나 위축되는 상황을 마주한다

──────── 한정적이거나 부족한 정보만 가질 수 있다

──────── 불가능한 기간 내에 일을 마쳐야 한다

──────── 자신의 목표와 또다른 인생의 중대사 중에 하나만을 선택해야 한다

──────── 만만찮게 끈질긴 성격의 악당과 맞붙는다

67 설득력 있는 성격

Persuasive

정의	범주	유사한 성향
논쟁이나 간청, 조언, 항의를 통해서 사람들에게 영향을 미칠 수 있음	성취, 정체성, 대인관계	납득할 만함, 믿을 만함, 유창함, 영향력 있음

성격 형성의 배경

———— 천성적으로 카리스마가 있다

———— 어떤 주제에 열정이 있다

———— 자신감이 있다

———— 사람들을 깨우치거나 가르치고 싶어한다

———— 사람들의 생각을 읽고 영향을 미치는 재주가 있다

———— 가장 호소력 있게 현재의 문제를 말하거나, 쓰거나, 아니면 설명할 방법을 안다

연관된 행동

———— 매력적이다

———— 신뢰감을 준다

———— 본능적으로 어떻게 말하는 게 좋은지를 안다

———— 사람들에게 세심하게 주의를 기울인다

———— 카리스마 있게 연설한다

———— 적극적으로 귀 기울여 들어준다

———— 사람들의 마음을 잘 읽는다

———— 청중에 맞춰 조심스럽게 접근한다

——— 당당하다

——— 자신의 일을 잘 아는 유능한 사람이라는 평판을 듣는다

——— 열정적이다

——— 연민을 얻기 위해 취약점을 내보인다

——— 결과로 사람들을 설득한다; 자신이 이루겠다고 말한 일을 해낸다

——— 사람들이 무엇을 걱정하는지 알고 그에 대한 답을 제시한다

——— 자신의 명분에 온전히 헌신한다

——— 협상에 능하다

——— 임무를 마칠 때까지 계속 집중한다

——— 사람들에게 공감한다; 공통점을 찾아낸다

——— 자신의 신념을 고수한다

——— 똑같은 것을 여러 방식으로 말할 줄 안다

——— 다른 부류의 사람들을 설득하기 위해 다른 방법을 이용한다

——— 권위와 자신감 있게 말하고 행동한다

——— 자신의 견해를 사실이라고 말한다

——— 반대에 부딪혀도 침착함을 잃지 않는다

——— 사람들에게 공감을 표한다

——— 유머로 사람들을 무장해제시켜 편안하게 만든다

——— 반대를 예상하고 관련된 문제에 해법을 제시한다

——— 반대 의견을 누군가를 자기편으로 끌어들일 기회로 바라본다

——— 토론에 능하다

——— 자신의 약점을 마치 장점처럼 말한다

——— 설득의 기술을 공부한다

——— 들어주고 거들어준 사람들에게 고마워한다

——— 사람들에게 존경심을 표한다

——— 만사를 진지하게 대한다

——— 다룰 사람이 없었던 분야들을 더 알아보거나 조사할 것을 약속한다

——— 사람들에게 열린 사고를 권장한다

——— 자신이 이력을 읊어내기보다 지식을 내보여 신임을 얻는다

연관된 생각

——— 어떻게 하면 이 사람을 내 편으로 만들 수 있을까?

——— 이 단체에 접근할 최고의 방법은 무엇일까?

——— 이것에 관해서는 내가 옳아. 그러니 모두를 설득해야만 해.

——— 긍정적인 점들을 강조하면, 부정적인 점들은 잊어버릴 거야.

연관된 감정

——— 자신감, 결의, 흥분

긍정적 측면

——— 설득력 있는 인물은 열정이 넘친다. 이들의 뛰어난 말솜씨뿐만 아니라
열정과 헌신에 사람들은 확신을 얻는다. 이런 재주를 가진 인물은 카리
스마와 매력이 넘치기에 사람들은 그에게 끌린다. 사람들의 생각을 읽
고 다른 무리들과 공감대를 형성하는 능력 덕분에 성공을 이루며, 자신
의 공동체와 세계에서 변화를 이끌어낼 수 있다.

부정적 측면

——— 이런 성격의 인물은 매력적이지만, 사람들의 생각을 읽어내는 능력을 이
용해 남을 조종하는 역할로 빠지기도 한다. 그래서 사람들이 듣고 싶어
하는 것을 말해주고, 자기편으로 끌어들이려 관심사를 조작할 수도 있
다. 자신의 명분이 옳다는 믿음과 열정 때문에 사람들이 자신의 사고방
식에 동조하지 않으면 실망하거나 화를 낸다.

역사 속 사례

──────── 윈스턴 처칠을 설명하기 위해 많은 단어가 동원되지만 아무래도 '설득력'이 가장 적합한 것 같다. 그는 수사학과 대중연설을 배웠다. 그의 연설은 동기와 영감을 유발하고, 설득의 무기를 조심스레 다듬어서 미온적인 의회를 설득하며, 전쟁에서 참패하는 와중에도 국민에게 결코 희망을 버리지 말라고 용기를 주었다. 오늘날까지도 처칠은 연설의 대가로 여겨지며, 그의 설득의 기술은 동기와 영감을 주고 싶은 사람들에 의해 연구 중이다.

문학작품과 영화 속 사례

──────── 《셜록 홈스》 시리즈에서 셜록 홈스, 〈다크 나이트〉(2008)에서 고담시 지방검사 하비 덴트(에런 엑하트 분), 〈장고: 분노의 추적자〉(2012)에서 장고를 돕는 현상금 사냥꾼 닥터 킹 슐츠(크리스토프 발츠 분)

갈등을 유발하는 다른 인물들의 성격

──────── 대립을 일삼음, 무례함, 관용이 없음, 가식적, 추잡함, 고집불통, 소심함

설득력 있는 인물을 위한 최적의 시나리오

──────── 자신의 도덕관념에 어긋나는 어떤 것에 대해 사람들을 설득해야 한다
──────── 청중을 설득하기 위해 비도덕적 수단을 이용할지 말지를 선택해야 한다
──────── 적극적으로 반대하는 청중을 마주한다
──────── 마지못해 설득한다; 영향을 미치는 데 능하지만 리더 역할을 원하지 않는다

⁶⁸ 철학적인 성격

Philosophical

정의	범주	유사한 성향
인간존재와 연결된 믿음과 태도, 가치, 개념에 대해 사색하고 연구함; 생각이 깊음	정체성, 대인관계	심오함

성격 형성의 배경

———— 매우 지적이다

———— 지혜에 대한 사랑이 있다

———— 깨우침과 진리를 추구한다

———— 학자 집안에서 자랐다

연관된 행동

———— 책을 많이 읽고 교육을 받는다

———— 더 수준 높은 교육을 갈구한다

———— 역사와 다른 문화를 독학으로 공부한다

———— 신화나 종교적 믿음의 진화 과정을 연구한다

———— 깊은 생각에 빠진다

———— 관심이 안으로 향한다; 대화나 지엽적인 일들을 놓친다

———— 심오한 질문을 한다

———— 다큐멘터리를 즐겨 본다

———— 신, 도덕, 삶과 죽음 등에 관한 질문들에 답을 찾으려 한다

———— 공부를 도와줄 외국어(라틴어 등)를 배운다

———— 철학적 관심사와 관련된 책들을 엄청나게 소장하고 있다

──── 더 많이 배우기 위해 전문가들을 찾아다닌다

──── 내면으로 눈을 돌리고, 존재의 이유를 밝히는 데 관심을 가진다

──── 외부에서 벌어지는 일보다 자신의 생각에 몰두한다

──── 과도하게 분석한다

──── 매우 논리적이다

──── 고립적이다

──── 모든 것에 대해 질문한다

──── 의견을 표현하는 데 시간이 많이 걸린다; 빨리 답하기가 불가능하다

──── 인생이 너무 빨리 지나가거나 일이 순식간에 벌어진다고 느낀다

──── 심오한 유머를 구사한다

──── 가벼운 잡담을 나누는 것을 힘들어한다

──── 비논리적인 사람들을 참지 못한다

──── 지속적으로 비교하고 평가를 내린다

──── 강박적이다

──── 쓰고 기록한다

──── 외국어로 된 책을 읽는다

──── 지식인 집단과 교류한다

──── 기준을 정해 분류하기를 잘한다

──── 다양하고 복잡한 어휘를 구사한다

──── 생각에 빠져 있을 때 방해하면 화를 낸다

──── 지적이지 않은 사람들과 관계 맺기를 어려워한다

연관된 생각

──── 무엇이 실제야? 무엇이 진리야?

──── 내 존재의 목적은 무엇일까?

──── 어떻게 하면 진화할 수 있을까?

──── 자유의지는 환상일 뿐인가?

─────── 사후에는 무슨 일이 벌어지며, 신은 있을까?

연관된 감정

─────── 경이로움, 갈등, 호기심, 우울, 욕망, 불안감, 희망참, 외로움, 압도됨, 불확
실함

긍정적 측면

─────── 철학적인 인물은 상황을 깊이 있게 해석하고 힘들더라도 답을 찾아내는
것을 두려워하지 않는다. 이들은 교육을 잘 받았고 사려 깊어서 자신이
아는 것을 나눌 때 사람들의 호기심을 자극하며, 그들에게 더 열심히
연구해서 스스로의 질문에 답을 찾아보라고 격려한다. 또한 이들은 지
식이 많고 그것을 재빨리 조금씩 나누지 않는 반면, 문제에 부딪힌 친구
나 가족에게 훌륭한 자문 역할을 해준다.

부정적 측면

─────── 이런 성격의 인물은 때때로 자신의 삶 자체로부터 유리된다. 이들이 해
답을 갈구하느라 직접 세상을 경험하는 것을 잊기 때문이다. 친구와 가
족은 이들을 과묵하고 생각이 많은 부류로 보거나 모든 것을 심각하게
생각한다고 여길 수 있다. 철학적인 인물은 대부분이 하지 않거나 관심
이 없는 취미를 가진다. 또한 인생의 큰 비밀을 풀어내는 데 고독이 중요
하다는 것을 알기에 사람들을 많이 사귀지 않는 경향이 있다. 그리고 생
각이나 사상을 지루하게 늘어놓는 통에 사람들을 참을 수 없거나 지루
하게 만들 수도 있다.

드라마 속 사례

─────── 〈아빠 뭐하세요〉 시리즈에서 현명하지만 이상한 이웃인 윌슨 아저씨는
흥미로운 사실을 알고 깊은 통찰력을 가지고 있다. 주인공 팀이 대인관

계나 어려운 결정과 씨름할 때마다 담장 너머로 엿보다가 자신의 철학적 견해를 일러준다. 시시때때로 그는 한두 가지 질문을 해서 팀을 깨달음으로 몰고 간다.

문학작품과 영화 속 사례

———— 셰익스피어의 〈햄릿〉에서 햄릿, 〈스타트렉〉 시리즈에서 스폭

갈등을 유발하는 다른 인물들의 성격

———— 결단력이 있음, 경박함, 융통성이 없음, 비이성적, 감정과잉, 순종적, 피해망상이 심함, 놀기 좋아함, 산만함, 걱정이 많음

철학적인 인물을 위한 최적의 시나리오

———— 논리와 선형적 사고*를 어렵게 하는 정신장애를 겪는다

———— 일생을 적은 일기장이나 학습 자료, 컴퓨터 파일을 잃어버린다

———— 어떤 믿음에 대해 그 부정확함을 드러내고 입증할 새로운 정보를 찾아서 독학한다

———— 스스로에게 창피한 마음이나 실망감을 들게 하는 어떤 사실을 발견한다

* 어떤 사물이나 사건의 인과관계를 연결지어 판단한다.

69 놀기 좋아하는 성격
Playful

정의	범주	유사한 성향
노는 것과 재미있는 것을 좋아함	정체성, 대인관계	활발함, 장난기 많음, 오락을 즐김, 재미를 추구함

성격 형성의 배경

——— 미성숙하다

——— 놀고 싶어한다

——— 주의집중 시간이 짧다

——— 일, 책임, 갈등 등을 피하고 싶어한다

——— 게으르다

연관된 행동

——— 자주 웃는다

——— 안절부절못하고 계속 꼼지락거린다

——— 놀리거나 꼬드기거나 농담을 한다

——— 일을 게임으로 바꾼다

——— 심각한 분위기를 밝게 하려고 사람들을 흉내 낸다

——— 사람들에게 일에서 벗어나 재미를 찾아보라고 권한다

——— 모험을 즐긴다

——— 업무를 앞두고 뭉그적거린다

——— 일에 전력을 다하지 않는다

——— 일상의 물건을 장난감으로 바꾼다

———— 큰 소리로 말한다

———— 여기 그리고 지금에 집중한다

———— 너무 앞서서 생각하지 않는다

———— 생각(마음)이 열려 있다

———— 즉흥적이다

———— 액션 피규어나 장난감을 수집하고 이를 자신의 업무 공간에 늘어놓는다

———— 어리석게 군다

———— 색이 화려하거나 너풀거리는 옷을 입는다

———— 걷지 않고 뛰어다닌다

———— 앉지 않고 서 있는다

———— 웃길 수 있다면 무엇이든 한다

———— 생각하지 않고 말한다

———— 진지한 활동을 피한다(회의, 지루한 가족 모임 등)

———— 충동적으로 행동한다

———— 모든 사람을 웃게 만드는 짤막한 노래와 운율을 만들어낸다

———— 스포츠를 시청하고 직접 한다

———— 집에 가만히 있기보다 친구들과 재미있게 논다

———— 재미로 경쟁을 즐긴다

———— 쉽게 지루해한다

———— 자신이 가진 것에 만족한다

———— 게으르다

———— 무책임하다

———— 자신의 취미나 관심사에 열정적이다

———— 긍정적인 면에 집중하고 불쾌한 면은 무시한다

연관된 생각

———— 아직도 수요일이야?

———— 너무 심심해!

———— 오늘은 일하고 싶지 않아.

———— 어떻게 하면 이걸로 재미있게 놀 수 있을까?

———— 밥은 흥을 깨는 데 재주가 있어. 친구들, 분위기 좀 띄우자고!

연관된 감정

———— 즐거움, 호기심, 거부감, 흥분, 행복, 희망참, 참을성이 없음

긍정적 측면

———— 놀기 좋아하는 인물은 언제나 즐거운 시간을 모색한다. 이들은 가장 지루한 시간도, 흥미롭지 못한 일도 재미있게 만들 줄 알기에 사람들이 몰린다. 짓궂은 사람들과 달리 놀기 좋아하는 인물은 선의가 있으며, 고의로 사람들을 해치거나 불편하게 만들지 않는다. 어린아이처럼 천진난만하게 웃는 것을 좋아해 주변 사람들의 기분까지 끌어올린다.

부정적 측면

———— 이런 성격의 인물은 재미를 추구하기 때문에 본격적으로 달려들어 해결해야 하는 일을 어려워한다. 게을러서 일을 미루거나 업무 진행에 온전히 힘을 싣지 않을 수도 있다. 이런 성향으로 책임감이 강한 동료들에게 사랑받지 못하고, 진지한 사람들을 의도치 않게 불쾌하게 만든다. 이들의 속 편한 태도는 중요한 업무를 믿고 맡길 사람이 못 된다는 확신을 주어 경력에서 발전이 느릴 수도 있다.

영화 속 사례

———— 〈빅〉에서 조시 배스킨은 겉모습은 어른이지만 사실 어린아이다. 이를테면 그는 장난감과 게임에 끌리며, 친구와 함께 재미있게 노는 것을 좋아한다. 일에도 호기심을 가지고 놀이로 접근한다. 직장에서 말씨름과 사

내정치를 망각한 그의 느긋한 태도는 신선하게 다가가고 심지어 동료들에게 영감을 준다.

영화 속 다른 사례
─────── 〈사운드 오브 뮤직〉에서 가정교사이자 견습수녀 마리아, 〈크레이지 토미 보이〉(1995)에서 파티를 즐기고 여자에게만 관심을 두던 토미 칼라한(크리스 팔리 분)

갈등을 유발하는 다른 인물들의 성격
─────── 잔인함, 요구가 많음, 효율적, 깐깐함, 융통성이 없음, 사색적, 완벽주의, 억울해함, 학구적

놀기 좋아하는 인물을 위한 최적의 시나리오
─────── 침울하고 일만 아는 사람들에게 둘러싸여 있다
─────── 자신도 모르게 (장난으로) 사랑하는 사람에게 심각한 문제를 일으킨다
─────── 재미와 책임 사이에서 균형을 잡으라는 요구를 받는다
─────── 지대한 영향을 미치는 중요한 업무를 맡는다

⁷⁰ 개인적인 성격

Private

정의 개인적 영역에 대한 구분이 확실함; 자신의 일을 혼자서 감당하기를 선호함	범주 대인관계	

성격 형성의 배경

——— 사생활이 없다시피 자랐다(형제자매가 많고, 다른 사람과 방을 같이 쓰는 등)

——— 거절당하고 상처받을까 두려워한다

——— 트라우마나 학대로 희생당한 적이 있다

——— 어떤 방식으로든 고립된 상태로 자랐다(수도원에서 사는 등)

——— 비밀이 탄로나서 당황하거나 굴욕을 당한 적이 있다

——— 사람을 잘못 믿었다가 그로 인해 상처를 입었다

——— 사람의 어두운 면과 정보가 악용되는 현장에 노출되었다

——— 개인정보를 지나치게 공유하는 성향을 가진 사람들과 함께 살고 있다

——— 평가받는 것을 두려워한다

연관된 행동

——— 개인정보를 노출하지 않는다

——— 진심으로 혼자 있기 위해서 커튼을 치고 문을 잠근다

——— 질문을 피한다; 대화의 방향을 덜 개인적인 주제로 돌린다

——— 자신의 두려움과 욕망을 남에게 털어놓지 않는다

——— 소모임과 공동체 행사를 피한다

——— 조용한 이웃으로 지낸다

——— 남이 자기 집에 들어오는 것을 꺼린다

——— 인터넷의 검색 기록을 삭제한다

——— 주목받거나 이상한 사람으로 보이지 않으려고 규칙을 따른다

——— 사회적 환경에서는 가볍고 재미있게 지낸다

——— 고립적이다

——— 사람들이 질문하지 못하도록 자신의 관심사가 재미없는 척한다

——— 이야기를 잘 들어준다

——— 자신의 환경과 다른 사람들에게 늘 유의한다

——— 자주 당황한다

——— 사람들이 너무 많이 질문하거나 참견하려 들면 불편해한다

——— 자신이 취약해질 수 있는 상황을 피한다

——— 다른 사람들에게 도움 청하기를 힘들어한다

——— 독립적이다

——— 고독을 즐긴다

——— 타인이 가까이 다가온다는 생각이 들면 불안해진다

——— 자신의 휴가 계획을 남에게 말하지 않는다

——— 사교적 역할을 피하기 위해 핑곗거리를 만든다

——— 내성적이다

——— 단어 선택에 유의한다; 생각하고 나서 말한다

——— 자의식이 강하다

——— 가십과 소문의 유포자를 피한다

——— 타인의 사생활을 존중한다

——— 무례하거나 침해할까 두려워 질문을 많이 하지 않는다

——— 사람들이 개인적인 질문을 할 때 취조당하는 기분이 든다

——— 다른 사람의 집보다는 호텔에 머무른다

연관된 생각

——— 제프는 왜 이렇게 질문이 많은 거야? 눈치가 그렇게 없나?

——— 재닛에게 레스토랑에서 만나자고 해야지. 안 그러면 나를 데리러 집으로 오겠다고 할 테니까.

——— 한 명만 더 어떻게 지내는지 물어보면, 소리를 지를 거야.

——— 낸시가 묻지도 않고 미샤의 휴대전화 사진을 훑어보던데. 너무 무례하잖아!

연관된 감정

——— 흥분, 근심, 방어적, 결의, 두려움, 좌절감, 불안감, 신경과민, 편집증이 있음, 후회, 우려

긍정적 측면

——— 개인적인 인물은 다른 사람들과 그들의 개인적 영역을 존중한다. 이들은 너무 많은 질문을 피하고 사람들이 언제 불편해하는지를 감으로 눈치챈다. 독립적으로 일하며 업무를 마칠 능력이 있고, 또 일과 개인생활을 쉽게 구분한다.

부정적 측면

——— 이런 성격의 인물은 개인정보를 공유하는 것을 힘들어하고, 종종 그런 요구를 받으면 화를 내기도 한다. 그래서 이들은 의미 있는 사이가 될 정도로 마음을 터놓지 않는다. 이따금 수줍음이 많은 사람으로 오해를 사기도 하며, 누구를 자신의 삶에 받아들일지에 대해 매우 까다롭다. 이들이 누군가를 신뢰할 만큼 친해졌다고 느낄 때, 그 상대는 이미 자신을 쉽게 끼워주는 다른 사람에게 넘어갔을 가능성이 있다.

영화 속 사례

——— 〈하이랜더〉(1986)에서 러셀 내시(크리스토퍼 램버트 분)는 이유가 있어서 외톨이로 살아간다. 불사신인 그는 450년 동안 세상을 배회하면서 사는 곳을 계속 옮기고 그에 따라 새로운 신분으로 살고 있다. 그는 자신의 진짜 모습을 드러낼 수 없고, 또다시 인간인 아내가 늙고 병들어 죽는 모습을 지켜보고 싶지 않아 사람들을 멀리한다. 그리고 그때그때 필요한 것들만 조심스럽게 드러낸다.

문학작품과 영화 속 다른 사례

——— 《앵무새 죽이기》에서 집에만 틀어박혀 있는 이웃 부 래들리, 〈적과의 동침〉(1991)에서 의처증이 심한 남편을 둔 로라 버니(줄리아 로버츠 분)

갈등을 유발하는 다른 인물들의 성격

——— 요구가 많음, 외향적, 우호적, 관대함, 남의 말을 하기 좋아함, 잘 도와줌, 참견하기 좋아함, 피해망상이 심함

개인적인 인물을 위한 최적의 시나리오

——— 낯선 사람들에게 도움을 요청해야 한다
——— 인정받기 위해 분투해야 하는 누군가를 가여워하는 마음이 커진다
——— 동료들에게 약점을 들킨다(화난 전 남자친구의 한바탕 소란 등)
——— 사람들과 어쩔 수 없이 같은 공간을 써야 한다(재활치료, 중독치료 등)

⁷¹ 주도적인 성격

Proactive

정의	범주	유사한 성향
앞장서서 생각하고 행동함; 현재의 어려움이나 변화가 불러올 것들을 예측함	성취	선견지명이 있음, 진보적, 전략적

성격 형성의 배경

———— 목표지향적이고 성공지향적이다

———— 대비할 필요가 있다

———— 극도의 불안증이나 편집증이 있다

———— 끊임없이 위협을 받거나 위험에 빠진다

———— 책임감이 매우 강하다

———— 만반의 준비를 하는 집안에서 자랐다(서바이벌리스트,[●] 종말 대비자 등)

연관된 행동

———— 생각하고 나서 행동한다

———— 합리적으로 사고한다

———— 선견지명이 있다; 상황들이 어떻게 연계되는지를 안다

———— 넓게 생각한다; 나무도 보고 숲도 보는 안목이 있다

———— 하나의 문제를 모든 관점에서 연구하고 조사한다

———— 실행하기 전에 해결책을 시험해본다

———— 꾸준히 지켜본다; 대응할 수 있도록 초기 변화의 조짐을 찾는다

● 언제 발생할지 모르는 재난이나 재앙에 대비해 살아남을 준비를 하는 사람들이다.

———— 크라우드소싱*을 활용해 정보를 수집한다; 팀워크에 의존한다

———— 점검 목록과 답을 찾아야 하는 질문지를 작성한다

———— 해결책을 시험해볼 수 있게 최악의 시나리오를 생각한다

———— 우선순위를 잘 안다

———— 서두르지 않는 느긋한 태도를 보인다

———— 즉각적으로 결정내리거나 반응한다

———— 직관력이 뛰어나다

———— 어떻게 하면 다음번에 더 잘할 수 있을지를 사람들에게 물어본다

———— 근면하고 철두철미하다

———— 기회를 놓치지 않는다

———— 더 유능해지기 위해 기술을 배우고 심화교육을 받는다

———— 요청받지 않아도 알아서 한다

———— 어떤 일을 해야 할지를 알고 그렇게 한다

———— 사람들의 감정을 세심히 헤아린다

———— 필요할 때 큰 소리로 말한다

———— 머뭇거리지 않고 앞장을 선다

———— 잠재적인 위험을 짚어낸다

———— 날씨, 여행 계획 그리고 출발하기 전에 잘못될 수 있는 것들을 확인한다

———— 신뢰할 만하다

———— 요행을 바라지 않는다

———— 지연되는 사유와 그것을 해결하려면 어떤 조치를 취해야 할지를 규명한다

———— 긴박한 상황에서도 평정심을 잃지 않는다

———— 자신의 행동에 책임을 진다

● 전문가나 아마추어 등 다양한 사람들을 참여시켜 그들이 지닌 기술이나 도구를 활용해 특정 문제를 해결한다.

——— 자신감이 있다

——— 위기상황에서 능력을 발휘한다

——— 조직적이다

——— 필요한 것을 달라고 요청한다

——— 언제나 목표가 있다

연관된 생각

——— 벤의 보고서가 늦어지네. 그가 지난달치를 정산하는 동안 나는 이달치
　　　를 시작해야지.

——— 잔디를 미리 깎아놓으면, 아빠가 주말에 차를 빌려줄지도 몰라.

——— 타이어에 바람이 빠졌네. 여행 가기 전에 점검을 받아야겠다.

——— 로나가 앨레나를 손보겠다고 벼르던데. 무슨 일인지 모르지만 말리는
　　　게 좋겠어.

——— 팀은 발표를 너무 잘해. 다음 발표 전에 그에게 팁을 좀 얻어야지.

연관된 감정

——— 기대감, 자신감, 호기심, 결의, 만족감, 경계심

긍정적 측면

——— 주도적인 인물은 미리 생각하고 준비해 행동하므로 자신의 운명을 제어
　　　할 수 있다. 언제나 발전을 갈구하므로 사업에서 성공을 거두고 좋은 지
　　　도자가 되기도 한다. 이들은 당면한 문제에 집중하기보다 큰 그림을 본
　　　다. 문제가 발생하기 전에 신경을 쓰기 때문에, 준비와 예측의 부족으로
　　　인한 나쁜 결과를 처리하기보다 자신이 중요하게 여기는 활동에 더 많
　　　은 시간을 쓸 수 있다.

부정적 측면

――――― 이런 성격의 인물은 보통 문제를 예상하고 대비하므로 그렇지 않은 사람들과 함께할 경우 힘들어한다. 이들은 자신처럼 상황을 훤히 파악하지 못해 꾸물거리는 가족이나 친구, 동료를 게으르다고 부당하게 규정할 수 있다. 이들의 높은 기준과 기대치는 직장과 가정을 가리지 않는다. 특히 우선순위가 다를 때 대인관계를 경직시킨다.

문학작품 속 사례

――――― 팻 프랭크의 《아, 바빌론이여Alas Babylon》에서 랜디 브래그는 핵전쟁이 임박했음을 은밀히 알게 되고 즉시 생존할 방책을 마련한다. 다가오는 종말을 막을 수는 없지만 그는 재빨리 상황을 헤쳐나간다. 현금을 확보하고, 채소와 물을 사재고, 휘발유를 비축해 자신을 구한다.

영화 속 사례

――――― 〈아웃브레이크〉(1995)에서 질병통제예방센터에 파견된 군의관 샘 대니얼스 대령(더스틴 호프먼 분), 〈인디펜던스 데이〉(1996)에서 MIT 출신의 천재 공학박사 데이비드 레빈슨(제프 골드블럼 분)

갈등을 유발하는 다른 인물들의 성격

――――― 차분함, 통제가 심함, 요구가 많음, 느긋함, 엉뚱함, 경박함, 비이성적, 게으름, 감정과잉, 잘난 체함, 감수성이 풍부함, 제멋대로임

주도적인 인물을 위한 최적의 시나리오

――――― 즉흥적으로 대처하며 목표와 우선순위를 변경하는 상사와 일한다

――――― 정보가 충분하지 않아 주도적으로 앞장서기 힘든 상황이다

――――― 행동하고 싶지만 그렇게 하기에는 충분한 지식이나 정보가 없다

――――― 자신의 직관을 신뢰하지 않는 경영진의 반대에 맞닥뜨린다

⁷² **전문적인** 성격

Professional

정의	범주	
어떤 분야에 특화된 지식이 있고 이를 적절하게 잘 적용함	성취, 대인관계, 도덕성	

성격 형성의 배경

——— 부모가 전문가로서 성공을 거두었다

——— 자신의 비즈니스 상식이나 지식, 기술을 통해 인정받았다고 느낀다

——— 일과 성공에 집중한다

——— 앞장서서 주도하고 싶어한다; 야망이 있다

——— 성숙하다

——— 자신감과 자존감이 높다

——— 윤리의식이 높다

연관된 행동

——— 팀원으로서 크게 활약한다

——— 자신의 직업에서 유능해지는 데 필요한 교육을 받고 지식을 갖추었다

——— 특정 분야에 경험이 있다

——— 믿을 만하고 정직하다

——— 대인관계가 매우 원만하다

——— 객관적이다

——— 압박이 심해도 일을 잘해낸다

——— 언어 구사력이 뛰어나고 자신의 생각을 논리 정연하게 말한다

————— 적응력이 뛰어나다

————— 약속을 지킨다

————— 자신의 감정을 잘 다스린다

————— 주도적이다

————— 생각하고 나서 행동한다

————— 사람들을 존중하고 예의 바르게 대한다

————— 이야기를 잘 들어준다

————— 상황과 정세를 진단하고 그에 따라 행동한다

————— 위생 상태가 양호하다

————— 옷을 잘 입는다

————— 상황에 맞춰 적절히 처신한다

————— 스트레스에 대한 내성이 강하다

————— 우선순위를 잘 정한다

————— 공손하다

————— 약속한 일을 완수한다; 사람들에게 필요한 것을 제공한다

————— 개인감정을 배제하고 문제를 해결한다

————— 특히 변덕스러운 상황에서 올바르게 판단한다

————— 자신이 한 실수에 책임을 진다

————— 조직적이고 신속하다

————— 사람들이 성공할 수 있도록 지원한다

————— 긍정적이다

————— 기회나 위협을 지켜보다가 윗사람들에게 알린다

————— 자신과 다른 사람들을 위해 변호한다

————— 동료나 동급생 사이에서 평판이 좋다

————— 실망하지 않고 격려한다: 컵에 물이 반이나 남았어.

연관된 생각

—— 회의는 월요일에 열리니까 이틀이나 준비할 수 있어.

—— 에릭은 요즘 힘든 일이 많았으니 그가 깐죽거려도 좀 참아주자.

—— 릭은 소문을 퍼뜨리면 사람들이 존중해주지 않는다는 사실을 언제쯤 깨달으려나?

—— 세이디를 해고하면 불화가 일겠지만 어쩔 수 없어. 가능한 한 조용히 처리하자.

연관된 감정

—— 자신감, 결단력이 있음, 열의, 불안감, 희망참, 만족감, 회의적

긍정적 측면

—— 전문적으로 처신하는 인물은 근면하고 충직하며 윤리적인 데다가 객관적이다. 이들은 스트레스가 심해도 잘 헤쳐나가고, 결정을 내릴 때는 감정을 배제해 어느 한쪽으로도 기울지 않는 최고의 선택을 한다. 사람들이 전문가를 우러러보고 존경하는 까닭은 이들이 신뢰할 만하고 타당한 판단을 할 능력이 있다고 보아서다.

부정적 측면

—— 이런 성격의 인물은 남들보다 높은 기준을 고수하므로 이들의 일탈은 더 눈에 띈다. 따라서 당혹스럽거나 부적절한 일을 하다가 걸리면 더욱 혹독한 평가를 감수해야 한다. 그릇된 결정은 이들을 괴롭혀 일에 방해를 받고 신뢰성에 금이 갈 수 있다. 신뢰와 존경을 회복하려면 남들보다 두 배 더 열심히 노력해야 한다. 또 시기하는 동료, 친구나 이웃은 콧대를 꺾으려 달려들고, 이들이 남들처럼 실수할 수 있음을 입증하고 싶어 할 것이다.

영화 속 사례

──── 〈양들의 침묵〉(1991)에서 FBI 수습요원 클라리스 스탈링(조디 포스터 분)은 명문대를 나오고 절제력을 갖춘 데다가 한니발 렉터(앤서니 홉킨스 분)의 신임을 받을 정도로 결단력이 있다. 그녀는 렉터가 과거에 살해한 사람을 먹는 범죄를 벌였고 다른 사람의 마음을 읽어내는 통찰력이 있음에 불안해하지만, 전문가다운 태도를 잃지 않는다. 떨리는 마음을 억누르고 렉터의 도움을 얻으려 협상을 벌이는데, 그녀의 용기와 끈기에 렉터가 감탄하고 그 보상으로 사건의 단서를 제공한다. 단, 그녀가 자신의 즐거움을 위해 과거의 상처를 떠올리는 동안에만.

영화 속 다른 사례

──── 〈어 퓨 굿 맨〉에서 조앤 갤러웨이 소령, 〈베이비 붐〉(1987)에서 졸지에 죽은 사촌의 아기를 떠맡은 전문직 여성 J. C. 와이어트(다이앤 키튼 분)

갈등을 유발하는 다른 인물들의 성격

──── 신랄함, 비겁함, 엉뚱함, 탐욕스러움, 우유부단함, 무책임함, 질투심이 강함, 게으름, 비윤리적, 미덥지 않음, 앙갚음을 함

전문적인 인물을 위한 최적의 시나리오

──── 자질 없이 힘 있는 지위를 승계한 무능한 상사를 위해 일한다

──── 자신의 전문성에 심각한 타격을 입히는 몰락이나 비극을 경험한다

──── 규칙을 악용하거나 윤리를 저버리면 성공할 기회를 잡을 수 있다

──── 일자리를 잃고 싶지 않으면 못 본 척하라는 말을 듣는다

──── 시기심이 많고 파렴치한 경쟁자에 의해 억울하게 부패 혐의로 고발당한다

73 정확한 성격

Proper

정의	범주	유사한 성향
적절하고 단정함; 위풍당당함	정체성, 대인관계, 도덕성	점잖음, 위엄 있음, 격식을 차림

성격 형성의 배경

——— 지역적인 영향을 받았다

——— 금전적 여유가 있다

——— 부모의 기대가 있었다

——— 옳은 일을 하고 싶은 바람이 있다

——— 그릇된 일을 하고 싶어하지 않는다

——— 교만하다

——— 불안정하다

——— 철두철미하게 규칙을 준수하는 분위기에서 자랐다

연관된 행동

——— 사람들의 생각을 기민하게 알아차린다

——— 규칙을 준수한다

——— 집을 깔끔하게 유지한다

——— 자신의 용모가 완벽하지 않으면 나가지 않는다

——— 맞춤법에 따라 정확히 말한다

——— 절제된 목소리로 말한다(부드러운 어조, 적당한 성량 등)

——— 사람이 많은 곳에서 감정을 드러내지 않는다

- 충직하다
- 규칙을 많이 만들어서 사람들을 통제하려 든다
- 사회규범을 준수한다
- 자신과 다른 사람들에게 기대치가 높다
- 사람들이 저속해 보일 때 경멸한다
- 특권층이나 특권 집단에 속한다
- 신분 상승을 위해 노력한다
- 자신의 아이들이 폐를 끼치지 않도록 엄하게 교육한다
- 정해진 일상과 일정을 고수한다
- 자세가 반듯하다
- 어떤 일이든 꼼꼼하고 세심하게 처리한다
- 위생 상태가 양호하다
- 자신의 책임을 진지하게 생각한다
- 공동체의 일에 관여한다
- 자선단체를 후원한다
- 사람들을 적절함 또는 부적절함의 정도에 기초해서 판단한다
- 반대에 부딪혀도 당당하게 대응한다
- 대립을 피한다
- 깜짝 놀랄 일을 좋아하지 않는다
- 사람들이 불편해할 일을 절대 하지 않는다
- 남부끄러운 모습을 보이지 않으려 어떤 일이라도 한다
- 현재 상태를 유지한다
- 사람이 많은 곳에서 논쟁이나 의견 충돌에 휘말리기를 거부한다
- 사회적으로 용인되는 정도를 넘어서는 공개적인 애정 표현을 삼간다
- 생각하고 나서 말한다
- 흠잡을 데 없이 예의 바르다
- 참기 힘든 사람의 초대라도 감사의 말을 건넨다

——— 긴장을 풀고 예의에서 벗어나기를 어려워한다

연관된 생각

——— 이 상황에서는 어떻게 해야 맞을까?

——— 이웃들이 어떻게 생각할는지?

——— 바버라는 왜 언제나 부끄러운 일을 벌이는 거지?

——— 이언이 옳은 일을 하고 있다는 건 알겠는데, 좀더 은근하게 할 수는 없어?

연관된 감정

——— 즐거움, 짜증, 실망감, 혐오감, 당황함, 경멸

긍정적 측면

——— 정확하고 엄밀한 인물은 공손하고 강직한 시민으로서 사회규범 안에서 고의로 문제를 일으키지 않는다. 이들은 권위를 존중하고 규칙을 따르므로 훌륭한 예스맨으로 인식되기도 한다. 또한 상당히 충직해서 사람이나 단체, 철학, 신념을 끝까지 고수한다.

부정적 측면

——— 이런 성격의 인물은 상황이 한결같을 때 편안함을 느끼고 변화에 잘 대응하지 못한다. 이따금 생각이 꽉 막혀 있어서 자신의 의견이 틀렸을 때조차 절대 굽히지 않는다. 도덕과 올바름은 종종 오랜 전통이나 명령의 사슬을 통해 승계되므로, 이들은 무엇이 옳은지에 대해 다른 사람들에게 의존할 뿐 스스로 생각하지 않는다. 예의를 중시하는 이런 인물들은 부적절하게 처신하는 사람들을 경멸할 수도 있다.

문학작품 속 사례

——— 《앵무새 죽이기》에서 알렉산드라 고모는 흠잡을 데 없는 예의와 외모를

갖춘 고상하고 완고한 숙녀다. 그녀는 사교 파티를 열고, 자신이 먹을 빵이나 과자를 굽고, 가문의 전통에 자부심이 대단하다. 오빠인 애티커스의 몇 가지 선택에는 수긍할 수 없지만 예의 바른 그녀는 오빠에게 계속 충직하고, 조카인 젬과 스카우트를 완고하지만 정중하고 살뜰하게 보살핀다.

문학작품과 영화 속 다른 사례

———— 패멀라 린든 트래버스의 《메리 포핀스》에서 유모 메리 포핀스, 〈더 퀸〉 (2006)에서 엘리자베스 2세 여왕(헬렌 미렌 분)

갈등을 유발하는 다른 인물들의 성격

———— 대립을 일삼음, 호기심, 체계 없음, 게으름, 감정과잉, 짓궂음, 무모함, 말썽을 피움, 상스러움

정확한 인물을 위한 최적의 시나리오

———— 정확하게 처신하는 한편으로 혐오스럽거나 부적절한 행동을 하고 싶은 충동에 빠진다

———— 상스럽고 부적절한 인물들과 팀을 이룬다

———— 적절한 생활수준을 유지할 자원이 부족하다

———— 사회가 생존을 다투는 장으로 곤두박질하면서 예의는 사치일 뿐인 위기를 경험한다

보호본능이 강한 성격

Protective

정의	범주	
자신이 책임을 맡은 사람과 물건을 지켜주거나 위험을 막아주거나 조심스레 관리함	대인관계, 도덕성	

성격 형성의 배경

——— 보호자 역할을 맡는다

——— 사랑하고 존중한다

——— 어린 나이에 다른 사람들(동생 등)을 책임진다

——— (물이나 식량, 보호소가 부족한) 힘든 시기를 살고 있다

——— 과거에 자신의 가족을 부양하려고 버둥거린 적이 있다

——— 자산을 스스로 지켜야 하는 위험이나 부패 상황을 겪는다

——— 학대당했다

——— 조심해서 나쁠 것이 없다고 믿는다

——— 정신적 또는 신체적으로 장애가 있는 가족을 돌본다

——— 사람이나 재산, 자원을 지키지 못해 실패했다(실제든 상상이든)

연관된 행동

——— 위험과 위기를 알아차리고 가능한 한 피한다

——— 금방이라도 불안해질 수 있는 상황을 조심스럽게 지켜본다

——— 의문을 제기한다; 세부사항을 알려고 한다

——— 연구하고 사실을 끌어모은다

——— 보호가 필요한 사람과 매우 가까이 있는다

——— 적극적으로 이야기를 들어준다; 응원과 조언을 한다

——— 누군가의 성공을 바라고 목표를 달성하도록 도와준다

——— 안전에 대한 염려와 타인의 독립성과 자유에 대한 존중 사이에서 균형을 잡는다

——— 사람들에게 자신이 거기에 있음을 알리려 가볍게 터치한다

——— 주도적이다; 무엇이 필요할지를 미리 생각한다

——— 낯선 사람들을 믿지 않는다

——— 올바른 선택과 판단을 장려한다

——— 필요할 때 힘을 보탠다

——— 위험을 파악하고 행동에 돌입한다

——— 친구나 영향력을 행사하는 사람이라고 해서 방심하지 않는다

——— 위압이나 권위, 지배력을 행사하지 않고 누군가에게 득이 되도록 처신한다

——— 자신의 이익을 위해서가 아니라 누군가의 안전을 위해 보호한다

——— 이미 안전성이 입증된 규칙과 행동을 따른다

——— 누군가가 어디에서 누구와 함께 있는지, 무엇을 하는지를 알려고 한다

——— 시간에 극도로 예민하다; 시간제한을 활용한다

——— 자신이 책임지는 사람들에게 필요한 일들을 처리한다

——— 다른 누군가를 위해 변론한다

——— 특히 상황을 거의 또는 전혀 통제할 수 없을 때를 걱정한다

——— 안부를 묻기 위해 통화하고, 문자메시지를 보내고, 직접 방문한다

——— 사람들을 신뢰하고 통제권을 넘겨주기 힘들어한다

——— 누군가를 돕거나 영향력을 확장하려고 더 많은 책임을 떠맡는다

——— 모든 상황에서 잠재적인 위협을 감지한다

——— 새로운 경험이나 새로운 장소를 경계한다

——— 도움이 필요할 때 바로 그 자리에 있다

——— 스스로를 챙길 준비가 안 된 사람들을 돌본다

——— 누군가를 준비시키기 위해 정보를 주거나 충고를 한다

연관된 생각

——— 그녀는 닐이 바람둥이인 줄 전혀 몰라. 내가 알려줘야겠어.

——— 파티에 가서 그가 지난번처럼 정도를 넘지 못하도록 말릴 거야.

——— 피터가 저렇게 입고 학교에 못 가게 해야지. 애들이 저애를 산산조각 내려고 할걸.

——— 밥의 사정이 너무 안 좋아. 내가 이번 교대 업무를 맡아서 상사가 그만 괴롭히게 해야지.

연관된 감정

——— 갈등, 결의, 감사해함, 짜증, 후회, 회의적, 의심, 경계심, 걱정, 우려

긍정적 측면

——— 보호본능이 강한 인물은 걱정이 많고 책임을 지기 위해 최선을 다한다. 이들은 자신의 욕망과 필요를 제쳐놓고 사랑하는 사람들의 일을 우선적으로 처리한다. 또 사랑하는 사람들이 해를 입지 않도록 바짝 경계하고 보호한다. 이런 인물은 잠재적 위험을 진단하고 최소화하는 데 뛰어나서 이용하려 드는 사람들로부터 재산과 자원을 지켜낸다. 한편으로는 사랑하는 사람들이 필요로 하는 도움과 조언을 제공한다.

부정적 측면

——— 이런 성격의 인물은 자신이 책임져야 하는 사람들과 물건을 지키는 반면, 최선의 행동방침에 대해 의견이 엇갈릴 때는 갈등이 일어난다. 선한 의도에도 불구하고, 피보호자의 안전을 지키려는 보호자와 자율권을 가지고 싶은 피보호자 사이에 주도권 다툼이 벌어질 수 있다. 규칙과 예방책을 견디지 못한 피보호자가 반항하면서 관계가 망가지거나 악화된다.

이때 보호자는 피보호자를 돌볼 능력이 있음을 스스로 입증해야 하는 위기로 내몰린다.

드라마 속 사례
——— 〈슈퍼내추럴〉 시리즈에서 딘 윈체스터는 동생 샘뿐만 아니라 동료 헌터들을 포함해 가족과 다름없는 누구라도 지키고 보호한다. 그는 매일매일 악으로부터 사람들을 지키기 위해 먼 길도 마다하지 않고 찾아가며, 악령과 리바이어던, 네 명의 기사, 그리고 자기 자신에게도 맞선다. 타인을 위해 죽음을 불사하는 것이 헌터의 운명이라지만, 딘은 한발 더 나아가 동생을 구하기 위해 자신의 영혼마저 악마에게 판다.

영화와 문학작품 속 사례
——— 〈블라인드 사이드〉(2009)에서 리 앤 투오이(샌드라 불럭 분), 〈제5원소〉(1997)에서 코벤 댈러스(브루스 윌리스 분), 코맥 매카시의 《로드》에서 아버지

갈등을 유발하는 다른 인물들의 성격
——— 잔인함, 윤리적, 탐욕스러움, 정의로움, 남을 조종함, 자기파괴적, 이기적, 추잡함, 비윤리적, 앙갚음을 함, 폭력적

보호본능이 강한 인물을 위한 최적의 시나리오
——— 자격이 없다는 생각에 보호자의 노력을 과소평가하는 이들을 보호하려 애쓴다
——— 자신의 자원을 빼앗으려고 하는 막강한 권력(경찰, 정부)과 맞닥뜨린다
——— 요긴한 지식이나 자원을 가지고 있지 못함에도 누군가를 보호해야 한다

75 별난 성격
Quirky

정의 특이하거나 별스러움	범주 정체성, 대인관계	유사한 성향 괴짜, 엉뚱함, 유별남, 관습을 벗어남

성격 형성의 배경

———— 특권의식이 있다; 원한다면 무엇이든 해도 된다는 자격이 있다고 믿는다

———— 다른 사람들의 생각에 신경 쓰지 않는다

———— 지나치게 빡빡하거나 엄했던 과거에서 벗어나고 싶어한다

———— 관습을 전혀 존중하지 않는 환경에서 자랐다

———— 치매에 걸렸다

———— 미성숙하다

———— 불안정하다

———— 주목받기를 갈망한다

———— 독립적인 성향이 강하다; 자신의 개성에 자부심을 가진다

연관된 행동

———— 옷을 입을 때 관습에서 벗어난 조합을 시도한다

———— 외모에 신경을 안 쓴다; 다른 일들에 더 많은 관심을 가진다

———— 특이한 버릇이 있다

———— 사람들이 공유하는 사회적 신호를 눈치채지 못한다

———— 사람들과 관계를 맺는 데 다소 서투르다

———— 자신의 별난 점을 받아들인다

─── 튀어 보이기 위해 일부러 어떤 일을 한다

─── 다른 사람들의 생각을 고려하지 않고 자신이 원하는 대로 한다

─── 규칙을 어긴다

─── 자신만의 규칙을 만든다

─── 종잡을 수 없다

─── 자신감이 있다

─── 독립적이다

─── 사람들이 자신의 독특함에 당황해하면 기분이 좋다

─── 반대에 개의치 않고 자신의 개성을 고수한다

─── 생각(마음)이 열려 있다

─── 인생을 즐긴다

─── 일상적인 일도 다른 사람들과는 조금씩 다르게 한다

─── 사회규범에 저항한다

─── 유행을 따르고 인기에 편승하는 사람들을 보면 짜증이 난다

─── 주류를 따르지 않는 믿음과 견해를 지지한다

─── 자신의 개성이 비난받을 때 방어적으로 대처한다

─── 분노가 커져 비통함으로 발전하면 별난 점을 반항의 행위로 바꾼다

─── 단도직입적으로 말한다; 돌려 말하지 않는다

─── 고립적이다

─── 다른 별난 사람들과 무리를 이룬다

─── 창의적으로 표현한다

─── 주목이나 인정을 받기 위해 별난 행동을 한다

─── 겉과 속이 같다; 다른 사람들을 의식하지 않고 자신에게 충실하다

─── 자신의 이상한 방식, 아이디어, 예측 불가능성으로 사람들을 불안하게
　　　만든다

연관된 생각

——— 사람들은 대부분 이렇게 안 입지만, 나한테는 잘 어울려!

——— 다들 왜 그렇게 그 영화를 좋아하는지 아직도 모르겠어. 시시하던데.

——— 센트럴파크에서 리버사이드 대로까지 뒤로 걸어서 갈 수 있을까?

——— 오늘은 말을 하지 않을 거야. 대신 노래를 부를래.

연관된 감정

——— 경이로움, 분노, 불안감, 자신감, 방어적, 결의, 당황함, 무관심함, 만족감,
경계심

긍정적 측면

——— 별난 성격의 인물이 일단 괴짜로 낙인찍히면 누구도 이들이 관습을 따
를 것이라 기대하지 않는다. 따라서 이들은 다른 사람들이 하지 못하는
일을 쉽게 할 수 있고, 이는 작가에게 유용하게 쓰일 수 있다. 이들은 쉽
게 전형화되어 종종 사회에서 과소평가되거나 간과되는데, 고정관념에
서 벗어나 문제를 다른 관점에서 바라보고 뜻밖의 답을 내놓기도 한다.

부정적 측면

——— 누구에게나 내놓을 것이 있기 마련이므로 별난 사람의 재능이 언제나
주목받거나 고맙게 받아들여지는 것은 아니다. 이런 성격의 인물은 오
해와 의심의 눈초리를 받고 만만한 희생양이 되기 쉽다. 이들은 별나고
이상한 면모로 인해 보통 공동체와 단체의 주변부로 밀려난다.

영화 속 사례

——— 〈초콜릿 천국〉(1971)에서 윌리 웡카(진 와일더 분)는 초콜릿 공장 소유
주이며 괴짜다. 그는 이상한 옷을 입고, 난쟁이 움파룸파족을 직원으로
채용한다. 또 공장 견학을 하던 아이들이 실종되거나 모습이 바뀌는 일

도 다반사다. 그의 말과 행동을 보면 그가 사회규범 바깥에 있고 자신만 만하게 행동한다는 사실이 분명해진다. 하지만 그가 괴짜임을 아는 사람들은 그 모든 것을 자연스럽게 받아들인다.

영화 속 다른 사례
──────── 〈노팅 힐〉(1999)에서 룸메이트 스파이크(리스 이반스 분), 〈스페이스 캠프〉(1986)에서 우주여행 훈련 캠프에 참가한 소녀 티시 앰브로즈(켈리 프레스턴 분)

갈등을 유발하는 다른 인물들의 성격
──────── 협상에 능함, 깐깐함, 주눅이 듦, 정확함, 책임감이 있음, 세련됨

별난 인물을 위한 최적의 시나리오
──────── 개성을 전혀 인정하지 않는 엄격한 사회에서 살고 있다
──────── 목표를 달성하기 위해서는 순응해야 하는 상황을 경험한다
──────── 별난 성격 탓에 오해를 사거나 부당한 대우를 받는다
──────── 자신의 엉뚱한 성격과 상충하는 목표가 있다(인기를 얻고 싶어하는 등)

76 지략이 풍부한 성격
Resourceful

정의	범주	유사한 성향
자신이 가진 것으로 임시변통해서 새로운 상황에 적응함	성취, 대인관계	영리함, 진취적, 독창적

성격 형성의 배경

———— 과거에 지략이 부족하던 시절이 있었다

———— 궁핍하다; 새로운 생존방식을 도모하는 것 말고는 다른 선택이 없다

———— 단순하게 살고 싶은 욕구가 있다

———— 근검절약한다

———— 독립적이다; 다른 사람들에게 의지하고 싶어하지 않는다

———— 더 많이 책임을 맡고 싶거나 효율적이고 싶다

———— 상상력과 창의력이 매우 풍부하다

연관된 행동

———— 힘든 상황에서도 냉정을 잃지 않는다

———— 주도적이다

———— 문제해결에 능하다

———— 상황을 빠르고 정확하게 파악한다

———— 결단력이 있다

———— 긍정적인 관점을 유지한다

———— 열심히 잘 살피면 언제나 해법은 있기 마련이라고 믿는다

———— 사물의 작동원리에 대해 기본적으로 이해하고 있다

———— 스스로를 돌볼 능력이 있다는 것에 자부심을 가진다

———— 작동원리를 더 잘 이해하기 위해서 물건들을 수리해본다

———— 고정관념에서 벗어난 생각을 한다; 독창적이다

———— 재활용한다

———— 버려진 물건들을 새로운 용도로 바꾸어 활용한다

———— 언젠가 사용할 날이 있을 것이라 생각하고 물건들을 보관한다

———— 저장하는 성향이 강하다

———— 필요한 것을 창의적인 방식으로 확보한다

———— 물건을 사지 않고 만들어 쓴다(옷, 식료품, 장식물 등)

———— 필요할 때 사용할 수 있도록 물건들의 목록을 작성한다

———— 앞서 생각한다

———— 만들 수 없는 것은 물물교환을 통해 얻는다

———— 지식이 부족한 분야는 독학한다

———— 주어진 문제에 답이 하나가 아님을 알고 있다

———— 새로운 기회를 계속 찾는다

———— 조직적이다

———— 경비를 줄이거나 돈을 절약할 방도를 모색한다

———— 플랜B가 있다

———— 빠듯한 예산을 도전의 기회로 바라본다

———— 문제가 발생하기 전에 예측한다

———— 위험을 감수한다; 실험을 두려워하지 않는다

———— 실수를 통해 배운다

———— 불가능은 없다고 믿는다

———— 낭비나 허비하는 사람들을 조롱한다

———— 돈이나 자원을 절약하는 데 집착한다

———— 힘든 일을 마다하지 않는 해결사다

연관된 생각

——— 샴푸통 바닥에 아직 샴푸가 있는데 버렸다니 믿을 수 없어.

——— 충분히 오래 생각하면 해결책을 찾을 수 있어.

——— 도마에 금이 좀 갔다고 버리면 창피하지. 활용할 방법이 뭐 없을까?

——— 우리가 활용할 수 있는 자원에는 무엇이 있을까?

연관된 감정

——— 짜증, 자신감, 호기심, 절박함, 결의, 열정, 자부심, 만족감, 걱정

긍정적 측면

——— 지략이 풍부한 인물은 앞일을 미리 생각하거나 문제를 예상하고 대비책을 마련해둔다. 위험한 상황이 발생해도 냉정을 잃지 않으며 허둥지둥하는 대신 해결책 찾기에 골몰하는데, 대부분 정통이나 관습과는 먼 답을 내놓는다. 결단력 있고 자신만만하며 상상력이 뛰어난 이들은 상황이 안 좋을 때 물정을 알기 때문에 도움을 주는 사람이 된다.

부정적 측면

——— 이런 인물은 독립적으로 일할 수 있는 능력 탓에 다른 사람들에게 의지하거나 함께 일하기가 어려울 수 있다. 자급자족하고자 하는 성향은 이들을 고립과 여차하면 피해망상으로 내몰 수 있는데, 사람들에게 자신의 자원이나 자유를 빼앗길까 불안해하기 때문이다. 또한 절약이 지나쳐서 돈이나 자원을 내주느니 차라리 가난하고 누추하게 살겠다고 작정하기도 한다.

문학작품 속 사례

——— 거트루드 챈들러 워너의 《화물차에 사는 아이들The Boxcar Children》에서 네 명의 형제자매는 화물차와 함께 버려져 자립할 수밖에 없다. 살아남

으려면 일을 해야 하는데 맏이는 잔디를 깎고, 다른 아이들은 쓰레기 폐기장을 샅샅이 훑어 재활용할 만한 물건들을 찾는다. 아이들은 심지어 마을 호수에 둑을 막아서 수영장과 우유를 상하지 않게 보관할 장소도 만든다. 이들은 어리지만 자신들이 가진 물건을 활용하고, 상황을 개선하기 위해 눈을 크게 뜨고 새로운 기회를 주시하면서 그럭저럭 지낼 수 있게 된다.

영화와 문학작품 속 다른 사례

——— 〈람보〉에서 존 람보, 요한 다비드 비스의 《로빈슨 가족의 모험》에서 무인도에 조난당한 가족의 부모 윌리엄과 엘리자베스, 〈레이디호크〉(1985)에서 아퀼라성의 지하감옥에서 탈주한 도둑 '생쥐' 필리프 가스통(매슈 브로더릭 분)

갈등을 유발하는 다른 인물들의 성격

——— 특권의식을 지님, 낭비벽이 있음, 관대함, 오만함, 무책임함, 게으름, 이기적, 비굴함

지략이 풍부한 인물을 위한 최적의 시나리오

——— 창의력이나 상상력이 부족하므로 꾀를 내야 한다
——— 사치스럽고 낭비가 심한 사람과 짝을 이룬다
——— 지략을 발휘하기 어렵게 만드는 장애물을 대면한다(이동에 영향을 주는 부상 등)
——— 자신만이 아니라 절박한 상황에 몰린 많은 피보호자를 위해 꾀를 내야 한다

77 책임감 있는 성격

Responsible

정의	범주	유사한 성향
자신의 행동과 의무에 책임을 짐	성취, 대인관계, 도덕성	기댈만 함, 듬직함, 믿음직함, 확실함

성격 형성의 배경

——— 맏이로 태어났다

——— 어린 동생들이나 몸이 약한 부모를 돌보며 성장했다

——— 과거에 자력으로 생존해야 했던 상황을 겪었다

——— 옳고 그름에 대한 의식이 예리하다

——— 감사한 마음에서 다른 사람들을 보살핀다

——— 애국심이 투철한 가족, 공동체, 나라의 일원이다

——— 엄격한 규칙과 높은 기준치를 부과하는 환경에서 자랐다

——— 선대의 가업을 이어가는 집안의 일원이다(가족사업체 운영 등)

——— 사람들이 자신의 행동에 책임을 져야 한다고 믿는다

연관된 행동

——— 직업윤리가 엄격하다

——— 약속을 지킨다

——— 능력껏 최선을 다해 자신의 일을 해낸다

——— 자신의 일에 자부심이 크다

——— 적절한 때에 업무를 마무리한다

——— 자기 책임 아래 있는 사람들을 보살핀다

——— 수입과 지출의 균형을 맞추기 위해 초과근무를 한다

——— 실수를 저지르면 책임진다

——— 핑계를 대지 않는다

——— 자신의 선택에 누군가 실망할 때 회한, 후회, 죄책감이 든다

——— 자신의 의무를 다하지 못할 때 불안해한다

——— 자신의 평판에 긍지를 가진다; 이를 유지하려 애쓴다

——— 공손하게 말한다

——— 자신의 장점과 결점을 알고 여기서 크게 벗어나지 않으며 일한다

——— 자기수양에 힘쓴다

——— 어려운 상황에 정면으로 맞선다

——— 조직적이다

——— 실수를 통해 배운다

——— 주도적이다

——— 가끔은 주체할 수 없는 기분이 든다

——— 사람들을 공평하게 대한다

——— 사람들이 책임을 다하지 않을 때 실망한다

——— 누군가 실수로 망친 일을 대신 마무리하고 그로 인해 울분을 느낀다

——— 책임을 완수하기 위해 희생한다

——— 단체활동에서 앞장을 선다

——— 마감시한 안에 일을 끝낸다

——— 스스로 동기를 유발한다

——— 피부양자가 듣고 싶어하는 말을 들려주어 불안감을 덜어준다

——— 약한 모습을 내보이는 것이 내키지 않아 도움을 청하기 힘들어한다

——— 사람들이 만족해하는지를 확인한다

연관된 생각

——— 이 일을 마무리할 방법은 모르겠지만, 해내고 말 거야.

———— 왜 사람들은 자신이 하겠다고 말한 대로 할 수 없을까?

———— 전효이 기히지만 내게는 시간이 없어. 다른 사람에게 물어보라고 밀께야지.

———— 제시간에 회의하려면 평상시보다 1시간은 더 일찍 일어나야 할 거야.

연관된 감정

———— 기대감, 불안감, 자신감, 결의, 압도됨, 회한, 만족감

긍정적 측면

———— 책임감 있는 인물은 예기치 못한 일이 닥쳤을 때 믿고 의지할 수 있는 사람이다. 이들은 신의가 있고 근면해서 필요한 것을 제공해준다. 이런 성격은 도덕성과 강력하게 결부되므로, 어떤 일이 일어나든 책무를 다하려 한다. 이들은 자신을 희생하고 대의를 위해 다른 사람들 뒤에 선다. 또 가족이나 친구, 공동체, 회사처럼 자신과 관계있는 사람들에게 충직하다. 약속을 진지하게 여겨 믿음을 주는 이들은 지도자, 양육자, 동료로서 적역이다.

부정적 측면

———— 이런 성격의 인물은 책임감을 너무 심각하게 받아들여서 내려놓고 즐기는 것이 힘들 수 있다. 이따금 생각 없이 안내와 양육, 훈계를 하는데 이런 종류의 간섭이 언제나 받아들여지는 것은 아니라, 영역을 확장하고 자신만의 길을 찾으려는 사람들에 의해 배제되거나 심지어 비방당할 수 있다. 특히 어린 사람들은 이런 성격의 인물을 지루해하고 과하게 진지하다고 여겨 문제가 일어나고 도움이 필요할 때까지 이들의 가치를 못 알아볼 수도 있다.

영화 속 사례

────── 〈라이언 일병 구하기〉에서 존 밀러 대위는 완수해야 할 임무가 있다. 그는 이 임무가 옳다고 생각하지 않지만, 대위로서 라이언 일병을 찾아내 집으로 돌려보내는 책임을 다하려 한다. 그가 보기에 이는 거의 불가능한 일이다. 라이언 일병의 행방은 오리무중이고, 프랑스 땅에는 독일군이 득실거린다. 게다가 밀러의 부하 몇몇이 배에 오르지 못했고 대원 두 명이 전사한 후에는 폭동의 낌새까지 보인다. 그러나 모든 일을 견뎌내고 밀러 대위는 자신의 임무를 계속할 뿐 아니라, 대원들에게도 똑같이 하라고 격려한다. 결국에 그는 엄청난 대가를 치르고 임무를 완수한다.

문학작품 속 사례

────── 《반지의 제왕》 시리즈에서 프로도 배긴스, 피터 벤츨리의 《죠스》에서 마틴 브로디 경찰서장

갈등을 유발하는 다른 인물들의 성격

────── 엉뚱함, 충동적, 무책임함, 게으름, 짓궂음, 별남, 무모함, 이기적, 비협조적, 자유분방함

책임감 있는 인물을 위한 최적의 시나리오

────── 자신의 도덕성과 상충하는 목표가 있다(책임감 있는 도둑, 정직하지 못한 부모 등)

────── 상충하는 책무로 어려운 선택을 해야 한다

────── 충동이나 나쁜 버릇 때문에 책임감을 가지기 어렵다

────── 자신이 믿지 못하는 프로젝트나 목표를 책임지게 된다

⁷⁸ 양식 있는 성격
Sensible

정의	범주	유사한 성향
올바른 판단을 내리고 예리한 의식을 보임	성취, 대인관계	상식적, 타당한, 실용적, 현실적, 이성적

성격 형성의 배경

——— 지적이다

——— 매우 논리적이다

——— 부모가 깊이 생각하라고 가르쳐주었다

——— 다른 사람들을 돌보거나 책임지고 있다

——— 매우 이성적이다

연관된 행동

——— 결론을 내리기 전에 자신의 선택지를 꼼꼼히 조사한다

——— 찬성과 반대 의견을 따져본다

——— 성과에 대해 현실적인 기대치를 가진다

——— 자신의 감정을 잘 다스린다(특히 흥분하거나 격해질 때)

——— 현실에 발을 붙이고 있다; 자신이 실제로 보고 아는 것에 기초해 살아 간다

——— 무엇이 필요하고 기대되는지를 파악한 후에 그에 따라 처신한다

——— 잠시 멈추고 숙고한다; 생각하고 나서 행동한다

——— 사람들을 논리적으로 잘 설득한다

——— 매우 상식적이다

—————— 일을 벌이기 전에 가능성과 위험을 확인한다

—————— 상황에 따라 적절한 옷차림과 행동을 한다

—————— 말을 잘한다

—————— 실용적인 통찰과 조언을 한다

—————— 객관적이다

—————— 합리적인 선을 넘어서는 요구나 기대를 하지 않는다

—————— 사람들이 흔히 가지고 있는 믿음과 생각을 따른다

—————— 사람들의 존경을 받는다

—————— 신중하게 자신의 의견을 속으로만 간직한다

—————— 다른 사람들의 연륜과 지혜를 존중한다

—————— 부드럽고 차분한 어조로 말한다

—————— 감정이 불안할 때는 이성의 목소리를 따른다

—————— 사람들이 섣불리 행동하지 못하도록 단속한다(충동적인 친구 말리기 등)

—————— 실용성과 상식으로 사람들의 마음을 흔든다

—————— 위험을 감수하지 않는다

—————— 지혜나 조언을 찾아나선다

—————— 실용성을 위해 물건을 재사용하거나 재활용한다

—————— 사람을 사귈 때 조심스럽게 시작한다

—————— 현실적인 사람들을 존경한다

—————— 억지로 위험한 행동을 하지 않는다

—————— 멀티태스킹에 능하다

—————— (압박이 심해도) 의사결정자로서 제 역할을 다한다

—————— 현실적인 희망과 기대를 한다

—————— 건강을 잘 유지한다

—————— 지나친 탐닉을 경계한다(과음, 과식 등)

—————— 몽상가와 이상주의자에게 짜증을 내거나 불만을 표시한다

—————— 책임감 있고, 신뢰감을 준다

———— 달갑지 않은 놀라움을 피하기 위해 변화를 예측하고 그에 적응한다

———— 질서와 규칙을 높이 평가하다

———— 강력한 리더십과 조직력이 있다

연관된 생각

———— 영수증 없이는 환불을 안 해줄 것 같지만, 시도한다고 손해볼 건 없지.

———— 다이앤은 이번 투자에 흥분하지만, 나는 위험이 덜한 쪽이 나을 것 같아.

———— 에드거가 선거에서 이길지 미심쩍지만 우리는 대안이 필요해. 옳은 방향으로 한걸음을 디딜 수 있어.

———— 어떤 드레스 코드가 맞을지 모르겠지만 비즈니스 캐주얼이 무난하지.

연관된 감정

———— 자신감, 결의, 감사해함, 만족감

긍정적 측면

———— 양식 있는 인물은 닻이나 구명보트와 같다. 상황이 급박하거나 감정이 격해질 때 이들은 이성을 되찾고 일을 수습한다. 책임감이 강하고 준비되어 있으며, 상황 판단력이 흐리거나 부족한 누군가를 위해 제대로 조언해준다. 또한 신속하게 문제를 진단하고 골치 아픈 감정에 연루되지 않으며, 사실에 기초해 해결책을 내놓을 수 있다.

부정적 측면

———— 이런 성격의 인물은 이따금 발전을 위해 노력하기보다 현실에 만족한다. 이들은 성공 여부를 따져보고 가능성이 더 높은 쪽을 따라가므로, 거창한 꿈이나 위험한 목표를 추구하지 않을 가능성이 크다. 또 즉흥적인 것을 경멸하므로 고리타분한 사람으로 보일 위험도 있다.

영화 속 사례

──────── 〈쇼생크 탈출〉에서 엘리스 레드 레딩(모건 프리먼 분)은 교도소 안으로 물건을 밀반입해주는 죄수로, 유용한 서비스를 제공하면서 다른 재소자들로부터 자신을 지켜낸다. 그는 억울하게 누명을 쓴 앤디 듀프레인과 친구가 되어 혹독한 환경에서 생존하는 법을 알려준다. 교도소 내의 분위기 변화에 민감한 레드는 어느 바퀴에 기름을 칠지 그리고 언제 비켜나야 할지를 안다.

문학작품과 영화 속 다른 사례

──────── 《초원의 집》 시리즈에서 로라 잉걸스, 〈스타트렉〉 시리즈에서 레너드 매코이 박사, 〈시애틀의 잠 못 이루는 밤〉(1993)에서 샘 볼드윈(톰 행크스 분)

갈등을 유발하는 다른 인물들의 성격

──────── 강박적, 미성숙함, 우유부단함, 엉뚱함, 어리석음, 감정과잉, 놀기 좋아함, 미신을 믿음

양식 있는 인물을 위한 최적의 시나리오

──────── 어리석은 사람과 함께 일하거나 그와 함께 있어야 한다

──────── 자신이 믿지 않는 어떤 것에 노출된다(초자연적 현상 등)

──────── 논리가 아니라 신념에 따라 행동하도록 강요받는다

──────── 불가능한 꿈을 좇거나 말도 안 되는 방향으로 나아갈 것을 강요당한다

⁷⁹ 관능적인 성격
Sensual

정의	범주	유사한 성향
감각을 중시함; 감각적 만족을 위해 자신의 취향을 탐색함	정체성, 대인관계	세속적, 쾌락주의적

성격 형성의 배경

——— 모든 사물과 경험에 깊은 애정을 가진다

——— 탐험심이 강하다

——— 천성적으로 창조적이거나 예술적이다

——— 자신의 감각에 대한 의식과 민감성이 높다

——— 성적 욕구가 강하다

연관된 행동

——— 호기심이 강하다

——— 음악과 미술, 아름다움을 깊이 있게 감상한다

——— 촉각이 매우 민감하다

——— 천성적으로 낭만적이다

——— 정서적 또는 감각적 경험을 사람들과 나누고 싶어한다

——— 자신과 다른 사람들의 감정에 예민하다

——— 천천히 오랜 시간 음식을 먹거나 술을 마시며 그 경험을 온전히 즐긴다

——— 온기와 빛에 매우 민감하다

——— 분위기를 제대로 내기 위해 미리 계획을 세운다(촛불 켜기, 음악 선정 등)

——— 색깔이 자신의 감정에 미치는 효과를 즐긴다(더 선명한 색으로 보기 등)

——— 빛의 움직임을 잘 안다(그늘을 만드는 법, 은은한 색을 내는 법 등)

——— 차분하게 천천히 숨을 고른다

——— 감촉에 예민하다(옷감의 보드라움과 피부에 닿았을 때의 느낌을 의식한다)

——— 새로운 음식을 맛보고 싶어한다

——— 혀에 닿는 감촉을 좋아한다

——— 성적 흥분과 관련된 몸의 변화를 감지한다(간질거리는 느낌, 몸이 달아오르는 느낌 등)

——— 기분 좋은 향에 취한다

——— 과감하다

——— 향에 민감하다

——— 현실에 충실하게 살아간다

——— 거리낌이 없다

——— 육체적 만족을 추구한다

——— 성적인 놀림과 농담을 한다

——— 마사지를 해주고 받는다

——— 술에 취하듯 상대에게 끌린다

——— 섹스를 한다

——— 감각적 욕구가 충족될 때 몸의 긴장이 풀어지는 기분을 느낀다

——— 감각에 몰두한다; 그 밖의 모든 것에는 점차 무신경해진다

——— 상상력이 풍부하다; 환상에 잠긴다

——— 발견하고 탐구하고 싶어한다

——— 쾌락이나 황홀감에 대한 욕망이 강렬하다

——— 자연의 아름다움을 감상한다

——— 삶 자체와 삶에서 일어나는 일들에 열정적이다

——— 영화나 책, 예술, 자연의 아름다움에 대한 정서적 반응을 경험한다

——— 자신의 감정을 표현하는 방법으로 춤을 추거나 몸을 흔든다

——— 향수를 뿌리거나 바른다

─── 알몸으로 지내는 것을 좋아한다

─── 공개적으로 애정을 표현한다

─── 은밀한 메모나 문자메시지, 사진을 보낸다

─── 스킨십을 좋아한다

연관된 생각

─── 저 난초 향에 취해버렸어.

─── 하루 종일 창가 의자에 앉아 따스한 햇살을 즐기는 것은 큰 축복이야.

─── 앨런의 살결은 너무 부드러워. 몇 시간이고 어루만지고 싶어.

─── 달을 볼 때마다 달빛 속에서 춤을 추고 달빛에 젖고 싶어져.

연관된 감정

─── 흠모, 호기심, 욕망, 흥분, 사랑, 만족감

긍정적 측면

─── 두려움 없고 열정적이며 관능적인 인물은 탐험가이기도 하다. 이들은 자신의 감각을 파고들어 상상할 수 있는 모든 것을 시도해 만족감을 찾아낸다. 감정과 욕망에 집중하는 이들은 깊이 사랑하고 모든 것에서 축복을 발견할 기회를 허투루 쓰지 않는다.

부정적 측면

─── 이런 성격의 인물은 때때로 감각적 자극과 정서적 만족만 탐색하다가 정도를 지나칠 수 있다. 부족한 판단력과 순간적인 흥분으로 건전한 판단이 불가능해지면 무책임과 불륜, 약이나 술에 의존할 위험성이 커진다.

영화 속 사례

─── 〈나인 하프 위크〉(1986)에서 이혼녀 엘리자베스 맥그로(킴 베이신저 분)

는 잘 알지 못하는 남자와 사랑을 나눈다. 영화 내내 두 남녀는 모험적인 성적 유희뿐만 아니라 음식, 옷, 색, 소리, 촉감을 통해 감각의 세계를 탐구한다.

드라마 속 사례
———— 〈두 남자와 1/2〉 시리즈에서 찰리 하퍼, 〈섹스 앤 더 시티〉 시리즈에서 사만다 존스

갈등을 유발하는 다른 인물들의 성격
———— 냉담함, 주눅이 듦, 내성적, 외톨이

관능적인 인물을 위한 최적의 시나리오
———— 관능적 행동이 금지된 곳에서 산다(수녀원, 교도소 등)
———— 감촉, 냄새, 소리 등에 반응하는 감각처리장애가 있다
———— 가족이나 친구들에게 자신의 선택을 용인받지 못하고 변태라고 낙인찍힌다
———— 당황스러운 상황에 놓인다(알몸으로 수영할 때 오지랖이 넓은 이웃이 나타난다)

⁸⁰ 감성이 풍부한 성격
Sentimental

정의	범주	유사한 성향
느낌이나 감정에 의해 많이 좌우됨	정체성, 대인관계	정서적, 낭만적

성격 형성의 배경

——— 부모가 지나치게 감수성이 예민했다

——— 과도하게 감정을 표현할 때 따라오는 주목을 원한다

——— 과거에 감정을 격렬하게 만들었던 사건을 극복할 수 없다

——— 자신의 감정에 깊이 몰입하는 체험을 자주 하고 싶어한다

연관된 행동

——— 친절에 깊이 감동한다; 자신의 감정을 예민하게 느낀다

——— 향수에 잠긴다

——— 이상적인 배우자, 직업 등에 대한 견해가 확고하고 타협을 거부한다

——— 논리보다는 감정에 기초해 결정을 내린다

——— 기념품(유품)을 지키고 소중히 간직한다

——— 중요한 날이나 사건을 또렷이 기억한다(생일, 헤어진 날 등)

——— 충직하다

——— 조상과 가족에 관한 정보를 찾아낸다

——— 어떤 기념물 뒤에 숨겨진 이야기를 중요시한다

——— 집안의 가보를 물려준다

——— 사람들에게 맞춤 선물을 사준다

—— 사랑하는 사람들과 보낸 시간을 귀하게 여긴다

—— 슬픈 영화나 책을 보면 눈물을 흘린다

—— 공공장소에서 감정을 자유롭게 드러낸다

—— 무언가가 기억을 건드리면 감상에 빠진다(노래가 흘러나올 때 등)

—— 사람들이 자신이 준 감정의 강도만큼 되돌려주지 않으면 마음이 상한다

—— 자신의 시간을 선물한다

—— 사랑하는 사람들을 행복하고 충만하게 만들고 싶어한다

—— 사려 깊다(도시락에 편지 넣어 보내기, 이유 없이 연인에게 문자하기 등)

—— 기억을 이상화한다; 좋은 내용만 기억하고 나쁜 것은 잊는다

—— 기념품이 망가지거나 사라졌을 때 상실감을 느낀다

—— 예민하다; 감정을 쉽게 다친다

—— 누군가의 소망을 발견하고 그것을 충족시킬 방법을 찾는다

—— 자신의 행복을 다른 사람과 연결시킨다

—— 특별한 날에 연인에게 로맨틱한 선물을 한다

—— 과거를 떠올리게 하는 징표를 보면 울컥한다(시구절, 극장표 등)

—— 이메일 대신 손편지를 보낸다

—— 일생을 같이한 사람들의 기호와 열정을 알고 있다

—— 사람들에게 과도한 감정과 관심을 보여 숨 막히게 한다

—— 사랑하는 사람이 특별한 재능이나 재주를 가졌다고 믿는다

—— 그때그때 느끼는 감정이 무엇이든 말로 다 표현한다

—— 외식하는 대신 사람들을 집으로 초대해 요리를 해준다

연관된 생각

—— 로라에게 우리의 우정이 내게 얼마나 소중한지 편지로 써줘야지.

—— 이 물건은 잘 보관했다가 언젠가 손녀에게 물려줘야겠다.

—— 내 인생을 통틀어 지금처럼 행복한 때가 없었어!

—— 그냥 친절히 대했을 뿐인데, 그 남자는 왜 그런 말을 하는 거지?

연관된 감정

─────── 흠모, 놀라움, 기대감, 절박함, 환희, 흥분, 감사해함, 행복, 사랑

긍정적 측면

─────── 감성이 풍부한 인물은 자신의 감정에 주목한다. 이들은 감정을 숨길 줄
모르고 속내를 보이며 정직하게 표현한다. 이기적이지 않고 남을 위주로
생각하며, 매우 충직하고 종종 자신의 삶을 나누려는 사람들에게 감정
을 쏟아붓는다. 또한 낭만을 찾으며 사려 깊고 관대하기도 하다.

부정적 측면

─────── 이런 성격의 인물은 감정에 치우치는 성향 때문에 종종 현실적인 사람
들과 충돌하고, 때로는 감상적이고 비현실적이며 불안정한 사람으로 보
일 수 있다. 숨김이 없는 이들의 성향에 사람들은 불편해하거나 심지어
멀리하려 한다. 이런 인물은 종종 타인에 대한 자신의 감정에만 빠져 자
신이 어떤 사람이고 혼자서 무엇을 할 수 있는지를 망각한다. 감성이 이
들의 인지력을 떨어뜨려 사건을 실제가 아닌 자신이 보고 싶은 대로 바
라보게 만들 수도 있다.

문학작품 속 사례

─────── 제인 오스틴의 《이성과 감성》에서 메리앤은 감성이 풍부한 대시우드 집
안의 둘째 딸이다. 그녀는 시와 자연, 낭만적인 제스처에 쉽게 마음이
흔들린다. 존 윌러비의 도움을 받은 그녀는 그와 사랑에 빠져서 주변 사
람들의 현실적인 경고를 전혀 귀담아듣지 않는다.

영화와 문학작품 속 다른 사례

─────── 〈노트북〉(2004)에서 가난한 목수를 사랑하는 재력가의 딸 앨리 해밀턴
(레이철 매캐덤스 분), 《빨간 머리 앤》에서 앤 셜리

갈등을 유발하는 다른 인물들의 성격

──────── 분석적, 잔인함, 유머를 모름, 공정함, 꼼꼼함, 엄격함, 말이 안 통함

감성이 풍부한 인물을 위한 최적의 시나리오

──────── 실용적이거나 논리적인 직종에서 일할 것을 강요당한다

──────── 들뜬 감정을 자극해 균형을 무너뜨리려는 사람들이 주변에 포진해 있다

──────── 집안의 가보를 팔거나 없애야 하는 전혀 낭만적이지 않은 상황에 처한다

──────── 매우 현실적이고 허튼짓을 용납하지 않는 낭만과 거리가 먼 배우자와
살고 있다

──────── 감성이 풍부하지만 논리적이고 이성적이고 싶어한다

81 소박한 성격
Simple

정의	범주	유사한 성향
화려하지 않음; 수수함	정체성, 대인관계	현실적, 검소함, 꾸미지 않음, 잘난 체하지 않음

성격 형성의 배경

——— 자의식이 강하다

——— 상황을 있는 그대로 받아들인다

——— 유대가 긴밀한 공동체나 집안에서 자랐다

——— 쉽게 압도당한다

——— 자신이 가진 것을 알고 감사해한다

——— 천성적으로 이해력이 좋다

연관된 행동

——— 사람을 사귈 때 거짓이 없다

——— 사람들을 판단하지 않는다

——— 자신이 가진 것에 만족한다

——— 야단법석을 떨지 않는다

——— 정직하다

——— 현실적이다

——— 관찰과 경청으로부터 지혜를 얻는다

——— 있는 그대로의 자기 모습을 편하게 받아들인다

——— 허세를 부리거나 잘난 체하지 않는다

——— 사람들이 놓치는 아름다움을 알아차린다

——— 대화 도중의 침묵에 익숙하다

——— 일을 지나치게 복잡하게 만들지 않는다; 간소화한다

——— 힘든 일을 통해 성취감을 느낀다

——— 현실에 발을 붙이고 있다

——— 칭찬이나 인정을 필요로 하지 않는다

——— 유행보다 편한 것을 선택한다

——— 잘 적응한다; 그때그때 변화를 받아들인다

——— 낙천적이다

——— 가족 그리고 친구들과의 연대감이 강하다

——— 최고 또는 최신의 물건을 소유하는 데 관심이 없다

——— 힘든 일을 두려워하지 않거나 제 몫을 해낸다

——— 세상의 주목을 피한다

——— 자연스러운 모습이다(메이크업을 하지 않는 등)

——— 편하게 말을 건네고 함께 있는다

——— 겸손하다

——— 관대하다

——— 관찰력이 매우 뛰어나다

——— 참을성이 있다

——— 서두르지 않는다

——— 사람들에게 큰 기대를 하지 않는다

——— 소박한 기쁨을 즐긴다

——— 유행에 관심이 없다

——— 사람들을 이끌기보다 함께 가는 것에 만족해한다

——— 천성적으로 조용하다

——— 요구하지 않는다

——— 진실하다; 자신에 대해 알고 있다

――――― 행복해지는 데 물질을 필요로 하지 않는다

연관된 생각

――――― 다들 정장을 입고 올 테지만 나는 청바지가 훨씬 더 편해.

――――― 엄마는 말하기보다 더 많이 흥얼거리시지만, 그래도 같이 빵을 만드는
게 좋아.

――――― 데이트하는 날이 빨리 왔으면 좋겠어! 저번처럼 별을 보러 가고 싶은데.

――――― 메라는 자기 생일날 오롯이 축하받을 자격이 있으니, 내 승진 소식은 나
중에 말하자.

연관된 감정

――――― 감사해함, 행복, 희망참, 평온함, 만족감

긍정적 측면

――――― 소박한 인물에게는 '보시는 대로입니다'라는 문구가 딱 들어맞는다. 숨
김없고 솔직한 이들은 가치를 우선으로 하고 넓은 마음을 가지고 있다.
또한 자신의 감정에 균형을 이루고 다른 사람들의 말을 잘 들어주는 좋
은 친구며, 자신이 가진 것에 만족해한다.

부정적 측면

――――― 이런 성격의 인물은 종종 뒤에 있는 것으로 만족해서 간과될 가능성이
많다. 이들이 하는 말은 대부분 중요하거나 지혜로운 내용임에도, 사람
들은 이들의 성향 탓에 귀를 기울이거나 믿지 않을 수 있다. 일을 간소
화하고 싶어하는 바람은 이들이 주도하거나 새로운 경험을 시도하기를
꺼린다는 의미와 같다. 그래서 더 큰 성공과 행복으로 가는 기회를 빼앗
길 수도 있다.

문학작품 속 사례

——— 《바람과 함께 사라지다》에서 멜라니 윌크스는 연약한 젊은 여성으로 가벼운 수다보다 책에 대한 이야기에 관심이 많다. 약혼 파티에서조차 그녀는 수수한 옷을 입고, 전쟁으로 인해 식량과 의복, 여타 생필품이 부족해도 불평 한마디 하지 않는다. 이 소설에서 조연인 멜라니의 소박하고 차분한 태도는 주인공 스칼렛의 사치스럽고 경박하며 감정적인 성격과 극명한 대비를 이룬다.

문학작품 속 다른 사례

——— 《어바웃 어 보이》에서 열두 살의 왕따 소년 마커스 브루어, 제인 오스틴의 《오만과 편견》에서 둘째 딸 엘리자베스 베넷

갈등을 유발하는 다른 인물들의 성격

——— 낭비벽이 있음, 화려함, 경박함, 오만함, 비판적, 감정과잉, 완벽주의, 엄격함, 걱정이 많음

소박한 인물을 위한 최적의 시나리오

——— 외모에 신경을 많이 써야 하는 업계에서 일한다(패션 잡지사 등)

——— 감정과잉의 친구들 때문에 끊임없이 달갑지 않은 소동에 휘말린다

——— 안전(이를테면 자연재해)을 이유로 자신의 집을 떠나 있어야 한다

——— 소박함과 평온함을 유지하고 싶어하는 까닭에 약한 사람으로 오인받는다

——— 자신이 자라고 익숙한 동네를 강제로 떠나야 한다

⁸² 사회적 인식이 높은 성격
Socially Aware

정의	범주	유사한 성향
사회의 부정을 인지하고 바로잡고 싶어함	대인관계, 도덕성	인도주의적, 공공심이 강함

성격 형성의 배경

──── 사회의 책무에 대해 깊이 믿는다

──── 어린 나이부터 세상과 그 안에 사는 사람들을 존중하라고 배웠다

──── 학대나 잔혹한 범죄에 노출된 적이 있다

──── 옳고 그름에 대한 의식이 확고하다

──── 인생이 바뀌는 경험을 했다(절대빈곤이나 부당한 현실을 목격하는 등)

──── 개인적으로 비윤리적 행위를 목격하고 그 여파를 겪었다

──── 매우 지적이다

──── 옳은 일을 하면 보상받는다고 믿는다

──── 공리주의를 신봉한다

──── 영적 믿음이나 종교적 신앙이 있다(업보 등)

──── 공감능력이 뛰어나다

연관된 행동

──── 자신의 행동이 가져올 영향력을 인지한다

──── 편견이 없다

──── 재활용한다

──── 윤리적 이상을 지지하는 단체를 후원한다

— 규칙을 알고 준수한다

— 신뢰할 수 없음이 입증되기 전까지는 사람들을 믿는다

— 다른 사람들의 요구와 견해를 존중한다

— 동정심이 많다

— 걸인에게 돈을 준다

— 확고한 핵심 가치를 가진다

— 사심이 없다

— 사회단체에서 봉사활동을 한다(집 짓기, 우물 파기 등)

— 공정심이 확고하다

— 거리의 노숙자들에게 관심을 쏟는다

— 세상과 그 안의 만물에 대해 잘 알고 있다

— 현지인의 삶의 질을 향상시키려는 의도를 가지고 여행지를 정한다

— 사람들에게 실패자로 인식되는 이들에게서 가능성을 본다

— 정직하다

— 자신의 원칙을 고수한다; 쉬운 일보다 옳은 일을 선택한다

— 비윤리적 대우나 불평등을 목격하면 경고한다

— 진실하다

— 사회적 불평등에 대한 인식을 끌어올린다

— 모금 행사에 참석한다

— 불우한 사람들에게 멘토가 되어준다

— 충직하다

— 사람들과 함께하는 일을 잘한다

— 견고한 유대와 대인관계를 구축한다

— 자신의 믿음과 이상을 기준으로 사람들을 판단한다

— 완전 채식(비건)이나 부분 채식을 실천한다

— 공감능력이 매우 뛰어나다

— 위탁양육을 하거나 아이를 입양한다

——— 자선단체를 조직한다

연관된 생각

——— 스티브는 어떻게 그런 일을 하고도 여전히 거울을 들여다볼 수 있을까?

——— 저 불쌍한 개가 하루 종일 짖네. 바깥에 묶어둘 거면서 왜 개를 기르지?

——— 사람들이 참 게을러. 재활용을 하면 엄청난 변화가 있을 텐데.

——— 내가 왜 여성을 소유물처럼 대하는 나라에 가고 싶겠어?

——— 그 회사의 신발을 산다고? 절대 안 돼. 거기는 아이들을 착취해서 제품
을 생산한다고.

연관된 감정

——— 분노, 비통함, 갈등, 결단력이 있음, 열정, 사랑, 회의적

긍정적 측면

——— 사회적 인식이 높은 인물은 기꺼이 사람들이 불편해하거나 불쾌해하는
일들을 점검한다. 어려운 상황에 대해 사람들이 슬픔이나 충격 때문에
외면할 때, 이들은 그 감정을 내면화해서 고통받는 사람들과 똑같이 느
낀다. 이런 공감능력을 가진 이들은 아무리 승산이 없거나 강력한 적수
라 할지라도 그에 대항한다. 종종 영감을 주는 이들은 사람들을 끌어들
여 결국 다수에게 이로운 공동의 목표를 추구하게 만든다.

부정적 측면

——— 이런 성격의 인물은 자신의 신념에 대한 열정이 불타올라 사안을 흑백
논리로 바라볼 가능성이 커 반대 의견을 수용하기가 어렵다. 또 사람들
을 설득하기보다 지나치게 밀어붙이거나 서투르게 행동하다가 결국 그
들의 관심을 떨어뜨린다. 이들은 사람들을 돕겠다는 의도를 가지고 큰
그림인 목표를 분명하게 보는 반면, 문제를 지나치게 단순화해서 효과적

이고 효율적인 해법을 찾기 어려울 수 있다.

문학작품 속 사례

─────── 존 그리샴의 《타임 투 킬》에서 엘런 로크는 높은 사회적 인식을 가진 법
학도다. 미국시민자유연합 회원인 엘런은 열렬한 사형제도 반대론자로
서 활동한다. 미시시피의 작은 도시에서 흑인 소녀가 무참히 강간당하
는 사건이 발생하고, 이에 소녀의 아버지가 두 강간범을 살해한 혐의로
재판을 받는 일이 벌어진다. 엘런은 미시시피에 가서 소녀의 아버지를
변론하는 변호사를 무료로 돕는다.

영화와 대중문화 속 사례

─────── 〈투 윅스 노티스〉(2002)에서 환경문제 전문 변호사 루시 컬슨(샌드라 불
럭 분), 록 가수 보노

갈등을 유발하는 다른 인물들의 성격

─────── 냉담함, 비겁함, 낭비벽이 있음, 탐욕스러움, 순종적, 이기적, 소심함, 보
수적

사회적 인식이 높은 인물을 위한 최적의 시나리오

─────── 잘못을 바로잡기 위해 이길 승산이 희박한 상대를 마주한다

─────── 여러 단체를 후원하고 싶지만, 자원이 부족하다

─────── 사람들을 돕기 위해서 자신의 시간, 돈, 대인관계를 희생할지 말지를 선
택해야 한다

─────── 자신의 신념을 포기하라는 요구를 받는다

83 교양 있는 성격

Sophisticated

정의	범주	유사한 성향
세상에 대한 지식과 지혜가 풍부함	정체성, 대인관계	세련됨, 정중함, 고상함, 품위 있음, 도회적, 세상 경험이 많음

성격 형성의 배경

———— 세계를 여행하는 부모 밑에서 자랐다

———— 자라면서 여러 다른 문화를 경험했다

———— 상류사회의 교양과 예절을 배웠다

———— 세련된 매너를 요구하는 집안의 일원이다(왕족, 상류층 등)

———— 배우고 체험하고 싶어한다

———— 상류사회에 속하는 권력이나 부를 가진 집안 출신이다

연관된 행동

———— 때와 장소에 맞춰 옷을 입는다

———— 세계의 이슈를 알고, 그것에 대해 대화할 수 있다

———— 자기확신이 있다

———— 자신 있게 처신한다; 자세가 바르다

———— 우아하다

———— 무엇이 유행하고 추세인지를 안다

———— 두 가지 이상의 외국어를 구사한다

———— 감정鑑定에 관해 교육받는다(좋은 와인과 나쁜 와인 구분하기 등)

———— 매너가 좋다(사람들을 위해 문 열어주기, 자리 양보하기 등)

———— 사교적으로 능숙하다

———— 자신만의 스타일 감각을 지닌다

———— 대화를 잘 이끌어간다

———— 예술에 관심을 보인다(음악, 그림 등)

———— 사회성이 좋다

———— 책을 많이 읽어 박식하다

———— 절제된 어조로 말한다

———— 관련된 역사적 사건들을 알고 있다

———— 세상 경험이 많다; 여러 나라와 사상을 경험했다

———— 인기 있는 스포츠나 활동의 규칙을 파악하고 있다

———— 가벼운 대화에 능하다

———— 자신의 지식과 개인적 성장을 도모할 방법을 모색한다

———— 세련되게 행동한다(우아한 태도 등)

———— 독립적이다

———— 여러 문화권의 음식을 먹고 즐긴다

———— 현재의 정계와 대기업들에 대한 유용한 지식을 가지고 있다

———— 미소를 짓는다

———— 추문을 퍼뜨리거나 비난 섞인 판단을 하지 않는다

———— 말쑥하고 단정하다

———— 공공장소에서 절제력을 보인다(과식이나 과음하지 않기 등)

———— 새로운 것들을 기꺼이 시도한다

———— 배우고 싶어한다

———— 어휘력이 풍부하다

———— 술을 단숨에 들이키지 않고 천천히 마신다

———— 교양을 높이기 위해 행사에 참석한다

———— 사회적 인식이 높다(부당한 행태에 대한 인식을 고양하고, 자선단체를 후
원하는 등)

─────── 정보나 도움을 얻기 위해 인맥을 형성한다

연관된 생각

─────── 앨릭스가 차에서 내리는 자기 아내를 도와주지 않았다고? 임신 6개월 째인데도!

─────── 뮤지컬 〈왕과 나〉는 정말 기대되는 작품이야.

─────── 엠마와 내가 같이 읽은 이탈리아어 책이 몇 권이나 되는지 궁금해?

─────── 프라하는 이맘때쯤이 정말 아름다운데. 다시 가보고 싶다.

연관된 감정

─────── 자신감, 호기심, 감사해함, 행복

긍정적 측면

─────── 교양 있는 인물은 여러 문화와 그곳의 삶의 방식에 대해 잘 안다. 이들은 종종 외국 문화의 몇 가지 측면을 수용해서 독특한 감각을 발휘한다. 여러 사람들의 모임에 참석하면서 관용이 생기고 열린 사고를 할 수 있다.

부정적 측면

─────── 이런 성격의 인물 모두가 와인을 마시며 사교계에 추문을 퍼뜨리고 유명인들의 이름을 들먹이는 속물은 아니다. 물론 일부가 그러하고, 이들 때문에 다른 사람들까지 욕을 먹을 수도 있다. 이렇게 얄팍한 부류들은 명품 브랜드로 도배를 하고 모든 주요 행사마다 쫓아다닌다. 이들은 클럽 같은 곳에서 자신의 지위를 과시하려 힘과 돈을 쓰면서, 종종 동료들에게 두려움이나 반감을 심어준다.

영화 속 사례

─────── 〈사브리나〉(1954)에서 주인공 사브리나(오드리 헵번 분)는 부유한 집에

서 일하는 운전기사의 딸로, 수줍고 자신감 없이 자라난다. 그녀는 일생을 래러비 저택에서 살았고 멀찍이서 래러비 형제를 바라보았지만 파리에 갔다 오기 전까지는 누구의 관심도 받지 못한다. 그녀가 세련되고 자신감 있으며 세상물정을 아는 여인이 되어 돌아오면서 갑자기 데이비드와 라이너스 형제의 관심을 받기 시작하고, 급기야 형제 중에 한 명을 선택해야 하는 입장에 처한다.

대중문화 속 사례
——— 오드리 헵번, 다이애나 왕세자비, 그레이스 켈리

갈등을 유발하는 다른 인물들의 성격
——— 거친, 편협함, 말썽을 피움, 추잡함, 소심함, 보수적, 상스러움, 폭력적

교양 있는 인물을 위한 최적의 시나리오
——— 무신경한 데다가 무례하지만 권력과 영향력을 가진 사람을 상대해야 한다
——— 가족의 부실 경영으로 인해 자신의 부나 영향력을 잃는다
——— 자신이 더 나쁘게 변화되는 것을 경험한다(세계 여행을 한 후에 오만불손해지는 등)
——— 자신이 어떤 경험 후에 변화를 보이자 사랑하는 사람들로부터 비난을 받는다

⁸⁴ 영적인 <small>성격</small>
Spiritual

정의	범주	유사한 성향
'참나'를 찾기 위해 정진함; 종교와 연관되거나 신성한 문제에 관심을 가짐	정체성, 대인관계, 도덕성	경건함, 종교적, 정중함

성격 형성의 배경

——— 종교적 분위기에서 자랐다

——— 죽을 뻔한 경험을 하고 나서 죽음에 대해 관심이 생겼다

——— 살면서 받은 축복에 감사해한다

——— 인생이 송두리째 바뀌는 종교적 경험을 했다

——— 자신보다 위대한 존재들이 많음을 알고 겸허히 받아들인다

연관된 행동

——— 자신의 성공을 신과 우주, 또다른 존재의 덕분으로 돌린다

——— 중요한 결정을 하기 전에 영적 조언을 내려달라고 기도하거나 찾아간다

——— 자연과 일체됨을 느끼고 모든 생명을 존중한다

——— 만물에 영혼이 있다고 믿는다

——— 경전(코란, 성경, 힌두교 슈루티 등)을 공부한다

——— 자신의 도덕률과 영적 신앙체계를 일치시키고 그에 따라 처신한다

——— 예배의식에 참여한다

——— 같은 신앙을 가진 사람들에게 유대감을 느낀다

——— 개종을 권유한다

——— 기도나 명상을 한다

———— 기적과 계시를 믿는다

———— 세계, 삶, 보이지 않는 존재들에 대한 지식을 갈구한다

———— 대대로 전해 내려온 사상이나 신앙을 받아들인다

———— 상식과 어긋난다고 하더라도 깊은 믿음을 가진다

———— 영적 문제에 지식이 풍부한 사람들에게 배우기를 갈망한다

———— 신성한 의례에 참가한다

———— 자신의 종교와 연관된 특별한 옷을 입는다

———— 자선활동을 한다

———— 금식, 영계와 교류하는 의식, 순례 등을 통해 영적 깨달음을 구한다

———— 자신의 영적 신념에 따라서 아이들을 기른다

———— 신앙의 일부로서 어떤 것(섹스, 술, 고기 등)을 삼간다

———— 영적 아이디어가 부족할 때 죄책감을 느낀다

———— 사후세계를 믿는다

———— 자신보다 위대한 어떤 것을 믿는다

———— 영적 문제에 대해 깊이 생각한다

———— 설명이 불가능한 것들을 인정한다

———— 자신을 도야하기 위해 힘쓴다

———— 자신의 돈과 시간, 자원을 기꺼이 희생하고 바친다

———— 남을 위해 봉사하는 일에 전념한다

———— 영적 최종 목표를 향해 정진한다(깨달음, 사후세계 대비 등)

———— 영혼을 구원받기 위해 종교나 민속신앙에 의지한다

———— 자연과 교감한다

———— 비극적 상황을 은총이라 여기고 대처한다

———— 자아실현을 갈구한다

———— 사람들을 용서한다

연관된 생각

———— 이런 상황에서는 무엇을 해야 옳은가?

———— 어떻게 하면 사람들에게 봉사할 수 있을까?

———— 대승적 견지에서 보면 나는 너무 하찮은 존재야.

———— 이것이 내게 맞는 일일까? 나는 옳은 길을 가고 있을까? 계시를 볼 수 있다면 좋을 텐데.

연관된 감정

———— 경배, 기대감, 경멸, 욕망, 결의, 두려움, 감사해함, 죄의식, 행복, 사랑, 평온함, 걱정

긍정적 측면

———— 영적인 인물은 충직하고 종종 자신에게 높은 도덕적 잣대를 적용한다. 비난과 의심에도 불구하고 자신의 믿음을 잃지 않으며, 이들의 열린 마음은 비극과 실패를 다른 시각으로 바라보게 해 부정적인 경험을 통해서도 배우고 정신적 성장을 이룰 수 있다.

부정적 측면

———— 이런 성격의 인물은 자신의 종교에 너무 몰두하다가 현실과 접촉을 끊고 소외될 수 있다. 옳다고 믿는 것을 지지하고 헌신하다 보면, 자신의 기준에 못 미치는 사람들을 비난하고 탐탁지 않게 여긴다. 영적이지 않은 사람들의 입장에서는 이들을 이해하려 애쓰다가 결국 잘 속거나 약한 사람으로 판단하기도 한다.

역사 속 사례

———— 마더 테레사는 평생토록 사심 없이 모든 것을 신에게 바치고 가난한 사람들 가운데 가장 가난한 이들에게 신의 사랑을 나누어주었다. 간절한

기도와 넘치는 사랑으로 69년간 가난한 이들을 위해 봉사하면서 자신의 욕구에는 소홀했다. 사람들에 대한 마더 테레사의 헌신에 1979년 노벨평화상이 수여되었고, 그녀는 "신의 영광을 위해 그리고 가난한 사람들의 이름으로" 상을 받겠다고 소감을 밝혔다.

영화와 드라마 속 사례

——— 〈스타워즈〉 시리즈에서 제다이 기사단, 〈서부의 사나이 퀴글리〉(1990)에서 오스트레일리아의 원주민 애버리지니, 〈쿵후〉 시리즈에서 승려이자 쿵후 마스터 콰이 창 케인

갈등을 유발하는 다른 인물들의 성격

——— 통제가 심함, 잔인함, 악독함, 관용이 없음, 이기적, 자기파괴적, 비윤리적, 폭력적

영적인 인물을 위한 최적의 시나리오

——— 자신의 신앙이 사회규범과 충돌하는 상황에 처한다
——— 목표를 달성하기 위해서는 신앙을 저버려야 한다
——— 자신의 다른 강력한 성격(탐욕, 게으름 등)이 믿음을 좇지 못하게 한다
——— 가족이나 친한 친구가 자신의 영성을 반대하면서 갈등을 느낀다
——— 가족이 또다른 신앙을 위해서 현재의 신앙을 버리려고 한다

85 즉흥적인 성격
Spontaneous

정의	범주	
자연스럽게 발생하는 것들을 즐김; 충동적으로 행동함	정체성, 대인관계	

성격 형성의 배경

——— 완고한 집안에서 자라나 여기서 벗어나 자유롭기를 바란다

——— 즉흥적이고 충동적인 분위기의 집안에서 자랐다

——— 자유로운 영혼의 소유자다

——— 주의집중 시간이 짧다

——— 결과는 고려하지 않은 채 순간을 살고 싶어한다

——— 아드레날린이 샘솟는 활동을 좋아하는 천성적으로 모험가다

——— 외향적이다; 사람들과 어울릴 기회가 생기면 자신의 일정을 바꾼다

연관된 행동

——— 변화를 받아들인다

——— 자신이 가진 것에 만족한다

——— 미리 전화도 하지 않고 친구 집에 들른다

——— 어떤 상황에서도 장난을 칠 기회를 찾는다

——— 매우 여유 있는 스케줄에 맞춰 살거나 스케줄이 전혀 없다

——— 만족해한다; 상황이 이상적이지 않아도 스트레스를 받지 않는다

——— 계획이나 준비 없이는 일하지 못하는 사람들을 이해할 수 없다

——— 체계가 없다

——— 즉흥적으로 여행과 휴가를 떠난다

——— 신선함을 잃지 않으려 짜여진 일상을 의도적으로 변경한다

——— 계획을 짜지만 더 좋은 대안이 생기면 곧바로 바꾼다

——— 새로운 음식을 맛보고 새로운 경험을 시도한다

——— 위험을 감수한다

——— 논리적인 결론에 도달할 정도로 충분히 생각을 하지 않는다

——— 앞날을 걱정하지 않고 그 순간을 살아간다

——— 사람들에게 인생을 최대한 보람 있게 살아보라고 용기를 준다

——— 세부사항에 관심이 없다

——— 종잡을 수 없다

——— 마음이 자주 바뀐다

——— 대단히 특이하다; 자신의 개성을 표현한다

——— 창의적이다

——— 즉흥성이 허용되는 보수적이지 않은 직업을 선택한다(연기, 글쓰기, 미
술 등)

——— 느긋하고 흐름을 따라간다

——— 다른 사람에게 결정을 맡긴다

——— 장기목표보다는 단기목표에 매진한다

——— 열정적이다

——— 생각(마음)이 열려 있다

——— 너무 예측 가능한 삶에 숨 막혀 한다

——— 갖가지 취미와 활동, 오락을 시험 삼아 해본다

——— 철이 없다

——— 일이 계획대로 되지 않아도 침착함과 평정심을 잃지 않는다

——— 뜻밖의 일들을 즐긴다

——— 두려움이나 걱정에 압도당하거나 과도하게 영향받지 않는다

연관된 생각

— — 한 번도 이 길을 쭉 따라가본 적이 없어. 이 길이 어디로 이어질지 알아보자.

———— 저녁밥 할 시간이네. 냉장고에 뭐가 있으려나.

———— 너무 지루해. 팀과 줄리네에 들러봐야지.

———— 다음 휴가 때는 공항에 가서 거기서 행선지를 정하고 싶어!

연관된 감정

———— 즐거움, 기대감, 호기심, 의기양양, 흥분, 안달함, 놀라움

긍정적 측면

———— 즉흥적인 인물은 그때그때 인생을 받아들인다. 이들 대부분은 체계와 규칙에 숨이 막혀, 끌리는 대로 무엇이든 하면서 인생을 살아가려 한다. 대부분의 사람들이 변화에 겁을 먹지만, 이들은 전력을 다해 지평을 넓힐 기회로 생각한다. 정신적으로 자유롭고 관습에서 벗어난 이런 인물은 다른 사람들이 하지 않을 일들을 하고 즉각적인 조처가 필요할 때 재빨리 달려든다.

부정적 측면

———— 이런 성격의 인물은 종종 숙고하거나 위험을 고려하지 않고 행동한다. 이들은 계획을 싫어해서 준비 없이 대처하는데, 이는 단체의 일원으로 활약하기를 기대하는 상황에서 폐가 된다. 새로운 일에 열의를 보이지만, 곧 관심이 다른 데로 가면서 신용도와 생산성이 떨어질 수 있다. 이런 성향 탓에 중요한 책무를 맡기기 어려운 사람으로 인식되기도 한다.

드라마 속 사례

———— 〈프렌즈〉 시리즈에서 피비 부페이는 자유로운 영혼의 소유자로 직감에

따라 행동한다. 종종 다른 사람들의 규칙에 구애받지 않고 기존의 규범을 벗어난다. 이를테면 아이처럼 뛰어다니거나 마사지 고객과 업무상 관계의 선을 넘고, 주기적으로 자신의 또다른 자아인 레지나 펄렌지로 변한다. 그녀는 장기계획이라는 것이 없고 그때그때 살아가는 것에 만족하는 듯하다. 그녀는 행운뿐만 아니라 불운도 감수하며, 어떤 상황에서든 최선을 다한다.

드라마와 영화 속 다른 사례

———— 〈더 오피스〉 시리즈에서 마이클 스콧, 〈여기보다 어딘가에〉(1999)에서 아델 오거스트(수전 서랜던 분)

갈등을 유발하는 다른 인물들의 성격

———— 야심만만함, 분석적, 조심스러움, 통제가 심함, 절제력이 있음, 부지런함, 주눅이 듦, 신경과민, 참견하기 좋아함, 조리 있음, 정확함, 책임감이 있음, 분별이 있음

즉흥적인 인물을 위한 최적의 시나리오

———— 자기표현의 자유가 전혀 없는 체계적이고 예측 가능한 일을 해야 한다
———— 즉흥적인 활동을 즐기는 데 필요한 시간이나 돈이 없다
———— 상충하는 목표들이 있다(즉흥적이기를 바라면서 동시에 다른 사람들의 기대에 부흥하고 싶어하는 등)
———— 엄격한 훈련과 조직력, 계획성이 필요한 목표를 추구한다
———— 규율과 질서를 고집하는 누군가와 함께 살거나 일한다

⁸⁶ 혈기가 왕성한 성격
Spunky

정의 활발하고 기운이 넘침	범주 대인관계	유사한 성향 활달함, 명랑함, 씩씩함, 생기 넘침, 왕성함, 활기참

성격 형성의 배경

——— 자유로운 영혼의 소유자다

——— 기운이 넘친다

——— 재미를 추구한다

——— 부모가 격려해주었거나 자유방임적이었다

연관된 행동

——— 열정적이다

——— 사람들을 웃게 만들고 싶어한다

——— 흥분을 잘한다

——— 호기심이 강하다

——— 낙관적인 견해를 가진다

——— 말이 빠르고 제스처와 스킨십이 많다

——— 뜻밖의 일을 즐기고 새로운 것을 발견하고자 한다

——— 활기차게 잠에서 깨어 기대에 차 하루를 시작한다

——— 경험을 통해 배우고 싶어한다

——— 매일의 일상에서 마법 같은 일들을 찾는다

——— 단지 재미를 위해 새로운 것들을 시도한다

—— 새로운 도전을 즐긴다

—— 우호적이다

—— 의도직으로 무례해서가 아니라 흥분한 나머지 방해를 한다

—— 깡충깡충 뛰거나 용수철처럼 활기차게 움직인다

—— 긍정적이다

—— 자기주장이 강하다

—— 음악과 군중, 이벤트를 즐긴다

—— 불평하지 않는다

—— 자신이 제어할 수 없는 것들은 놓아준다

—— 불특정 대상에게 친절을 베푼다

—— 즉흥적이다

—— 재미있는 활동을 제안한다: 그러니… 서커스를 보러 가자!

—— 사람들의 기분을 끌어올리려 우스꽝스러운 표정과 행동을 한다

—— 활동적이다; 운동을 좋아한다

—— 다른 사람들의 생각을 신경 쓰지 않는다

—— 기회를 놓치지 않는다

—— 결단력이 있다; 결코 포기하지 않는다

—— 사람들을 격려한다

—— 행복해한다

—— 속내를 털어놓는다

—— 감정에 이끌려 결정을 내린다

—— 화려한 색깔의 옷을 입는다

—— 자기 자신에 대한 확신이 있다

—— 종잡을 수 없다

—— 만족감을 내보이는 것을 주저하지 않는다

—— 느릿느릿 가거나, 천천히 하거나, 빈둥거리지를 못한다

연관된 생각

─────── 엠마의 머리색이 마음에 들어. 나도 빨갛게 염색해야지.

─────── 사람들을 놀래주고 테이블 위에서 춤을 서야.

─────── 남자만 할 수 있다고들 하는데 알 게 뭐람? 나도 럭비를 하고 싶다고.

─────── 모두가 이길 걱정만 해. 재미있으려고 하는 건데!

연관된 감정

─────── 기대감, 자신감, 흥분, 행복, 만족감

긍정적 측면

─────── 혈기가 왕성한 인물은 명랑하고 낙천적이며 행복해지는 법을 안다. 이
들은 분위기를 끌어올리고, 사람들에게 새로운 일을 시도하고 꿈을 좇
으라고 격려한다. 솔선수범해서 다른 사람들이 두려움을 떨쳐내고 자신
을 찾을 수 있도록 돕는다.

부정적 측면

─────── 이런 성격의 인물은 활기차고 종잡을 수 없는 성향 탓에 주변 사람들을
지치게 한다. 이들은 때때로 누군가의 기분을 언제 끌어올릴지 아니면
물러서서 개인 공간을 지켜줄지를 모를 때가 있다. 사람들은 현재를 살
며 앞날을 생각하지 않는 이들을 순진하거나 무책임하다고 생각할 수도
있다.

영화 속 사례

─────── 〈아담스 패밀리 2〉(1993)에서 캠프 강사 게리(피터 맥니콜 분)와 베키(크
리스틴 바란스키 분)는 활발하고 열정적이어서 캠프 치페와의 모든 참가
자에게 명랑한 기분과 용기를 퍼뜨린다. 이들은 할 수 있다는 긍정적 태
도를 강조하고 무례하거나 반사회적인 행동에는 단호히 대처하면서 웬

즈데이와 퍽슬리 남매에게 만만찮은 상대가 되어준다. 아담스 남매는 캠프를 탈출해 페스터 삼촌을 구하기로 결심한다.

드라마 속 사례
——— 〈슈퍼내추럴〉 시리즈에서 열성팬 베키 로즌, 〈30 록〉 시리즈에서 방송국 보조직원 케네스 파셀

갈등을 유발하는 다른 인물들의 성격
——— 괴팍함, 대립을 일삼음, 정확함, 가식적, 인색함, 보수적

혈기가 왕성한 인물을 위한 최적의 시나리오
——— 대인관계의 불화를 해결하려 한다
——— 침착해야 하거나 말을 자제해야 하는 사교적 상황에 놓인다
——— 빠듯한 마감 일정에 맞춰 일을 해야 한다
——— 자신이 동의하지 않은 규칙을 따라야 한다
——— 본연의 모습을 지킬지 아니면 사랑하는 이에게 자랑스러운 사람이 될지 사이에서 갈등한다

⁸⁷ 학구적인 성격

Studious

정의	범주	유사한 성향
부지런히 배우고 공부함	성취	공부를 열심히 함, 책을 좋아함, 박식함, 전문적, 정통함

성격 형성의 배경

———— 학자 집안에서 자랐다

———— 진리와 지식을 깊이 존중한다

———— 무식한 가정교육에서 벗어나고 싶어한다

———— 자신의 옹색한 환경에서 탈출하고 싶어한다

연관된 행동

———— 도서관에 자주 간다

———— 다양한 분야의 책을 읽는다

———— 고전을 읽는다

———— 지나치게 공부를 많이 한다

———— "잘 모르겠다"는 답을 용납하지 않는다; 발전하기 위해 자료를 찾아본다

———— 여러 주제에 대한 지식이 풍부하다

———— 방대한 분량의 책을 소장한다

———— 지식이 없는 사람들을 못 견뎌하고 경멸한다

———— 다른 학구적인 부류와 논쟁하고 토론한다

———— 생각(마음)이 열려 있다

———— 전문용어를 쓴다

——— 공부에 전념하느라 다른 문제들을 잊어버린다

——— 외모에 무관심하다

——— 자신이 선호하는 분야를 편애한다(아리스토텔레스, 뉴턴, 스티븐 호킹 등)

——— 숙제와 공부를 좋아한다

——— 자신의 지식을 다른 사람들과 기쁘게 공유한다

——— 답이 재깍 떠오르지 않으면 좌절한다

——— 거만하다

——— 필요한 수업활동보다 더 많이 공부한다

——— 자신의 학문적 성과에 자부심을 느낀다

——— 고차원적인 사상과 사안에 대해 철학적으로 사색한다

——— 사람들보다 책과 함께 있는 것이 더 편하다

——— 사람들이 이해하지 못하는 말을 한다

——— 진지하다

——— 상급 과정을 수강한다

——— 할 말을 신중하게 고른다

——— 학자로서의 평판을 수호한다

——— 자신이 가진 정보를 검증하고 나서 공유한다

——— 학교 공부에서 완벽주의 성향을 드러낸다

——— 자신의 평판에 의심을 받으면 분노한다

——— 고독과 고요함을 선호한다

연관된 생각

——— 전문적인 견해를 말할 수 있기 전까지 더 많은 정보가 필요해.

——— 이 주제에 대해서 어떤 사람에게 물어봐야 할까?

——— 이 상황에서 무엇을 배울 수 있을까?

——— 고대 이집트에 대한 이 블로그 포스트는 흥미로워. 역사 모임에도 알려
줘야지.

연관된 감정

———— 자신감, 호기심, 결의, 조바심, 만족감, 경멸, 잘난 체함

긍정적 측면

———— 학구적인 인물은 방대한 지식과 배우기 좋아하는 성향 덕분에 좋은 평가를 받는다. 문제가 발생하고 정보가 부족할 때 이들은 어디에서 답을 구해야 할지를 안다. 지식을 추구하는 데 근면하고, 타협을 모르며, 투지가 넘친다. 또한 다른 사람들이 모르는 것을 알고 자신이 배운 것을 나누는 데 열정적이다. 따라서 학구적인 인물은 당신의 주인공에게 매우 유용한 조언자가 될 수 있다.

부정적 측면

———— 이런 성격의 인물은 진리를 구하고 새로운 것들을 익히는 데 몰두한 나머지, 대인관계와 다른 중요한 사안 같은 일을 뒷전으로 돌린다. 방대한 지식으로 거만하고 오만하며, 자신만큼 알지 못하는 사람들을 경멸할 위험도 있다. 이들의 지식 대부분이 실제 세계의 경험이 아니라 책에 기초한 것이라면, 누군가를 도와주기 힘든 비현실적인 사람으로 취급될 수도 있다.

애니메이션 속 사례

———— 〈심슨네 가족들〉 시리즈에서 리사 심슨은 학구적이고 지적인 성향 때문에 어찌 보면 집안 내의 부적응자다. 리사는 자신이 사는 스프링필드를 넘어서는 중요한 주제들을 비롯한 광범위한 지식을 가지고 있다. 멘사 회원이기도 한 리사의 지적 능력은 때때로 독선으로 발전하기도 한다. 하지만 전반적으로 리사는 마음씨가 곱고 자신의 지식으로 다른 사람들을 도우려 애쓴다.

문학작품과 영화 속 사례

────── 《해리 포터》 시리즈에서 헤르미온느 그레인저, 〈조찬 클럽〉(1985)에서 성
적 때문에 자살까지 시도했던 천재 브라이언 존슨(앤서니 마이클 홀 분)

갈등을 유발하는 다른 인물들의 성격

────── 어리석음, 경박함, 우유부단함, 비이성적, 게으름, 피해망상이 심함, 산만
함, 미신을 믿음

학구적인 인물을 위한 최적의 시나리오

────── 자신이 가진 정보의 출처를 신뢰할 수 없는 상황에 처한다

────── 일정에 여유가 없어서 광범위한 조사가 불가능하다

────── 공부하기 힘들게 만드는 장애물과 함께해야 한다

────── 정보에 접근이 차단된다; 현재 가진 지식에만 의지해야 한다

────── 자료가 많지 않거나 이해가 잘 가지 않는 분야에서 답을 찾고 싶어한다

88 조력적인 성격

Supportive

정의	범주	유사한 성향
사람들에게 용기와 도움을 줌	대인관계, 도덕성	격려함, 호의적

성격 형성의 배경

——— 도와주기를 좋아하고 천성적으로 관대하다

——— 공감능력과 직관력이 상당히 뛰어나다

——— 천성적으로 남을 잘 돌본다

——— 양육하려는 성향이 있다

——— 어려운 시절에 도움받은 적이 있고, 조력의 필요성을 알고 있다

연관된 행동

——— 주의 깊게 경청한다

——— 다른 사람들의 꿈과 열망을 격려해준다

——— 긍정의 힘을 활용해 사람들의 기분을 북돋운다

——— 요청을 받으면 피드백이나 조언을 해준다

——— 미소를 띠고 눈을 쳐다본다

——— 도움을 주려는 자세를 취한다(팔 잡아주기, 포옹하기, 어깨 토닥이기 등)

——— 사람들에게 장점을 말해 가치 있고 중요한 사람이라고 느끼게 한다

——— 사람들에게 시간을 내준다(자선사업, 부탁 들어주기, 거들기 등)

——— 곤경에 처한 사람에게 친절히 말한다: 당신은 언제나 옳은 선택을 했어요.

——— 성실하다

- 누군가 도움이 필요할 때 자신의 일을 뒤로 미룬다
- 평화를 가져오는 행동을 한다
- 신뢰감을 준다
- 사람들을 일방적으로 판단하지 않는다
- 친구에게 안부 전화를 건다
- 기운을 차리도록 선물을 준다(아픈 친구에게 꽃다발 가져가기 등)
- 도와줄 기회를 찾는다(실직한 친구를 위해 구인란 샅샅이 뒤지기)
- 자신의 필요보다 친구의 필요를 먼저 생각한다
- 사람들에게 왜 특별한지를 말해준다
- 비판하지 않는다
- 아무리 작은 성공이라도 격려와 응원을 보낸다
- 수줍음이 많은 친구를 사람들에게 소개해 혼자 어색하게 있지 않도록 해준다
- 자신에게 의견을 구해오면 조심스럽고 솔직하게 답한다
- 부드럽고 힘을 북돋아주는 어조로 말한다
- 어떻게 이익을 얻을까보다 어떤 이익을 제공할 수 있을까에 집중한다
- 사람들을 신뢰한다
- 자신의 경험을 사람들과 나누어 연대감을 나타낸다
- 용서해준다
- 사람들의 감정을 세심하게 배려한다
- 보호해준다
- 연민을 드러낸다
- 다른 사람들의 감정을 인정한다: 화내는 게 당연해요. 당신과 같은 입장이라면 누구라도 그랬을 거예요.
- 필요하다면 엄격한 방법으로 도움을 준다
- 다른 사람의 고통에 공감을 표한다
- 자신이 무엇을 도울 수 있는지 물어본다

——— 친구가 질병 등으로 정상적인 생활을 하지 못할 때 발생하는 사소한 문
제들을 처리해준다

——— 공감의 눈물을 흘린다

——— 조건 없이 돌봐준다

연관된 생각

——— 멀린다는 너무 열심히 해. 방과 후에 먹을 특식으로 쿠키를 좀 구워야겠어.

——— 저스틴이 하루 종일 시무룩하네. 안 됐어. 그의 상사가 또다시 저기압인
게 분명해.

——— 리잔이 진실을 요구하면 말하겠지만, 마음이 상하지 않게 해야지.

——— 불쌍한 엄마. 세 명의 데이트 상대와 모두 잘 안 되었대. 오랜만에 여자
들끼리 밤새 수다나 떨어야겠다.

연관된 감정

——— 비통함, 결의, 실망감, 불신, 사랑, 연민

긍정적 측면

——— 조력적인 인물만큼 파트너이자 친구로서 적임자는 없다. 이들은 주위 사
람들을 위해 언제나 그 자리에 있고, 판단하지 않고 들어주며, 필요한 것
은 무엇이든 해준다. 또한 사랑하는 사람들이 꿈을 이루고 성공하도록
격려를 아끼지 않는다. 조력적인 인물은 배려심이 많고 신의가 두터워서
친구와 동료들이 약한 모습을 드러내는 존재기도 하다.

부정적 측면

——— 이런 성격의 인물은 때때로 속을 터놓을 사람이 필요한 친구들 때문에
풀이 죽고, 긍정적인 태도를 유지하기 힘들 수 있다. 문제가 생길 때마다
사람들이 도움을 구하면, 일방적으로 주기만 하는 이런 인물은 자기 자

신은 인정받지 못해 억울할 수 있다. 이렇게 되면 양측 모두에게 좋은 관계가 되지 못한다.

영화 속 사례

——— 〈나의 사촌 비니〉(1992)에서 모나 리사 비토(머리사 토메이 분)는 오래 사귄 약혼자 비니(조 페시 분)가 변호사로서 첫 사건을 수임하자 그를 따라 남부로 온다. 비니가 살인 사건의 재판에 갈팡질팡하는 동안 리사는 법률서를 읽고 중요한 법적 조언을 하며, 살인 현장의 사진을 찍고 법정에 입고 나갈 옷을 챙겨준다. 법정과 앨라배마 둘 다 그녀에게 어울리지 않는 환경이지만, 그녀는 약혼자의 곁에 꼭 붙어 있고 결국에는 중요한 증인으로서 자신들에게 유리한 판결이 날 수 있는 증언을 제공한다.

영화 속 다른 사례

——— 〈식스 센스〉에서 콜의 엄마 린 시어(토니 콜렛 분), 〈에린 브로코비치〉에서 에린을 돕는 착한 폭주족 조지(에런 엑하트 분), 〈노 웨이 아웃〉(1987)에서 국방장관의 보좌관 스콧 프리처드(윌 패튼 분), 〈탑 건〉(1986)에서 매버릭의 비행 파트너 구즈 브래드쇼(앤서니 에드워즈 분)

갈등을 유발하는 다른 인물들의 성격

——— 불충함, 비관적, 무모함, 이기적, 비협조적, 고마워할 줄 모름

조력적인 인물을 위한 최적의 시나리오

——— 아무리 피하려 애써도 재앙이 닥치기 직전인 친구가 있다
——— 도움을 요청하기에는 너무 바쁘거나 산만한 이들의 도움이 필요하다
——— 일면 친구의 상처에 책임이 있고 이를 고백해야 한다
——— 극적인 사건들로 숨이 가쁜 상황에서 빠져나갈 길을 찾아야 한다

89 재능 있는 성격
Talented

정의	범주	유사한 성향
창작, 운동, 예술 분야에서 뛰어난(종종 타고난) 능력이 있음	성취, 정체성	기량이 뛰어남, 능숙함, 전문적, 재주 있음, 유능함, 노련함

성격 형성의 배경

——— 어떤 분야에 천부적인 소질이 있다

——— 온갖 경험과 활동을 다 해봤다

——— 전념하고 끈기가 있다

——— 스포츠, 음악, 미술 등에 조예가 깊고 열정적이다

연관된 행동

——— 자신의 기량이 돋보이는 활동에 자연스럽게 끌린다

——— 발전하기 위해 늘 스스로를 몰아세운다

——— 완벽주의자다

——— 직업윤리가 엄격하다

——— 자신의 이력을 심화하거나 강화해줄 수 있는 사람들과 사귄다

——— 재능을 가진 분야에 관해 가능한 모든 것을 배운다

——— 새로운 기교와 기술을 시도해 자신의 기량을 끌어올린다

——— 경쟁적이다

——— 목표지향적이다

——— 현재 상태에 만족하지 않는다

——— 사람들의 동기를 의심한다: 나를 좋아하는 이유가 나라서일까 아니면

내가 주는 것 때문일까?

——— 발전 속도가 매우 빠르다

——— 성공을 거둔 멘토와 코치를 찾아다닌다

——— 사람들과 자신을 비교한다

——— 자신의 이미지에 대해 신경 쓴다

——— 자신이 재능을 가진 분야에서 성공한 인물을 숭배하고 연구한다

——— 동갑인 다른 운동선수나 예술가보다 뛰어나다

——— 멋있게 패배를 받아들이기 힘들어한다

——— 인내심이 있다

——— 자만하거나 거만하다

——— 재능에 대한 애정이 식는다; 연습이나 훈련을 일처럼 느낀다

——— 자신의 성공에 전부를 건 가족 때문에 실패를 두려워한다

——— 인생에서 자신의 재능을 최우선으로 생각한다

——— 재능을 방해하고 분산시키려는 것은 무엇이든 누구든 무시한다

——— 패배나 차질이 생기면 엄청나게 충격받는다

——— 재능을 가진 분야에서 성공한 사람처럼 대접받기를 요구한다

——— 자신의 기량에 자부심을 가진다

——— 번아웃증후군을 겪는다

——— 자신의 재능만으로는 제한되는 느낌을 받고 무언가를 더 원한다

연관된 생각

——— 이것이 내가 하기로 되어 있던 것이야.

——— 최고가 되고 싶어.

——— 수석을 차지하지 못한다면 나는 무엇을 해야 할지 모르겠어.

——— 누구도 이 부문에서는 나를 능가할 수 없어.

——— 또 연습이라니 미치겠어. 엄마 아빠가 내게 피아노 레슨을 그만하라고
      하면 소원이 없겠어.

연관된 감정

――――― 기대감, 불안감, 자신감, 실망감, 의심, 열의, 환희, 부러움, 불안정함, 신경
과민, 자부심, 잘난 체함

긍정적 측면

――――― 재능은 인물을 입체적으로 만든다. 이들에게서는 선택할 기량이 많아
서 독특한 인물을 만드는 데 무수한 기회를 가질 수 있다. 재능은 다른
성격들과 함께 인물을 단체와 사회에서 중요한 사람이 되게 한다. 이들
에게 실용적인 분야든(요리, 재봉, 목공) 아니면 연예와 관련된 분야든
(노래, 그림, 연기) 어떤 성향도 부여할 수 있기 때문이다.

부정적 측면

――――― 이런 인물은 잘난 체하고 남들을 무시하며 지나치게 자신만만한 사람
으로 보일 수 있다. 이들은 능력 덕분에 선망의 대상으로 떠오르면서 쉽
게 표적이 되고, 사람들이 자신에게 관심을 보이는 것이 본연의 자신 때
문인지 아니면 자신의 능력 때문인지를 궁금해한다. 따라서 재능이 뛰
어난 사람은 불안정하고, 남을 잘 믿지 못하며, 외로움을 느끼는 경우가
드물지 않다.

대중문화 속 사례

――――― 사생활에 대한 의문은 차치하고, 마이클 잭슨의 재능을 뛰어넘을 사람
은 없다. 다섯 살 때 그가 보인 가창력과 타고난 무대 장악력은 경이로
움 그 자체였다. 또한 작곡가로서 1위를 한 수많은 히트곡을 썼고, 오늘
날까지 누구도 따라잡기 힘든 춤 실력을 갖추었다. 안타깝게도 아무리
재능이 많은 사람이라도 결점이 있기 마련이다. 마이클 잭슨의 사생활
은 법적 소송, 의문스러운 의료 시술, 그 밖의 의혹들로 얼룩졌다. 하지
만 사후에도 그의 재능은 부정할 수 없다.

대중문화 속 다른 사례

——— 농구 선수 마이클 조던, 수영 선수 마이클 펠프스, 1930년대 미국의 뮤
지컬 배우 프레드 애스테어, 싱어송라이터 어리사 프랭클린, 〈스타워즈〉
시리즈와 〈E.T.〉의 영화음악 작곡가 존 윌리엄스, 스티븐 스필버그 감독

갈등을 유발하는 다른 인물들의 성격

——— 느긋함, 잘 속음, 질투심이 강함, 게으름, 편견이 있음, 앙갚음을 함

재능 있는 인물을 위한 최적의 시나리오

——— 직업윤리가 전혀 없는 또다른 재능 있는 사람을 만난다

——— 자신의 재능이 목표를 달성하는 데 장애가 됨을 알아차린다

——— 자기 재능을 거부하고 능력이 없는 분야를 열정적으로 추구한다

——— 자신의 재능을 알아보지 못하는 부모나 양육자에게 비난을 받는다

——— 자녀의 재능을 통해 자신들의 못 이룬 꿈을 실현하려 강압적으로 밀어
붙이는 부모를 상대해야 한다

90 알뜰한 성격

Thrifty

정의	범주	유사한 성향
합리적인 관리와 경제관념을 보여줌	성취, 도덕성	경제적, 검약함

성격 형성의 배경

——— 한 푼도 허투루 쓰는 법이 없는 경제관념이 투철한 부모 밑에서 자랐다

——— 궁핍한 환경에서 자랐다

——— 효율적이고 싶어한다

——— 돈 없이 사는 것을 두려워한다

——— 미래에 어떤 일이 닥칠지 몰라 두려워한다

——— 자산과 소유물을 관리해야 하는 책임감을 느낀다

연관된 행동

——— 돈을 쓰기보다 저축한다

——— 예산을 정하고 그대로 실천한다

——— 낭비와 사치를 경멸한다

——— 자신의 은행계좌를 엄중히 관리한다

——— 할인 쿠폰을 쓴다

——— 필요한 것만 사용한다

——— 중고매장에서 쇼핑하거나 구입한다

——— 세일 기간에 구입한다

——— 돈이 안 드는 취미와 활동을 즐긴다

- 음식을 남기지 않는다
- 그때그때 물건을 사기보다 대량구매로 싸게 산다
- 고장난 물건을 손봐서 오랫동안 쓴다
- 자신의 수입에 맞게 생활한다
- 낡은 물건을 다른 용도로 바꾸어 재사용한다(낡은 타이어로 그네 만들기 등)
- 옷을 물려받아 입는다
- 사람들이 버린 물건을 가져다 쓴다
- 필요한 것들을 구입하기 위해 다른 지출을 줄인다
- 물자를 절약한다(물, 전기, 가스 등)
- 중고 물건을 구입한다(자동차, 교재, 옷, 가구 등)
- 돈 걱정을 안 해도 되는 사람들을 질투한다
- 누군가에게 맡기지 않고 직접 물건을 수선하거나 수리한다
- 작아서 못 입거나 안 쓰는 물건들을 버리거나 주지 않고 판다
- 낡은 물건은 나중을 대비해서 버리지 않고 보관한다
- 자신이 저축할 수 있는 돈의 액수에 자부심을 느낀다
- 가계부 정산에 집착한다(수입과 지출 맞추기, 영수증 보관하기 등)
- 아이들에게 자신의 물건을 책임지고 관리하라고 가르친다
- 물건이 부주의로 인해 고장나서 교환해야 할 때 화를 낸다
- 버는 것보다 많이 쓰는 사람들을 참지 못한다
- 대출은 가능한 한 빨리 상환한다
- 생활비로 쓴다며 생일 선물을 현금으로 달라고 한다
- 어지간해서는 돈을 빌리지 않는다
- 소소한 돈벌이를 찾는다(아르바이트, 베이비시터 등)

연관된 생각
- 이게 예산에 들어 있던가?

─── 청소기는 언제부터 세일하는지 궁금하네.

─── 잭의 오래된 연장을 버리기 싫은데. 활용한 방법이 있을 거야.

─── 저 사람들이 빚지는 데는 다 이유가 있어. 돈을 저렇게 써대니!

─── 기름이 얼마 안 남았네. 걸어서 다녀오자.

연관된 감정

─── 불안감, 무시, 결의, 질투심, 자부심, 만족감, 경멸, 걱정

긍정적 측면

─── 알뜰한 인물은 무엇이든 허투루 쓰는 법이 없고 자신이 가진 것을 최대한 활용한다. 경제적으로 현실적인 이들은 다른 분야에서도 마찬가지라, 시간과 물자 역시 절약한다. 재산을 흥청망청 써대다가 곤란해지는 사람들이 있는 반면, 알뜰한 인물은 대부분 돈 없이 지내게 되지 않는다. 어쩌면 다른 사람들을 도와주거나 앞서갈 위치에 있을 수도 있다. 또한 이들은 돈을 아끼는 성향 덕분에 어려운 시기에도 허리띠를 단단히 조일 수 있다.

부정적 측면

─── 이런 성격의 인물은 돈을 너무 아끼다 보니 쓸 줄을 모르고, 이런 성향 탓에 구두쇠나 인색한 사람으로 몰린다. 사람들은 이들의 절제력을 보고 인색한 사람으로 생각하며, 또 선물을 주고받는 상황(생일, 크리스마스 등)에서 이에 화답하지 않는 이들에게 실망할 수 있다. 반면 알뜰한 인물은 씀씀이가 헤픈 사람들을 무시한다. 이들에게는 돈이나 자산 등이 사람보다 중요하고, 그 때문에 타인과 사귀는 것이 어려울 수도 있다.

문학작품 속 사례

─── 《빨간 머리 앤》에서 독신인 오빠와 함께 사는 마릴라 커스버트 아줌마

는 앤이 가족이 된 이후로도 검소한 생활 태도를 버리지 않는다. 앤의 옷을 싸게 구입한 튼튼한 천으로 만들고 프릴이나 주름, 퍼프 등 실용성과 상관없는 장식은 일절 달지 않는다. 늘 머리핀 두 개로 자신의 머리카락을 틀어올려서 시간과 기운을 허비하지 않는다. 앤은 처음에는 힘들어하지만, 시간이 지나면서 두 사람은 서로에게 익숙해지고 마릴라의 알뜰한 태도도 조금은 누그러진다.

영화와 드라마 속 사례
——— 〈사브리나〉에서 사브리나의 아버지인 운전기사 토머스 페어차일드(존 윌리엄스 분), 〈월튼네 사람들〉 시리즈에서 작은 산골에 삼대가 모여 사는 월튼 가족의 어머니 올리비아 월튼

갈등을 유발하는 다른 인물들의 성격
——— 낭비벽이 있음, 어리석음, 관대함, 미성숙함, 무책임함, 말썽을 피움

알뜰한 인물을 위한 최적의 시나리오
——— 사치스럽거나 화려한 인물과 짝을 이룬다
——— 알뜰함이 미덕이 아니라 볼썽사나운 성격으로 치부되는 문화권에서 산다
——— 씀씀이가 헤픈 부자로 위장해야 하는 상황을 마주한다
——— 쓰레기가 끊이지 않고 나오는 곳에서 일한다(호텔 주방, 레스토랑 등)

관용적인 성격

lolerant

정의	범주	유사한 성향
자신과 반대되는 신념과 생각, 행동을 받아들임	대인관계, 도덕성	수용적, 아량 있음, 후함, 열린 생각, 포용적

성격 형성의 배경

——— 다문화 사회에서 살고 있다

——— 부모가 열린 사고방식을 장려했다

——— 어린 시절 온갖 사상과 신념을 경험했다

——— 인류와 자유, 인권을 존중한다

——— 남들과 다른 것을 특별하면서 흥미로운 자질로 이해한다

——— 인내심이 강하다

연관된 행동

——— 참을성이 많다

——— 타협할 수 있다

——— 사람들과 잘 협력한다

——— 사람들에게 흔쾌히 설명하거나 가르쳐준다

——— 다른 사람들의 견해를 존중한다

——— 사람들을 용서한다

——— 자신의 과거가 신념과 행동에 어떤 영향을 미치는지를 이해한다

——— 사람들을 일방적으로 판단하지 않는다

——— 이해심이 없는 사람들을 피한다

———— 사람들이 한 말을 곰곰이 생각한다; 그들의 관점에서 바라본다

———— 객관적이다

———— 누군가의 마음을 동요시키거나 바꾸려 들지 않는다

———— 사람들을 배려한다

———— 우호적이다

———— 서로 다른 생각을 인정한다

———— 사람을 있는 그대로 받아들인다

———— 모든 종교는 존재할 권리가 있고, 사람들은 자신의 길을 선택할 권리가 있다며 존중한다

———— 관계와 상황에서 긍정적 측면에 주목한다

———— 생각하고 나서 행동한다

———— 원한을 품지 않는다

———— 자기감정을 잘 조절한다

———— 협상에 능하다

———— 모든 것을 통제하려 들지 않는다

———— 다른 사람들의 입장에서 생각한다

———— 통찰을 얻으면 자신의 생각을 바꾼다

———— 자신의 견해와 맞서는 견해의 가치도 인정한다

———— 방어적이거나 일방적으로 행동하지 않는다

———— 다른 사람들과 공감대를 찾으려 애쓴다

———— 자신이 속한 문화와 나라를 벗어나는 여행을 한다

———— 흔쾌히 듣고 배우려 한다

———— 자기 자신을 편하게 받아들인다

———— 흐름에 맡긴다

———— 소통을 잘한다

———— 천성적으로 공정심이 확고하다

연관된 생각

——— 애들이 나무에 자기 이름을 새기지 않으면 좋으련만. 하지만 그게 자기 표현법인 것도 이해는 돼.

——— 로나의 새 남자친구가 내 타입은 아니지만 로나가 행복하다면야. 그게 제일 중요하지.

——— 언니가 조카들을 잘 훈육하면 좋겠지만, 그들을 기르는 건 언니지 내가 아니야.

——— 앨런이 집에서는 스와힐리어와 영어를 쓰니까 아이들이 두 언어를 함께 배울 수 있어 좋겠네.

연관된 감정

——— 행복, 평온함

긍정적 측면

——— 관용적인 인물은 아량이 넓어서 누구나 자신의 선택과 결정을 내릴 수 있고 또 그래야 한다고 믿는다. 이들은 다른 사람들에게 자기 견해를 일방적으로 밀어붙이지 않고 다른 사상과 신념에도 귀를 기울인다. 의견을 다툴 때에도 누구에게나 나름의 관점이 있음을 이해한다. 관용적인 인물은 훌륭한 중재자로서 어떤 상황에서도 객관성을 유지할 수 있다. 이들은 일을 진전시키려면 타협과 인내가 필요함을 안다.

부정적 측면

——— 이런 성격의 인물은 다른 사람들의 이야기를 들어주다 보니 자신의 목소리가 사라지면서 열정이 없는 사람으로 여겨진다. 이 때문에 특별한 개인으로 보일 기회를 놓치고 수동적인 사람으로 취급받기도 한다. 이들의 인내심과 이해심을 이용해 이들을 휘어잡거나 마음대로 하려 드는 사람들도 있다.

영화 속 사례

─────── 〈씨비스킷〉(2003)에서 찰스 하워드(제프 브리지스 분)는 경마사업에 끼어들면서 자신을 보필할 업계 사정에 밝은 직원을 필요로 한다. 그가 선택한 전문가들과 말은 자격도 없고 구제 불능이라며 무시당하지만, 그는 이들의 약점 너머의 잠재력을 본다. 그들이 자신을 실망시킬 때조차 자비를 보이면서 약간 엉망이 된다는 이유만으로 인생을 허비하면 안 된다고 상기시킨다.

영화 속 다른 사례

─────── 〈리멤버 타이탄〉에서 미식축구 코치인 허먼 분, 〈인 디 에어〉(2009)에서 앨릭스 고란(베라 파미가 분)

갈등을 유발하는 다른 인물들의 성격

─────── 통제가 심함, 잔인함, 독선적, 특권의식을 지님, 정확함, 관용이 없음, 남을 조종함

관용적인 인물을 위한 최적의 시나리오

─────── 온갖 자유가 제한되는 경찰국가에서 살고 있다
─────── 관용을 이용할 약점으로 바라보는 아이들을 가르친다
─────── 신념이나 행동을 도저히 용납할 수 없는 누군가를 대면해야 한다
─────── 자신이 원하는 대로 의제를 발전시키기 위해 관용을 이용하는 사람들을 상대해야 한다

92 보수적인 성격
Traditional

정의	범주	유사한 성향
단단하게 자리 잡은 신념과 관례에 맞춰 행동하고 생각함	정체성, 대인관계	봉건적, 관습적, 전통적

성격 형성의 배경

——— 자신의 유산과 과거를 존중하라는 가르침을 받으며 자랐다

——— 조상들에게 동질감을 느낀다

——— 가족사에 자부심을 가지고 있다

——— 역사가 깊은 뼈대 있는 가문의 일원이다

——— 과거와 오래된 전통에 낭만적인 관점이나 흥미를 보인다

연관된 행동

——— 혁신과 새로운 생각보다 오래된 믿음과 관례를 중요시한다

——— 변하지 않는 단순한 믿음과 가치를 고수한다

——— 정해진 규칙에 충실하게 옷을 차려입고 행동한다

——— 정해진 패턴, 반복되는 일상, 오래된 관습을 편안해한다

——— 늘 해왔던 방식대로 일을 처리한다

——— 현재에 만족한다; 변화를 갈구하지 않는다

——— 자신의 생각을 아이들에게 물려준다(결혼이나 성역할, 미신 등)

——— 대대로 물려받은 가업에 매달린다(가족의 목장에서 소 기르기 등)

——— 시대에 뒤떨어진 의식에 참가한다(성년식 무도회 등)

——— 내내 변하지 않고 내려오는 의식과 명절을 기념한다

- 가족과 공동체, 문화에 강한 유대감을 느낀다
- 다른 의견과 믿음을 가진 외부인이나 사람들을 불신한다
- 연장자의 지혜를 존중한다
- 현대적 방식과 기술을 공공연하게 불신한다
- 공동체의식이 강하거나 가족중심적이다
- 존경받는 지위를 상징하는 특별한 옷을 입는다(사제복 등)
- 조상의 언어를 이해하고 사용한다
- 정치적, 종교적으로 가족의 믿음에 동조한다
- 전통적인 방식으로 음악이나 미술 작품을 창작한다(전통악기 연주, 목조각 등)
- 오래된 의식에 참여한다(세례, 순례, 퍼레이드 등)
- 꼭 그래야 할 때만 변화에 적응한다
- 오랜 믿음이나 전통에 대해 거의 의심하지 않는다
- 혈연 때문에 책임을 승계한다
- 자신의 과거를 이용해 설화와 옛날이야기를 개작한다
- 대대로 물려받은 집이나 영지에서 살고 있다
- 조상이 쓴 것과 똑같은 요리법과 치유법을 사용한다
- 대대로 내려온 인사법을 쓴다
- 특별한 날을 기념하는 관습적인 선물을 준다(은혼식 때 은반지 주기 등)
- 단합을 위해 기념노래를 부른다(국가, 찬송가 등)
- 역사와 혈연, 관습을 공유하는 사람들에게 연대감을 느낀다
- 같은 문화를 가진 사람과 결혼한다
- 능력이 아니라 나이나 혈연에 의해 힘 있는 직위를 얻는다
- 견해와 가치를 공유하는 사람들과 어울린다
- 미래세대를 위해 옛 방식과 제도를 보존할 방법을 적극적으로 강구한다

연관된 생각

——— 어업은 가족사업이야. 언제나 그랬고, 앞으로도 그럴 거야.

——— 세라가 검은 옷을 입지 않고 장례식에 가다니 말도 안 돼.

——— 다들 알다시피 양파는 벌에 쏘인 데 직방이야.

——— 물론 알렉사는 케임브리지에 갈 거야. 우리 가족 모두가 거기 출신이니까.

——— 레나가 아기에게 세례식을 안 하겠다는 말이 농담이었기를 바라.

연관된 감정

——— 방어적, 결의, 감사해함, 향수, 평온함

긍정적 측면

——— 보수적인 인물은 자신의 현재 상태에서 편안함을 느낀다. 이들은 자신
보다 앞서 살았던 사람들에게 힘을 얻어 격동의 시기를 살아낸다. 조상
과 그들의 지혜를 존경하고 전통과 가치를 이어가려 하며, 미래세대에게
도 자신들의 뿌리를 알게 하려고 노력한다. 사람들은 이런 인물이 자신
들의 믿음을 존중하고 변화를 강요하지 않는 한 지지한다. 이들은 같은
생각을 가진 사람들과 동류의식을 강하게 느끼고, 동일한 관습과 가치
관을 가진 사람들과 어울리기를 좋아한다.

부정적 측면

——— 이런 성격의 인물은 일반적으로 자신의 전통과 체계에서 멀어진 변화
를 받아들이지 못한다. 전통을 역행하는 변화에 대해 타협을 거부하므
로 이들과 대화하거나 설득하기 어려울 수 있다. 이들은 때때로 생각이
나 행동이 다른 사람들에게 의심과 편견을 품기도 한다. 그 결과 새로운
생각과 혁신으로부터 스스로를 차단시켜버린다. 이는 개인적 성장과 더
나은 삶, 그리고 깨달음의 기회를 막는다.

영화 속 사례

———   〈메리다와 마법의 숲〉(2012)에서 엘리너 여왕은 백성들의 요구에 매우
충실하다. 그래서 딸 메리다에게 부족과 연합하는 사람과 결혼하라고
강요하고, 천방지축에 반항적인 메리다는 마녀에게 엄마를 바꿔달라고
부탁한다. 그런데 마법에 걸린 엄마가 의도치 않게 곰으로 변하면서 왕
국은 위기에 빠진다.

드라마와 영화 속 다른 사례

———   〈매시〉 시리즈에서 셔먼 포터 대령, 〈패밀리 타이즈〉 시리즈에서 공화당
을 지지하는 앨릭스 키튼, 〈초콜릿〉에서 시장 폴 드 레노 백작(앨프리드
몰리나 분), 〈지붕 위의 바이올린〉(1971)에서 아버지 테비에(토폴 분)

갈등을 유발하는 다른 인물들의 성격

———   독실함, 자유로운 영혼, 상상력이 풍부함, 독립적, 게으름, 별남, 반항적,
자유분방함

보수적인 인물을 위한 최적의 시나리오

———   사회의 변화에 적응할 것을 강요당한다(도시 확장, 외지인들의 유입 등)

———   새로운 법과 규칙을 제정하는 정권 교체를 경험한다

———   가족 중 한 명이 전통을 깨고 비정통적인 무언가를 계획 중임을 알아
차린다

———   공공연하게 자신의 신념과 관습을 조롱하는 비판적인 사람을 만난다

———   전통적인 치료법으로 호전되지 않는 아픈 아이를 돌보고 있다

93 잘 믿는 성격
Trusting

정의	범주	
사람들의 힘과 진실성에 대한 믿음에 기초해 의지하거나 기댐	대인관계, 도덕성	

성격 형성의 배경

——— 사랑받으며 곱게 자랐다

——— 지지와 신뢰를 보내주지만 과잉보호하던 부모 밑에서 자랐다

——— 인간은 본디 선한 존재라고 믿는다

——— 진실과 명예를 핵심 가치로 삼는 환경에서 자랐다

——— 범죄나 탐욕, 또는 그 밖의 부정적인 것을 경험한 적이 없다

연관된 행동

——— 믿을 만한 누군가의 판단을 신뢰한다

——— 자신이 믿는 명분에 헌신한다

——— 긍정적인 과거 경험에 기반해 결정을 내린다

——— 질문을 거의 하지 않는다; 자신에게 주어진 것보다 더 많은 정보가 필요하지 않다

——— 들은 대로 행한다

——— 사람들의 말을 있는 그대로 받아들인다

——— 명예롭게 행동하고 사람들도 그럴 것이라고 생각한다

——— 인간의 본성에 대한 자신의 한정된 지식이 반영된 순진한 질문들을 한다

——— 고개를 끄덕이고 미소를 짓는다

———— 망설임 없이 동의하거나 헌신한다

———— 친절하다

———— 사람들에게 공감한다

———— 일이 계획대로 되지 않을 때도 너그럽다

———— 정직하다

———— 사람들과 그들의 의도를 읽을 줄 안다고 믿는다

———— 유쾌하다

———— 사람들의 동기가 선하다고 믿는다

———— 희망차고 사려 깊다

———— 도움이 될 것이라고 믿으면 정보를 대가 없이 제공한다

———— 누군가에게 유리하게 해석해준다

———— 앞으로 나아가거나 사람들과 잘 지내는 데 중요하지 않은 일들은 신경
　　　 쓰지 않는다

———— 걱정을 거의 하지 않는다

———— 사람들과 연결되어 있다고 느낀다

———— 이타적이다

———— 직설적이다; 숨긴 의제가 없다

———— 사람들의 기분에 맞춰준다

———— 세상을 더 좋은 곳으로 만들고 싶어한다

———— 다른 사람들이 결정을 내리게 허용한다

———— 서둘러 결론을 내리지 않는다

———— 사람들과 그들의 사생활을 존중한다

———— 신뢰감을 준다(누군가의 자신감을 지켜주기, 가십에 끼지 않기 등)

———— 기꺼이 새로운 무언가를 시도한다

———— 가끔 잘못된 판단을 내려도 위축되지 않는다

———— 약한 모습을 보여도 무방한 돈독한 관계를 추구한다

———— 이상주의적이다

———— 사람들을 용서한다

———— 사람들을 조종하려 들지 않는다

———— 인간의 선의에 대한 믿음을 유지하면서 자신의 실수를 통해 배운다

연관된 생각

———— 디는 원래 책을 잘 돌려주는데. 책을 빌렸다는 사실을 잊었나보다.

———— 테리의 친구가 일을 맡는다니 안심이야. 그 사람은 잘해낼 거야.

———— 딘은 운전을 잘하니까 주말 동안 안심하고 내 차를 빌려줘야지.

———— 에릭이 또 야간근무라니 안 됐어. 다음 달에는 함께 지낼 수 있겠지.

연관된 감정

———— 감사해함, 행복, 평온함, 안도감

긍정적 측면

———— 잘 믿는 인물은 대부분의 사람들이 믿을 만하다는 긍정의 힘을 가진다. 이들은 마음을 열고 정직하며 성실하게 처신하고, 다른 사람들도 자신과 똑같기를 기대한다. 또한 이들은 서로를 존중하며 돈독하고 깊은 관계를 맺는다. 한시적으로 믿음이 깨지더라도 전반적으로 인간의 선의를 믿고 기회가 주어진다면 옳을 일을 하리라 생각한다.

부정적 측면

———— 이런 성격의 인물은 그러면 안 될 때조차 속이 보일 정도로 투명하다. 이들이 만나는 사람 중 몇몇은 이들의 시간과 돈, 믿음을 빼앗으려 할 것이다. 극단적인 경우 이들은 사람에게 질려서 모든 사람의 동기와 의도를 의심할 수도 있다.

영화 속 사례

─────── 〈이보다 더 좋을 순 없다〉에서 사이먼 비숍(그레그 키니어 분)은 사람들
의 좋은 면을 믿으려 하는 우호적이고 친절한 성격이다. 그는 자신의 개
가 보이지 않자 이웃을 의심하지만 자신은 결백하다는 주장을 믿는다.
하지만 나중에 그 이웃이 개를 쓰레기 배출구에 던졌다는 사실이 탄로
난다. 또한 사이먼은 새로운 미술 프로젝트에 자격 있는 모델을 고용했
다는 에이전트의 말을 철석같이 믿는다. 하지만 모델은 부랑자였고, 물
건을 훔치고 그를 폭행해 죽일 뻔한 사건이 벌어진다. 그는 한동안 자기
회의와 우울증에 시달리지만 오래가지 않는다. 영화 막바지에서는 다시
낙천적인 사이먼으로 돌아와서 신경질적인 이웃과 친구가 되고 잠시 잊
었던 기쁨과 영감을 되찾는다.

영화와 문학작품 속 다른 사례

─────── 〈그린치〉(2000)에서 신디 루 후(테일러 맘슨 분), T. H. 화이트의 《과거
와 미래의 왕The Once and Future King》에서 아서왕, 〈포레스트 검프〉에서 포
레스트 검프, 〈엘프〉에서 버디

갈등을 유발하는 다른 인물들의 성격

─────── 계산적, 비겁함, 기만적, 불충함, 정직하지 않음, 싫증냄, 남을 조종함, 비
관적, 의심이 많음

잘 믿는 인물을 위한 최적의 시나리오

─────── 과거에 자신을 속인 누군가와 관계를 다시 시작한다

─────── 사람을 잘못 믿은 탓에 후유증을 겪는다

─────── 천성적으로 의심 많은 누군가의 믿음을 얻기 위해 노력한다

─────── '너무 잘 믿는다'는 이유로 비관론자들에게 비난을 받는다

94 자유분방한 성격
Uninhibited

정의	범주	유사한 성향
사회나 심리적 규범에 억눌리거나 구애되지 않음	정체성, 대인관계	자유로움, 얽매이지 않음, 억눌리지 않음

성격 형성의 배경

——— 자기 자신에게 만족한다

——— 자유로운 영혼의 소유자다

——— 적응하지 못하던 과거사가 있다

——— 자기확신이 있다

——— 과거에 사회나 권력에 의해 해를 입었고, 지금은 그것에 반기를 든다

연관된 행동

——— 법과 규범을 따르지 않는다

——— 흐름을 거스른다

——— 큰 소리로 말한다

——— 권위에 문제를 제기한다

——— 어떤 규칙이나 판결 뒤에 숨은 의미를 알고 싶어한다

——— 맹목적으로 따르지 않는다

——— 동료나 부모의 압력을 거부한다(진로 선택, 자녀 계획 등)

——— 사람들 앞에서 자신의 감정을 마음껏 표현한다

——— 크게 웃는다

——— 동작이 크다

———— 쉽게 당황하지 않는다

———— 고개를 똑바로 들고 발걸음을 가볍게 사뿐사뿐 걷는다

———— 비판과 조롱을 무시한다

———— 관습에서 벗어난 복장과 헤어스타일을 한다

———— 다른 사람들의 생각에 과도하게 신경 쓰지 않는다

———— 금기로 여기는 주제에 대해 자유롭게 말한다(섹스, 마약, 종교 등)

———— 속 편하고 느긋한 태도를 보인다

———— 사회의 주변부에서 살아가는 사람들과 어울린다

———— 자신에게 어울리는 것들을 찾아서 관심사와 스타일, 궤도를 수정한다

———— 잘하지는 못하지만 좋아하는 활동에 참가한다

———— 공개적으로 요란하게 사람들을 응원한다(혼자서는 노래를 못 부르는 친구와 노래방 가서 노래 부르기 등)

———— 함께하는 사람이 없어도 혼자서 행복하게 일한다

———— 사람들에게 억누르지 말고 자유롭게 살라고 용기를 준다

———— 눈살을 찌푸리게 하는 활동에 참가한다(알몸 수영 등)

———— 자신의 생각을 자유롭게 말한다

———— 융통성이 없거나 내성적인 사람들을 짓궂게 놀린다

———— 일부러 사람들을 당황시키는 일을 한다

———— 중독적인 관계나 의존적이고 집착적인 관계를 피한다

———— 활동하고 여행하며 새로운 것을 시도한다

———— 용인될 만한 것들의 경계를 의도적으로 넓힌다

———— 자신의 독특한 면에 자부심을 가진다

———— 자신감이 있다

———— 예술적이거나 창조적인 취미가 있다

———— 과도하게 성적인 행동을 하거나 교태를 부린다

———— 모험심이 강하고 모든 것을 알아보고 싶어한다

연관된 생각

——— 여하튼 빌어먹을 규칙이야.

——— 다른 사람들이 인정하지 않을 수도 있지만, 난 상관없어.

——— 왜 섹스에 대해 말하는 것을 불편해하는지 모르겠네.

——— 왜 아무도 춤을 안 추지? 내가 먼저 시작해야겠다.

——— 나는 빌이 좋고, 그도 내게 끌리고 있어. 그에게 접근해서 넘어오는지 알 아봐야겠어.

연관된 감정

——— 즐거움, 자신감, 행복, 무관심함, 자부심

긍정적 측면

——— 자유분방한 인물은 사회규범과 다른 사람들의 의견에 구애받지 않고 마음이 가는 대로 행동한다. 일반적으로 공공장소에서 표현을 자제하는 사람들과 달리 자유분방한 성향의 사람들은 그러지 않는다. 이들의 자신감은 매력적이고 감탄을 자아내는데, 특히 자신의 억눌린 욕망을 드러내고 싶은 사람들에게 그렇다.

부정적 측면

——— 이런 성격의 인물은 자신의 개성을 고집하며, 다른 사람들의 감정과 감성을 고려하지 않아 불편하게 만든다. 규칙에 대한 이들의 경멸은 자신뿐만 아니라 책임감이 강한 친구들에게 문제를 일으킨다. 개성과 자유를 중시하는 이런 인물은 내성적인 사람들을 소심하다고 낙인찍고 좀 더 유연해지라면서 훈계할 수도 있다. 사람들이 자유분방한 인물에 대해 근거 없이 판단하거나 오해하기도 한다.

영화 속 사례

——— 〈귀여운 여인〉(1990)에서 콜걸 비비언 워드(줄리아 로버츠 분)가 사회규
범에 무관심한 것은 당연해 보인다. 하지만 그녀의 자유분방함은 직업
보다 성격에서 더욱 도드라진다. 그녀는 의자 대신 테이블에 앉아서 손
으로 팬케이크를 먹는다. 폴로 경기장에서 폭소를 터뜨리고 소리를 지
르며, 다른 사람들의 눈총에 개의치 않는다. 허벅지까지 오는 부츠를 옷
핀으로 고정하고 로데오 거리를 걸어가는 그녀의 모습은 사람들의 시선
에도 아랑곳하지 않고 편안해 보인다. 그녀는 다친 감정을 추스르는 동
안 자신을 싫어하는 사람들을 무시하고 스스로에게 만족한다.

영화와 대중문화 속 다른 사례

——— 〈제리 맥과이어〉에서 미식축구 선수 로드 티드웰, 농구 선수 데니스 로
드맨, 뮤지션 메릴린 맨슨

갈등을 유발하는 다른 인물들의 성격

——— 깐깐함, 오만함, 유머를 모름, 주눅이 듦, 내성적, 신경과민, 정확함, 교활
함, 걱정이 많음

자유분방한 인물을 위한 최적의 시나리오

——— 체계적이고 모든 것이 짜여진 예측 가능한 분위기 속으로 던져진다
——— 자유를 잃어버린다
——— 갑자기 다른 사람의 생각을 의식하고 걱정하기 시작한다
——— 자신의 자유분방한 태도로 인해 극적인 뜻밖의 결과를 경험한다
——— 책임을 강요당한다(죽은 여동생의 아이들을 길러야 하는 등)

95 사심이 없는 성격

Unselfish

정의	범주	유사한 성향
자신을 돌보지 않고 남을 배려하며, 타인의 이익을 위해 행동함	대인관계, 도덕성	이타적

성격 형성의 배경

——— 천성적으로 이타적이다

——— 사람들에게 봉사하는 삶을 강조하는 종교적 분위기에서 자랐다

——— 뿌린 대로 거둔다고 믿는다

——— 사람들을 돕는 데서 오는 기쁨을 안다

——— 모든 사람이 자신과 같이 가치 있다고 믿는다

——— 옳고 그름에 대한 의식이 확고하다

——— 살면서 받은 축복에 감사해한다

연관된 행동

——— 사람들이 원하는 것을 배우는 모습을 지켜본다

——— 다른 사람들이 결정을 내리게 허용한다(저녁 식사 장소, 휴가지 등)

——— 다른 사람들에게 순서를 양보한다(계산대 앞, 건널목 등)

——— 누군가를 행복하게 해주려고 진심 어린 선물을 산다

——— 자신이 가진 것을 기꺼이 나누고자 한다

——— 본능적으로 누군가에게 무엇이 필요한지를 안다

——— 사람들이 하는 말의 속뜻을 간파한다

——— 자신의 자원을 희생해 다른 누군가를 돕는다

——— 자선단체에 기부한다

——— 공감능력이 뛰어나다

——— 남의 말을 잘 들어준다

——— 다른 사람의 감정이 다치지 않도록 깊이 생각한 후에 말한다

——— 겸손하다

——— 자신보다 남을 더 많이 생각한다

——— 사람들을 도울 방법을 찾는다

——— 융통성이 있다; 누군가 도움을 요청하면 자신의 계획을 기꺼이 수정한다

——— 참을성이 있다

——— 사람들과 감정을 나눈다(울기, 웃기 등)

——— 도움이 필요한 사람들에 대해 많이 걱정한다

——— 사람들을 용서한다

——— 자신에게 아무 이득이 없어도 다른 사람들을 돕는다

——— 상대가 무언가를 극복하는 것을 돕기 위해서 양보하거나 포기한다(친구
       와 같이 다이어트하기 등)

——— 기쁘게 하지 못하더라도 진실을 말한다

——— 사람들을 포용하고 사랑할 수 있는 힘이 많다

——— 사람들을 일방적으로 판단하지 않는다

——— 사람들에게 정서적으로 도움을 주려고 한다

——— 누군가를 돕기 위해 불편을 감수한다

——— 특히 사람들에 대해 긍정적으로 생각한다

——— 인기가 없거나 거부당한 사람들과 친하게 지낸다

연관된 생각

——— 오늘 내 계획은 조앤을 돕는 일만큼 중요하지 않아.

——— 텔레비전 소리가 크지 않은 것 같지만 윌에게 방해가 될 테니 줄이자.

——— 숀이 언제라도 편안하게 전화를 걸 수 있게 되어서 기뻐. 그는 내가 그를

위해 어떤 일도 할 수 있다는 것을 알아.

——— 세상에, 지니가 화났나봐, 커피를 올려놓고 이 십자말풀이는 나중에 마
저 해야겠다.

연관된 감정

——— 기대감, 열의, 감사해함, 행복, 사랑, 평온함, 만족감, 연민

긍정적 측면

——— 사심이 없는 인물은 자신보다 다른 사람들을 먼저 배려한다. 이들은 사
람들의 마음을 읽고 속뜻을 해석해서 그들이 정말로 원하거나 필요로
하는 것을 능숙하게 알아낸다. 또 물질에 얽매이지 않아서 자신의 소유
물을 사람들에게 나누어주기도 한다. 속이 깊은 이들은 자신의 이익을
생각하지 않고 다른 사람들이 행복해지고 목표를 달성하기를 바라는
마음에서 행동한다.

부정적 측면

——— 이런 성격의 인물은 주는 데 너무 집중해서 자신의 욕구에 소홀해지고
자원이 고갈될 위험이 있다. 남을 돕고 싶어하는 이들의 마음은 친절을
이용하려는 사람에게 만만한 표적이 된다. 또한 자산을 다른 사람들을
위해 쓰면서 재정적으로 곤란해질 수 있다. 진짜로 사심이 없는 인물은
흔치 않다. 때때로 이런 인물이 우정이나 인정, 아니면 친절을 돌려받으
려는 동기를 숨기고 봉사하기도 한다.

영화 속 사례

——— 〈뮬란〉(1998)에서 뮬란은 가족에게 헌신적인데, 그녀는 가족과 조상에
게 누를 끼칠까봐 걱정한다. 자신이 우아하고 상냥한 여성과는 거리가
멀어 결혼 상대를 찾기 힘들다는 것을 알지만 뮬란은 어쨌든 최선을 다

한다. 그것이 가족과 공동체가 자신에게 기대하는 것이기 때문이다. 연로한 아버지가 징집 명령을 받자 그녀는 자유와 자신의 정체성까지 포기한 채 남장을 하고 아버지 대신 전쟁에 나가기로 결심한다. 전쟁은 처음인 데다가 장비도 변변찮은 그녀는 살아남기 위해 모든 것을 감수한다.

문학작품 속 사례

——— 《바람과 함께 사라지다》에서 멜라니 윌크스, 루이자 메이 올컷의 《작은 아씨들》에서 셋째 베스 마치

갈등을 유발하는 다른 인물들의 성격

——— 요구가 많음, 정직하지 않음, 엉뚱함, 참을성이 없음, 남을 조종함, 강압적, 응석을 부림, 인색함

사심이 없는 인물을 위한 최적의 시나리오

——— 사심 없는 행동에 대해 모종의 박해를 받거나 처벌을 받는다

——— 받으려고만 하는 사람들과 부정적으로 생각하는 사람들에게 둘러싸여 있다

——— 자신의 사심 없는 동기를 의심받는다

96

기발한 성격

Whimsical

정의	범주	유사한 성향
멋있게 즉흥적; 재미있거나 상상력이 풍부함	정체성, 대인관계	참신함, 자유로운 영혼, 독특함

성격 형성의 배경

——— 예술적이거나 창의적인 환경에서 자랐다

——— 부모가 체계와 규칙보다 탐구와 표현을 장려했다

——— 자유로운 영혼의 소유자다

——— 장난기가 많고 재미있는 일을 좋아한다

——— 호기심이 강하다

연관된 행동

——— 특이하면서 종종 웃긴 견해를 수용한다

——— 규칙이나 사회에 구애되지 않는다

——— 종잡을 수 없다

——— 행복해한다

——— 새롭고 색다른 경험을 갈구한다

——— 사람들에게 재미있는 일을 모색하라고 용기를 북돋아준다

——— 유머감각이 뛰어나다

——— 즉흥적이다

——— 대담하다

——— 남들이 보지 못하는 아름다움을 본다

——— 송두리째 바꾸려는 시도를 한다

——— 악의 없는 재미를 위해 소소한 규칙을 깨거나 규범을 거스른다

——— 폭소를 터뜨린다

——— 일반적이지 않은 질문들을 한다

——— 웃길려고 웃긴 생각들을 이야기한다

——— 상상력이 매우 풍부하다

——— 환상이나 불가능한 것들을 공상한다

——— 영민하다

——— 자신의 기분과 감정을 따른다

——— 재미있고 활기차다

——— 바보짓을 한다

——— 창의적이다

——— 무슨 일이 일어나는지 알아보려고 무작위로 선택한다

——— 친구들을 놀린다

——— 가상과 이야기를 좋아한다

——— 비선형적* 방식으로 사고한다

——— 자기 안의 아이 같은 면을 받아들인다

——— 온라인이나 현실에서 판타지 롤플레잉 모임에 가입한다

——— 놀라움과 뜻밖의 결과를 즐긴다

——— 색다른 관점을 가지고 있다

——— 옷을 차려입고 롤플레이를 하고 싶어한다

——— 특이한 것들을 좋아한다

——— 낯설거나 이해하기 힘든 음악과 미술에 관심이 있다

——— 기이하거나 특이한 방식으로 자신을 표현한다

● 선형적 사고가 인과관계에 입각한 생각의 과정이라면, 비선형적 사고는 우뇌의 작용이 활발하거나 상상력이 풍부한 생각의 과정을 가리킨다.

———— 얼굴 표정으로 자신의 감정을 표현한다

———— 충동적이다

———— 다른 사람들의 생각에 신경 쓰거나 걱정하지 않는다

———— 기괴하거나 특이한 아이디어를 생각해내고 실행한다

연관된 생각

———— 저 언덕 엄청 높네! 저기서 굴러 내려오면 얼마나 아찔한 기분일지 확인
해봐야지.

———— 그런데 말이야, 지니가 자기의 요술램프를 문지르면 어떻게 될까? 지니
도 세 가지 소원을 이룰까?

———— 제니네 엄마는 유니콘처럼 생겼어. 뿔 없는 유니콘. 걔네 엄마한테 말해
줘야지!

———— 지금부터 녹색 옷만 입을 거야. 그리고 사람들이 얼마 만에 알아차리는
지 알아봐야지.

연관된 감정

———— 놀라움, 기대감, 호기심, 욕망, 행복, 만족감

긍정적 측면

———— 기발한 인물은 언제나 상황을 흥미롭게 변화시킨다. 삶을 바라보는 이
들의 색다르고 열린 사고방식 덕분에 사람들은 긴장을 풀고 웃으면서
자기 안의 아이 같은 면을 끌어낼 수 있다. 유머감각이 뛰어나고 환상과
재미, 둘 다를 즐기는 이런 인물은 상상력을 발휘해 답답하고 진지한 순
간에 활기를 불어넣는다.

부정적 측면

———— 이런 성격의 인물이 가진 진득하지 못한 면모는 무책임하게 보여서 사람

들과의 관계에 영향을 끼칠 수 있다. 이들이 재미를 좇는 동안에 이들을 필요로 하는 사람 곁에 있어주지 못하면 대인관계가 약화된다. 누군가는 진지함과 일관성이 필요한 상황에서 상상하고 즉흥적으로 행동하는 이들의 모습에 실망하기도 한다.

영화 속 사례

──────── 〈사운드 오브 뮤직〉에서 마리아는 어른이고 견습수녀지만 틀에 갇히지 않는다. 그녀는 보기 싫은 커튼으로 놀이옷을 만들고, 언덕 꼭대기에서 춤을 추며, 오스트리아를 자전거로 누비면서 노래를 만든다. 발랄하고 즉흥적인 그녀의 천성은 처음에는 가정교사로서 그리고 나중에는 일곱 아이의 엄마로서 사는 데 도움을 준다.

문학작품 속 사례

──────── 《나니아 연대기: 사자와 마녀와 옷장》에서 막내 루시 페벤시,《빨간 머리 앤》에서 앤 셜리

갈등을 유발하는 다른 인물들의 성격

──────── 분석적, 조심스러움, 통제가 심함, 절도 있음, 깐깐함, 유머를 모름

기발한 인물을 위한 최적의 시나리오

──────── 목표를 달성하려고 열심히 해야 할 때 상실이나 패배를 경험한다

──────── 엄숙한 분위기에서 살고 있다 (수녀원이나 가톨릭 기숙학교 등)

──────── 답답하고 진지한 누군가와 잡담을 나누어야 한다

──────── 지침을 따라야 하는 업무를 할당받고 고민 중이다

──────── 전문적으로 보이고 싶지만 그 분야의 완고한 분위기 때문에 고군분투한다

97

건전한 성격

Wholesome

정의	범주	유사한 성향
도덕심이 높음; 사람들에게 바람직한 영향을 줌	정체성, 대인관계, 도덕성	단정함, 순수함, 흠이 없음, 고결함

성격 형성의 배경

——— 세상과 거리를 두고 차단된다

——— 순수 또는 순진하게 살고 싶어한다

——— 천성적으로 순진무구하다; 사람들에게 부정적인 영향을 주는 것들에
영향받지 않는다

——— 종교적 분위기에서 자랐다

연관된 행동

——— 옷차림이 단정하다

——— 유쾌하다

——— 옳지 않아 보이는 행동(음주, 욕설 등)을 삼간다

——— 불건전한 활동으로부터 차단되거나 그에 대한 지식이 거의 없다

——— 결혼하기 전까지 순결을 지킨다

——— 현명한 판단을 내린다

——— 의지가 강하고 유혹을 뿌리칠 수 있다

——— 중요한 것들에 집중하고 방해되는 것들은 피한다

——— 못됐거나 말을 듣지 않는 사람들을 이해하지 못한다

——— 우호적이고 상냥하며 외향적이다

———— 자신이 내린 판단이 옳다고 확신한다

———— 자신의 순진함과 순수성을 소중히 여긴다

———— 일부일처제를 지지한다

———— 사람들을 일방적으로 판단하지 않고 있는 그대로 인정한다

———— 가족을 중시한다

———— 동료들이 더 나은 선택을 하도록 소극적으로 (자신이 본보기를 보여) 영
향을 미친다

———— 공공연히 친구들에게 올바른 일을 하도록 격려한다

———— 매너가 좋다

———— 미소 짓고 잘 웃는다

———— 낙천적이다

———— 사람들의 좋은 점을 알아본다

———— 사람들을 돕고 싶어한다

———— 눈이 높고 연애결혼을 바란다

———— 성역할의 차이를 인정하고, 여자를 보호하는 것이 남자의 의무라고 믿
는다

———— 일생 동안 봉사하고 순결을 지키며 소명을 받드는 직업을 선택한다(수
녀 등)

———— 자신의 도덕적 신념을 사람들에게 전파하고 싶어한다

———— 자신의 길을 잃은 사람들에게 조언을 해준다

———— 상황을 단순하게 바라본다; 일을 복잡하게 만들지 않는다

———— 권위를 존중한다

———— 규칙을 준수한다

———— 책임감이 강하다

———— 사람들을 신뢰한다

———— 윤리적으로 행동한다

———— 자제력이 있고 탐닉하지 않는다

————— 결정을 내릴 때 장기적 관점에서 접근한다; 결정의 여파를 고려한다

————— 순종적이다; 쾌락의 욕구를 버리고 건전한 생활방식을 따른다

연관된 생각

————— 이게 옳은 결정일까?

————— 다른 사람들이 어떻게 생각하려나?

————— 완다가 이걸 한다면 좋을 게 없어. 못하게 말려야겠다.

————— 낸시의 친구들은 어둠의 길로 들어섰어. 낸시가 걔들과 어울리지 않으면 좋으련만.

연관된 감정

————— 자신감, 호기심, 행복, 무관심함, 사랑, 만족감, 잘난 체함, 반신반의함, 걱정

긍정적 측면

————— 건전한 인물은 충동적이지 않다. 신중하게 결정하고 언제나 옳은 일을 하려고 애쓴다. 이들의 행동은 남들에게 긍정적 영향을 주어 더 나은 선택을 하도록 용기를 준다. 이런 인물은 윤리에 바탕을 두고 결정하므로 전형적으로 친절함, 관대함, 정직, 공손함 같은 다른 바람직한 자질도 가지고 있다.

부정적 측면

————— 부모와 선생님 또는 그 밖의 다른 권위자들은 건전함을 바람직한 자질로 극찬하는 반면, 동료들은 그리 환영하지 않을 수 있다. 누군가는 이들이 강직한 사람들에게 위협을 받아 독불장군이 되었거나 그런 척하는 거라고 짐작하기도 한다. 그래서 냉소적인 사람들이 이 인물이 생각처럼 고결하지 않음을 증명하려고 들 수도 있다. 이런 검증이 이 인물에

게는 언제나 옳은 선택을 해야 하고 사람들의 신임을 잃으면 안 된다는 압박감을 줄 것이다. 이 때문에 이들은 마음을 터놓고 본연의 모습을 내보일 수 없을 때, 비행을 저지르거나 수치심을 숨긴다.

대중문화 속 사례
——— 대공황기를 맞아 산산조각이 난 미국은 춤추고 노래하며 곱슬곱슬한 머리카락을 가진 아역 배우 셜리 템플에게서 위안을 얻었다. 건전하고 천사 같은 인물들과 함께 등장하는 템플의 영화는 암울한 시대를 살아가는 미국인들에게 희망과 낙관을 심어주기 위해 제작되었다. 템플은 순식간에 그들의 사랑을 받았다.

드라마와 텔레비전 속 사례
——— 〈월튼네 사람들〉 시리즈에서 장남 존 보이 월튼, 〈비버는 해결사〉 시리즈에서 클리버 가족, 어린이 프로그램 〈로저스 씨네 동네〉 시리즈에서 로저스 씨

갈등을 유발하는 다른 인물들의 성격
——— 중독됨, 기만적, 사악함, 충동적, 병적, 문란함, 강압적, 반항적, 추잡함, 자유분방함

건전한 인물을 위한 최적의 시나리오
——— 건전한 결정이 칭찬받기보다 비난당하는 사회에서 살고 있다
——— 건전하지 않은 활동에 가담하라는 유혹을 받는다
——— 어떤 것이 건전하고 그렇지 않은지가 혼란스럽다
——— 자신의 건전한 처신에도 불구하고 동료들에게 부정적인 영향을 끼친다
——— 사람들이 어떻게 해서든 자신의 평판을 해치려 드는 모습을 본다

98 현명한 성격
Wise

정의	범주	유사한 성향
통찰, 연륜, 경험의 결과로 이해력이 깊고 건전하게 판단함	성취	사리에 밝음, 지혜로움

성격 형성의 배경

——— 지적이다

——— 특정 주제에 대해 깊이 이해하고 있다

——— 무수한 상황을 겪고 경험했다

——— 책을 많이 읽고 사색을 즐긴다

——— 일생 동안 하나의 주제, 사람, 환경에 대한 연구에 매진한다 (제인 구달 등)

연관된 행동

——— 말하기 전에 관찰하고 경청한다

——— 대화에 보탤 것이 있을 때만 말한다

——— 세상의 이치를 안다

——— 사람에 대해 올바르게 판단한다

——— 명상을 한다

——— 실수를 배움의 기회로 생각한다

——— 생각(마음)이 열려 있다; 사람들에게 공감한다

——— 자신의 도덕규범을 한결같이 고수한다

——— 겸손하다

——— 오랜 시간을 거치면서 신념과 견해가 굳건해졌다

———— 어떤 길을 선택하거나 행동하기 전에 깊이 생각한다

———— 자신을 완벽하게 파악하고 있다

———— 사람들에게 공감한다

———— 성장하고자 노력한다

———— 배우고 싶어한다

———— 건강과 행복을 촉진하는 좋은 습관을 받아들인다

———— 형평에 맞는 결정을 내린다

———— 더 크게 본다

———— 자신이 가진 지식을 사람들과 공유한다

———— 끊임없이 스스로를 점검한다

———— 사람들, 특히 어리고 미숙한 이들에게 인내심을 보여준다

———— 잘 배운다

———— 광범위한 독서를 한다

———— 유머감각이 뛰어나다

———— 친절하다

———— 질문하고 답을 찾는다

———— 새로운 것을 배우거나 경험할 기회를 놓치지 않는다

———— 세계와 모든 생명체를 존중한다

———— 생각(마음)이 열려 있다

———— 성숙하다

———— 참을성이 있다

———— 객관성을 위해 자신의 감정을 배제할 수 있다

———— 외면(겉모습)이 아니라 내면을 본다

———— 인과관계를 이해한다

———— 변화를 바라고 그것을 실현하기 위해 정진한다

———— 자기 자신을 인정하고, 타고난 결점 또한 받아들인다

연관된 생각

———— 제이슨의 엄마는 걱정할 필요가 없어. 때가 되면 그애는 자신의 길을 찾아갈 거야.

———— 사람들이 행동하기 전에 숨을 한번 돌린다면, 이 모든 문제를 피할 수 있을 텐데.

———— 누군가는 나를 스승이라고 부르지만, 나는 일생 동안 배우는 사람일 뿐이야.

———— 그레그에게 무엇을 하라고 말해주면, 그애는 결코 스스로 생각하는 법을 배울 수 없어.

연관된 감정

———— 놀라움, 즐거움, 번민, 기대감, 호기심, 감사해함, 행복, 희망참, 평온함, 만족감

긍정적 측면

———— 현명한 인물은 나이와 경험의 혜택을 받는다. 생각이 열려 있고 성숙한 이들은 자신이 아는 것을 사람들과 나눌 기회를 모색하는, 일생 동안 배우는 사람이다. 지혜를 가진 이들은 큰 그림을 보고 주변 사람들과 자신이 사는 세상에 대한 열정이 넘쳐난다. 사람들은 이들을 존경하고 찬양하며, 때로는 이들의 독특하고 폭넓은 식견에 감사해한다.

부정적 측면

———— 이런 성격의 인물은 참을성이 매우 많고 서두르지 않는다. 이들은 만사가 예정된 대로 일어날 것이라는 태도를 가지는데, 이는 사람들에게 절망적이거나 진부하다고 여겨질 수 있다. 빠른 조치나 주도적인 행동이 필요할 때가 있음에도 이들은 신중함과 반성을 선호해 즉각 행동하지 않아 변화하고 고통을 경감할 기회를 놓치기도 한다.

문학작품 속 사례

――――― 《반지의 제왕》 시리즈에서 간달프는 풍부한 연륜과 경륜 덕분에 믿을
수 없을 정도로 현명하다. 그는 중간계 사람들에게 지침을 내려주고 이
들이 모르도르 군대에 대항하도록 도와준다. 또한 그는 도움이 필요할
경우 주저하지 않고 더 위대한 지식을 가진 사람들에게 조언을 구한다.
간달프는 지혜의 정진에는 끝이 없음을 알고 있다.

영화와 문학작품 속 다른 사례

――――― 〈하이랜더〉에서 스승 라미레스(숀 코너리 분), 〈스타워즈〉 시리즈에서
제다이 마스터 오비완 케노비, 《해리 포터》 시리즈에서 호그와트 마법학
교의 교장 알버스 덤블도어

갈등을 유발하는 다른 인물들의 성격

――――― 통제가 심함, 잔인함, 잘 속음, 참을성이 없음, 피해망상이 심함, 무모함,
무례함, 자기파괴적, 의심이 많음

현명한 인물을 위한 최적의 시나리오

――――― 연륜, 지식, 권위를 존중하는 마음이 전혀 없는 고집불통의 젊은이를
상대한다
――――― 미래에 좋지 않은 일이 일어날 것을 알지만 그것을 막아낼 힘이 없다
――――― 충고와 조언을 하지만 무시당한다
――――― 자신의 멘토가 언제나 옳은 의도를 갖지는 않았음을 알게 된다
――――― 자신이 해준 충고를 사람들이 나쁜 일에 활용하려 한다

99 재치 있는 성격
Witty

정의 적절한 유머를 구사할 수 있는 지적 능력을 가짐	범주 정체성, 대인관계	유사한 성향 익살맞음

성격 형성의 배경

——— 유머감각이 남다르거나 두뇌회전이 빨라 상황을 냉철하게 판단한다

——— 지적이거나 심오한 유머를 구사하는 집안에서 자랐다

——— 인정이나 존경을 바란다

——— 불안정하다

——— 통제 욕구가 있다; 사람들을 대신해 자신의 지적 역량을 발휘한다

——— 불편한 상황에 대해 예민하게 반응한다

연관된 행동

——— 지적인 농담을 한다

——— 저질 농담을 피하고 경멸한다(화장실 유머, 슬랩스틱 코미디 등)

——— 언제나 마지막 회심의 한마디를 날린다

——— 두뇌회전이 빠르다

——— 천성적으로 웃긴 면을 잘 알아차린다

——— 사람들의 말에서 그 의미를 읽어낸다; 천성적으로 이중의 뜻을 잘 포착
한다

——— 사람들을 예리하게 인식하고, 특히 결점과 아이러니에 주목한다

——— 자신이 아는 것을 재미있게 풀이해낸다

———— 재치 있게 사람들을 꾸짖거나 질책한다

———— 수동공격적 행동*을 보인다

———— 사람들의 말을 잘 받아들인다

———— 대비를 통해 웃음을 유발한다

———— 과장이 심하다

———— 영화와 책, 대중문화를 재치 있게 인용한다

———— 노력 없이 자연스레 나오는 재치인 듯 무심하게 말한다

———— 맥락을 파악한다; 청중에 따라 적절한 농담을 한다

———— 사람들의 호감을 산다

———— 경쟁적이다; 다른 재치 있는 사람들과의 경쟁에 열정적이다

———— 청중의 마음을 읽는다

———— 예기치 못한 것들을 말한다

———— 창의적이다

———— 자신감이 있다

———— 잘 웃는다

———— 교태를 부린다

———— 진지한 표정이나 최소한의 움직임으로 농담을 던진다

———— 말장난을 즐긴다; 어휘에 관심이 많다

———— 다른 사람들의 재치 있고 발랄한 태도를 존중한다

———— 웃음의 대가들을 연구한다

———— 사람들이 상상도 못할 아이러니하고 우스꽝스러운 상황에 관해 말한다

연관된 생각

———— 어떻게 하면 저걸로 웃길 수 있을까?

* 겉으로 드러나지 않는 고의적 지연과 같은 소극적 방식으로 적대감이나 공격성을 표출한다.

—— 반응이 괜찮네. 다시 써먹어야지.

—— 테일러가 웃어넘기고 너무 심각하게 생각하지 않아서 다행이야

연관된 감정

—— 즐거움, 자신감, 행복, 자부심

긍정적 측면

—— 재치 있는 인물은 관찰력이 뛰어나서 일상이나 사건을 웃음의 소재로 끌어들인다. 이들은 농담을 먼저 시작하고, 이야기에 다른 말을 덧붙여 더 웃기게 만든다. 재치 발랄한 웃음을 주며 영리하면서도 절묘한 한마디로 같은 상황을 다른 차원에서 보게 만들고, 종종 아이러니의 렌즈를 통해 상황을 보게 해준다. 대부분 사람들은 웃는 것을 좋아하기에 재치 있는 인물은 인기가 많을 수밖에 없다.

부정적 측면

—— 이런 성격의 인물은 때때로 머리보다 입이 빨라서, 원하지도 필요로 하지도 않은 사람들에게 불편한 유머를 내뱉는다. 자신의 재치에 도취된 인물은 신랄한 위트와 비꼬기로 사람들의 마음을 다치게 하거나 굴욕을 줄 수도 있다. 이들은 자신도 모르게 어떤 단체나 신념과 관련된 예민한 주제를 건드려 듣는 사람들을 공격하기도 한다. 게다가 이들의 끝을 모르는 우월감에 사람들의 마음이 돌아설 수도 있다.

드라마 속 사례

—— 〈매시〉 시리즈에서 호크아이 피어스 대위는 매사에 재빨리 응수한다. 똑똑하고, 순발력이 뛰어나며, 재치가 몸에 밴 피어스는 유머를 두 가지 용도로 활용한다. 마지못해 참전한 한국전쟁을 견뎌내고, 냉소와 울분이 가득한 마음을 잠시나마 풀기 위함이다. 그의 쉴 새 없는 농담에 몇

몇 부대원은 짜증을 내지만, 동료 군인과 야전병원 근무자 대다수는 위안을 받는다.

영화와 드라마 속 다른 사례
———— 〈삼총사〉(2011)에서 포르토스(레이 스티븐슨 분), 〈프레이저〉 시리즈에서 동생인 정신과 의사 나일스 크레인

갈등을 유발하는 다른 인물들의 성격
———— 독실함, 별남, 유머를 모름, 불안정함, 내성적, 엄격함, 다혈질

재치 있는 인물을 위한 최적의 시나리오
———— 유머를 환대하지 않는 진지한 환경에서 일한다
———— 자신의 유머를 이해하지 못하는 외국의 청중이나 문화를 마주한다
———— 재치를 발휘하는 능력을 제한하는 심신의 약화(지적 능력의 쇠퇴, 과로 등)가 일어난다
———— 완전히 방전되거나 숨이 막히는 느낌에 더이상 큰 웃음을 만들어낼 수가 없다

부록A 인물 프로필 질문지

당신의 인물에 대해 더 잘 알고 싶은가? 아래 질문에 답을 생각해보자. 질문지는 당신의 인물이 누구인지, 자신에 관해 무엇을 알리고 싶어하는지, 또 무엇을 감추고 싶어하는지, 어떤 동기로 움직이는지, 진짜로 필요로 하는 것이 무엇인지를 생각할 수 있도록 설계했다. 이에 답하다 보면 인물의 캐릭터를 구축하고, 역동적이며 기억에 남는 독특한 인물로 만드는 데 큰 도움이 될 것이다!

기본 정보

인물의 나이, 성별, 민족은? 인물의 외모를 묘사하라(머리카락과 눈동자 색깔; 체격 조건; 피부색; 키와 몸무게; 안경을 썼는지 여부나 상처, 보조개 같은 특징 등). 옷은 어떻게 입는가? 옷이 어떤 부류의 사람인지를 말해주는가? 인물이 항상 지니고 있는 것 하나는 무엇인가? 그것 없이는 지낼 수 없는 아이템은 무엇이고 왜인가?

목소리

당신의 인물은 말을 빨리 하는가 아니면 천천히 하는가? 음, 어, 아 같은 감탄사를 과도하게 쓰는가? 말을 짧게 하는가 아니면 장황한가? 어조를 어떻게 묘사할 수 있는가? 목소리의 특징은? 목소리 크기는? 목소리가 높은가 아니면 낮은가? 화가 나거나 불안하거나 행복할 때 목소리에 감정이 어떻게 실리는가? 교육수준이나 세상 경험은 말투에 어떤 영향을 주는가? 당신이 눈을 가린 채 수많은 목소리가 들리는 방에 있다면, 거기서 어떤 요소로 당신 인물의 목소리를 다른 사람들과 구별할 수 있을까? 그 목소리에 다른 사람들이 특별히 매력을 느끼거나 짜증을 낼 만한 어떤 것이 있는가?

교육과 재정 상태

인물은 어느 정도의 교육을 받았는가? 천성적으로 지적이거나, 영민하거나, 재치 있거나, 직관적인가? 책을 좋아하거나, 독학을 하거나, 아니면 특정 분야에서 광범위한 경험을 쌓았는가? 자신의 지식으로 칭찬이나 인정을 받은 적이 있는가? 그의 교육은 겨우겨우 먹고살 직업을 얻을 정도인가, 아니면 안락한 생활을 누릴 정도인가? 인물은 두 가지 이상의 일을 하는가? 그의 일은 개인적으로 만족스러운가, 아니면 목적을 위한 수단일 뿐인가?

특별한 기술과 재능

당신의 인물은 매일매일 어떤 기술에 의지하는가? 컴퓨터를 잘 다루거나 원예에 재주가 있는가, 아니면 천성적으로 기계의 작동원리를 잘 파악하는가? 그가 가진 특별한 재능은 무엇인가? 그 인물이 지녔는지 아무도 모르는 독특한 재능 하나와 공개된 재능 하나를 말해보라. 그의 재능이나 기술 중에 자부심 또는 당혹감이 들게 하는 것이 있는가? 어떤 것이고 왜인가?

가족

당신 인물의 가족관계는 어떠한가? 독신인가 아니면 결혼했는가? 아이가 있는가? 인물이 열 살가량의 어린아이라면 부모와 형제자매는 어떤 사람들인가? 이들과 사이가 가까운가 아니면 먼가? 그가 소중히 생각하는 가훈과 신념은 무엇인가? 자라면서 직접 경험했고, 지금 자신의 가족처럼 되기를 거부하는 부모의 '모자란 점'은 무엇인가? 부모의 가르침 중에 더 나은 사람이 되도록 도와준 것은 무엇인가?

관심사

당신의 인물은 어떤 관심사와 취미를 지녔는가? 다른 사람들이 이 취미를 아는가 아니면 비밀인가? 인물이 아무도 모르게 할 줄 아는 한 가지가 있다면, 무엇일 것 같은가? 이 일을 다른 사람들과 함께하고 싶어하는가, 아니면 혼자서 하고 싶어하는가? 왜 그런가? 인물에게 스트레스 배출구가 되는 활동은 무엇인가? 즐거움을 주는 활동은 무엇인가? 인물은 어떤 방식으로 자신의 창조적인 면을 보여주는가? 하고 싶지만 자격이 안 된다고 느끼는 관심사나 취미는 무엇인가?

사람들과 공동체

당신의 인물은 주위 사람들과 얼마나 가까운가? 자신의 이웃과 알고 지내거나, 우편함 앞에서 인사하는 정도거나, 바비큐를 나눠 먹거나, 심지어 이름을 알고 있는가? 자원봉사를 하는가? 자신의 공동체에 화재나 홍수, 재난이 닥쳤다면 머물며 남을 도왔을까 아니면 빠져나갔을까? 그가 도움이 필요하다면 요청했을까, 그렇다면 누구에게 청했을까?

도덕성과 윤리의식

당신의 인물은 세상을 흑백논리로 보는가, 아니면 중간인 회색의 다양한 음영으로 보는가? 지지하는 대의가 있는가? 어떤 문제를 예민하게 느끼는가? 신념이 도전받을 때는 어떻게 반응하는가? 그는 왜 이런 문제들을 중요하게 여기는가? 그가 중요한 문제를 믿는 방식에 강력한 영향을 준 특별한 사람이나 사건이 있었는가? 그의 신념이나 견해, 이상 중에서 다른 사람에게 무엇을 숨기고, 왜 숨기는가? 어떤 일이 있더라도 끝까지 놓지 않을 도덕적 신념은 무엇인가?

정체성 대 페르소나

당신의 인물이 자신을 설명하기 위해 사용할 법한 단어 다섯 개는 무엇인가? 가장 친한 친구가 그를 설명하려고 사용할 법한 단어 다섯 개는 무엇인가? 동료, 지인, 낯선 사람은 어떤가? 인물이 자신을 보는 모습과 남들이 보는 모습은 어떻게 다른가? 당신의 인물을 설명하기 위해 사용한 모든 단어 중에서 어떤 것이 사실이고 어떤 것이 사실이 아닌가? 다른 사람들은 모습과 행동에 기초해서 당신의 인물에 대해 어떻게 짐작하고 있는가? 인물이 이렇게 의도했는가, 아니면 본인이 자신에 대해 이런 메시지를 보내고 있음을 의식하지 못하는가? 사람들이 보는 자신의 모습 중에서 인물이 가장 놀란 것 하나는 무엇인가? 이에 당신의 인물은 당황하는가 아니면 행복해하는가?

대인관계

당신의 인물과 가장 가까운 사람은 누구며 왜인가? 더 가까워지고 싶어하는 사람은 누가 될 것인가? 그는 사람들에게 먼저 다가가서 인사를 건네는 유형인가, 아니면 누군가 그렇게 해주기를 기다리는가? 누군가를 신뢰하는 데 시간이 오래 걸리는가, 아니면 사람 보는 눈이 있어서 재빨리 마음을 여는 편인가? 어떤 유형의 사람에게 끌리는가? 현재의 대인관계에 만족하는가, 아니면 자신에게 부족하다고 느끼는 무언가가 있는가? 당신의 인물은 어떤 사람에게 취약한가, 아니면 자신의 예민한 부분을 보여줄 수 있는 누군가가 있는가? 당신의 인물은 누구를 피하며 그 이유는 무엇인가? 당신의 인물이 지루하게 여기는 사람은 어떤 유형인가? 인물의 과거에서 누군가가 지금 다시 나타난다면, 그가 가장 원하는 사람은 누구며 왜인가? 또 가장 원하지 않는 사람은 누구인가?

비밀

당신 인물의 가장 큰 비밀은 무엇이고, 누가 가장 늦게 알게 될 것 같은가? 이 비밀은 왜 그렇게 중요한가? 그는 이 비밀을 자주 생각하는가, 아니면 전혀 생각하지 않는가? 이 비밀은 고통, 굴욕, 기쁨의 원천인가, 아니면 그 중간 어딘가? 다른 누군가를 위해 비밀을 간직하고 있는가? 그가 주위 사람들에 대해 알고 있지만 공유하지 않는 비밀은 무엇인가? 그들은 당신의 인물이 자신들의 비밀을 알고 있다는 사실을 아는가, 아니면 애초에 당신의 인물에게 털어놓았나? 사람들이 당신의 인물을 신뢰할 만하다고 생각하는가, 아니면 인물은 비밀을 간직할 수 없는가? 비밀을 지킬 수 없다면, 왜 그 정보를 다른 사람들과 공유하려 하는가?

두려움

당신 인물의 유형을 고려할 때, 두려워하는 일 중에 별나거나 놀라운 것은 무엇인가? 인물이 이 두려움을 당혹스러워하는가, 아니면 인물을 완전히 비이성적으로 만드는가? 이 두려움을 극복하는 중인가? 과거의 사건이 두려움의 원인이었나? 더 깊은 두려움, 차마 인정하고 싶지 않은 것 가운데 어떤 것이 가장 큰 영향을 끼치는가? 이 두려움을 어떻게 사람들에게 숨겨왔는가? 그것이 자신에게 문제가 안 되는 척하는가? 사람들이 자신의 두려움을 알지 못하도록 거리를 두기 위해 세상에 어떤 얼굴을 보여주는가?

배경과 상처

더 깊은 두려움, 즉 인물이 떠올리거나 인정하고 싶지 않은 것에 대해 생각해보자. 그 일이 다시 일어날까봐 인물을 두렵게 만드는 과거의 사건은 무엇인가? 이 사건은 어떻게 인물의 삶을 새로운 길로 보냈는가? 그 결과 자신의 삶에서 누구 또는 무엇을 버렸고, 무엇을 잃었으며, 어떤 즐거움을 포기했는가? 어떻게 이 두려움이 인물이 자신을 무가치하고 결함이 있다고 느끼게 하는가? 이 상처를 어떻게 인물의 현재 이야기 속으로 가지고 올 수 있을까? 어떻게 하면 인물이 비슷한 상황을 맞아 다시 상처를 입더라도 이를 극복하게 만들 수 있을까?

결핍과 욕구 그리고 욕망

당신의 인물이 이야기의 시작에서 표면적으로 원하는 것은 무엇인가? 새로운 일자리, 열심히 일한 것에 대한 인정, 아내를 위한 깜짝 파티? 그가 생각하는 자신을 행복하게 하는 것은 무엇인가? 그럼, 더 깊숙이 들어가보자. 인물의 삶에서 무엇이 결핍되어 있는가? 어떤 욕구가 충족되지 않고 있는가? 희망과 꿈, 다시 말해 감히 바라지 못하는 일, 추구하기에 너무 크거나 너무 어려운 일은 무엇인가? 마법지팡이를 흔들면 한 가지 소원이 이루어진다고 했을 때, 그는 어떤 소원을 말할 것 같은가? 무엇이 인물의 자존감을 형성하고, 온전히 느끼게 하며, 어떤 역경이나 도전을 맞닥뜨렸을 경우 자신의 길을 내던지게 될까? 그의 인생 목표는 무엇인가?

핵심적인 결점

인물의 결핍과 욕구 그리고 가장 큰 소원과 욕망을 감안할 때, 목표를 달성하는 데 방해가 되는 결점은 무엇인가? 어떤 결점이 자신에 대한 불안정한 마음을 감추고, 여전히 목표에 도달하기 힘들게 하는가? 어떤 결점이 대인관계를 방해하고 갈등을 일으키는가? 어떤 결점이 인물에게 변화할 필요가 없다는 믿음을 강화하는가, 아니면 변화하기가 너무 어려운, 그렇다면 왜 애를 쓰는가? 그가 실패나 차질을 겪거나 스트레스를 받거나 마음이 상할 때 표면으로 드러나는 결점은 무엇인가?

핵심적인 장점

다시 한 번 더 가장 깊숙한 욕구와 인물을 완전하고 자신만만하며 행복하게 만든 목표를 감안할 때, 인물이 성공을 이루는 데 도움을 수 있는 장점은 무엇인가? 자신의 결점을 극복하려면 어떤 장점을 발전시켜야 하는가? 어떤 장점이 결점(바람직하지 못한 것)처럼 보였지만 결국 목표를 달성하는 열쇠임이 밝혀지는가?

스트레스와 압박감

당신의 인물은 시련을 어떻게 처리하는가? 그것을 끌어안는가, 아니면 피하는가? 압박을 받으면 잘 대처하는가, 아니면 흔들려서 실수를 저지르고 그릇된 판단을 하는가? 정신적 긴장에 분노와 절망을 몰아내는가, 아니면 분노와 절망을 내보이는가? 스트레스를 받으면 한순간에 무너지는가, 아니면 숨을 깊이 들이마시고 해야 할 일을 하는가? 당신 인물의 한계점은 무엇인가? 어떤 실패에 민감한가? 어떤 종류의 임박한 마감 시나리오에 감정적으로 반응하는가?

감정의 범위

당신의 인물은 어떻게 표현하는가? 큰 제스처를 사용해서 자신의 감정을 내보이는가, 아니면 보디랭귀지와 행동의 작은 변화를 통해 내보이는가? 당신의 인물은 겉으로 감정을 드러내는가, 아니면 숨기는가? 그가 금욕주의자라면, 최선을 다해 애를 썼음에도 어떤 식으로 감정이 새어나오는가? 당신의 인물이 분노를 드러내는 데 시간이 얼마나 걸리는가? 욕망은? 행복이나 불안은? 거짓말하거나 당황할 때 감정을 드러내는 특정한 방식이 있는가?

조합하기

당신의 인물에 대해 깊이 그리고 밀접하게 알면, 성공적인 인물 캐릭터 만들기로 나아갈 수 있다. 이 질문 가운데 몇몇의 답을 가지고 구상하면, 인물이 자신이 누구인지에 맞춰 행동하게 만들 수 있다. 당신이 알아낸 모든 것을 이야기에 집어넣을 수는 없겠지만, 인물에 대해 더 많이 알게 된다면 더욱 설득력 있고 사실적으로 쓸 수 있는 자신감이 생길 것이다.

부록B   인물의 장점 결정 도구

당신 인물의 장점을 원으로 만들어진 과녁판으로 생각해보자. 가운데 가장 작은 원에 도덕성, 곧 옳고 그름에 대한 의식을 결정하고 나머지 장점들을 결정하는 기초가 놓여 있다. 성취에 집중하는 자질은 인물이 직업적이고 개인적인 목표에 도달하도록 돕는다. 대인관계 관련 장점은 소통을 도와서 다른 사람들 그리고 세상과 의미 있는 관계를 맺도록 장려한다. 정체성 관련 장점은 자아발견에 기여하고 창조적이며 개인적인 표현에 대한 욕구를 충족시킨다. 네 부문에서 모두 장점을 선택하면, 복합적이고 공감할 수 있는 주인공을 만들 수 있다.

인물의 장점 결정 도구

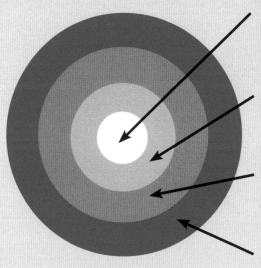

도덕성 인물의 도덕적 중심이 되는 긍정적 성격. 옳고 그름, 윤리와 깊이 뿌리내린 신념이 이 성격을 결정한다.

성취 도덕성과 동조하지만 목표에 집중하는 장점. 인물이 인생의 중요한 이정표에 도달하는 데 도움을 준다.

대인관계 사람들 그리고 환경과의 상호작용을 통해 형성되는 장점. 인물이 사람들과 함께 일하고, 갈등을 처리하며, 아이디어를 전하고 건강한 관계를 형성하는 데 도움을 준다.

정체성 개인의 정체성 의식과 연결되어 있는 장점. 인물이 현재의 자신에 만족감과 충만감을 느끼게 하며, 자신의 독특한 면을 탐구하고 파악하게 한다.

《반지의 제왕》 시리즈에 나오는 아라고른의 장점으로 이 도구를 어떻게 사용하는지 사례를 만들어보았다. 당신이 자신의 인물에게 이 도구를 사용할 준비가 되었다면, 작가를 돕는 작가들 홈페이지에서 빈 과녁판을 다운받아보자(http://writershelpingwriters.net/writing-tools).

━━━━ 인물의 장점 결정 도구 사례 ━━━━

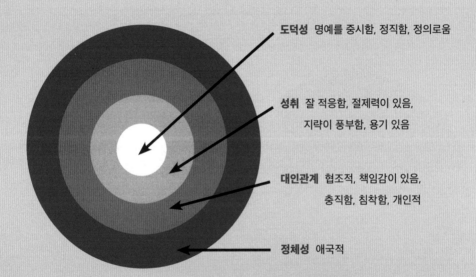

| 인물 | 《반지의 제왕》 시리즈의 아라고른 |

도덕성 명예를 중시함, 정직함, 정의로움

성취 잘 적응함, 절제력이 있음,
지략이 풍부함, 용기 있음

대인관계 협조적, 책임감이 있음,
충직함, 침착함, 개인적

정체성 애국적

당신이 입체적인 인물 구축을 목표로 한다면, 여러 범주의 장점을 골고루 부여해서 균형 잡힌 성격을 만드는 것부터 시작해야 한다. 이 책에 실린 주요 성격들을 범주로 구분해두었다.

인물이 가진 장점은 두 가지 이상의 범주에 속할 수 있음을 명심하라. 예를 들어 열정적인 성격은 인물이 자신의 환경이나 주변과 어떤 관계를 맺는가뿐만 아니라, 자신을 어떻게 표현하는지도 설명한다. 따라서 이는 대인관계나 정체성과 관련된 장점이다. 한 성격의 기능은 동기에 따라서 다양해진다. 어떤 인물이 자신의 직업에서 성공하고 싶어서 순종적이라면, 이는 성취 관련 성격이다. 하지만 그것이 옳은 일이라고 믿고 싶어서 변함없이 순응한다면, 이는 도덕성 관련 장점이다. 이런 이유로 아래 범주는 각 인물의 긍정적 성격과 그뒤에 숨은 특별한 이유를 탐구하는 출발점으로 이용할 수 있다.

인물과 성격 변화 관련 참고문헌과 자료

《Save the Cat!: 흥행하는 영화 시나리오의 8가지 법칙》, 블레이크 스나이더 지음, 이태선 옮김, 비즈앤비즈

《Breathing Life into Your Characters: How to Give Your Characters Emotional & Psychological Depth》, Rachel Ballon, PH.D.

《Writer's Guide To Character Traits》, Dr. Linda Edelstein

《Writer's Guide To Personality Types》, Jeannie Campbell, LMFT

《Writing 21st Century Fiction》, Donald Maass

《Writing Screenplays That Sell》, Michael Hauge

〈The Hero's 2 Journeys〉 (CD/DVD), Michael Hauge and Christopher Vogler

작품 쓰기 관련 참고문헌

《무작정 소설쓰기? 윤곽잡고 소설쓰기!: 글쓰기에 길을 잃고 막혀버린 작가들에게》, K.M. 웨일랜드 지음, 서준환 옮김, 인피니티북스

《Writing Fiction for All You're Worth: Strategies and Techniques for Taking Your Fiction to the Next Level》, James Scott Bell

캐릭터 만들기의 모든 것 1
— 99가지 긍정적 성격

1판 1쇄 찍음 2018년 4월 30일
1판 11쇄 펴냄 2023년 9월 25일

지은이	앤절라 애커먼·베카 퍼글리시
옮긴이	안희정
펴낸이	이동준, 정재현
기획편집	전상희, 김소영
디자인	손현주
제작처	금강인쇄주식회사

펴낸곳	이룸북
출판등록	2014년 10월 17일 제2014-000294호
주소	06312 서울시 강남구 논현로 16길 4-3 이룸빌딩 5층
전화	02-424-2410(대표전화)
전송	02-424-5006
전자우편	erumbook@erumenb.com
블로그	http://blog.naver.com/erum_book
포스트	http://post.naver.com/erum_book
페이스북	https://www.facebook.com/erumbook

ISBN 979-11-87303-16-9 04800
     979-11-87303-15-2 04800 (세트)

이룸북은 (주)이룸이앤비의 단행본 브랜드입니다.